Friedrich Max Kircheisen

Napoleon im Lande der Pyramiden und seine Nachfolger 1798–1801

Mit hundert Abbildungen, Faksimiles, Karten und Plänen

I0576216

SEVERUS

Kircheisen, Friedrich Max: Napoleon im Lande der Pyramiden und seine Nachfolger 1798–1801. Mit hundert Abbildungen, Faksimiles, Karten und Plänen
Hamburg, SEVERUS Verlag 2012
Nachdruck der Originalausgabe von 1918

ISBN: 978-3-86347-326-6
Druck: SEVERUS Verlag, Hamburg, 2012

Der SEVERUS Verlag ist ein Imprint der Diplomica Verlag GmbH.

Bibliografische Information der Deutschen Nationalbibliothek:
Die Deutsche Nationalbibliothek verzeichnet diese Publikation in der Deutschen Nationalbibliografie; detaillierte bibliografische Daten sind im Internet über http://dnb.d-nb.de abrufbar.

SEVERUS

NAPOLEON

IM LANDE DER PYRAMIDEN

UND SEINE NACHFOLGER

1798—1801

VON

FRIEDRICH M. KIRCHEISEN

MIT HUNDERT ABBILDUNGEN, FAKSIMILES, KARTEN UND PLÄNEN

Ein Halt des französischen Heeres in Assuan (Syene), am 2. Februar 1799.

(Nach einem Gemälde von A. Tardieu.)

MEINEN
MUSELMANISCHEN FREUNDEN
GEWIDMET

EINFÜHRUNG

Zu allen Zeiten ist Ägypten das Ziel fremder Eroberer gewesen: im Altertum, im Mittelalter und in der Neuzeit. Der Herrschaft der Pharaonen folgte die eines Alexanders des Großen, einer Kleopatra, schließlich die der Römer. Nach dem Verfall des römischen Weltreichs kam Ägypten nach und nach in die Hände der Muselmanen und ward Anfang des 15. Jahrhunderts dem Türkischen Reiche einverleibt.

Die Bestrebungen der französischen Staatsmänner und Politiker, die englische Herrschaft in Indien durch die Besitzergreifung Ägyptens zu gefährden, gehen bis über das 18. Jahrhundert hinaus. Ernstlich näher trat man diesem Gedanken erst zur Zeit der französischen Revolution, und ihr größter Vertreter, Napoleon Bonaparte, war es, der den Plan schließlich zur Ausführung brachte.

Nachdem der Feldzug nach dem Pharaonenlande einmal entschieden war, ging der General Bonaparte mit Feuereifer an die Verwirklichung seiner Ideen. Wir folgen ihm in diesem Buche von Paris nach Toulon, von dort nach Malta, und nachdem die Feste des Johanniterordens den Franzosen in die Hände gefallen war, nach Alexandria. Er war glücklich der Verfolgung Nelsons entgangen. Nach seiner Ankunft in Ägypten machte er sich sofort an die Eroberung des Landes. Nach einem beschwerlichen Marsch durch die Wüste schlug er die Mamelucken bei Kobrakit und den Pyramiden, leitete im Herbst von Kairo aus die Verwaltung der neuen Kolonie und machte gegen Jahresschluß einen Vorstoß nach Suez. Dabei entdeckte er die Spuren des alten Kanals, der ehemals das Rote Meer mit dem Mittelländischen Meer verbunden hatte. Währenddessen setzte Desaix dem in der Schlacht bei den Pyramiden entkommenen Murad-Bei nach und vollendete die Eroberung Oberägyptens bis zu den Nilfällen.

Die Vernichtung der französischen Flotte bei Abukir änderte nicht viel an den weitschauenden Plänen Bonapartes, ebensowenig der Aufstand in Kairo, der bald unterdrückt wurde. Da es jetzt keine Feinde mehr in Ägypten zu bekämpfen gab, die Beruhigung und die Besiedelung des Landes immer größere Fortschritte machten, beschloß Bonaparte, die türkische Macht in Syrien anzugreifen, um einem Einfall der Türken in Ägypten zuvorzukommen.

Dieser Zug nach Syrien, den Bonaparte im Frühjahr 1799 unternahm, ist lebhaft kritisiert worden. Da die angewandten Mittel im Verhältnis zu dem, was der Obergeneral zu vollbringen hoffte, nur sehr gering waren, konnte der Nutzen nicht sehr groß sein. Immerhin hatte Bonaparte viel erreicht: Er hatte die türkischen festen Plätze — bis auf Akka — genommen, die nach Syrien entkommenen Streitkräfte der Mamelucken vernichtet und ein großes von Damaskus heranrückendes türkisches Heer gänzlich geschlagen. Auf lange Zeit war von syrischer Seite also kein Angriff auf Ägypten zu erwarten. Daß es nicht in der Absicht Bonapartes gelegen haben kann, auf Konstantinopel oder gar bis nach Indien zu marschieren, ist eingehend dargestellt worden.

Nachdem Bonaparte seinen Hauptzweck erreicht hatte — er wurde allerdings durch den verzweifelten Widerstand in Akka etwas unsanft daran erinnert —, marschierte er wieder nach Ägypten zurück und krönte sein Werk durch die Vernichtung eines zweiten türkischen Heeres, das auf der Halbinsel von Abukir gelandet war. Er wetzte somit die Niederlage aus, die die französische Flotte im August 1798 an derselben Stelle erlitten hatte.

Kurz nach der Schlacht bei Abukir fielen Bonaparte europäische Zeitungen in die Hände, die ihm von dem Ausbruch des Weltkrieges Kunde brachten. Schnell war sein Entschluß gefaßt. Schon längst hatte er die Absicht, nach der Eroberung Ägyptens nach Frankreich zurückzukehren und die neue französische Kolonie dem Schutze eines tüchtigen Unterfeldherrn anzuvertrauen. Jetzt, nachdem seine Anwesenheit in Europa notwendiger geworden war als in Ägypten, zumal, nachdem er die Herrschaft im Lande durch den entscheidenden Landsieg bei Abukir von neuem befestigt hatte, kam er auf seine frühere Absicht zurück und schiffte sich mit einigen Getreuen nach Frankreich ein. Nach einer langen und gefährlichen Reise kam er dort an und wurde fast wie ein Messias in Paris und im gesamten Frankreich empfangen.

Unter seinen Nachfolgern sollte sich die Kolonie noch länger als zwei Jahre halten. Noch einmal schlug Kleber ein starkes türkisches Heer bei Heliopolis, aber sein plötzlicher Tod durch Mörderhand sollte auch Ägypten verhängnisvoll werden. Kleber war der einzige General, der das Land hätte halten können, denn auch Desaix war von Bonaparte nach Europa zurückberufen worden. Obgleich Klebers Nachfolger, der rangälteste General Menou, ein zweifellos ausgezeichneter Organisator war, und es ihm auch gelang, die Bevölkerung allmählich an die französische Herrschaft zu gewöhnen, so fehlten ihm doch die Eigenschaften eines tüchtigen Feldherrn. Als endlich das englische Heer unter Abercromby im März 1801 bei Abukir landete, da war es mit der französischen Herrschaft vorbei. Zwar wehrten sich die französischen Generale mannhaft, aber nachdem Menou bei Alexandria geschlagen worden war, und auch die Hauptstadt Kairo sich den Engländern ergeben mußte, willigte er endlich in eine Kapitulation seines in Alexandria eingeschlossenen Heeres ein und verließ mit den übrigen Truppen auf ehrenvolle Weise das Land.

Der Inhalt dieses Buches bildet den zweiten Teil des dritten Bandes des Werkes „Napoleon I. Sein Leben und seine Zeit", der bereits Anfang des Jahres 1914 ausgegeben wurde, und den Anfang des vierten Bandes desselben Werkes, der in Kürze herausgegeben werden wird. Diese Sonderausgabe sollte bereits Ende August 1914 erscheinen; die Ausgabe mußte aber wegen Ausbruch des Krieges verschoben werden. Die Bemerkungen über den Seekrieg und andere kritische Beobachtungen sind lange vor Kriegsausbruch geschrieben worden.

Dieses Werk wird durch den Krieg zwischen der Türkei einerseits und Rußland und England andererseits ein besonderes Interesse haben, da der Kampf mit England auf einem uns besonders interessierenden Kriegsschauplatz, in der Nähe des Suezkanals und in Palästina ausgefochten wird. Jetzt sind allerdings die Rollen anders als ehedem! Damals kämpften die Türken und Engländer gegen die Franzosen, jetzt haben sich die bisher unversöhnlichen Franzosen und Engländer verbündet, um die Muselmanen zu bekriegen.

Leipzig, im Februar 1918.

F. M. KIRCHEISEN.

ERSTES KAPITEL

BONAPARTE, OBERBEFEHLSHABER DER ARMEE VON ENGLAND

(November 1797 bis Februar 1798)

Nach Abschluß des Friedens von Campoformido kamen sowohl Bonaparte als auch das Direktorium mit erneutem Interesse auf einen Feldzug gegen England zurück. Alle Feinde der Französischen Republik waren zum Frieden gezwungen worden oder standen im Begriff, einen solchen abzuschließen. Nur England, das unversöhnliche Inselvolk, war unbesiegt geblieben, und alle Versuche, es zum Frieden zu veranlassen, waren bisher gescheitert.

Wenn Großbritannien auch infolge eines fünfjährigen Krieges mittelbar oder unmittelbar durch Schädigung des Handels oder durch Zahlung von Hilfsgeldern an seinem nationalen Reichtum stark geschädigt worden war, so hatte es doch in anderer Hinsicht durch Besitzergreifung eines großen Teils der französischen, spanischen und holländischen Kolonien reichen Ersatz für seine Verluste gefunden.

In Paris hatte man im Verlaufe des Krieges alle Möglichkeiten, England beizukommen, in Betracht gezogen und zum Teil auch zur Ausführung gebracht*). Man kam aber immer wieder auf den Plan einer unmittelbaren Landung auf den britischen Inseln zurück, denn dort, und nur dort allein, würde man den Besiegten Gesetze vorschreiben können! Man hatte ja gesehen, daß Hoche im Dezember 1796 nahe daran war, sein Ziel zu erreichen. Einige tausend Mann hatten ungehindert in Irland landen können, und nur infolge untergeordneter Umstände war das Unternehmen vereitelt worden. Kam es doch nur darauf an, während einiger Stunden Herr des Ärmelkanals zu sein, währenddessen man die verschiedenen Landungskorps nach England überführen konnte.

Über die Notwendigkeit eines Feldzuges gegen das „perfide" Inselreich waren sowohl die öffentliche Meinung als auch die führenden Staatsmänner Frankreichs, im besonderen das Direktorium und Bonaparte, völlig derselben Ansicht.

Der Friede von Campoformido war abgeschlossen worden, und Berthier und Monge machten sich sogleich nach Unterzeichnung der Urkunde am 18. Oktober früh 2 Uhr auf, um den Vertrag dem Direktorium zu überbringen. Bonaparte aber setzte sich sofort nieder, um in einem längeren Briefe dem Direktorium die Gründe für den so schnellen Abschluß auseinanderzusetzen und bei dieser Gelegenheit die politische Lage Frankreichs Europa gegenüber zu erörtern. Er beendete das interessante Schreiben mit den Worten: „Es ist für unsere Regierung unbedingt notwendig, die englische Monarchie zu vernichten, sonst muß sie selbst gewärtig sein, durch die Verderbtheit und die Intrigen

*) Vgl. dazu das achte Kapitel: Der Seekrieg zwischen Frankreich und England.

dieses tätigen Inselvolkes vernichtet zu werden. Der gegenwärtige Augenblick ist uns besonders günstig. Vereinigen wir unsere ganze Tätigkeit auf die Flotte und zerstören wir

Das republikanische Triumvirat: Barras, Reubell und La Revellière-Lépeaux.

England! Sobald dieses geschehen ist, wird Europa zu unseren Füßen liegen!"

Ein außerordentlicher Kurier brachte diesen Brief nach Paris; vermutlich kam er zu gleicher Zeit wie Berthier und Mongo mit dem Friedensvertrag in Paris an. Die Abgesandten des Obergenerals trafen in der Nacht vom 25. zum 26. Oktober in der Hauptstadt ein, und das Direktorium beriet sogleich am nächsten Morgen die zu ergreifenden Maßnahmen. Noch am selben Tage beschloß es die Bildung einer Armee von England, deren Oberbefehl dem General Bonaparte anvertraut wurde. Da dieser vorerst als Haupt der Friedensgesandtschaft nach Rastatt gehen sollte, um mit den Abgesandten des Kaisers die Ratifikationen des Friedens von Campoformido auszuwechseln und eine Militärkonvention abzuschließen, erhielt General Desaix den vorläufigen Oberbefehl über die Englandarmee, mit der Weisung, sich unverzüglich nach Rennes zu begeben. Das Direktorium teilte dem General am 27. Oktober seine Ernennung mit und beauftragte die Marine- und Kriegsminister, sofort die notwendigen Schritte zur Ausführung des großen Unternehmens zu tun.

Bonaparte nahm den ihm übertragenen Oberbefehl an und deutete in einem Briefe an das Direktorium vom 5. November kurz an, welche Maßnahmen er zur Erreichung des Zieles für nötig erachtete. Wenige Tage später, am 9. November, nahm er eine neue Einteilung der in Italien stehenden Truppen vor und teilte dem vorläufigen Generalstabschef Vignolle mit, welche Heeresteile für England bestimmt seien, und welche Generale sich zur Abreise nach der Nordküste Frankreichs bereithalten sollten. Es waren die Generale: Massena, Bernadotte, Brune, Joubert, Victor, Duphot, Pijon, Verdier, Point, Rampon, Menard, Gardanne, Mireur, Friant, Belliard, Veaux, Monnier, Lannes, Leclerc (der die leichte Kavallerie befehligen sollte) und Dumas (als Befehlshaber der Dragoner).

Die Artillerie sollten die Generale oder Stabsoffiziere Andréossy, Songis, Faultrier, Sugny, Lespinasse, La Tournerie, Doumic, Salva, Rozé, Jailliot, Delaitre, Lamogère und Dintroz befehligen.

Zu Befehlshabern des Genies waren ausersehen: der General Chasseloup-Laubat und die Stabsoffiziere Sanson, Morio und Maubert.

Der Generalverwalter Haller und der Oberkommissar Villemanzy, die an der Spitze der Zivilbeamten standen, erhielten besondere Befehle, die Verpflegung und den Marsch der Truppen nach der Nordküste Frankreichs zu regeln.

Am 17. November 1797 verließ Bonaparte Mailand und kam am 5. Dezember in Paris an. Gemeinsam mit dem Kriegsminister Schérer und dem Marineminister Pléville-le-Pelley traf er sogleich die weitestgreifenden Anstalten zur Vereinigung der Flotte in Brest und zur Ansammlung der Landtruppen in den Küstenplätzen.

Nachdem sich Bonaparte mit der Möglichkeit einer Landung eingehender beschäftigt hatte, arbeitete er am 14. Dezember einen vorläufigen Plan der acht „Operationen" aus, die er zur Erreichung seines Zieles für nötig erachtete.

Brueys sollte zunächst aus Korfu mit seinen sechs Schlachtschiffen und den anderen Fahrzeugen auslaufen und sich nach Brest begeben*). Das gleiche Ziel wurde den

*) Es ist unverständlich, daß man Brueys so lange vergessen konnte. Die Fahrt von Korfu bis nach Brest im Winter war an sich zu jenen Zeiten keine Kleinigkeit. Dazu bestand die Gefahr, daß das Geschwader durch die englische Flotte, die Cadix blockierte, vernichtet werden konnte. Manche Historiker haben als Grund der Aufgabe der Landung Bonapartes in England auch die Unmöglichkeit angeführt, daß Brueys rechtzeitig eintreffen könne. Jedenfalls wäre dies teilweise die Schuld Bonapartes gewesen, der dem Admiral nicht rechtzeitig, vielleicht schon von Mailand aus, Befehl zur Rückkehr gab.

Brueys befand sich, wie man weiß, in Korfu und erwartete sehnsüchtig die Befehle Bonapartes. Obgleich das Geschwader fast keinen Proviant mehr besaß, was dem Marineminister bekannt sein mußte, gab dieser erst am 27. Januar 1798 Befehl, sofort nach Brest abzusegeln. Aber noch ehe der Befehl in Korfu eingetroffen war, hatte sich der Admiral, dessen Proviant fast aufgezehrt war, bereits zur Heimreise entschlossen. Die Abfahrt erfolgte am 24. Februar mit sechs französischen und fünf venezianischen Schlachtschiffen, zwei französischen und drei venezianischen Fregatten, sowie drei kleineren Schiffen.

vier bis fünf Schlachtschiffen in Toulon gegeben, deren Bewaffnung und Ausrüstung noch nicht völlig beendet war.

In Brest lagen bereits 34 Schlachtschiffe. Ihre Ausrüstung und Bewaffnung sollte ebenfalls beschleunigt werden, damit die Flotte Ende März zum Auslaufen bereit sein konnte.

Im ganzen verfügte man damals über 57 Schlachtschiffe*). Es waren zwar noch sechs, beziehungsweise sieben im Bau, doch war es ausgeschlossen, daß diese bis zum ersten Floréal (20. April) zum Auslaufen bereitgemacht werden konnten. Dazu kamen noch ungefähr 30 Fregatten und 15 Korvetten und etwa 50 kleinere Fahrzeuge.

Mit seinem weitschauenden Blick vergaß Bonaparte Spanien und Holland nicht; beiden war je eine „Operation" gewidmet. Beide verbündete Länder gedachte man mit allen ihnen zur Verfügung stehenden Mitteln am Feldzug gegen England mitwirken zu lassen. Der Vizeadmiral Truguet sollte in seiner Eigenschaft als Gesandter in Madrid und der ehemalige Minister des Äußern Delacroix in gleicher Weise im Haag für das überseeische Unternehmen tätig sein. Bei der ungünstigen Stimmung jedoch, die in beiden Staaten gegen das französische Direktorium herrschte, war nicht viel auf deren Mitwirkung zu rechnen.

In dem Plane Bonapartes zur Eroberung Englands sucht man vergeblich den Namen Malta. Vermutlich hatte er die Besitzergreifung dieser Insel auf spätere Zeiten verschoben, um sein Augenmerk ganz auf die unmittelbare Landung im Mutterland zu richten.

Schließlich nahm es das Direktorium noch auf sich, England der Mittel zu berauben, sich in Portugal festzusetzen. Frankreich hatte mit Portugal am 10. August 1797 Frieden geschlossen. Der Rat der Fünfhundert und der Rat der

*) Es befanden sich: 34 Schlachtschiffe in Brest, 2 Schlachtschiffe in Lorient, 1 Schlachtschiff in Rochefort, 5 Schlachtschiffe in Toulon, 6 Schlachtschiffe in Korfu. Dazu kamen noch 9 venezianische Schlachtschiffe, die zwischen 74 und 64 Kanonen führten.

Alten hatten zwar den Vertrag innerhalb zweier Monate ratifiziert, aber der Regent genehmigte ihn nicht, da er sich den Engländern angeschlossen hatte und von diesen Hilfsgelder und Truppen empfing. Ohne gerade im Kriegszustande mit Portugal zu sein, bestand auch kein Frieden zwischen diesem Staate und Frankreich. Teils um Portugal zur Nachgiebigkeit zu zwingen, teils um die Engländer zu verhindern, auf der pyrenäischen Halbinsel festen Fuß zu fassen, erteilte das Direktorium am 29. Januar 1798 dem General Augereau den Oberbefehl über die 10. Division in Perpignan, mit dem Auftrage, gegebenenfalls in kürzester Zeit durch das verbündete Spanien zu marschieren und Portugal zu Lande anzugreifen.

Es blieb nun noch die Geldfrage zu regeln. Ein Feldzug gegen England war, wenn er gelingen sollte, mit großen Kosten verbunden; es fehlte aber an Geld, und Kredit war fast keiner vorhanden. Nach allerlei Versuchen kam man auf eine Anleihe zurück, die viel Aussicht auf Erfolg versprach, denn die öffentliche Meinung war dem Unternehmen sehr geneigt. Die Regierung hoffte durch Ausgabe von Scheinen von je 1000 Franken 80 Millionen zu erlangen, allein die Anleihe wurde nur zu einem Viertel gezeichnet. Auch eine Beschlagnahme der englischen Waren hatte nur ein mittelmäßiges Ergebnis zu verzeichnen.

Trotz der schlechten Finanzlage hoffte man doch noch die notwendigen Gelder aufzubringen. Die Einmischung in die römischen und die schweizerischen Verhältnisse, obgleich sie vermutlich nicht durch den nach England geplanten Feldzug veranlaßt wurden, mußte auch einige Millionen abwerfen, zum wenigsten konnte der Marsch und der Unterhalt der Truppen nach den Küsten von der Kriegsbeute bestritten werden.

Wir kommen nun zur endgültigen Zusammensetzung des Heeres. Es sollte aus 40 Halbbrigaden Infanterie, 32 Regimentern Kavallerie, 4 Regimentern Artillerie, 4 Kompagnien Arbeitern, 4 Kompagnien Minierern, 2 Bataillonen Schanzgräbern und 2 Abteilungen Brückenbauern bestehen.

Nach Beschluß vom 12. Januar 1798 umfaßte die Generalität 18 Divisions- und 47 Brigadegenerale. Berthier war Generalstabschef. Kilmaine befehligte die Kavallerie, Marescot das Genie und Lespinasse die Artillerie. Die übrigen Divisionsgenerale waren: Kleber, Gouvion Saint-Cyr, Lefèbvre, Championnet, Massena, Sérurier, Victor, Brune, Dumas, Baraguay d'Hilliers, Dallemagne, Hautpoult, Duhesme und Grenier. Die Brigadegenerale hießen: Lannes, Rampon, Menard, Verdier, Point, Duphot*), Lanusse, Chambarlhac, Belliard, Veaux, Monnier, Friant, Pijon, Dessolle, Kellermann, Leclerc, Cervoni, Murat, Mireur, Walther, Dommartin, Dulauloy, Sorbier, Tharreau, Girard genannt Vieux, Montrichard, Davout, Decaen, La Boissière, Lecourbe, Oudinot, Gardanne, Vandamme, Mermet, Olivier, Soult, Richepance, Chasseloup, Caffarelli-Dufalga, Boisgérard, Legrand, Humbert, Klein, Ney, Hardy, Damas, Vial.

Der Generalarzt war der Doktor Desgenettes. Ihm zur Seite standen Percy als Oberchirurg und Larrey und Yvan als Chirurgen. Unter den Zivilbeamten des Heeres seien genannt: Sucy, Dubreton, Lambert, Mathieu und Aubernon.

Die in fünf Divisionen eingeteilte Infanterie war 42 200 Mann, die Kavallerie 4600 Mann stark.

Um die Verhältnisse der Küste zu studieren, hatte Bonaparte bereits im Januar den Marineingenieur Forfait und den Brigadechef Andréossy nach Le Havre und den anderen Küstenplätzen des Kanals gesandt. Mit größter Genauigkeit unterzogen sich beide der ihnen befohlenen Aufgabe. Besonders zufrieden scheint der Obergeneral mit Andréossy

*) General Duphot befindet sich noch auf der Liste, obgleich er bereits am 27. Dezember 1797 während eines Aufstandes in Rom getötet wurde.

gewesen zu sein, denn dieser wurde für seine Verdienste nach der Rückkehr Bonapartes nach der Hauptstadt zum Brigadegeneral ernannt.

Wahrscheinlich hatte Bonaparte auch Agenten nach England geschickt, um dort die Lage im Falle einer Landung zu studieren. Um diese Zeit war ein gewisser Gallois

General Andréossy.
(Nach einer Zeichnung von A. Dutertre.)

von der französischen Regierung beauftragt worden, nach London zu gehen, um dort wegen der Auswechslung von Kriegsgefangenen zu verhandeln. Bonaparte wollte die Gelegenheit benutzen und einen seiner Offiziere als Spion mitsenden. Marmont wurde dazu ausersehen, doch weigerte er sich hartnäckig, diesen Auftrag auszuführen.

Um nichts dem Zufall zu überlassen und um die letzte

Hand ans Werk zu legen, beauftragte der Obergeneral am 7. Februar Desaix nach Brest, Kleber nach Le Havre und Caffarelli nach Dunkerque zu gehen. Er selbst verließ am 8. Februar — nach manchen Angaben am 9. — Paris, um eine etwa zwölftägige Besichtigungsreise an die Küste zu unternehmen. In seiner Begleitung befanden sich nur der General Lannes, der Adjutant Sulkowski, der Sekretär Bourrienne und der Kurier Moustache.

Am 9. Februar besuchte Bonaparte vermutlich Etaples, Boulogne und Ambleteuse, am 10. Calais und am 11. und 12. Dunkerque. Meist erschien der Obergeneral in den Hafenplätzen unter dem Namen eines seiner Adjutanten. Er überraschte die Offiziere und Beamten durch seine große Sachkenntnis. Ohne Unterlaß dehnte er seine Besichtigungen oft bis Mitternacht aus. Er fragte nicht nur die Offiziere und Militärbeamten aus, sondern wandte sich ebensooft an Matrosen, Küstenfahrer, Fischer und Schleichhändler.

Nachdem er am 12. Februar in Dunkerque mit Caffarelli, Andréossy und Forfait gesprochen, und nachdem er Caffarelli befohlen hatte, nach Boulogne zu reisen, begab er sich am nächsten Tage nach Belgien. Vorher hatte er noch Andréossy und Forfait beauftragt, nach dem Haag zu gehen, um vor allem zu ermitteln, auf wieviel kleine Fahrzeuge man dort rechnen könne.

Den 14. und 15. Februar verbrachte er in Nieuport, Ostende, Gent und Antwerpen. Am nächsten Tage traf er in Brüssel ein. Auch hier wollte er unerkannt bleiben. Im Theater, das er am Abend besuchte, erkannte man ihn jedoch und brachte auch hier dem Sieger von Italien begeisterte Huldigungen dar. Über Lille, Douai, Saint-Quentin und La Fère kehrte Bonaparte mit seinem kleinen Gefolge am 20. Februar nach der Hauptstadt zurück.

Fast gleichzeitig mit ihm kam auch der erste Bericht des Geniegenerals Caffarelli über die Beförderungsmittel in

Boulogne, Ambleteuse, Calais und Dunkerque in Paris an. Dieser Bericht war mit großer Sachkenntnis und Gewissenhaftigkeit ausgearbeitet worden, ließ aber die Unzulänglichkeit der verfügbaren Hilfsmittel erkennen. Weitere Berichte Caffarellis an Bonaparte und den Befehlshaber des Genies, General Marescot, ergänzten seine früheren Beobachtungen.

General Caffarelli.
(Nach einer Zeichnung von A. Dutertre).

Über die Reisen Desaix' in die Bretagne und Klebers nach der Normandie ist wenig bekannt. Die Ergebnisse scheinen jedenfalls für die geplante Landung in England nicht sehr günstig gewesen zu sein. Beide Generale kamen auch in der zweiten Hälfte des Februar nach Paris zurück. Erst am 26. hatte Bonaparte eine lange Unterredung mit Desaix; vermutlich war dieser erst am Tage vorher in der Hauptstadt angelangt.

Noch ehe Bonaparte den mündlichen Bericht des Generals Desaix empfangen hatte, faßte er seine Beobachtungen und die seiner Generale in einem umfangreichen und interessanten Schriftstück zusammen, das er am 23. Februar dem Direktorium unterbreitete. Es zerfällt in zwei Teile, in einen allgemeinen und einen besonderen.

Der Bericht beginnt mit den Worten: „Wie sehr wir uns auch bemühen, wir werden erst in mehreren Jahren die Überlegenheit zur See erlangen.

Eine Landung in England zu wagen ist das kühnste und schwierigste Unternehmen, das gemacht worden ist.

Wenn sie möglich wäre, so müßte sie durch Überraschung geschehen. Entweder müßte man versuchen, den Geschwadern zu entschlüpfen, die Brest oder den Texel blockieren, oder man müßte auf kleinen Booten während der Nacht nach einer Überfahrt von sieben bis acht Stunden irgendeinen Punkt der Provinzen Kent oder Sussex zu erreichen suchen.

Für diesen Plan braucht man lange Nächte, folglich den Winter. Sobald der April vorüber ist, ist es nicht mehr möglich, etwas auszurichten.

Jedes Unternehmen, das man auf Schaluppen während des Sommers gelegentlich des ruhigen Seegangs wagen würde, wäre unausführbar, da die Feinde während der Landung und besonders während der Überfahrt unübersteigbare Hindernisse entgegenstellen würden.

Unsere Marine ist heute ebensowenig schlagfertig als zur Zeit, da man die Armee von England geschaffen hat, also vor vier Monaten.

In Brest befinden sich nur 10 ausgerüstete Schlachtschiffe. Sie sind aber noch ohne Bemannung und weit entfernt, seetüchtig zu sein. Nur mit wenigen Schiffen halten uns die Engländer eingeschlossen . . .

Der Feldzug nach England scheint mir folglich erst im

Brest am Anfang des neunzehnten Jahrhunderts.
Gestochen von Skelton dem Jüngeren nach einer Zeichnung von de La Pylaie.
(Sammlung Kircheisen.)

nächsten Jahre möglich. Und dann ist es nicht ausgeschlossen, daß Hindernisse, die sich auf dem Festland einstellen, sich dem widersetzen werden. Der geeignete Augenblick, sich zu diesem Unternehmen vorzubereiten, ist vielleicht für immer verloren."

Mit diesen Worten schließt der erste Teil des Berichts. Wenn Bonaparte den Feldzug wirklich für unausführbar hielt, dann hätte er sein Schreiben mit diesen Worten beenden können! Wozu aber dann noch einen zweiten Teil, der mit größter Genauigkeit und außerordentlichem Scharfblick zahllose Vorschläge enthält, die der General dem Direktorium zur Erreichung des Ziels empfiehlt?

Nachdem er in diesem zweiten Teil alle die von ihm für geeignet gehaltenen Maßnahmen aufgezählt hatte, beschloß er seinen interessanten Bericht mit den Worten: „Wenn es nicht möglich ist, sich genau die Summen zu verschaffen, die in der vorliegenden Denkschrift verlangt werden, oder, wenn man in Anbetracht des Zustandes unserer Marine nicht glaubt, diese Genauigkeit in der Ausführung erlangen zu können, dann muß man wirklich auf jedes Unternehmen gegen England verzichten. Man muß sich nur den Anschein geben und seine ganze Aufmerksamkeit und alle seine Hilfsmittel auf den Rhein richten, um zu versuchen, England Hamburg und Hannover wegzunehmen. Voraussichtlich wird man keines zahlreichen, von Deutschland entfernten Heeres bedürfen, um den einen oder den anderen Zweck zu erreichen.

Oder man könnte einen Feldzug nach der Levante unternehmen, der den Handel mit Indien bedrohte.

Wenn aber keins dieser drei Unternehmen ausführbar ist, dann sehe ich kein anderes Mittel, als den Frieden mit England abzuschließen! Ich bin überzeugt, daß sie (die Engländer) heute die Vorschläge annehmen würden, mit denen sich Malmesbury nicht einverstanden erklären wollte.

In diesem Falle könnten wir die größten Vorteile aus unseren Unterhandlungen in Rastatt ziehen.

Wenn der Frieden mit England während der Dauer des Kongresses erfolgen sollte, würde man natürlich in der Lage sein, viel mehr vom Deutschen Reiche zu verlangen."

Vermutlich wurde der Bericht Bonapartes am 24. und 25. Februar vom Direktorium durchgesprochen. Obgleich der General hinsichtlich der Durchführbarkeit zahlreiche Bedenken aussprach, die er auch begründete, so hielt er das Unternehmen doch keineswegs für unmöglich!

Nur, wenn es nicht möglich sei, vor allem die notwendigen Geldmittel aufzubringen und die in Brest liegenden 35 Kriegsschiffe in einem Monat zum Auslaufen bereit zu machen, dann erst schlägt der General an Stelle eines direkten Feldzuges nach dem englischen Mutterland drei Möglichkeiten vor:

1. Eine Besitzergreifung Hannovers und Hamburgs.
2. Einen Feldzug nach der Levante, um den englischen Handel mit Indien zu gefährden.
3. Den Frieden mit England.

Man sieht: Von allen drei Möglichkeiten, die Bonaparte in Betracht zieht, wird der Feldzug nach der Levante am kürzesten erwähnt!

Der in der Urschrift sieben Seiten umfassende Bericht ist von seltener Klarheit; und doch ist er meist mißverstanden worden! Wenn untergeordnete Geschichtsschreiber sich begnügten, zu wiederholen, was Bourrienne und andere unzuverlässige Memoirenschreiber gesagt haben, so ist es verzeihlich. Wenn aber ein Gelehrter wie Albert Sorel einfach schreibt, ohne auch nur mit einer Zeile des Inhalts dieses Briefes zu gedenken: „Bonaparte richtete an die Direktoren einen Bericht, der mit dem Vorschlag schloß: ‚Man muß wirklich auf jeden Feldzug nach England verzichten und sich nur den Anschein geben ...'", und dann seine ganze Vermutung darauf aufbaut, so ist das mehr als bedauerlich!

Bourrienne berichtet in seinen Memoiren, daß Bonaparte die Reise an die Küste nur des Scheines halber unternommen habe, und daß er fortgesetzt mit dem Feldzuge nach Ägypten beschäftigt gewesen sei. Beides ist falsch! Es ist sogar anzunehmen, wie im nächsten Kapitel näher ausgeführt wird, daß der General die Pläne hinsichtlich Ägyptens, die er schon im Sommer und Herbst 1797 hegte, ganz fallen ließ, denn alles deutet darauf hin, daß er den Feldzug nach England ernstlich gewollt hat. Es ist vollkommen ins Reich der Fabel zu verweisen, daß er nur den Schein wahren wollte, indem er die zahllosen Maßnahmen, die doch genau durchdacht sein wollten, und deren Ausführung viel Geld, Mühe und Zeit kostete, dem Direktorium nur aufzählte, um auf die ganz beiläufig erwähnte Expedition nach der Levante hinzudeuten! Ein Bonaparte hatte es nicht nötig, sich solch kleinlicher Mittel zu bedienen, denn schon damals fühlte er sich stark genug, um das zur Ausführung zu bringen, was er für notwendig und richtig erkannt hatte!

Nichts hätte seinen Ehrgeiz mehr befriedigen können als die Unterwerfung des Volkes, das bisher allein von allen Feinden der Republik unbesiegt dastand! Aber als kluger Feldherr und ausgezeichneter Organisator maß er die Schwierigkeiten vorher genau ab, die es zu überwältigen galt, ehe er ans Werk ging! Als er sich überzeugt hatte, daß sie zurzeit zu groß seien, stand er von dem Plane ab, denn er wollte nicht einen ähnlichen Ausgang seines Feldzuges erleben, wie Hoche im Dezember 1796*). Er wählte also das, was ihm damals am leichtesten ausführbar zu sein schien.

Bereits am 13. April unterbreitete er dem Direktorium

*) Vgl. S. 225.

Vorbereitungen zu der Landung in England.
(Nach einem zeitgenössischen volkstümlichen Stich.)

einen neuen Vorschlag für einen Feldzug nach Ägypten, den die meisten Geschichtsschreiber übergehen. In diesem Bericht tritt er von neuem für die Neugestaltung der Marine ein, damit sie im September bereit sei. Die Landung in England sollte dann im Oktober oder November erfolgen, wenn die langen Nächte ein solches Unternehmen begünstigten, denn er hoffte bis dahin Ägypten erobert zu haben. Ein tüchtiger Unterführer würde dann dort in der Lage sein, die von ihm begonnene Verwaltung und Verteidigung des Landes fortzusetzen. Obgleich aus der Absicht nichts wurde, denn besondere Umstände hielten ihn länger, als er vermutete, in Ägypten zurück, beabsichtigte er doch nochmals in den Jahren 1803 bis 1805 eine Landung in England. Sogar die Wegnahme Hannovers im Jahre 1803 ist nur als eine Folge der früheren Pläne des Generals anzusehen.

Der Bericht Bonapartes vom 23. Februar wurde, nachdem er vom Direktorium geprüft worden war, von dem damaligen Präsidenten Merlin de Douai*) mit Bemerkungen versehen, die im Laufe der nächsten Tage als Befehle ausgefertigt wurden. Man sieht also, daß es nicht nur Bonaparte, sondern auch dem Direktorium vollkommen Ernst mit dem Feldzuge nach England war, zumal sie die öffentliche Meinung ganz auf ihrer Seite hatten!

Als nächste Folge der vom Direktorium beschlossenen Verfügungen erfolgte am 26. Februar die Einsetzung eines Ausschusses für das Unternehmen gegen England. Dieser Ausschuß hatte unmittelbar von Bonaparte Befehle zu empfangen. Er bestand aus dem Konteradmiral Lacrosse, dem Marineingenieur Forfait und dem General Andréossy. Gleichzeitig wurde der Finanzminister Gaudin angewiesen, dem Ausschuß die notwendigen Geldmittel zur Verfügung zu stellen.

*) Er war erst seit dem 25. Präsident des Direktoriums.

Die von Bonaparte selbst an die Nordküste Frankreichs unternommene Reise hatte ihn zwar in seinem Entschlusse wankend gemacht, doch ehe er sich von der Unmöglichkeit einer Landung in England überzeugte, wollte er noch die Ansichten seiner verschiedenen Gewährsmänner prüfen, die er ebenfalls an die Küsten gesandt hatte. Er hatte inzwischen die Berichte von den Generalen Caffarelli, Kleber

Direktor Merlin de Douai.

und Desaix erhalten. Die Meldungen Caffarellis waren von der größten Sachlichkeit und ließen die Unzulänglichkeit der erforderlichen Hilfsmittel erkennen. Kleber war voll von Begeisterung für das Unternehmen. Desaix jedoch, der am 26. Februar eine eingehende Unterredung mit dem Obergeneral gehabt hatte, also erst nachdem Bonaparte seinen Bericht dem Direktorium eingereicht hatte, war von der Unmöglichkeit eines Feldzuges gegen England überzeugt.

Ausschlaggebend für Bonaparte wird der Bericht des vorläufigen Marineministers Lambrechts*) vom 2. März 1798 gewesen sein. Von den 28 im Hafen von Brest befindlichen Schlachtschiffen seien nur vier ausgerüstet, die übrigen nur mehr oder weniger zum Auslaufen bereit, meldete Lambrechts. Es fehle der Flotte an Matrosen, Lebensmitteln, Munition, besonders an Hanf, überhaupt an den notwendigsten Gegenständen. Dieser skeptische Bericht fiel entschieden am meisten ins Gewicht.

Erst Anfang März, also nachdem er bereits seit etwa zehn Tagen seine Eingabe bei der Regierung eingereicht hatte,

scheint Bonaparte von der Unausführbarkeit des Planes schon jetzt einen Feldzug nach England zu unternehmen, überzeugt worden zu sein**).

Fassen wir nochmals alles zusammen, so kommen wir nach dem Stande der neuesten Forschungen zu folgendem Schluß:

Bonaparte hat aller Wahrscheinlichkeit nach die feste Absicht gehabt, im Frühjahr 1798 einen Landungsversuch in England zu wagen. Erst nachdem er sich von der Unzu-

*) Lambrechts war Justizminister und verwaltete nur vorübergehend das Amt seines Kollegen Pléville-le-Pelley. Dieser war Ende Februar nach Brest gesandt worden, wo er am 4. März ankam. Am 29. war er wieder in Paris zurück.

**) Der 74jährige Marineminister war noch mit jugendlichem Eifer für einen Feldzug gegen England tätig. Als er die Mitteilung erhielt, daß derselbe nicht stattfinden würde, soll der alte Herr mit seinem hölzernen Bein im Zorn einen Tisch umgeworfen haben. Als er sah, daß jeder Einspruch vergebens sei, gab er seine Entlassung. Für seine Verdienste wurde er noch am 9. April zum Vizeadmiral ernannt.

länglichkeit der vorhandenen Hilfsmittel überzeugt hatte, war er vorläufig von dem Entschluß abgekommen. Aber aufgegeben hatte er die Absicht noch nicht. Er gedachte vielmehr auf Grund einer Eingabe vom April bereits im Oktober oder November das Unternehmen zur Ausführung zu bringen.

Obgleich er bereits früher die Möglichkeit eines Feldzugs nach Ägypten in Betracht gezogen hatte, ließ er im Winter 1797/1798 den Plan wieder fallen. *Erst durch Beeinflussung Talleyrands ist er von neuem darauf gekommen!* Offenbar mußte ein Zug nach dem Lande der Pharaonen seiner leicht entzündbaren Phantasie den größten Spielraum geben, denn der Orient übte stets eine außergewöhnliche Anziehungskraft auf ihn aus. Im nächsten Kapitel werden wir die Entwicklung des Planes zu einem Feldzuge nach Ägypten Schritt für Schritt verfolgen können.

ZWEITES KAPITEL

BONAPARTE UND DER PLAN EINES FELDZUGS NACH ÄGYPTEN

Der Gedanke, den sowohl französische Staatsmänner als politische Schriftsteller hegten, die englische Herrschaft in Indien durch Besitzergreifung Ägyptens zu bedrohen, geht weit über das 18. Jahrhundert hinaus. Aber erst seit der zweiten Hälfte jenes Jahrhunderts nimmt der Wunsch, sich Ägyptens wirtschaftlich und politisch zu bemächtigen, greifbarere Formen an. Die französische Revolution, die so vielen Ideen Verwirklichung schaffte, sollte auch den Plan zu einem Feldzug nach dem Lande der Pyramiden zur Ausführung bringen.

Um die schlechten Handelsbeziehungen der Französischen Republik mit der Pforte gegen Ende des 18. Jahrhunderts wieder aufzubessern, hatte der Nationalkonvent am 30. Januar 1793 die Errichtung eines Generalkonsulats in Kairo beschlossen. Er ernannte zu diesem Posten den ehemaligen Kaufmann Magallon, der lange Jahre im Orient gelebt hatte.

Magallon erreichte Kairo im Laufe des Monats April. Mit Eifer machte er sich sogleich daran, sich von den Beis als Konsul anerkennen zu lassen und freundschaftliche Beziehungen mit ihnen anzuknüpfen. Er hatte aber einen schweren Stand mit den allmächtigen Beis Ibrahim und Murad, die zwar bereit waren, seine Geschenke anzunehmen, aber nicht die Lage der französischen Kaufleute verbessern und ihre Waren bezahlen wollten!

Fast zu derselben Zeit sandte die Französische Republik einen gewissen Descorches*) als diplomatischen Agenten nach Konstantinopel, um die Beziehungen Frankreichs mit der Pforte zu verbessern, vor allem, um ein Bündnis gegen Österreich und Rußland in die Wege zu leiten. Descorches scheiterte jedoch in seinen Bestrebungen; auch gelang es ihm nicht, die machtlose Türkei zu bewegen, gegen die Beis in Ägypten tatkräftig vorzugehen.

Descorches wurde im April 1795 durch den bevollmächtigten Minister Verninac**) ersetzt. Diesem gelang es ebensowenig wie seinem Vorgänger, ein Bündnis mit der Türkei zustande zu bringen; auch vermochte er nicht die dritte Teilung Polens im Jahre 1795 zu verhindern.

Verninac war von seiner Regierung aufgefordert worden, jemanden aus seiner Umgebung nach Ägypten zu senden, um die dortigen Zustände zu untersuchen. Er kam seinen Vorschriften nach und wählte den Kommissar Dubois-Thainville aus, der sich schon seit einigen Jahren in der Türkei befand. Dieser kam am 29. Oktober 1795 in Alexandria an und setzte sich mit den französischen Geschäftsleuten in Verbindung, um deren Ansichten und Klagen kennen zu lernen. Am 26. Januar 1796 begab er sich in Begleitung Magallons und zahlreicher Kaufleute zu Ibrahim und Murad, um sie zur Bezahlung ihrer Schulden und zur Ausführung der geschlossenen Verträge aufzufordern.

Mit Worten waren die Beis wohl bereit, die Wünsche der französischen Kommissare zu erfüllen, doch die Taten blieben aus! Nachdem sich Dubois-Thainville vier Monate lang um seine Landsleute bemüht und beträchtliche Geld-

---

*) Eigentlich Marie Henri Louis d'Escorchès, Seigneur de Sainte-Croix et de Mesnil-Defray.

**) Vor der Revolution nannte er sich Raymond de Saint-Maur de Verninac.

summen verausgabt hatte, sah er ein, daß alles vergebens sei. Er begab sich nach Syrien zurück, wo er eine ähnliche Sendung wie nach Ägypten zu erfüllen hatte. Von hier aus schickte er am 2. September 1796 einen ausführlichen Bericht über seine Sendung an Verninac nach Konstantinopel. Dieser berichtete seinerseits an den Minister der auswärtigen Angelegenheiten in Paris und legte seinem Schreiben eine Abschrift des Berichts von Dubois-Thainville bei.

Die Aufzeichnungen Dubois' sind äußerst interessant, da sie nicht allein eingehende Beobachtungen über den Handel in Ägypten und in anderen türkischen Provinzen enthalten, sondern auch die politische Lage des Türkischen Reiches behandeln.

Dieses sei seiner völligen Auflösung nahe, meinte Dubois. Seine Beobachtungen beträfen nicht nur eine einzige Provinz, denn er habe nicht allein die europäische Türkei, sondern auch Anatolien, Syrien und Ägypten bereist und überall die größte Unordnung in der Verwaltung, Plünderung und jede Art von Willkürlichkeit und Ausschreitungen gefunden.

Ehe aber Dubois-Thainville seinen Bericht an Verninac absandte, sogar noch ehe er in Ägypten gelandet war, hatte schon Magallon den Gedanken einer Eroberung Ägyptens durch französische Waffen in Betracht gezogen. *Ihm vor allem gebührt die erste Anregung zu einem Feldzug nach dem Pharaonenlande.*

Er richtete am 17. Juni 1795 einen langen Brief an Verninac, in welchem er die Möglichkeit einer Besitzergreifung Ägyptens durch die Franzosen auseinandersetzte. „Wenn die Republik", heißt es unter anderem in diesem Briefe, „sich mit dem Handel beschäftigen und daraus den größten Vorteil ziehen will, braucht es Ägypten, aber das ganze Land! Man darf sich durchaus nicht mit Alexandria begnügen, sondern auch noch Rosette, Damiette und Kairo sind nötig, und wenn die Zeit gekommen sein wird, auch noch alle Niederlassungen bis zu den Nilwasserfällen..."

„Ich wiederhole, Bürger," fuhr Magallon fort, „sobald wir Herren des Roten Meeres sind, werden wir den Engländern Gesetze vorschreiben und sie aus Indien verjagen, vorausgesetzt, daß dies in den Absichten der Regierung liegen sollte. Während des günstigen Monsun könnte man mit wenigen Schiffen eine Anzahl Truppen über Suez nach Indien schaffen. Auf diese Weise würden unsere Soldaten höchstens 60 Tage auf dem Meere bleiben. Es kommt nicht selten vor, daß sie über das Kap der Guten Hoffnung sechs Monate brauchen, um nach Indien zu gelangen. Über Suez würde man kaum einen Mann auf hundert einbüßen, während man auf dem anderen Wege glücklich sein könnte, wenn man von 100 Mann nur 10 verlöre..."

Eine Abschrift der Denkschrift hatte Magallon nach Paris an das Ministerium der auswärtigen Angelegenheiten gesandt. Obgleich er während drei und einem halben Monat keine Antwort auf seine Eingabe erhielt, verfolgte er ohne Unterlaß seine Absichten und richtete neue Berichte, Vorschläge und Einzelheiten an Colchen, den Kommissar im Ministerium der auswärtigen Angelegenheiten, und bald darauf auch noch an den Wohlfahrtsausschuß.

Inzwischen hatten die Ereignisse des 13. Vendémiaire stattgefunden, und die Herrschaft der fünf Männer war an die Stelle des Nationalkonvents getreten. Magallon hatte jetzt mehr Aussicht, daß seine Vorschläge berücksichtigt würden, denn das Direktorium war mehr als eine andere Regierung vorher geneigt, sich in abenteuerliche Eroberungen einzulassen. Und in der Tat, der Bericht Magallons war in die Hände eines der Direktoren oder des Ministers der auswärtigen Angelegenheiten gelangt, denn er fand eine aufmerksame Betrachtung. Der Direktor oder der Minister hatte den Bericht mit Anmerkungen versehen und ihn dem

Abteilungschef Boulouvard empfohlen, der alles sammeln sollte, was auf Ägypten bezug haben könnte.

Währenddessen trafen der Bericht Dubois-Thainvilles und Ende Dezember 1795 eine andere Denkschrift des Kapitäns Réal in Paris ein. Wie man voraussehen konnte, wa-

Minister Talleyrand.
Nach einem Stich von Bollinger.
(Sammlung Kircheisen.)

ren die Bemühungen Dubois-Thainvilles in Ägypten ohne Erfolge geblieben, denn den Versprechungen der Beis folgte nicht die Ausführung! Auch Magallon hatte nicht mehr Glück. Infolge der Mißerfolge, und da er eigene Geschäfte in seiner Heimat zu erledigen hatte, bat er um einen längeren Urlaub. Dieser wurde ihm nicht nur bewilligt, sondern

Boulouvard, der Chef der 2. Abteilung im Ministerium des Auswärtigen, forderte ihn auf, sich nach Erledigung seiner Privatangelegenheiten nach Paris zu begeben, damit er der Regierung mündliche Aufschlüsse über seine Beobachtungen gäbe. Da Magallon durch allerlei Umstände zurückgehalten wurde, traf er erst in Paris ein, als bereits Talleyrand an die Stelle Delacroix' ins Ministerium der auswärtigen Angelegenheiten getreten war (16. Juli 1797). Dieses Zusammentreffen der Umstände sollte für die Zukunft nicht ohne Folgen bleiben, denn Talleyrand war durch seine Beziehungen zu dem Herzog von Choiseul, zu dem ehemaligen bevollmächtigten Gesandten bei der Pforte Choiseul-Gouffier, ferner zu Lauzun und anderen, persönlich mit den ägyptischen Angelegenheiten wohl vertraut. Er las sogar in der öffentlichen Sitzung des Nationalinstituts am 3. Juli 1797 ein „Mémoire sur les avantages à retirer de colonies nouvelles dans les circonstances présentes" vor.

Die Frage der Machterweiterung der Französischen Republik im Mittelmeer und in der Levante sollte durch Bonaparte in eine ganz neue Entwicklungsstufe eintreten. Man wird sich erinnern, daß Bonaparte während seines Feldzugs gegen den Erzherzog Karl am 9. April 1797 eine längere Unterredung mit Verninac, dem ehemaligen bevollmächtigten Minister in Konstantinopel, gehabt hatte*). Diese

*) Trotz seiner engen persönlichen Beziehungen zu Delacroix mußte er dem General Aubert Dubayet (Aubert du Bayet), dem ehemaligem Mitglied der Gesetzgebenden Versammlung und ersten Kriegsminister im Direktorium, weichen. Dubayet war der erste Gesandte der Französischen Republik bei der Pforte. Er reiste am 12. Juli 1797 von Toulon nach seiner neuen Bestimmung ab und kam am 1. Oktober in Konstantinopel an. Mit den größten Hoffnungen war Aubert Dubayet nach Konstantinopel gegangen, doch infolge der Nachlässigkeit, Unwissenheit und Unentschlossenheit der leitenden türkischen Persönlichkeiten war auch er in seinen Bestrebungen gescheitert. Er starb, erst 40 Jahre alt, nach kurzer Krankheit am 17. Dezember 1797, auf seinem Posten. Die diplomatischen Geschäfte führte zunächst der erste Gesandtschaftsträger General Carra Saint-Cyr bis zum schließlichen Bruch mit der Pforte.

Unterredung betraf nicht allein die venetianischen Verhältnisse sondern auch die türkischen Zustände, mit denen beide, jener nur theoretisch, dieser aber auch praktisch, wohlvertraut waren. Als man von dem Verfall des türkischen Reiches sprach, wird man gewiß die Aussichten eines Feldzuges nach Ägypten in Betracht gezogen haben!

Die orientalischen Pläne Bonapartes jener Zeit sind offenbar noch verwirrt, zusammenhangslos, sprunghaft. Es wäre verfrüht, wollte man schon von jener Zeit her die zielbewußte Politik des Generals, die dann zu dem ägyptischen Feldzug führte, herleiten. Es wäre auch ganz falsch, wollte man aus seinen verschiedenen schriftlichen und mündlichen Äußerungen schließen, daß er schon damals die Absicht gehabt hätte, den Oberbefehl selbst zu übernehmen. Wie er Unterführer mit der Besetzung von Korfu und Korsika betraut hatte, so würde er vermutlich damals auch einem seiner Untergenerale den Befehl über das Expeditionskorps nach Ägypten übergeben haben.

Da er Beherrscher von Ancona, bald auch Herr des Festlandes und der Inseln von Venedig war, mußten die Blicke dieses rastlosen Geistes sicher bis nach Albanien, den Epirus, Griechenland, Malta, ja selbst bis nach Kleinasien und Ägypten schweifen! Galt es doch nicht allein, bei der gewiß bald eintretenden Zerstückelung der Türkei einen fetten Bissen für die Französische Republik zu erhaschen sondern auch, da man bisher England nicht in London beikommen konnte, dem Inselreich durch Lähmung des Handels nach Indien zu schaden. Wenn wir die Entwicklung der orientalischen Pläne nach den Briefen und Handlungen Bonapartes verfolgen, so sehen wir überall ein unsicheres Tasten, ein unbewußtes Suchen, ohne daß er über die tatsächliche Ausführung im klaren zu sein schien. Hier finden wir eine Reihe von Befehlen, dort beobachten wir eine Gedankenreihe ohne Schluß, aber noch nirgends einen bestimmten Plan.

Der Gedanke eines Feldzuges nach Ägypten, dazu unter seiner eigenen Führung, entwickelte sich viel später in dem Hirn Bonapartes, erst, nachdem er die Landung in England oder Irland aufgegeben hatte. Sobald er aber einmal endgültig feststand, traf der junge General in kürzester Zeit Maßnahmen, die alle Wahrscheinlichkeit zur Verwirklichung hatten!

Der erste Schritt, den Bonaparte in der Verfolgung seiner orientalischen Pläne tat, war die Besitzergreifung der Inseln Korfu, Kephalonia und Zakynthos (Zante) gewesen. Sie erfolgte Ende Juni auf Grund eines Befehls vom 26. Mai 1797. „Korfu, Zante und Kephalonia“, schreibt er am 16. August mit gewisser Übertreibung, nachdem er bereits am 1. August

dem Direktorium von Mailand aus die Besitzergreifung der Inseln durch eine französische Flotte gemeldet hatte, „sind viel interessanter für uns als ganz Italien zusammen.

Ich glaube, wenn wir gezwungen wären, zu wählen, wäre es besser, Italien dem Kaiser zurückzugeben und diese vier Inseln (die genannten drei Inseln und Levkas) zu behalten, die für unsern Handel eine Quelle von Reichtum und Gedeihen bilden. Das Türkische Reich bricht immer mehr in sich zusammen, so daß der Besitz dieser Inseln uns in den Stand setzen wird, es entweder zu unterstützen, soweit es möglich ist, oder unseren Anteil daran zu nehmen.

Die Zeiten sind nicht mehr fern, wo wir einsehen werden, daß wir uns Ägyptens bemächtigen müssen, um England wirklich zu zerstören. Das große Türkische Reich, das alle Tage mehr zurückgeht, versetzt uns in die Notwendigkeit, beizeiten Mittel zu ergreifen, um unseren Handel in der Levante zu behalten...“

Gleichzeitig schrieb Bonaparte an Talleyrand, den neuen Minister der auswärtigen Angelegenheiten. Dieser hatte sicher um jene Zeit bereits von der Denkschrift Magallons Kenntnis genommen. Er antwortete unter dem 23. August: „... Das Direktorium billigt vollkommen die Besitznahme Zantes, Korfus und Kephalonias ... Nichts ist übrigens wichtiger, als sich mit Albanien, Griechenland, Mazedonien und den übrigen Provinzen der europäischen Türkei, wie überhaupt mit allen Ländern, die an das Mittelmeer stoßen, in gutes Einvernehmen zu setzen, besonders mit Ägypten, das eines Tages für uns von großem Nutzen sein wird...“

Aus der Fülle von Ideen, die Bonaparte hinsichtlich der Erweiterung der französischen Macht im Mittelländischen Meere hatte, mag sich zuerst der Plan einer Besitznahme Maltas herausgeschält haben.

Er hatte bald in Talleyrand den Mann erkannt, der imstande war, auf seine großen, weitschauenden Pläne einzugehen und selbst solche zu entwerfen. Während sich sein Briefwechsel mit dem Kriegsminister Schérer, der auch erst seit dem 23. Juli im Amte war, nur auf rein militärisch-organisatorische Dinge bezog, machte er den Minister des Äußeren oft zum Mitwisser seiner Pläne. Man weiß ja, daß schon damals Bonaparte nicht mehr damit zufrieden war, ein großer General zu sein, sondern daß er auch auf dem Gebiete der Staatskunst und Diplomatie seinen reichen Geist betätigen wollte. Nachdem er Talleyrand nochmals von der Wichtigkeit der Jonischen Inseln für Frankreich geschrieben hatte, fuhr er in seinem Schreiben vom 13. September aus Passeriano fort: „...Warum bemächtigen wir uns nicht Maltas? Der Admiral Brueys könnte dort sehr gut (auf der Rückreise nach Frankreich) vor Anker gehen und sich der Insel bemächtigen. 400 Ritter und höchstens ein Regiment von 500 Mann sind die einzigen Verteidiger der Stadt La Valetta. Die Einwohner belaufen sich auf mehr als 100 000, sind uns sehr geneigt und haben die Ritter sehr satt, die nichts zu essen haben und vor Hunger sterben. Ich habe aus bestimmten Gründen ihre Besitzungen in Italien beschlagnahmen lassen. Mit der Insel San Pietro, die uns der König von Sardinien abgetreten hat, Malta, Korfu und so weiter, werden wir Herren des Mittelmeeres sein.

Wenn es sich ereignen sollte, daß wir bei unserem Frieden mit England genötigt würden, das Kap der Guten Hoffnung abzutreten, müßten wir uns Ägyptens bemächtigen. Dieses Land hat niemals einer europäischen Macht gehört. Die Venetianer allein haben dort ein gewisses Übergewicht gehabt ... Man könnte von hier mit 25 000 Mann abfahren, die von acht bis zehn Schlachtschiffen oder venetianischen Fregatten geleitet würden und sich des Landes bemächtigen. Ägypten hat niemals dem Sultan gehört (?). Ich hätte gern, Bürger Minister, wenn Sie in Paris einige Erkundigungen einziehen würden, um mich wissen zu lassen, welche Rückwirkung unser ägyptischer Feldzug auf die Pforte haben würde..."

Talleyrand antwortete am 23. September: „... Das Direktorium billigt Ihre Absichten über Malta. Seitdem sich der Orden einen österreichischen Großmeister, den Herrn von Hompesch, gewählt hat, fand das Direktorium den schon auf anderen Mitteilungen gegründeten Verdacht bestätigt, daß Österreich sich dieser Insel zu bemächtigen beabsichtige. Es sucht eine Seemacht im Mittelländischen Meere zu werden... Es liegt in unserem Interesse, jeder Machtvergrößerung Österreichs zur See zuvorzukommen, und das Direktorium wünscht, daß Sie die notwendigen Maßnahmen träfen, um zu verhindern, daß Malta in österreichische Gewalt fiele. Was Ägypten anlangt, so sind

Ihre Ideen hinsichtlich dieses Landes groß und von Nutzen. Ich werde Ihnen über diesen Gegenstand noch ausführlich schreiben. Heute beschränke ich mich nur darauf, Ihnen zu sagen, daß, wenn man die Eroberung machte, es nur im Interesse der Pforte geschähe, um die russischen und englischen Intrigen zu vereiteln, die in diesem unglücklichen Lande immer von neuem angezettelt werden. Ein solch großer Dienst würde die Türken leicht veranlassen, uns das ganze Übergewicht und die nötigen Handelsvorteile zu überlassen. Als Kolonie würde Ägypten bald die Erzeugnisse der Antillen ersetzen und uns den Handel mit Indien verschaffen..." *).

Eine Besitzergreifung Maltas sollte den Feldzug nach Ägypten einleiten. Die Insel gehörte dem Johanniterorden und stand unter dem Schutze des Kaisers von Rußland. Der Orden war entschieden im Niedergang begriffen. Der maltesische Gesandte in Paris war gestorben, und nach dem Sturze des Königtums besaß der Orden keinen diplomatischen Vertreter mehr in der französischen Hauptstadt, obgleich die meisten Ordensritter auf Malta Franzosen waren.

Seitdem Bonaparte die Jonischen Inseln hatte besetzen lassen, mußten die Blicke Englands sich wieder auf das Mittelländische Meer richten. Die Engländer hatten das Mittelmeer zwar erst im Dezember 1796, endgiltig im Januar 1797, geräumt, aber man konnte in Paris nicht wissen, ob die britische Admiralität nicht von neuem eine Flotte

*) Durch einen eigentümlichen Zufall sandte der Vizeadmiral Rosily, der damals Direktor der Plankammer der Marine war, an demselben Tage, an welchem Talleyrand den Brief an Bonaparte schrieb, dem Kommissar Monge bei der Italienischen Armee alle Denkschriften, Briefwechsel usw., die sich auf Ägypten bezogen, nach Italien. Es ist augenscheinlich, daß dies auf Veranlassung Bonapartes geschah, um an der Hand von Berichten aus erster Quelle die Möglichkeit eines orientalischen Feldzugs zu studieren. Jedenfalls scheint das Direktorium damals noch nicht von den Plänen Bonapartes und Talleyrands in Kenntnis gesetzt worden zu sein.

dahinzusenden und Malta zu besetzen beabsichtigte, da es leichter als Korsika zu verteidigen war und Frankreich in Schach halten konnte.

Wie wir gesehen haben, hatte Bonaparte sich in seinen Briefen an das Direktorium und an Talleyrand im Laufe des Frühjahrs und des Sommers 1797 öfters mit der Insel be-

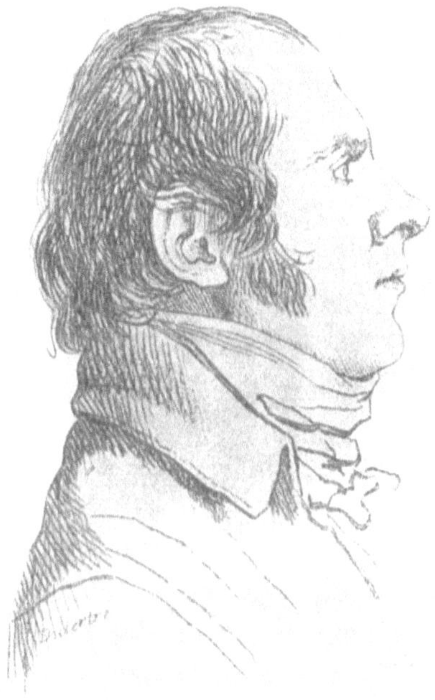

Gesandtschaftssekretär Poussielgue.
(Nach einem Stich von A. Dutertre.)

schäftigt. Man hatte ihm ganz freie Hand gelassen, in dieser Hinsicht anzuordnen, was er für geeignet hielt.

Infolgedessen hatte er Poussielgue, dem ersten Gesandtschaftssekretär in Genua, den wir schon gelegentlich der Unruhen in der Ligurischen Republik kennen gelernt haben, am 12. November den Befehl erteilt, die Verhältnisse in Malta an Ort und Stelle zu studieren. Um aber die Sendung so unauffällig wie möglich zu machen, bekam Poussielgue amtlich den Auftrag, auch die Inseln Korfu, Zante, Kephalonia und Cerigo (Kythera) in der Eigenschaft eines Generalinspektors zu bereisen. In einem Briefe an das Direktorium von demselben Tage gab aber Bonaparte den wahren Grund an.

In dem Entwurf zur Landung in England, den er am 14. Dezember 1797 seiner Regierung überreichte, kam jedoch Malta nicht mehr in Betracht. Poussielgue erhielt daher Gegenbefehl. Es war aber zu spät, denn er war bereits abgereist. Nachdem er sich etwa drei Wochen auf der Insel aufgehalten und sehr nützliche Beobachtungen gesammelt hatte, kehrte er nach Italien zurück. Von Mailand aus richtete er am 8. Februar 1798 einen sehr interessanten ausführlichen Bericht an Bonaparte, der diesem später doch noch von großem Nutzen sein sollte!

Durch die Einrichtung der Zisalpinischen Republik, der Erledigung der genuesischen und venetianischen Verhältnisse, vor allem aber durch die Friedensverhandlungen mit den kaiserlichen Abgesandten in Mombello, Passeriano und Udine, scheint Bonaparte vorläufig von seinen orientalischen Plänen abgelenkt worden zu sein. Als ihn dann das Direktorium nach dem Abschluß des Friedens von Campoformido am 26. Oktober zum Obergeneral der Armee von England ernannte und auch beauftragte, den Vorsitz der französischen Friedensgesellschaft in Rastatt zu führen, wurden Bonapartes Blicke nach Norden gelenkt. Seiner Gewohnheit gemäß ließ er sich eifrig den neuen Plan der Zusammenstellung des nach England bestimmten Heeres und die Möglichkeit einer Landung in Großbritannien angelegen sein.

Während sich Bonaparte mit der Landung in England beschäftigte und eine Reise nach der französischen Nordküste unternahm, dachte Talleyrand über einen Feldzug nach Ägypten nach. Er war, wie wir wissen, schon früher diesem interessanten Plan nahe getreten. In der letzten Zeit waren ihm auch zahlreiche Denkschriften über die Türkei und Ägypten zugegangen. Er reichte deshalb am 14. Februar 1798 dem Direktorium einen Plan zur Eroberung Ägyptens ein*). Und wiederum war hierbei Magallon, der französische Generalkonsul in Ägypten, im Spiele, denn dessen am 9. Februar an den Minister eingereichte Denkschrift mag Talleyrand bestimmt haben, die seinige dem Direktorium vorzulegen und einen Feldzug nach Ägypten als wünschenswert und vorteilhaft darzustellen!

Vergleicht man beide Denkschriften miteinander, so findet man in dem Talleyrandschen Bericht dieselben Beweggründe wie bei Magallon. Natürlich erörtert der Minister in einer sachkundigeren Weise als der Generalkonsul Magallon die diplomatischen Beziehungen der Pforte zu den europäischen Mächten, die aus einer Besitzergreifung Ägyptens für die Französische Republik entstehen könnten.

Es ist nahezu ausgeschlossen, daß Bonaparte von der Absicht Talleyrands Kenntnis gehabt hat, denn die Denkschrift Talleyrands wurde auf Grund des Berichtes Magallons verfaßt und sieben Tage vor der Rückkehr Bonapartes nach Paris dem Direktorium übergeben! Als Bonaparte nach dem ägyptischen Feldzug im Jahre 1799 nach Frankreich heimgekehrt war, ließ er sich übrigens das Schriftstück Talleyrands bringen und versah es mit Anmerkungen. Seine Beobachtungen fielen aber nicht zum Vorteile des Ministers aus**). Sie beweisen vielmehr weiterhin, daß der General von der beabsichtigten Eingabe dieser Schrift

*) Schon am 23. Juli 1797 hatte Talleyrand dem Direktorium drei Denkschriften mitgeteilt, die die Möglichkeit eines Angriffs gegen die Engländer in Indien mit Hilfe der indischen Fürsten in Betracht zog.

**) Als Talleyrand geschrieben hatte: „Ses chefs (die der Armee von Ägypten) n'auront pas besoin d'être pourvus de grands talents militaires", hatte Bonaparte hinzugefügt: „Quelle folie!". Hätte Bonaparte von dem Schriftstück vorher Kenntnis gehabt, er würde wohl niemals diesen Satz Talleyrands haben stehen lassen!

keine Kenntnis hatte, denn er würde sonst Verschiedenes darin geändert haben!

Inzwischen wird der Minister des Äußeren den Bericht Bonapartes gelesen haben, den dieser dem Direktorium am 23. Februar 1798 übermittelte, und worin er die Möglichkeit eines Feldzugs nach England bezweifelte. Vielleicht hat auch Bonaparte selbst um diese Zeit zu Talleyrand von seinen Zweifeln gesprochen. Da der General nun einen unmittelbaren Angriff auf Englands Küsten für ungeeignet hielt, das Direktorium aber ebensowenig geneigt war, mit England Frieden zu schließen oder Hannover und Hamburg wegzunehmen, so ist es naheliegend, daß beide Männer, Bonaparte und Talleyrand, zusammen den Plan eines Unternehmens nach Ägypten weiter erörtert haben, bis sich endlich das Direktorium zur Ausführung entschloß.

Was Napoleon selbst auf Sankt Helena über den Plan des Feldzugs nach Ägypten sagt, trägt nur dazu bei, die Sachlage zu verwirren; man darf ja nicht vergessen, daß er sich fast keiner authentischen Dokumente bei der Abfassung seiner Memoiren bedienen konnte und oft absichtlich die Tatsachen anders hinstellte, als sie gewesen sind. Talleyrands Memoiren verdienen noch weniger Glaubwürdigkeit. Der Minister schreibt darin ganz harmlos: „Nachdem er (Bonaparte) den Frieden mit Österreich unterzeichnet hatte ... kam er nach Paris, um dem Direktorium die Eroberung Ägyptens vorzuschlagen" (!)*).

*) Da das Unternehmen fehlschlug, war er natürlich der erste, der sich reinwaschen wollte. In einigen von ihm am 29. Messidor und am 7. Thermidor (18. und 26. Juli 1799) erschienenen Artikeln in der „Gazette nationale ou Moniteur universel" behauptete er, daß das Unternehmen nach Ägypten bereits vor seinem Eintritt ins Ministerium beabsichtigt worden sei. Der frühere Minister Delacroix lehnte in seiner Antwort vom 30. Messidor (19. Juli) ebenfalls die Verantwortlichkeit ab. — Talleyrand gehört übrigens zu denjenigen, die behaupten, das Direktorium habe den Feldzug nach Ägypten nur deshalb gebilligt, um Bonaparte, der ohne Beschäftigung war, aus Frankreich zu entfernen.

Barras in seinen gleichfalls höchst lügnerischen und unzuverlässigen Memoiren und Larevellière-Lépeaux schieben die Urheberschaft, das heißt die Schuld an dem mißglückten Unternehmen, Bonaparte in die Schuhe.

Reubell hat keine Memoiren, nur eine Aufzeichnung einer

Merlin de Douai.
Nach einer Lithographie von Delpech.
(Sammlung Kircheisen.)

langen Unterredung mit dem Ersten Konsul im Februar 1802 hinterlassen.

Der Wahrheit am nächsten kommt sicherlich Merlin de Douai in seiner Rechtfertigungsschrift, die er im Jahre 1799 dem Rate der Fünfhundert einreichte, da man unter anderem auch ihm den unglücklich verlaufenen Feldzug in

Ägypten vorwarf. Er sagt mit Recht: „Wenn man auch nicht behaupten kann, daß es Bonaparte gewesen ist, der zuerst den Gedanken zu diesem Feldzug gehabt hat, so kann man doch wenigstens versichern, daß er ohne ihn nicht zur Ausführung gelangt wäre!"

Eine wichtige Quelle bilden auch die Berichte Sandoz-Rollins an seine Regierung. Am 22. Februar bereits schrieb der preußische Gesandte, indem er sich die Worte Talleyrands in den Mund legte: „...Ich habe in der Tat ein Unternehmen vorgeschlagen, das unsere Kolonien ausdehnen und die Geschichte der Welt erweitern würde. Man könnte die in Italien befindlichen 40 000 Mann verwenden, um den blühendsten Teil Ägyptens zu erobern..." Am 19. April berichtet derselbe Gesandte: „...Talleyrand hat mir gestanden, daß er mit Magallon, dem Konsul in Ägypten, der Urheber dieses großen Unternehmens sei, und daß er sich davon den größten Erfolg verspräche."

Wir können also das Schlußergebnis in folgende Worte zusammenfassen: Im allgemeinen werden Bonaparte oder Talleyrand als die Urheber bezeichnet. Beides ist falsch. Man muß genau, wie in ähnlichen Fällen, den oder die Urheber des Planes von denen trennen, die das Unternehmen ausbauten oder zur Ausführung brachten. Wollte man Namen anführen, so müßte man an erster Stelle Magallon und andere, die Denkschriften über ein militärisches Unternehmen nach Ägypten einreichten, an letzter Stelle aber das Direktorium nennen, das doch das entscheidende Wort zu sagen hatte*).

Der Gedanke, sich Ägyptens zu bemächtigen, hat sich nach und nach in zahlreichen Köpfen entwickelt, die ihn alle auf ihre Weise ausbauten und der Ausführung näher

*) Die tatsächliche Verantwortlichkeit trägt natürlich das Direktorium, das die ausführende Gewalt in den Händen hatte. Der Regierung wurden jährlich Hunderte von Denkschriften eingereicht, über deren Annahme oder Ablehnung sie allein zu entscheiden hatte.

brachten. Man könnte sogar noch weiter als bis auf Leibniz zurückgehen, der im Jahre 1672 Ludwig XIV. die Eroberung Ägyptens vorschlug, um den König von Deutschland abzulenken*). Außerdem könnte man noch zahllose Männer erwähnen, die durch Taten oder Denkschriften den Plan reifen ließen, der dann durch Bonaparte zur Ausführung gebracht wurde!

*) Es scheint, daß Bonaparte von der Denkschrift des großen deutschen Philosophen, „Consilium aegypticum" genannt, nichts wußte, denn sie war damals vollkommen vergessen worden. Erst im Jahre 1803 wurde eine Abschrift der Denkschrift während der Besetzung Hannovers durch Mortier in der Bibliothek zu Hannover aufgefunden. Mortier sandte das Exemplar am 20. Juli an Bonaparte, der es Monge anvertraute. Dieser hinterlegte es im Jahre 1815 in der Bibliothek des „Institut national".

DRITTES KAPITEL

DIE VORBEREITUNGEN ZUM ÄGYPTISCHEN FELDZUG.

(März bis Mai 1798)

Zusammensetzung der Landungstruppen und der Flotte. — Abreise der Geschwader aus Toulon, Marseille, Genua, Civita Vecchia und Korsika.

Nachdem der Feldzug nach Ägypten endgültig entschieden war, machte sich Bonaparte mit Feuereifer an die Verwirklichung dieses Planes. In einem eingehenden Schreiben vom 5. März 1798 gab er die Maßnahmen an, die zu ergreifen waren. Am selben Tage ernannte das Direktorium einen Ausschuß, der sich sofort an das Mittelländische Meer begeben sollte. An der Spitze dieses Ausschusses stand der Konteradmiral Blanquet du Chayla; ihm beigeordnet waren der Marinekommissar Le Roy, der Artilleriegeneral Dommartin und der Oberzahlungsanweiser Sucy. Sie hatten nur von Bonaparte Befehle zu empfangen.

Am 12. April erschien eine Reihe von Beschlüssen, die sich alle auf die Bildung der Orientarmee und die Obliegenheiten des Oberbefehlshabers Bonaparte bezogen. Dieser erhielt nicht allein Befehl, sich Ägyptens zu bemächtigen und die Engländer so weit wie möglich aus ihren orientalischen Besitzungen zu verjagen, sondern es wurde ihm auch aufgetragen, die Landenge von Suez zu durchstechen, das Schicksal der Urbewohner des Landes zu verbessern, dabei aber mit der Pforte in gutem Einvernehmen zu bleiben. In einem weiteren Beschluß bekam Bonaparte auch Befehl, sich Maltas zu bemächtigen.

Man sieht aus diesen Anordnungen, daß das Direktorium, vermutlich auf Veranlassung Bonapartes, auch noch einen kulturellen Zweck mit der Besitzergreifung Ägyptens verband. Und in der Tat, war auch die politische Herrschaft nicht von langer Dauer, so waren doch die Ergebnisse der Gelehrtenkommission von größter Bedeutung, denn aus jener Zeit her rührt erst die wirkliche Erforschung des alten Wunderlandes.

Bonaparte entfaltete eine unglaublich fruchtbare Tätigkeit in seinem kleinen Hause in der Rue Chantereine! Tag und Nacht war er mit seinen Plänen und den Mitteln zu deren Ausführung beschäftigt. Noch nie, selbst nicht in Italien, hatte man ihn so tätig gesehen wie in jenen Tagen.

Als ausgezeichneter Menschenkenner wußte er Mitarbeiter zu finden und sie für seine Zwecke zu begeistern. Es ist bekannt, wie alle, die sich ihm näherten, seinem eigenartigen Zauber unterlagen. Er kannte die meisten Generale persönlich, die an dem Zuge nach Ägypten teilnehmen sollten, und wußte im voraus, wie und zu welchen Zwecken er sie am besten verwenden konnte.

Berthier, sein getreuer Gefährte aus dem italienischen Feldzuge, mußte natürlich das Amt des Generalstabschefs wieder übernehmen. Bonaparte wußte, was er von ihm verlangen konnte. Desaix' und Klebers Eigenschaften hatte er, obgleich diese Generale nicht mit in Italien gewesen waren, teils bei der Besichtigungsreise an die Küsten, teils schon vorher kennen und schätzen gelernt. Dem einen wurden die Rüstungen in Civita Vecchia übertragen, die der Obergeneral nicht selbst überwachen konnte, dem anderen wurden sämtliche Divisionen untergeordnet, die sich in Toulon, Marseille und auf Korsika sammeln sollten. Caffarelli wurde mit der Zusammenstellung der Gelehrtenkommission betraut, über deren Tätigkeit in einem besonderen Kapitel gesprochen werden wird.

Bonaparte selbst beschäftigte sich mit den verschiedentlichsten und auch nebensächlichsten Dingen. Nichts entging seiner Aufmerksamkeit. Fast täglich gingen seine Befehle nach Toulon, Lyon, Marseille, Genua, Rom, Civita Vecchia, Korsika, abgesehen von den nach Paris bestimmten schriftlichen oder mündlichen Anordnungen. Er wußte und kannte alles; er stand vollkommen über dem Stoff, den es zu bewältigen galt, und nur die Zeit setzte seinem großen Geiste manchmal eine Schranke.

Nicht allein dem Heere und der Flotte galt seine Fürsorge, sondern auch der Gelehrtenkommission. Die geringsten Einzelheiten überlegte er und besprach ihre Ausführung mit Fachleuten. Heute ging eine Beschwerde an den Minister des Innern, daß der Direktor der Buchdruckerei sich weigere, dem Gelehrtenausschuß die arabischen und griechischen Buchstaben zur Verfügung zu stellen, am folgenden Tag gab er Befehl, eine Bibliothek anzukaufen, die er meist nach eigenen Angaben zusammengestellt hatte, und von der uns Bourrienne ein oberflächliches Verzeichnis gibt.

Während Bonaparte alle Fäden des Unternehmens in seiner Hand in Paris vereinigte, wurde in den verschiedenen Hafenplätzen in fieberhafter Tätigkeit gearbeitet. Die Mitglieder des Marineausschusses trafen nach und nach zwischen dem 16. und 31. März in Toulon ein. Wenige Tage später, am 2. April, kam auch Brueys mit seinem Geschwader wohlbehalten von Korfu aus an. Für seine Verdienste bei der Besetzung der Jonischen Inseln wurde er durch Beschluß vom 12. April zum Vizeadmiral ernannt. Am 24. April wurde der 74jährige Kriegsminister Pléville

General Berthier.
(Nach dem Gemälde von A. L. J. Gros.)

le Pelley durch den Konteradmiral Bruix ersetzt, damit eine jüngere Kraft das Marineministerium leite.

Toulon war der Hauptsammelplatz sowohl für die Flotte als auch für die Landungstruppen. Die Stadt und der Hafen boten einen sehr interessanten Anblick dar; überall sah man Bewegung und lebhafteste Tätigkeit. Und da man nicht wußte, welchem Zwecke alle diese Vorbereitungen dienten, umgab das ganze Treiben etwas Geheimnisvolles.

Zum Befehlshaber der Division, die sich hier versammeln sollte, bestimmte der Obergeneral, einem Befehl an Berthier vom 20. April zufolge, den Divisionsgeneral Kleber. Wenige Tage darauf, am 28. April, teilte Bonaparte diesem mit, daß ihm außer seiner eigenen noch die Division Reynier (in Marseille) und die Division Menard (auf Korsika) unterstellt seien. Der Geniegeneral Caffarelli, der früher die Befugnisse eines stellvertretenden Generalstabschefs an Stelle Berthiers ausgefüllt hatte, nahm jetzt denselben Posten bei Kleber ein.

General Reynier sollte den Oberbefehl über die Division übernehmen, die sich in Marseille versammelte. Am 10. April reiste er aus Paris ab und begab sich über Grenoble, Valence und Avignon, wo er überall Schritte zur Beschleunigung der Arbeiten tat, nach dem Ort seiner Bestimmung. Hier traf er am 22. April ein und übernahm, auf Grund eines Befehls vom Obergeneral an seinen Generalstabschef Berthier vom 20. April, das Kommando seiner Division. Anfang Mai waren die Vorbereitungen beendet, und auf Befehl Klebers versuchte Reynier am 8. Mai die Anker lichten zu lassen. Wegen der ungünstigen Winde jedoch mußte die Abfahrt nach Toulon verschoben werden. Endlich konnte das Geschwader den Hafen am 11. Mai verlassen und kam noch an demselben Tage in Toulon an. Der Befehlshaber der Division, General Reynier, befand sich an Bord der Fregatte „L'Alceste".

In Korsika sollte eine weitere Division gebildet werden. Infolge der ungünstigen politischen Lage auf der Insel gingen die Vorbereitungen sehr langsam vonstatten. Dort befehligte der General Vaubois, den wir bereits aus dem italienischen Feldzug als Kommandanten von Livorno und aus den Kämpfen am Gardasee kennen. Mit dem Oberbefehl der nach Ägypten bestimmten 23. Division wurde jedoch der erst kürzlich zum Divisionär ernannte General Menard betraut, der die eine Division in der Schweiz befehligt hatte. Menard war aber Vaubois unterstellt. In den ersten Tagen des Monats April kam er in Bastia an, doch erhielt er kurze Zeit darauf vom Direktorium Befehl, sich nach Italien zu begeben. Vaubois übergab daher den Oberbefehl über die beiden Halbbrigaden dem General Casalta. Aber dieser wurde seiner schlechten Gesundheit wegen von Bonaparte nicht angenommen und schließlich durch Tagesbefehl vom 13. Mai durch den kurz zuvor zum Divisionär beförderten General Bon ersetzt. Die Division erhielt am 9. Mai Befehl, sich unverzüglich einzuschiffen und sich nach der Maddalena, im Norden von Sardinien, zu begeben.

Von dem französischen Konsul Redon de Belleville unterstützt, überwachte General Berthier die Vorbereitungen in Genua. Wie man weiß, sollte er an dem Feldzug als Generalstabschef Bonapartes teilnehmen. Da seine Anwesenheit in Italien aber noch nötig war, vertrat ihn währenddessen der General Caffarelli.

Ende März bereits war der Divisionsgeneral Baraguay d'Hilliers in Genua angekommen*), der die hier in der Bildung begriffene Division befehligen sollte. Baraguay hatte sich als Befehlshaber der ehemaligen Division Dallemagne im Feldzug gegen den Erzherzog Karl und bei der Besetzung

---

*) Auf Wunsch des Obergenerals sollte sich Monge mit verschiedenen anderen Gelehrten und Ingenieuren von Genua aus einschiffen. Jedoch wurde der Plan geändert, denn die Gelehrten fuhren von Civita Vecchia ab.

von Venedig ausgezeichnet. Bonaparte erteilte Baraguay d'Hilliers am 19. April Befehl, am 6. oder 7. Floréal (25. und 26. April) die Anker zu lichten und sich in Toulon der Hauptflotte anzuschließen. Wegen der Angelegenheit Bernadottes in Wien mußte die Abreise jedoch aufgeschoben werden. Als sich dann die politische Lage geklärt hatte und die letz-

General Desaix.
Gestochen von H. Schmidt nach einer Zeichnung von J. A. Dornstedt.
(Sammlung Kircheisen.)

ten Vorbereitungen beendet waren, gab Bonaparte am 2. Mai nochmals Befehl, nach Toulon aufzubrechen.

Die Truppen waren bereits auf Grund des früheren Befehls am 27. April eingeschifft worden, und die Flotte befand sich schon im Hafen von Toulon, als der Gegenbefehl eintraf, zurückzukehren und die Truppen in Genua wieder auszuschiffen! In der Nacht vom 9. zum 10. Mai traf Baraguay d'Hilliers wieder in Genua ein, wo inzwischen der endgültige Befehl Bonapartes zur Fahrt vom 2. Mai angekommen war. Am 17. Mai lichtete man nun nochmals die Anker, um nach Toulon zu fahren.

Durch einen Beschluß des Direktoriums vom 16. März war der General Desaix zum Oberbefehlshaber der Division ernannt worden, die sich in Civita Vecchia, nordwestlich von Rom, einschiffen sollte. Da Civita Vecchia sehr weit von Paris entfernt liegt, und Bonaparte die Vorbereitungen dort nicht selbst überwachen konnte, hatte er diesen Posten einem erprobten General übertragen. Desaix war am Tage nach seiner Ernennung aus Paris abgereist und am 2. April in Rom angelangt. Hier wurde er von den Regierungskommissaren Villemanzy, Haller und Monge sehr in seinen Bestrebungen unterstützt.

Infolge des Zwischenfalles in Wien war das Zustandekommen des orientalischen Feldzugs eine Zeitlang zweifelhaft geworden. Jedenfalls hatte Bonaparte am 23. April dem General Brune, der als Obergeneral an Berthiers Stelle in Italien befehligte, die Divisionen in Genua und Civita Vecchia in Voraussicht eines österreichischen Angriffs zur Verfügung gestellt. Noch ehe Nachricht von dem Zwischenfall mit Bernadotte in Paris eingetroffen war, hatte Bonaparte am 19. April Desaix Befehl erteilt, am 10. Floréal (29. April) unter Segel zu gehen, die Küsten Neapels hinabzufahren, die Meerenge von Messina zu passieren und in Syrakus, möglichst aber in Malta vor Anker zu gehen. Am nächsten Tage wiederholte er den Befehl. Aber am 23. April mußte er dem General Desaix die Weisung erteilen, die Truppen wieder auszuschiffen, falls sie sich schon auf den Kriegs- und Transportschiffen befänden. Nachdem aber die Angelegenheit mit Bernadotte geregelt, beziehentlich zur Verhandlung nach Selz verwiesen worden war, schrieb Bonaparte am 10. Mai an Desaix, daß er sich bereithalten sollte, sich der Hauptflotte anzuschließen, wenn diese auf der Höhe von Korsika angelangt sein würde.

Ehe der Obergeneral Toulon verließ, sandte er den Generaladjutanten Cäsar Berthier*) mit Depeschen für den General Desaix nach Genua, die von dort aus vom französischen Konsul Redon de Belleville weiter befördert werden sollten. Aber inzwischen war die Brigg „Le Salamine", die erst nach der Abfahrt Bonapartes von Toulon den Hafen verlassen hatte, vor dem Boten zu Lande in Civita Vecchia angekommen und hatte dem General Desaix die Befehle zur Abfahrt überbracht. Mit 61 Schiffen, wovon eine Fregatte, zwei Briggs, zwei Avisos, zwei Kanonenboote und 53 Transportfahrzeuge, verließ Desaix am 26. Mai Civita Vecchia. Der General selbst befand sich mit seinem Stab und mit Monge an Bord der Fregatte „La Courageuse".

Trotz aller Absichten Bonapartes und des Direktoriums, das Ziel des überseeischen Feldzuges geheimzuhalten, wurde infolge der angeordneten Maßnahmen das wahre Ziel von vielen erraten. Um die öffentliche Meinung in Frankreich, besonders aber die zahlreichen Feinde der Französischen Republik über den Ort der Bestimmung zu täuschen**), griff das Direktorium zu einer List. Es erließ am 31. März einen Beschluß, in welchem Bonaparte befohlen wurde, sich nach Brest zu begeben, um dort den Oberbefehl über die nach England bestimmte Armee zu übernehmen. Um aber in der Täuschung des Publikums ganz sicher zu gehen,

*) Bruder des Generals Alexander Berthier. — Ein Teil der Generaladjutanten (adjutants-généraux) hatte den Rang eines Obersten, der andere Teil den eines Oberstleutnants. Vielfach wird der Titel eines Generaladjutanten von Historikern und Militärhistorikern mißverstanden. Die Generaladjutanten hatten besonders die Befehle der Generale zu übermitteln, sich mit dem inneren Dienst zu beschäftigen, das Gelände in der Schlacht für die Stellung der Truppen auszusuchen und im Lager die Wahl der Quartiere und die Verteilung der Lebensmittel zu überwachen.

**) Um die Engländer irrezuführen, wurden die Truppen, die sich im Süden von Frankreich versammelten, mit „Linker Flügel der Armee von England" bezeichnet.

wurden Abschriften des Erlasses verschiedenen Journalisten übergeben, die nicht verfehlten, ihn abzudrucken, obgleich sich am Schluß die Bemerkung befand „Der gegenwärtige Beschluß wird nicht gedruckt“*).

Die im Volke umlaufenden Meinungen, wohin der Feldzug gerichtet sei, waren natürlich sehr verschieden. Manche sprachen von Irland oder England, einige von Sardinien, Cartagena, Gibraltar, Malta, Neapel, Sizilien, Albanien, dem Epirus, der Levante, andere sogar von Portugal, der Krim, Brasilien, Indien, schließlich zahlreiche Leute, vor allem die Seeleute, von Ägypten. In Wien, London, Sankt Petersburg und Konstantinopel waren natürlich ähnliche Ansichten über das Ziel des Unternehmens verbreitet.

In dem „Publiciste“ vom 11. Germinal (31. März) liest man die Bemerkung: „Man versichert, daß Bonaparte in fünf oder sechs Tagen sich nach einem unbekannten Ort unserer Küsten begeben wird. Es ist besonders erstaunlich, das einige Personen behaupten, es könnte das Mittelländische Meer, vielleicht sogar Toulon selbst sein. So unwahrscheinlich auch diese Behauptung ist, so scheint es doch sicher, daß sich einige Generale in aller Eile nach Toulon begeben haben, daß die Vorbereitungen für einen Feldzug zur See in diesem Hafen mit größter Tätigkeit betrieben werden, und daß bereits 10 000 Mann Landungstruppen sich dort befinden oder auf dem Wege dahin sind. Man sagt, sie seien für eine Einschiffung bestimmt. Wir wissen nicht, was man von dem Gerücht eines Feldzuges nach Ägypten denken soll. Er soll sogar im Einverständnis mit dem Sultan geschehen, den man von einigen ungehorsamen Paschas befreien will und ihm dafür den Rest seiner Staaten gewährleistet.“

---

*) Das Direktorium erließ sowohl Befehle, die für die Öffentlichkeit bestimmt wurden, als auch solche, die nur Eingeweihte, Minister, höhere Beamte oder Obergenerale angingen und geheim gehalten werden mußten.

Die Zeitung scheint aber von der Regierung einen Wink bekommen zu haben, denn als sie am 17. Floréal (6. Mai) die Abreise Bonapartes nach Toulon meldete, widerrief sie die frühere Vermutung und sagte, es handle sich nur um einen Anschluß an die spanische Flotte, und am 18. Floréal (7. Mai), bezwecke man eine Vereinigung mit der venetianischen Flotte (das heißt, der von Brueys herbeigeführten ehemaligen venetianischen Kriegsschiffe), mit der man gemeinsam eine Landung in Irland oder England versuchen wolle. Der „Chef du Cabinet" vom 19. Floréal (8. Mai) und der „Patriote français" vom 27. und 28. Floréal (16. und 17. Mai) sprachen auch die Vermutung aus, daß es sich um eine Landung an den großbritannischen Küsten handle.

Es ist wirklich zu verwundern, daß das Geheimnis des orientalischen Feldzuges so lange gewahrt wurde. Meist wird gesagt, daß es außer Bonaparte und Talleyrand nur noch das Direktorium gewußt hätte. Ich behaupte aber, daß es wenigstens einige Dutzend Personen tatsächlich wußten*), und vielleicht einige Hundert auf Grund der Maßnahmen mit Bestimmtheit annehmen mußten! Um so mehr ist es anzuerkennen, daß kein schlechter Gebrauch von dem Geheimnis gemacht wurde.

Außer Bonaparte, Talleyrand, dessen Sekretär, vielleicht auch Magallon und den fünf Direktoren wußten es sicher folgende Personen: Bourrienne, Monge, Berthollet, Étienne Geoffroy Saint-Hilaire und sein Bruder Marc Antoine, Cuvier, Denon, Caffarelli, der Oberzahlmeister Sucy, der Zahlmeister Najac, Desaix, Kleber, Brueys, Marmont, Dolomieu, der Geschäftsträger in Konstantinopel Ruffin, der preussische Gesandte Sandoz-Rollin, gewiß auch Brune, Dominique Joseph Garat, Joseph, Lucien und Louis Bonaparte,

*) Jomard in den „Souvenirs sur Caspard Monge" behauptet, außer Monge und Berthollet hätten es nur drei bis vier (!) Personen gewußt. Kleber dagegen bemerkt in seinem Tagebuch gelegentlich der Ereignisse vom 30. Prairial (18. Juni), kaum 40 Personen hätten das Ziel der Reise gekannt.

Eugen Beauharnais, möglichenfalls auch noch einige Adjutanten Bonapartes, Duroc, Sulkowsky, Merlin und Lavalette. Bonaparte wird seine Frau und seine Schwestern gewiß nicht eingeweiht haben, denn sonst würde das Geheimnis wohl bald verraten worden sein! Wie Marmont in seinen Memoiren schreibt, habe es auch nicht einmal der Kriegsminister Schérer gewußt.

Übrigens glaubten viele Fernerstehende oder Unbeteiligte genau zu wissen, daß sich ein Feldzug in die Levante oder nach Ägypten vorbereite, was die zahlreichen Denkschriften, die das Direktorium in jenen Tagen erhielt, zur Genüge beweisen. Viele kleine Tatsachen deuteten auch klar daraufhin, wohin das Unternehmen gerichtet sei. Desaix und Monge ließen eifrige Nachforschungen in den Bibliotheken Roms anstellen, um Bücher über Ägypten, Syrien und Persien aufzufinden. Auch nahm Desaix verschiedene Ägypter und Syrer in seine Dienste. Ebenso ließ Bonaparte in Paris und anderen Städten nach Werken über Ägypten und Syrien forschen. Auch suchte man eifrig in Paris und Rom nach arabischen Schriftzeichen und nach Leuten, die in orientalischen Sprachen bewandert waren!

Memoirenschreibern natürlich darf man in dieser Hinsicht wenig trauen, wenn sie behaupten, sie hätten von dem Ziel der Expedition gewußt. Man weiß ja, wie zahlreiche Erinnerungswerke oft viele Jahre nach den Ereignissen und nur mit Hilfe des Gedächtnisses verfaßt werden. Mit den Briefen ist es aber eine andere Sache. So schrieb der Leutnant Thurman am 27. Germinal (16. April) an seinen Vater: „Man spricht von Ägypten", und am 4. Floréal (23. April) machte er bestimmtere Angaben. In einem Briefe von Murat aus Malta an seinen Vater vom 15. Juni heißt es: „Wir müssen in zwei bis drei Tagen abreisen; ich weiß nicht, wohin es geht, ich vermute aber nach Ägypten."

In einem Schreiben aus Toulon vom 13. Mai an Cuvier

Die Generalin Bonaparte.
(Nach einem gleichzeitigen Stich.)

meldete Étienne Geoffroy Saint-Hilaire, daß die Generale, vor allem Kleber, jedermann erzählten, es ginge nach Indien. In demselben Briefe sprach er aber wie von einer ganz selbstverständlichen Sache, daß das Ziel der Reise Ägypten sei! In seinem „Journal" schrieb der General Belliard, der sich in Civita Vecchia eingeschifft hatte: „Wohin werden wir nachher (nach der Vereinigung mit der Hauptflotte) gehen? Ich weiß es noch nicht; aber es ist zu vermuten, daß wir nach Ägypten segeln werden." Auch Redouté berichtete in seinem Tagebuch, daß alles daraufhin deute, daß man nach Ägypten führe. Aus einem in englische Hände gelangten Briefe Dolomieus an einen Freund vom 13. Mai ersehen wir, daß dem Briefschreiber ebenfalls das Ziel der Reise bekannt war!

Der preußische Gesandte Sandoz-Rollin berichtete aus Paris an seine Regierung am 24. März: „Man spricht von Malta, von Cartagena, um von dort aus die Engländer aus dem Mittelmeer zu jagen; andere sprechen von Ägypten." Nach seinem Schreiben vom 19. April will ihm Marmont, Bonapartes Adjutant, Einzelheiten über den Feldzug nach Ägypten mitgeteilt haben. Und in demselben Briefe schrieb der Gesandte, Talleyrand habe ihm gestanden, daß er und Magallon den Plan zu dem Unternehmen entworfen hätten. Auch Garat, der französische Gesandte in Neapel, mußte es wissen, denn er soll dem Minister General Acton anvertraut haben, daß Bonapartes Feldzug gegen Ägypten gerichtet sei. Sogar Lucchesini schrieb aus Paris am 21. April an seine Regierung in Lucca, daß das Unternehmen voraussichtlich Ägypten zum Ziele habe.

Nachdem des Obergenerals Anwesenheit in Paris nicht mehr nötig war, verließ er mit Josephine, Bourrienne, Duroc und Lavalette in der Nacht vom 3. zum 4. Mai die Hauptstadt, um sich nach Toulon zu begeben. Über Auxerre und

Châlons-sur-Saône kam er am 6. Mai in frühester Morgenstunde in Lyon an. Am nächsten Tage fuhr er auf einem Flußschiff bis nach Avignon, dann ging es wieder zu Wagen weiter bis nach Roquevaire, wo er sich aber die Nacht über nicht aufhielt sondern weiter reiste. Unterwegs wäre ihm beinahe, wie Marmont in seinen Memoiren erzählt, ein Unfall begegnet, denn eine Brücke, die man überschreiten mußte, war am Tage vorher eingestürzt, und man hatte keine Vorsichtsmaßregeln getroffen, um sie zu sperren. Marseille berührte der Obergeneral nicht, da er befürchtete, dort zu lange aufgehalten zu werden.

Am 9. Mai gegen 8 Uhr früh kam Bonaparte in Toulon an*) und nahm in der Marineintendantur seinen Aufenthalt. Er ging in Zivil und trug einen Überrock mit eckigen Frackschößen. Das wurde schlecht vermerkt, da dieses Gewand in Marseille und Toulon als eine Kleidung der Gegenrevolutionäre galt. Bonaparte zog aber bald nach seiner Ankunft seine große Generalsuniform an, und trotzdem er von der Reise sehr ermüdet war, nahm er sogleich eine Besichtigung der 18., 32. und 75. Halbbrigade vor.

Nach der „Gazette nationale et Moniteur universel“ vom 21. Mai habe Bonaparte an die Halbbrigaden eine begeisternde Rede gehalten, in welcher er den Soldaten den unsterblichen Feldzug von Italien ins Gedächtnis zurückrief, der ihnen nicht allein Ruhm und Ehre, sondern auch Annehmlichkeiten des Lebens gebracht hätte. Jetzt versprach er ihnen, daß sie durch den neuen Feldzug so viel erlangen würden, daß sich jeder Soldat nach seiner Rückkehr sechs Acker (Arpent) Landes werde kaufen können!

Wenige Tage nach dem Abdruck der Anrede Bonapartes an seine Soldaten erklärte sie der halbamtliche „Rédacteur“ vom 24. Mai für falsch. Bereits am 22. Mai hatte die „Ga-

*) Die Angaben schwanken zwischen 6 und 9 Uhr; 8 Uhr scheint mir am wahrscheinlichsten.

zette nationale et Moniteur universel" Zweifel über die Echtheit der Rede erhoben, und am 24. Mai gab die Zeitung eine andere, mildere Lesart, die vom General Caffarelli, dem vorläufigen Generalstabschef, gegengezeichnet war.

Vermutlich hat aber der erste Text seine Richtigkeit, denn Zeitgenossen geben in ihren Briefen oder Tagebüchern, so Étienne Geoffroy de Saint-Hilaire in einem Briefe vom 9. Mai an Cuvier und Sulkowsky in seinem Tagebuche die Anrede in ähnlicher Fassung wieder, wie sie der „Moniteur" zuerst brachte.

Um die scharfen oder unbedachtsam hingeworfenen Worte Bonapartes zu widerrufen, hatte man eine zweite Lesart gegeben, wie man es heute vielfach tut, wenn ein Staatsoberhaupt, ein Staatsmann oder ein General in einer Rede seinen Gedanken zu freien Lauf gelassen hat.

Die wenigen Tage, die der General bis zu seiner Abreise in Toulon*) verblieb, verwendete er zu den letzten Vorbereitungen für Heer und Flotte. Vor allem war er bemüht, einen inneren Zusammenhang unter den verschiedenen Truppenteilen und -gattungen herzustellen. Sehr oft schenkte er höheren Offizieren, Zivilbeamten und Gelehrten Gehör. Selten sprach er jedoch bei den Empfängen mit Leuten, die ihm nicht persönlich bekannt waren, es sei denn, daß er ihnen dienstlich Befehle zu erteilen hatte. In diesen Tagen kam auch ein Teil des berüchtigten Berner Schatzes in verschiedenen Geldsorten an, die, in französische Münze umgerechnet, etwa drei Millionen Franken betrugen.

Nachdem am 18. Mai der „Aquilon" und der „Spartiate" den Hafen verlassen hatten, ließ Bonaparte um 5 Uhr das Zeichen zur Einschiffung der letzten Truppen geben. Am nächsten Tage waren sowohl die Kriegsschiffe als auch die Transportfahrzeuge zur Abfahrt bereit.

---

*) Um den Obergeneral zu ehren, fand am Abend seiner Ankunft in Toulon eine große Beleuchtung der Stadt und des Hafens statt.

Die Kriegsflotte zählte folgende Fahrzeuge:

13 Schlachtschiffe: „L'Orient" mit 120 Kanonen; „Le Guillaume Tell", „Le Franklin", „Le Tonnant", mit je 80 Kanonen; „Le Spartiate", „L'Aquilon", „Le Généreux", „Le Guerrier", „Le Peuple Souverain", „Le Timoléon", „L'Heureux", „Le Mercure", „Le Conquérant" mit je 74 Kanonen.

6 Fregatten: „La Justice", „L'Artémise", „La Diane", „La Junon" mit je 40 Kanonen; „L'Alceste" und „La Sérieuse" mit je 36 Kanonen.

1 Korvette: „La Badine" mit 30 Kanonen.

Als Hospital- oder Munitions- und Proviantschiffe dienten die Linienschiffe „Le Causse" mit 70 Kanonen und „Le Dubois" mit 64 Kanonen; ferner die Fregatten „La Sensible", „La Courageuse", „La Carrière", „La Muiron" und „La Léoben" mit je 36 Kanonen; „La Mantoue" und „La Montenotte" mit je 30 Kanonen.

Endlich kamen noch 36 kleinere Fahrzeuge hinzu, darunter die Briggs oder Avisos „Le Salamine", „Le Lodi", „Le Corcyre", „Le Fortunatus" und „L'Alerte", die meist als Aufklärerschiffe verwendet wurden.

Viele der Schlachtschiffe waren alt und in schlechtem Zustande; alle hatten nur ungenügende Besatzungen und waren außerordentlich überladen.

Es ist zu verwundern, daß Bonaparte nicht versucht hat, noch einige Schlachtschiffe aus Brest kommen zu lassen, um der Flotte ein Übergewicht über ein ihm zur Verfolgung nachgesandtes englisches Geschwader zu sichern.

Die Kriegsschiffe, vor allem die Schlachtschiffe, bildeten begreiflicherweise einen Gegenstand lebhaftester Bewunderung für die Landtruppen und die Gelehrten. Das Admiralsschiff, der „Orient", galt damals neben der spanischen „Santissima Trinidad" für den schönsten Segler der Welt. Es hieß früher „Sans-Culotte" und war nach der Übergabe

Toulons durch die Royalisten an die Verbündeten im Jahre 1793 in die Hände der Engländer gefallen. Als diese den Hafen verlassen mußten, hatten sie es in Brand gesteckt, aber die republikanischen Soldaten hatten ihn noch rechtzeitig löschen können. Die Engländer konnten das Schiff nicht gut mitnehmen, da es sich noch auf der Schiffswerft befand*).

Der Geometer Villiers du Terrage beschreibt uns in anschaulicher Weise einen Besuch auf dem Admiralsschiff in seinem Tagebuch: „Eine sehr angenehme Treppe führte uns auf das Deck, das sich ungefähr 25 Fuß über dem Wasserspiegel befand. Auf demselben lagen der Waffensaal, das Beratungszimmer und die Kajüte des Kapitäns. Oberhalb dieser Räume war eine kleine Plattform angebracht, in deren Mitte sich der Besanmast erhob.

In der Mitte des Schiffes befand sich der Großmast, an der einen Seite der Fockmast, endlich ganz am Ende, in einer Neigung von 45 Grad, das Bugspriet. Die oberen Masten der drei ersteren heißen Marsstengen, diejenigen oberhalb Bramstengen. Mit Mars bezeichnet man die kleinen Plattformen, die die verschiedenen Masten miteinander verbinden. Auf dem Mars des Besanmastes stellt man kleine Geschütze (Drehbassen) auf.

Das obere Deck des „Orient“ war mit Achtpfündern, das Zwischendeck mit Zwölf- und Achtzehnpfündern und das unterste Deck mit Vierundzwanzig- oder Sechsunddreißigpfündern bewaffnet. An der Außenseite des unteren Decks befand sich der sogenannte Barmherzigkeitsanker, der 12 000 Pfund wog und in 15 Minuten herabgelassen werden konnte. Das unterste Deck lag fast in gleicher Höhe mit dem Meeresspiegel. Das Kriegsschiff befand sich ebenso tief im Wasser, als es über dasselbe herausragte. Unterhalb der

*) Damals war der „Commerce de Marseille“ von 118 Kanonen das schönste Schiff der französischen Marine.

Meeresoberfläche liegen das Krankenhaus, die Küchen, das Arsenal und die Pulverkammer."

Befehlshaber des Landheeres und der Flotte zugleich war der General Bonaparte, der sich mit seinem Generalstab an Bord des „Orient" befand. Die Flotte befehligte unter ihm der Vizeadmiral Brueys; sein Generalstabschef war der Konteradmiral Ganteaume.

Admiral Brueys.
(Nach einer Zeichnung von A. Dutertre.)

Brueys d'Aigalliers war im Jahre 1753 geboren und galt für einen tüchtigen, tapferen Seeoffizier. Im Jahre 1793 wurde er verabschiedet, kam aber im Jahre 1795 nach Paris, um wiederangestellt zu werden. Hier machte er die Bekanntschaft des jungen Bonaparte, der sich sehr für ihn interessierte. Am 21. März 1796 wurde er zum Konteradmiral ernannt und erhielt im November den Befehl über das Geschwader im Mittelmeer. Im Auftrage Bonapartes ging er im folgenden Jahre mit seinem Geschwader nach Korfu und erhielt dann die Weisung, mit seinen und den venetianischen Schiffen nach Toulon zu segeln.

Die 13 Schlachtschiffe waren in drei Geschwader eingeteilt, die eine rote, beziehentlich eine blaue oder weiß-rote Flagge führten. Das erste Geschwader befehligte Brueys auf dem „Orient", das zweite der Konteradmiral Blanquet du Chayla auf dem „Franklin" und das dritte der Konteradmiral Villeneuve auf dem „Guillaume Tell". Der Konvoi war dem Konteradmiral Decrès auf der Fregatte „Diane" unterstellt.

Alle Admirale, die Bonaparte ausgewählt hatte, waren erst kürzlich ernannt worden. Blanquet du Chayla und Villeneuve wurden an demselben Tage wie Brueys zu Konteradmiralen erhoben; Decrès und Ganteaume waren erst später befördert worden.

Die Landtruppen, die sowohl auf den Kriegsschiffen als auch auf den etwa 300 Transportfahrzeugen untergebracht waren, stellten sich nach einer vom Oberzahlmeister des Heeres Estève ausgearbeiteten Liste folgendermaßen zusammen:

Generalstab	143	Mann
Stab der Artillerie	67	„
Stab des Genies	66	„
Kriegskommissare	26	„
Ärzte und Wundärzte	168	„
Zahlmeister und Kontrolleure	41	„
Verwaltungsbeamte	445	„
Gelehrte, Ingenieure, Künstler, Architekten, Schriftsteller, Zeichner, Konsulatsbeamte, Dolmetscher, Buchdrucker, Zivilärzte	167	„
Zusammen	1 123	Mann

Übertrag	1 123	Mann
Leichte Infanterie	5 403	„
Infanterie	19 669	„
Guiden	480	„
Reiterei*)	2 810	„
Artillerie und Genie	3 245	„
Korpsoffiziere	2 270	„
Zusammen	35 000	Mann

In dieser Aufstellung fehlten verschiedene Truppenabteilungen, die 1550 Mann stark waren und einen Teil der Garnison von Malta bilden sollten.

Der monatliche Sold des Heeres betrug 925 269 Franken.

Es befanden sich folgende Divisionsgenerale beim Heere: Berthier, Baraguay d'Hilliers, Bon, Desaix, Dugua, A. Dumas, Kleber, Menou, Dumuy, Reynier und Vaubois**); und folgende Brigadegenerale: Andréossy, Belliard, Caffarelli du Falga, Chanez, Damas, Davout, Dommartin, Friant, Fugière, d'Hennzel, Lannes, Leclerc, Manscourt, Mireur, Murat, Rampon, Veaux, Verdier, Vial und Zayonchek***).

Die fünf Divisionen wurden von den Generalen Desaix, Kleber, Baraguay d'Hilliers, Reynier und Bon befehligt. Dumas hatte den Oberbefehl über die gesamte Kavallerie, Caffarelli du Falga, der von den Arabern wegen seines Holzbeines Abu Khaschabeh genannt wurde, über das Geniekorps und Dommartin über die Artillerie.

Der oberste Zahlungsanweiser (Commissaire ordonnateur en chef) war der sehr tätige Sucy; er wurde später durch d'Aube ersetzt. Das Amt eines Zahlungsanweisers der Ma-

*) Nur ein Teil derselben war beritten, da man in Ägypten genügend Pferde zu finden hoffte.

**) Es ist zu bemerken, daß außer Berthier sich kein einziger Divisionär beim Heere befand, mit dem Bonaparte im Frühjahr 1796 den italienischen Feldzug begann.

***) Richtiger Zaionczek, seit 1797 in französischen Diensten und aus dem Feldzug in Italien dem Oberbefehlshaber bekannt.

rine verwaltete Le Roy, das des Oberzahlmeisters des Heeres Estève*). Generalkontrolleur der Ausgaben war Poussielgue; er wurde später Generalverwalter der Finanzen.

Als Oberarzt begleiteten Desgenettes, als Oberwundarzt Larrey und als Oberfeldapotheker Royer, dann Boudet, das Heer.

Die Adjutanten Bonapartes waren: Duroc, Sulkowski, Lavalette, Louis Bonaparte, Jullien, Merlin (Sohn des Direktors), Junot, Croisier, Eugène Beauharnais, Guibert und später Edouard Colbert.

Endlich möchte noch bemerkt werden, daß der Brigadechef Bessières die Guiden befehligte.

Im ganzen betrug die Zahl der Personen, die Bonaparte mitnahm, 54 000 Köpfe, wovon 38 000 Mann Landtruppen, einschließlich der Gelehrten und anderen Zivilpersonen, 13 000 Mann Bemannungstruppen der Flotte und 3000 Matrosen der Handelsschiffe, die aber nur zum Teil Franzosen waren.

Die Abreise der Flotte und der Transportfahrzeuge war endgültig auf die Nacht vom 13. zum 14. Mai festgesetzt worden, falls es die Winde gestatten sollten. Kurz zuvor,

*) Trotz der zahllosen Klagen, die man gegen den Berner Haller während des italienischen Feldzuges und dann in Mailand und Rom vorgebracht hatte, schien Bonaparte ihn gern wieder verwenden zu wollen. Jedenfalls ließ er mittelbar durch Monge bei Haller anfragen. Dieser aber verzichtete auf die Stellung eines Generalverwalters der Finanzen, angeblich wegen des Feldzugs der Franzosen gegen sein Vaterland, sicherlich aber nur, weil er befürchtete, es könnte ihm diesmal an den Kragen gehen!

am 13. Mai, traf Berthier in Toulon ein*) und übernahm die Stelle eines Generalstabschefs des Heeres. Wegen der ungünstigen Winde mußte die Abreise um fünf Tage verschoben werden, währenddessen Bonaparte noch die letzte Hand an die Vorbereitungen legen und besonders Verordnungen über die Einteilung und Mannszucht des Heeres treffen konnte.

Admiral Decrès.
(Nach einem Stich aus der Sammlung Kircheisen.)

Da die Witterung nicht gestattete, die gesamte Flotte auslaufen zu lassen, ließ Bonaparte am 14. Mai durch einige Fregatten unter Führung des Konteradmirals Decrès Erkundigungen einziehen, ob das Meer frei sei. Infolge der widrigen Winde kam das Geschwader aber nicht weit. Die

*) Berthier war am 6. April von Mailand nach Paris gereist, wo er ungefähr am 12. April eintraf.

Korvette „Le Pierre", die am 16. Mai aus denselben Gründen wie das Geschwader Decrès' ausgesandt worden war, wurde von der englischen „Terpsichore" am nächsten Morgen gekapert*) und mitgenommen.

Derselbe Sturm, der Bonaparte verhinderte, aus Toulon auszulaufen, sollte ihm jedoch von größtem Nutzen sein, denn er fügte dem Admiral Nelson beträchtlichen Schaden zu. Dieser mußte seinen Überwachungsposten aufgeben und konnte froh sein, daß er sich vor dem Unwetter nach der Südküste Sardiniens zu flüchten vermochte, anstatt an die französische Küste geworfen zu werden! Bei dieser Fahrt wurde er nicht allein von seinen Fregatten getrennt, sondern er verlor auch jegliche Fühlung mit dem französischen Kriegshafen.

Es schien, als ob das Schicksal gebieterisch seine Entfernung forderte, damit die französische Flotte ungehindert Toulon verlassen könne, denn noch trug sie Bonaparte und sein Glück!

*) Vgl. das 15. Kapitel, S. 366.

VIERTES KAPITEL

MALTA

(Mai bis Juni 1798)

Am 19. Mai verließ die stattliche Flotte den Hafen von Toulon. Verschiedene Schlachtschiffe waren so beladen, daß ihr Kiel den Boden aufwühlte; aber es ging alles ohne Unfall ab. Nur die Abfahrt des Admiralsschiffes, auf dem sich Bonaparte befand, gestaltete sich nicht ganz ohne Schwierigkeiten; abergläubische Gemüter wollten darin eine schlechte Vorbedeutung für den Verlauf des Feldzuges erblicken. Der „Orient" hatte den Hafen zuletzt verlassen, um die Flotte wie bei einer Parade an sich vorüberziehen zu sehen.

In schönster Ordnung segelte die Flotte dahin, aber man fuhr langsam, da sich einige schlechte Segler dabei befanden. Admiral Decrès bildete mit einigen Fregatten und Korvetten die Vorhut. Es war ein großartiges Schauspiel, die fast 400 Fahrzeuge zählende Flotte zu sehen, aus der sich die Dreidecker, besonders das Admiralsschiff, wie Kirchtürme aus einem Häusermeer erhoben.

Tagsüber bedeckte die Flotte eine Fläche von zwei oder gar vier Quadratmeilen. Am Abend jedoch mußten sich die Schiffe mehr aneinander anschließen. Entfernte sich ein Transportschiff zu weit von der Flotte, dann wurde eine Fregatte oder Korvette abgesandt, um es zur Pflicht zurückzurufen. Man unterließ sogar nicht, bisweilen eine Kanonenkugel abzufeuern, wenn die Signale unbeachtet blieben. Gern wurde diese Maßregel von den Kapitänen der säumigen Schiffe nicht gesehen, denn ein Kanonenschuß, der ihretwegen abgefeuert werden mußte, kostete sie gewöhnlich 24 Franken!

Das Wetter wechselte oft in den ersten fünf Tagen. Wie Bonaparte an das Direktorium und an seinen Bruder Joseph am 23. Mai schrieb, war es teils schön, teils schlecht, teils hatte man unter Windstille zu leiden.

Nachdem man das offene Meer gewonnen hatte, steuerte Brueys auf die Nordküste Korsikas zu. Am 23. Mai bekam man die Insel in Sicht, und am nächsten Tage befand man sich auf der Höhe von Bastia. Nun ging es längs der Ostküste von Korsika und dann von Sardinien fast direkt nach Süden. Da man oft mit Windstille zu kämpfen hatte und die Division aus Civita Vecchia erwartete, mußte man langsamer segeln. In diesen Tagen trafen auch die beiden Geschwader von Ajaccio und Genua bei der Hauptflotte ein. Am 1. Juni erhielt Bonaparte auf der Höhe von Carbonara durch den Korsar „La Cisalpine" die erste Nachricht von der Anwesenheit eines englischen Geschwaders im Mittelländischen Meere. Es bestand aus drei Schlachtschiffen, die der Admiral Nelson befehligte. Der Obergeneral hütete sich aber, diese Nachricht bekannt zu geben, um den Mut seiner Truppen nicht wankend werden zu lassen.

Am 3. Juni war man erst in der Nähe von Sardinien angelangt. Die Flotte nahm nun ihren Kurs südöstlich. Sie fuhr dann an der Südküste von Sizilien entlang auf Malta zu. An diesem Tage begegnete man fünf neutralen Schiffen, und Bonaparte unterließ es nicht, die Kapitäne selbst zu vernehmen und ihre Aussagen am nächsten Tage durch Bourrienne niederschreiben zu lassen. Glücklicherweise wußten diese nichts von einem größeren englischen Geschwader im

Mittelmeere zu berichten. Für den General Bonaparte war es während der langen Seereise eine angenehme Unterbrechung, die Kapitäne der Schiffe, die ihm begegneten, ausfragen zu können.

Die Besorgnis, die Engländern zu treffen, mußte natürlich alle Gemüter, vor allem die der Seeoffiziere, bewegen. Wenn man zu einem Kampfe, selbst mit einer an Zahl geringeren Flotte gezwungen worden wäre, so würden gewiß alle Vorteile auf seiten der Engländer gewesen sein, denn die Zahl der Schlachtschiffe ist nicht ausschlaggebend, wohl aber ihre Güte. Brueys hatte wenig Zutrauen zu den meisten seiner Kapitäne, und diese wieder mißtrauten ihren Mannschaften. Die Besatzung war nicht allein unvollzählig, sondern sie war oft in größter Eile und ohne Wahl zusammengesucht worden. Dazu waren selbst die Schlachtschiffe so mit Landungstruppen, Kriegsgegenständen und Proviant vollgestopft, daß ihre Bewegungen in einem Kampfe stark gehemmt gewesen wären.

Täglich wurden Übungen der Seeleute und Schießübungen an Bord der Fahrzeuge vorgenommen und den Landtruppen ihre Plätze angewiesen, falls man einer englischen Flotte begegnen sollte. Man wollte sogar versuchen, die feindlichen Schiffe nach dem Vorbild der Alten zu entern. Die Unerfahrenheit der Franzosen im Seekampfe hätte aber nur beigetragen, die Verwirrung auf den Schiffen zu vermehren, und die Engländer würden ein doppelt leichtes Spiel mit ihnen gehabt haben. Bonaparte hatte jedenfalls den Kapitänen der Transportschiffe Weisung gegeben, im Falle eines feindlichen Angriffs den nächsten befreundeten oder neutralen Hafen aufzusuchen.

Am 8. Juni bekam man die Inseln Gozo und Malta in Sicht. Bonaparte hatte, gleichzeitig mit den Vorschriften zur Besitznahme Ägyptens, am 12. April vom Direktorium Befehl erhalten, sich der dem Malteserorden gehörenden Inseln zu bemächtigen. Er traf daher, ehe er sich der Inselgruppe näherte, schon am 6. Juni Anstalten zum Angriff.

General Desaix war mit seiner Division am 26. Mai von Civita Vecchia aus unter Segel gegangen. Er hoffte, die Hauptflotte auf der Höhe von Korsika zu erreichen. Des ungünstigen Windes und einiger schlechten Segler wegen kam er aber nur langsam vorwärts. Da die große Flotte indes auch sehr langsam fuhr, umsegelte sein Geschwader die Nordwestspitze von Sizilien früher als Brueys und kam schon am 7. vor Malta an. Erst am 9. Juni fand die Vereinigung beider Flotten statt. Desaix, der Kapitän Eydoux und der Mathematiker Monge bestiegen eine der ehemaligen päpstlichen Galeeren, um Bonaparte auf dem „Orient" ihren Besuch zu machen und seine ferneren Befehle entgegenzunehmen. Monge, den Bonaparte sehr liebte und schätzte, blieb einige Tage bei ihm an Bord.

Da Desaix früher als der Obergeneral vor Malta erschienen war, hatte er den Großmeister ersuchen lassen, in den Hafen einlaufen zu dürfen, um frisches Wasser zu nehmen. Er erhielt aber am 9. Juni früh Bescheid, daß nicht mehr als vier Kriegsschiffe gleichzeitig in den Hafen einlaufen dürften. Das war die Antwort, die Bonaparte erwartete, denn nun hatte er einen geeigneten Vorwand, sofort die Feindseligkeiten beginnen zu lassen.

Eigentlich war der Grund ganz nichtig, denn Brueys hatte, als er auf der Fahrt von Korfu nach Toulon Ende Februar die Insel berührte, dieselbe Antwort erhalten und sich damit zufrieden erklärt. Aber Bonaparte und das Direktorium brauchten einen Vorwand, und man nahm den, der sich darbot!

Der Malteserorden war immer bemüht gewesen, die alten Beziehungen zu Frankreich, die in den ersten Jahren der Revolution stark gefährdet waren, wiederherzustellen.

Landung Bonapartes bei La Valetta auf Malta.

(Nach einer Lithographie von Raffet.)

Er hatte dem Direktorium mehr wie einen nützlichen Dienst erwiesen. Aber was nützt das, wenn es die Politik anders will?

Jedenfalls ist der Raubzug nach Malta durch nichts als durch das Recht des Stärkeren zu begründen. Malta lag auf der Strecke nach Ägypten. Es bot einen vortrefflichen Stützpunkt für die französische Flotte, und außerdem waren wieder einige Millionen dabei herauszuschlagen. Sein Schicksal war daher entschieden!

Ehe Bonaparte zum Angriff vorging, ließ er den französischen Konsul, Caruson, an Bord kommen. Die meisten Anordnungen wurden mündlich gegeben. Brueys hatte schon am 6. Weisungen für die Landung empfangen. Jetzt erhielt Desaix Befehl, im Südosten der Insel, Vaubois nördlich der Stadt La Valetta und Baraguay d'Hilliers im Norden zu landen. Reynier sollte währenddessen die kleinere Nachbarinsel Gozo besetzen.

Seit dem Tode Emanuels von Rohan (13. Juli 1797) stand der Kurpfälzer Freiherr Ferdinand von Hompesch als Großmeister an der Spitze des Ordens. Er war der erste Deutsche, dem diese Würde anvertraut worden war. Freiherr von Hompesch wird allgemein als ein unentschlossener und schwacher Charakter geschildert. Ob er ein Verräter war, darüber gehen die Ansichten der Zeitgenossen sehr auseinander. Jedenfalls verdient er keine Achtung, noch weniger Mitleid mit seinen späteren Schicksalen.

Trotz der zahlreichen Warnungen, die ihm vom Festland aus zugingen, tat er nichts, um die Befestigungswerke in guten Verteidigungszustand zu setzen. In früheren Zeiten hatte der Orden mit geringeren Hilfsmitteln langen Belagerungen siegreich widerstanden. Jetzt lagen die Umstände viel günstiger, denn die Insel hatte für viele Monate Lebensmittel, und jeden Tag konnte eine englische Flotte zum Entsatz ankommen. Freilich würde dies auch nicht viel zugunsten Maltas beigetragen haben, denn dann wäre die Insel nur um einige Jahre früher in englischen Besitz gelangt!

Allerdings hatte sich im Schoße des Ordens vieles geändert. Durch den Fall des Königtums in Frankreich und infolge der Kriege in Italien waren die Einkünfte der Ritter stark zurückgegangen. Aber noch schlimmer stand es mit den inneren Verhältnissen. Die Ordensritter waren schlaff geworden und zogen ein ruhiges Leben dem unsicheren Kriegsdienste vor. In Sachen des Glaubens war man auch duldsamer denn je. Aus politischen Gründen hatte die griechisch-katholische Kaiserin Katharina II. den Orden begünstigt, und ihr Sohn Paul ließ sich sogar zum Beschützer des Malteserordens ernennen!

Unter den 322 Rittern, aus denen der Orden im Jahre 1798 bestand, befanden sich mehr als 200 Franzosen, die sich größtenteils nach ihrem Vaterlande sehnten, das heißt, die eine Besitzergreifung der Insel durch ihre Landsleute nicht ungern gesehen hätten. Es fehlte deshalb nicht an Leuten auf Malta, die bereit waren, Bonaparte die Wege zu ebnen. Später mangelte es daher nicht an zahllosen Anklagen gegen diesen oder jenen Ordensritter. Sicher waren die Ritter Bosredon-Ransijat, Frisari, Souza, Fay, Préville, Breuvart, Tousard, ferner Dolomieu und Amati und andere von Poussielgue in die Absichten der französischen Regierung eingeweiht worden.

Die größte Stadt auf Malta, La Valetta, besteht eigentlich aus fünf kleineren Städten und wurde zu jener Zeit als die wichtigste Seefestung nach Gibraltar angesehen. Der Anblick der Stadt und des Hafens war außerordentlich schön. Die Häuser waren ganz aus Stein gebaut und meist mit einigen Balkonen versehen. An Stelle einer Wasserleitung besaß jedes Haus eine Zisterne, die das Wasser immer sehr frisch hielt. Vier Hauptzisternen wurden durch eine reiche

Quelle gespeist und versorgten die Behälter der einzelnen Häuser mit Wasser.

Die Straßen waren sehr regelmäßig angelegt und an beiden Seiten mit schön gepflasterten Fußsteigen versehen. Da das Gelände sehr gebirgig war, mußte man beständig auf- und absteigen.

Die Bevölkerung sprach ein schlechtes Italienisch und ein schlechtes Arabisch. Auf den drei Inseln Malta, Gozo und Comino wohnten Ende des 18. Jahrhunderts ungefähr 80000 Einwohner, die keine große Neigung für die Franzosen hatten. Getreide und Wein wurden auf der Insel wenig gebaut, dagegen viel Orangen, Zitronen, Feigen, Baumwolle und Granatäpfel; ferner führte man Soda, Bausteine, Honig und andere Erzeugnisse des Landes aus.

Die Natur hatte, wie in Gibraltar, viel dazu beigetragen, aus La Valetta eine nahezu uneinnehmbare Festung zu machen. Die meisten Befestigungen waren in die Felsen eingehauen, von wo aus man leicht eine feindliche Flotte beschiessen konnte. Als Bonaparte später den Fuß ans Land setzte und die Kunst und den Fleiß derer bewunderte, die im Laufe der Jahrhunderte eine Batterie nach der andern angelegt hatten, sagte Caffarelli heiter zum Obergeneral: „Es ist ein Glück, daß wenigstens jemand da war, um uns die Tore zu öffnen!"

Nach dem Bericht Poussielgues wird die streitbare Mannschaft Maltas auf 2200 Mann und etwa 10000 Milizen angegeben, doch in Wirklichkeit waren es nur 1500 Mann, und auf die Milizen konnte man gar nicht zählen. Außerdem hatte man auch nur geringe Anstalten zur Verteidigung getroffen. Es hätten wohl kaum 15 000 Mann genügt, um die ausgedehnten Befestigungen der ganzen Insel gegen eine zahlreiche Flotte zu verteidigen. Die Zahl der Geschütze allein betrug 910, so daß zu ihrer Bedienung wenigstens 4000 Mann nötig gewesen wären. Eine Handvoll entschlossener Männer hätte jedoch genügt, um die Stadt La Valetta wenigstens bis zur Ankunft der englischen Flotte zu verteidigen!

Die letzten Vorschriften zur Besetzung der Inseln Malta und Gozo erteilte Bonaparte am Abend des 9. Juni. Am nächsten Tage sollten sie zur Ausführung gelangen. Gleichzeitig erging am 10. Juni ein Schreiben des französischen Konsuls Caruson, der sich noch an Bord des „Orient“ befand, an den Freiherrn von Hompesch. Der Konsul kam auf die Verweigerung des Großmeisters, nicht mehr als vier Schiffe gleichzeitig in den Hafen von La Valetta einlaufen zu lassen, zurück und ließ erkennen, daß es das beste sei, ein Abkommen zu treffen, da Bonaparte entschlossen sei, sein Recht durch Gewalt zu erlangen. Dieser Brief kam erst am nächsten Morgen früh 6 Uhr in den Besitz des Großmeisters.

Inzwischen erfolgte die Landung der Truppen am 10. Juni; auch der nächste Tag verging noch mit der Ausschiffung der Halbbrigaden. Bonaparte war mit der Division Vaubois in Begleitung Caffarellis und seines Generalstabs am 10. ans Land gegangen, am Abend aber wieder an Bord des „Orient“ zurückgekehrt. Hier empfing er in der Nacht ein Schreiben des Konsuls der Batavischen Republik, Frémaux, der im Namen des Großmeisters um Einstellung der Feindseligkeiten bat. Infolgedessen sandte der Obergeneral am nächsten Morgen seinen Adjutanten Junot mit Vollmachten ans Land, um einen Waffenstillstand abzuschließen. In Junots Begleitung befanden sich Poussielgue und der ehemalige Ordensritter Dolomieu, der den Orden wegen eines Duells hatte verlassen müssen.

Die Abgesandten des Obergenerals kamen am 11. Juni mittags 1 Uhr beim Großmeister an. Junot trug ihm die Wünsche Bonapartes vor. Der Rat wurde sogleich zusammenberufen, und in kürzester Zeit kam ein Waffenstillstand auf 24 Stunden zustande. Innerhalb dieser Zeit mußte der

Übergabe La Valettas am 12. Juni 1798.

Nach einer Zeichnung von Duplessi-Bertaux, gestochen von A. Gleich. — (Sammlung Kircheisen.)

Freiherr von Hompesch Abgeordnete auf den „Orient“ senden, um eine Übergabe zu vereinbaren.

Um 6 Uhr begaben sich Junot, Poussielgue und Dolomieu mit der Abordnung des Großmeisters an Bord des Admiralsschiffes. Dort kamen sie erst gegen Mitternacht an, da sie wegen der feindseligen Haltung der Malteser einen großen Umweg hatten machen müssen. Die Gesandtschaft des Ordens bestand aus den Rittern und Malteser Edelleuten Torio Frisari, Bosredon-Ransijat, Mario Testaferrata, Nicolo Muscat, Benedetto Scembri, Bonnano und dem spanischen diplomatischen Vertreter Felipe de Amati.

Da der Obergeneral und sein Generalstab bereits schliefen, mußte man sie erst wecken. Nachdem Bonaparte den Abgeordneten seine Wünsche ausgesprochen hatte, wobei er sich meist an Bosredon-Ransijat wandte, wurde der Vertrag in einer halben Stunde entworfen und unterzeichnet.

Der Orden lieferte die Stadt und die Forts an die Franzosen aus. Dafür verpflichtete sich die Französische Republik, auf dem Kongreß von Rastatt bemüht zu sein, dem Großmeister ein Fürstentum in Deutschland auf Lebenszeit zu verschaffen. Bis dahin sollte er jährlich 300 000 Franken, die Ordensritter aber ein Jahrgeld von 700 bis 1000 Franken erhalten. Aus dieser unverhältnismäßigen Verteilung sieht man, daß sich der Freiherr von Hompesch um die Franzosen wohl besondere Verdienste erworben haben muß!

Am 12. Juni nahmen die Franzosen Besitz von der Stadt und den Befestigungswerken*). Bonaparte verließ nochmals den „Orient“, um sich nach La Valetta zu begeben. Hier hielt er sich im Palast des Großmeisters auf. In der Zwischenzeit hatten auch mehrere Aufstände unter der Malteser Be-

*) Die Nachricht von der Übergabe der Insel kam in Paris am 1. Juli an und wurde natürlich mit großer Freude aufgenommen. Mit Hilfe des Chappeschen Telegraphen wurde François de Neufchâteau in Selz am nächsten Tage von dem glücklichen Ereignis in Kenntnis gesetzt.

völkerung stattgefunden, die durch französische Wühler aufgereizt worden war. Dabei wurden von der Volksmenge einige Ritter getötet.

Trotzdem Bonaparte strengstens Schonung der Bevölkerung und ihres Eigentums befohlen hatte, kamen doch Plünderungen vor. Sie wurden aber hart bestraft und einige Soldaten, selbst Offiziersaspiranten der Marine, erschossen.

Die öffentliche Beute, deren sich die Franzosen bemächtigten, war beträchtlich. Außer den 910 Kanonen und 100 Mörsern, womit die Festungswerke verteidigt waren, fand man noch 35 000 Gewehre, ebensoviel Bajonette und zahlreichen Schießbedarf. Der Schatz ergab etwa 1 200 000 Franken. Der Gesamtwert an barem Geld und an Schmucksachen kann auf 5 Millionen Franken geschätzt werden. Aber nur etwa 800000 Franken baren Geldes nahm Bonaparte nach Ägypten mit. Außerdem bemächtigten sich die Sieger zweier Kriegsschiffe und vier Galeeren. Um den Muselmanen einen Dienst zu erweisen, wurden die türkischen Gefangenen befreit, deren Zahl etwa 1000 Mann betrug.

Bonaparte traf in größter Eile Vorkehrungen, um die Verteidigung und die Verwaltung der drei Inseln zu regeln, denn die Engländer konnten jeden Tag erscheinen. Militärischer Befehlshaber wurde der General Vaubois. Unter ihm befehligte der General Chanez als Platzkommandant. Die Besatzung bildeten 3050 Mann und fünf Kompagnien Artillerie. Die Zivilregierung wurde einem Ausschuß von neun Mitgliedern anvertraut*), denen Regnaud de Saint-Jean d'Angely als Regierungskommissar zur Seite stand. Bonaparte gab unter anderem Befehl, eine höhere Lehranstalt an Stelle der Universität, 15 Schulen und ein Kranken-

---

*) Es waren: Bosredon-Ransijat, Vincenzio Caruana, Carlo Astor, Paolo Ciantar, Jean François Dorell, Grongo, Benedetto Scembri, Saverio Caruana und Cristoforo Frendo.

haus anlegen zu lassen. Am 15. gab er den höheren Offizieren und einigen Gelehrten ein Abendessen, an dem auch die Mitglieder der neuen Regierung teilnahmen.

Eine Anzahl Ritter und 358 Mann des Malteser Regiments folgten dem Heere nach Ägypten. Das war für die Franzosen sehr wichtig, denn verschiedene unter den Maltesern spra-

General Baraguay d'Hilliers.
(Nach einer Zeichnung von A. Dutertre.)

chen Arabisch. Am 17. Juni verließ der Großmeister die Insel, um sich mit einigen Getreuen nach Triest zu begeben*).

An demselben Tage erhielt der General Baraguay d'Hilliers Befehl, sich auf der Fregatte „La Sensible“ mit den erbeuteten Siegeszeichen nach Frankreich zu begeben. Seine

*) Erst am 7. Juli 1799 gab Hompesch gezwungenermaßen seine Entlassung als Großmeister des Malteserordens. Die von der französischen Regierung versprochenen Jahrgelder wurden weder ihm noch den Rittern ausgezahlt, und der ehemalige Großmeister starb verlassen und im Elend im Jahre 1805 in Montpellier.

Division trat er an den General Menou ab. Da die Gesundheit Baraguays sehr schlecht war — böse Zungen behaupteten, er habe zu große Sehnsucht nach seiner Frau gehabt —, wurde er mit der Sendung beauftragt, denn einen so tüchtigen Offizier würde Bonaparte nicht ohne wichtigen Grund nach Paris gesandt haben. Die Fregatte kam aber nicht in Toulon an, sondern fiel unterwegs in die Hände der englischen Fregatte „The Sea Horse".

Endlich sandte Bonaparte, noch ehe er abreiste, am 15. Juni die „Santa Marina" mit Depeschen nach Korfu an den General Chabot. Dieser befehligte die Division in der Levante. Am 17. ging die Fregatte „Artémise" mit dem Adjutanten Lavalette an Ali, Pascha von Janina, ab, um ihm die Eroberung Maltas und die Befreiung der türkischen Gefangenen mitzuteilen. Dadurch gedachte Bonaparte sich den mächtigen Pascha zum Freunde zu machen.

Nachdem die Angelegenheiten in Malta geordnet worden waren, ergingen die Befehle zur Einschiffung. Am 18. Juli verließen die verschiedenen Kriegsschiffe und Transportfahrzeuge den Hafen von La Valetta, am nächsten Tage fand die Vereinigung mit den übrigen auf Malta und der Nachbarinsel Gozo gelandeten Truppen statt, und nun ging es auf Alexandria zu.

Werfen wir jetzt einen Blick auf das Leben und Treiben an Bord der „Armada"!

„Lassen Sie mir ein gutes Bett vorbereiten, wie für einen Mann, der während der ganzen Zeit der Überfahrt krank sein wird", hatte Bonaparte am 17. April vor seiner Abreise von Paris aus an den Admiral Brueys geschrieben. Und in der Tat, Bonaparte sollte während der langen Fahrt nicht von der Seekrankheit verschont bleiben, denn er brachte die größte Zeit auf seinem Bett liegend zu. Um so erstaunlicher ist es, daß er trotzdem in der Lage war, an Bord seines

Schiffes die umfassendsten Befehle zu erteilen und selbst die geringsten Einzelheiten nicht außer acht zu lassen! Selten erhob er sich vor 10 Uhr morgens. Wenn er in seiner Kajüte war, mußte ihm Bourrienne vorlesen. Sicherlich beschäftigten ihn in diesen Tagen besonders die Reisebeschreibungen von Ägypten, die Berichte der verschiedenen Agenten über das Pharaonenland und die Lektüre des Koran.

Am ersten Tage speisten die meisten höheren Offiziere und einige Gelehrte und Schriftsteller an seinem Tische. Vom nächsten Tage an jedoch wurde es anders. Er ließ die Tafel in seiner Kajüte herrichten. Nur Berthier, Brueys und einige Bevorzugte waren seine regelmäßigen Tischgäste. Dagegen ließ er diejenigen, die er besonders auszeichnen wollte, besonders bitten, an seiner Tafel zu essen.

Bonaparte liebte sehr zu plaudern, aber auch die Ansichten anderer kennen zu lernen. Wie wenige verstand er, sein Wissen durch die Unterhaltung mit Fachleuten zu bereichern. Nach dem Essen ging man gewöhnlich auf das Deck hinauf. Dort bezeichnete er einen Gegenstand zur Erörterung. Einige mußten den zu behandelnden Gegenstand verteidigen, andere angreifen. Sehr oft beteiligte er sich selbst an der Unterhaltung, und jeder, der ihn sprechen hörte, mußte seinen großen Scharfsinn bewundern. Seine Beobachtungen und Schlüsse waren nicht immer richtig, doch trugen sie das Gepräge großer Eigenartigkeit. Immer und immer stellte er neue Grundsätze aus den verschiedensten Gebieten des Wissens auf und verfocht sie mit großer Hartnäckigkeit.

Das eine Mal sprach man über Strategie und Taktik, ein anderes Mal über Literatur, über die verschiedenen Regierungsformen, ob die Planeten bewohnt seien, über das Alter der Erde und dergleichen. Am liebsten stellte er Fragen über Religion, Chemie und Mathematik. Sehr viel Gefallen fand der Obergeneral an der Unterhaltung mit Caffarelli, sowie mit Monge und Berthollet, den bedeutendsten Gelehrten der wissenschaftlichen Kommission. Monge befand sich aber auf dem Transport, der von Civita Vecchia unterwegs war, und bestieg erst kurz vor Malta das Admiralsschiff. Als man Malta verließ, kehrte er wieder auf seine Fregatte „La Courageuse" zurück.

Natürlich sprach man auch über Politik und über den Niedergang des türkischen Reiches. Auch wird Ägypten oft Gegenstand der Unterhaltung gewesen sein, denn auf dem „Orient" werden die meisten Leute das Ziel der Expedition gekannt haben.

So sehr wie möglich suchte Bonaparte sich bei Brueys, den er sehr schätzte, zu unterrichten. Aber niemals griff er in dessen Rechte ein, soweit es sich um Befehle handelte, die die Flotte unmittelbar angingen. Einmal fragte er den Admiral, was im Falle eines Angriffes der englischen Flotte geschehen würde. Brueys antwortete, gewiß zum großen Kummer der Landoffiziere und Gelehrten, daß er zuerst Befehl geben würde, das Gepäck über Bord zu werfen!

Bonaparte hatte damals noch nicht die große Vorliebe für klassische Musik wie in späteren Jahren. Öfters ließ er aber von dem Musikkorps seiner Guiden Stücke aus Opern oder einen gewissen Tartarenmarsch spielen, den er sehr liebte.

Offiziere, Gelehrte, sowie Soldaten langweilten sich sehr auf den Schiffen, wo sie oft wie Heringe zusammengedrängt, waren. Natürlich liebten die Offiziere die Gelehrten nicht, die sie tief unter sich stehend betrachteten. Bonaparte aber beschützte sie, wo er nur konnte, und mancher Offizier hat einen Denkzettel erhalten, weil er ihnen die Achtung versagte.

Allerdings kamen ernste Zusammenstöße nur selten vor; und als man später erkannte, welchen Nutzen die Gelehrten gewährten, wurden sie die besten Freunde der Soldaten.

Bonaparte hatte vor seiner Abreise eine Bibliothek zusammenstellen lassen, die den Händen Arnaults als Biblio-

Obergeneral Bonaparte.
(Nach einer Zeichnung von A. Dutertre.)

thekar anvertraut war und manchem eine angenehme Stunde gewährte. Einst wollte der Obergeneral wissen, was dieser oder jener zu seiner Lektüre ausgesucht hätte.

„Was haben Sie da, Bessières?“ wandte er sich an den ersten.

„Einen Roman!“

„Und du, Eugen?“

„Einen Roman!“

„Und Sie, Bourrienne?“

„Einen Roman!“

Also alles Romane! Bourrienne hatte „Paul et Virginie“ in den Händen, eines der gelesensten Bücher jener Zeit. Duroc las auch einen Roman, Berthier, der an Frau von Visconti dachte, natürlich auch. Er hatte sich die Lieblingslektüre des Obergenerals, Goethes Werther, ausgesucht. Er schien jedoch Bonapartes Geschmack nicht zu teilen, denn er war beim Lesen eingeschlafen!

Um die Zeit zu töten, griff man auch zu den Karten. Besonders bei den gemeinen Soldaten und Matrosen war das Spiel sehr beliebt. Denon versichert, daß viele Soldaten nicht allein all ihr Geld, ihre Rationen, sondern auch ihre Uhren verspielt hätten. Manche, besonders vom Glück begünstigte Soldaten besaßen deren eine ganze Anzahl. Die Ungewißheit des Zieles, das Unbeschäftigtsein, die Langeweile legten schon auf der Fahrt den Keim zur Unzufriedenheit im Heere, die gewiß zu Meutereien ausgeartet wäre, hätten die Soldaten von den Enttäuschungen und Leiden, die ihnen bevorstehen sollten, nur die geringste Ahnung gehabt!

Gab es Sänger und Musiker auf dem Schiff, dann vertrieb man sich die Zeit mit Musik. Am beliebtesten aber waren Theaterstücke, natürlich eigener Erfindung. Fast immer war eine weiße Sklavin die Hauptperson, die von einem französischen Soldaten aus dem Harem befreit wurde, nachdem ihr Geliebter und ein halbes Dutzend Eunuchen von der Hand des Befreiers getötet worden war! Oder irgendein ergrauter Seemann erzählte von den Heldentaten, die man unter den Admiralen Estaing und Suffren während des Krieges mit England unter der Regierung Ludwigs XVI. vollbracht hatte.

Diese kleinen Vereinigungen von Gelehrten, Künstlern, Staatsmännern und Offizieren liebte Bonaparte „Institut“ zu nennen. Wenn die Witterung es nicht gestattete, auf Deck zu bleiben, versammelte man sich in dem großen Sitzungssaal des „Orient". Die Sprechenden nahmen um den Tisch Platz, während die anderen sich auf dem Divan niederließen. Tätige Mitglieder dieses Instituts waren der Oberarzt Desgenettes, der Oberwundarzt Larrey, der General Caffarelli

Schriftsteller Arnault.
(Nach einer Zeichnung von A. Dutertre.)

du Falga, Regnaud de Saint-Jean d'Angely, Arnault und der Dolmetsch Venture. Regnaud de Saint-Jean d'Angely und Arnault blieben aber auf Malta zurück.

Bonaparte hatte es gern, wenn seine Adjutanten auch dabei waren, obgleich diese sich viel lieber in schönem Frauenkreise befunden hätten. Aber leider war der „Orient" eine große Stadt ohne Frauen! Sie mußten deshalb mit den gelehrten Unterhaltungen vorliebnehmen, von denen sie oft wenig verstanden, denn sie waren vielfach aus dem Volke hervorgegangen.

Sie suchten sich daher so sehr wie möglich auf ihre Weise zu belustigen. Eines Tages, es war bei der Eröffnung des „Instituts" durch Bonaparte, fragte Junot: „General, warum ist Lannes — dessen Namen er wie l'âne aussprach — nicht beim Institut? Müßte er nicht wegen seines Namens zugelassen werden?" Lannes rächte sich natürlich. Junot hatte die Unterhaltung der Gelehrten so interessant gefunden, daß er eingeschlafen war, und zwar geschah dies nicht ohne Geräusch. „Wer schnarcht hier?" rief der General. „Das ist Junot", antwortete sofort Lannes, froh, so schnell die Gelegenheit gefunden zu haben, sich entschädigen zu können. „Wecken Sie ihn!" rief Bonaparte. Es geschah. Aber einen Augenblick später schnarchte Junot noch viel mehr als vorher. Der Obergeneral wandte sich nun selbst an seinen Adjutanten, den er sehr gern hatte. „Was hast du denn, daß du so schnarchst?" fuhr er ihn an. „General, da ist nur Ihr verwünschtes Institut daran schuld, das alle Welt, Sie ausgenommen, einschläfert", versetzte der schlagfertige Junot. „Geh in dein Bett schlafen", war der Bescheid. Das war der Befehl, den Junot erwünschte. Er ging hinunter und betrachtete ihn auch als für die übrigen Tage gültig.

Die Fahrt von Malta bis nach Alexandria verlief ebenso wie bisher ohne jeden Zwischenfall, wenn man ein Zusammenstoßen einiger Schiffe, was sich öfters ereignete, nicht rechnet. Es ist erstaunlich, daß eine so große Flotte, die eine ungeheure Anzahl Menschen und Transportmittel an Bord trug, ohne jeglichen Unfall bis an das ferne Ziel gelangte. Keine Meuterei, keine Zwistigkeiten zwischen den Offizieren und Soldaten von der ehemaligen Italienischen oder Rhein-

Andoche Junot.
Nach einem Gemälde von V. N. Raverat.
(Musée national de Versailles.)

armee wird von den Zeitgenossen berichtet. Offenbar trug das große Ansehen des Oberbefehlshabers und der Glaube an seinen Stern außerordentlich dazu bei, daß die Mannszucht auf der Flotte aufrechterhalten wurde. Glücklicherweise fand auch kein Sturm während der Fahrt statt, der dem Geschwader sehr verderblich hätte werden können.

Am 20. Juni traf die französische Fregatte „La Courageuse", die erst am Morgen den Hafen von La Valetta verlassen hatte, eine andere von einer Kreuzerfahrt zurückkehrende Fregatte „La Justice", kurz nach der Ausfahrt aus dem Hafen. Dieses Schiff wollte eine englische Flotte von 14 Segeln gesehen haben, die nach Osten zu steuerte. An welchem Tag dies geschehen war, ist aus den Quellen nicht genau zu ersehen. Sulkowski sagt in seinem Tagebuche, es sei am 19. Juni gewesen. An diesem Tage befand sich Nelson allerdings zwischen Neapel und Reggio. Der kritischste Augenblick für Bonaparte und seine Flotte waren die Tage vom 21. bis zum 25. Juni, denn während dieser Zeit befanden sich die feindlichen Flotten manchmal weniger als eine Tagesreise voneinander entfernt. Und daß Nelson seinen Gegner nicht sah, daran war nur das Fehlen seiner Fregatten oder seiner Korvette schuld.

Wenige Tage nach der Abfahrt von Malta gab Bonaparte einige wichtige Befehle für die Landung und nahm eine Neuordnung seines Heeres vor. Auf Grund der Tagesbefehle vom 23. und vom 30. Juni erhielt es folgende Neuteilung:

Division Kleber (Brigadegenerale Damas*) und Verdier).
Division Desaix (Brigadegenerale Belliard und Friant).
Division Bon (Brigadegenerale Marmont**) und Rampon).
Division Menou (Brigadegenerale Veaux und Vial).

*) Nach einem Zusatz vom 27. Juni zu diesem Tagesbefehl wurde General Damas durch General Verdier und dieser durch General Lannes ersetzt. Damas blieb aber noch bei der Division Kleber zur freien Verfügung.

**) Marmont war erst auf Malta für seine Verdienste bei der Landung zum Brigadegeneral befördert worden.

Division Reynier (Brigadegeneral Fugière).

Die Sondertruppen wurden von folgenden Generalen befehligt:

Reiterei: General Dumas (unter ihm die Brigadegenerale Leclerc, Mireur, Murat und Davout).

Inspektor der Reiterei: Dugua.

Munitionspark: Brigadegeneral Songis.

Geniekorps: Brigadegeneral Caffarelli.

Brückenkorps: Brigadegeneral Andréossy.

Die Generale Lannes*), Dumuy und Zaionczek standen dem Hauptquartier zur freien Verfügung.

Sucy war Oberzahlungsanweiser.

Jetzt war alles bereit, um die Eroberung Ägyptens zu beginnen, vorausgesetzt, daß nicht die Engländer erschienen und sich einer Landung widersetzten. Um die Soldaten zu begeistern, erließ Bonaparte eine Proklamation in jenem glänzenden Stile, die selten ihre Wirkung auf seine Soldaten verfehlt hatte! Obgleich sie bereits am 22. abgefaßt worden war, wurde sie doch erst am 28. bekannt gemacht. Sie lautete:

„Soldaten!

Ihr werdet eine Eroberung unternehmen, deren Einfluß auf die Zivilisation und den Handel der Welt unberechenbar ist.

Ihr werdet England den sichersten und empfindsamsten Schlag versetzen, den es je erhalten hat, bis ihr ihm endlich den Todesstoß gebt.

Wir müssen einige anstrengende Märsche machen, einige Schlachten liefern, aber alle unsere Unternehmungen werden von Erfolg gekrönt sein, denn das Geschick ist uns günstig!

Ein paar Tage nach unserer Ankunft wird es keine Mameluckenbeis mehr geben, die ausschließlich den englischen

*) Vergl. die erste Anmerkung auf der vorhergehenden Seite.

Handel begünstigen, die ferner unsere Kaufleute mißhandeln und die unglücklichen Bewohner des Nillandes knechten.

Die Völker, mit denen wir leben, sind Mohammedaner. Ihr erster Glaubensartikel heißt: Gott ist Gott, und Mohammed ist sein Prophet!

Widersprecht ihnen nicht. Handelt gegen sie, wie wir es gegen die Juden, gegen die Italiener getan haben. Seit rücksichtsvoll gegen die Muftis und ihre Imans, wie ihr es gegen die Rabbiner und Bischöfe gewesen seid.

Die römischen Legionen beschützten alle Religionen. Ihr werdet hier Bräuche finden, die von den europäischen sehr verschieden sind, aber ihr müßt euch daran gewöhnen.

Die Völker, die wir aufsuchen, behandeln die Frauen anders als wir; aber in jedem Lande ist derjenige, der ihnen Gewalt antut, ein Scheusal!

Das Plündern*) bereichert nur eine kleine Anzahl von Soldaten; es entehrt uns, zerstört unsere Hilfsquellen, macht uns die Völker zu Feinden, die wir uns in unserem eigenen Interesse zu Freunden machen müßten.

Die erste Stadt, der wir begegnen, ist von Alexander dem Großen erbaut worden. Bei jedem Schritt werden wir auf Erinnerungen stoßen, die würdig sind, bei den Franzosen Nachahmung zu finden!

---

*) Ein besonderer Befehl vom 21. Juni, der aber auch erst am 28. veröffentlicht wurde, kündigte den Plünderern Todesstrafe an und regelte die zwangsweise Beitreibung von Lebens- und Unterhaltsmitteln.

FÜNFTES KAPITEL

ÄGYPTEN

Land und Leute

Das Ägypten zur Zeit der französischen Eroberung erstreckte sich vom Niltal bis zu den ersten Wasserfällen bei Assuan (Syene). Das ganze Kulturland bestand eigentlich nur aus einem langen von Norden nach Süden gehenden Streifen auf beiden Seiten des Nils, der im südlichen Teile selten mehr als 10 Kilometer, im Norden hingegen, abgesehen vom Delta, kaum mehr als 30 Kilometer breit war.

Das Land zerfiel in Ober- und Unterägypten. Oberägypten breitete sich von Assuan bis nach Kairo, Niederägypten von Kairo bis zum Delta aus. Den weitaus wichtigeren Teil bildete die Nordhälfte, die, wenn sie einmal in den Besitz einer fremden Macht gelangt war, bald auch die Herrschaft über Oberägypten nach sich ziehen mußte.

Das ganze Leben, die ganze Kultur ist eng mit dem Nil, dem einzigen Fluß und Wohltäter des Landes, verknüpft. Der übrige, nicht vom Nil durchflossene Teil ist wasserarm, folglich unfruchtbar. Er besteht meist nur aus Wüstenland, das spärlich hier und da eine Oase aufweist. Der Nil tritt bei Assuan in Ägypten ein. Bei Derut zweigt sich der Josephskanal ab und folgt dem Strom auf dem westlichen Ufer in geringer Entfernung bis zum Fajum, südwestlich von Kairo, das er in zahlreichen kleinen Flußarmen durchzieht und befruchtet. Nördlich von Kairo spaltet sich

Ansicht des Neuen Hafens von Alexandria.
(Gezeichnet von P. Coste, gestochen von A. Fauchery.)

der Nil in das sogenannte Delta, das fruchtbarste Gebiet des Landes. Es ist infolge der fortwährenden Schlammablagerungen eigentlich als eine Schöpfung des mächtigen Flusses zu betrachten.

Alljährlich im Sommer verläßt der Nil sein Bett und befruchtet das umliegende Land durch seinen Schlamm. War der Strom wasserreich, dann konnte man eine günstige oder reiche Ernte erwarten; enthielt er nur wenig Wasser, das nur einige unbeträchtliche Gebiete überflutete, dann konnte man mit einer schlechten Ernte rechnen. Der Nil wurde daher von alters her wie eine Gottheit verehrt, da von ihm das Wohl oder Wehe des Landes, Gedeihen oder Mißwachs der Ernte abhing.

Gegen Ende Juni beginnt das Anschwellen des Stromes bei Assuan; einige Wochen später verläßt er auch bei Kairo sein Bett. Im Oktober haben die Wassermassen ihren höchsten Stand erreicht. Die Abnahme des Wassers geht aber so langsam von statten, daß der Fluß nur eine ganz geringe Zeit des Jahres seinen geringsten Wasserstand behält.

Ägypten besitzt keine größeren Süßwasserseen. Die Seen des Delta und des Birket-el-Kerun nordwestlich vom Fajum sind salzig, die auf der Landenge von Suez bitter und diejenigen von Alexandria natronhaltig.

Der nahe der Küste, südöstlich von Alexandria gelegene Birket Mariut bildete sich erst wieder, als die Engländer im Jahre 1801 bei der Belagerung von Alexandria die künstlichen Dämme durchstachen, um die von den Franzosen verteidigte Stadt vom Süden her besser angreifen zu können.

Das Klima Ägyptens ist zwar sehr gesund, doch im Sommer, zumal in den wasserarmen, unfruchtbaren Teilen, drükkend heiß. Die Franzosen konnten etwas von den Anstrengungen und Entbehrungen erzählen, die sie auf dem Marsche von Alexandria bis Damanhur und im Jahre 1799 nach und von Syrien erleiden mußten! Die Hitze und das wasserarme Land bereiteten Offizieren wie Soldaten manche Enttäuschungen. Sogar einige bewährte Generale verloren den Mut und gaben somit den Soldaten ein schlechtes Beispiel der Mannszucht.

Hauptsächlich baute man in Ägypten Weizen, Durra (eine Art Hirse), Reis und Gerste. Ferner wurde der Weinbau betrieben, und Dattelhaine und Ölbäume wurden angepflanzt. An Früchten und grünem Gemüse war auch kein Mangel, doch die Franzosen fanden sie viel weniger schmackhaft als in ihrer Heimat. Der alte Papyrus war schon viel seltener geworden als im Altertum. Wild wuchs er nur noch am oberen Nil und teilweise an der Küste, in der Nähe von Damiette.

Rinder und Büffel waren selten; häufiger fand man Ziegen, Schafe und Kaninchen. Das Fleisch der Haustiere war weich und ohne Geschmack. An Geflügel mangelte es nicht, das Fleisch war aber trocken. Der Nil und einige Seen waren sehr fischreich, doch auch der Geschmack des Fischfleisches war nicht für europäische Zungen geeignet. Überall erwartete die französischen Eroberer nichts als Enttäuschung.

Das Brot war unrein und schlecht, denn man mahlte das Mehl nur auf einfachen Handmühlen. Als Bonaparte sich nach der Einnahme Kairos mit der Einrichtung des Landes beschäftigen konnte, ließ er auch die Anlage von Wasser- und Windmühlen studieren.

Die Bevölkerung nährte sich hauptsächlich von Datteln, Feigen, etwas Brot, Melonen, Bohnen, Käse, Linsen, grünem Gemüse, Wurzeln, Kamelmilch, Kaffee und etwas Wasser. Ganz selten wurde Fleisch genossen; nur bei ganz besonderen Gelegenheiten, und auch nur bei wohlhabenden Leuten, kam ein gerösteter Hammel auf den Tisch.

Die ärmere Landbevölkerung lebte so elend, daß man es kaum beschreiben kann. Ihre Dörfer bestanden aus Erdhütten, die kaum um einen Meter die Erdoberfläche überragten, und in die man nur durch ein Loch gelangen konnte. Fenster gab es natürlich nicht in diesen Hütten. Die Nahrung der Landbewohner war noch einförmiger und dürftiger als die der Städter. Nie aßen sie Fleisch, doch konnten sie weder Tabak noch Kaffee entbehren.

Der Buchdrucker und Schriftsteller Galland, der sich bei dem Gelehrtenausschuß befand, den Bonaparte mit nach Ägypten nahm, beschreibt uns ein ägyptisches Mahl, das der Scheik Ssadat am 11. Dezember 1798 gelegentlich eines religiösen Festes dem General Bonaparte gab. „Im Mandar, dem nach Norden zu gelegenen Zimmer,“ heißt es in seiner Beschreibung, „wurden der General und sein Gefolge empfangen. Das Mittagessen wurde auf verschiedenen großen Kupferplatten serviert, um die sich 10 bis 12 Personen gruppieren konnten. Der Umkreis dieser Platten war mit Landbrot eingefaßt, das weich und dünn wie Eierkuchen ist, sowie von verschiedenen kalten Gemüsen, die die ganze Zeit während des Mahles liegen blieben. Die Mitte jeder Kupferplatte wurde nach und nach von ungefähr 30 Gängen eingenommen, die darauf mit großer Schnelligkeit gereicht wurden. Ein Fleischgang wurde durch einen Gemüsegang, eine süße Speise oder eine Milchspeise ersetzt. Dann reichte man Pilaw, das Hauptmahl des Landes, das auch die Provinzialen gut kennen und sehr schätzen. Es besteht aus dikkem Reis mit Zucker und Gewürz, das ihn schmackhaft macht. Endlich reichte man Sorbett, ein ziemlich angenehmes Getränk, das aus Zucker und wohlriechenden Bestandteilen bereitet wird.

Die Ägypter bedienen sich keiner Stühle. Sie setzen sich zu ebener Erde mit übereinander geschlagenen Beinen wie unsere Schneider. Der Tisch befindet sich zur selben Höhe. Die Bewohner des Landes gebrauchen weder Gabel noch Löffel, und selten machen sie vom Messer Gebrauch. Sie zerlegen die Speisen mit den Fingern und trinken aus einem und

Ein arabisches Mahl.

(Gezeichnet von D. V. Denon, gestochen von Laderer.)

demselben Gefäß. Und wenn das Gericht etwas flüssig ist, dann tunken sie mit einem Stück Brot hinein. Mit Vergnügen bietet der Hausherr seinem Gast ein Stück an, das er selbst nicht beendet hat; damit erweist er ihm eine große Ehre (!). Alle Welt trinkt aus demselben Gefäß, das man mit Höflichkeit herumreicht."

Geoffroy de Saint-Hilaire, einer der ausgezeichnetsten Gelehrten, die sich damals in Ägypten befanden, erzählt von einem ähnlichen Gastmahl in interessanter Weise. Diesmal hatte ein Scheik in der Provinz Rosette den General Menou, einige Offiziere und Gelehrte eingeladen, unter denen sich auch Geoffroy befand. „Man bediente uns auf dem mit Strohmatten und Teppichen belegten Fußboden," heißt es in seinem am 3. August an Cuvier in Paris gerichteten Briefe. „Wir wurden außerordentlich vornehm behandelt, nur bestand das Essen nicht aus mehreren Gängen, sondern besser aus mehreren Reihen. Die umfangreichsten Gerichte befanden sich nämlich in ihnen angemesssenen runden Zinngefäßen zu unterst aller übrigen Speisen. Es sind die Leckerbissen, die von den eigenen Frauen der Ägypter bereitet werden. Man stürzt sich zuerst auf die oberen Gerichte, um so schnell wie möglich mit ihnen fertig zu werden und zu den unteren gelangen zu können. Die Leckerbissen bestanden aus sieben oder acht verschiedenen Arten: Mehrere Sorten Käse, in Stärke gekochte Melosa, Frikassee von Hammelbröschen, mit Weintrauben gekochten Pflaumen, Feigen und Granatäpfeln.

Die Hauptplatten bestanden aus Huhn mit Reis und aus verschiedenartig zubereitetem Reis . . .

Der Scheik forderte uns auf, uns um die Platten zu gruppieren, und bald sahen wir die Türken unserer Gesellschaft ihre Finger in die Schüsseln tauchen. Mit der flachen Hand nahmen sie die flüssigen Speisen auf, während sie sich für die festen Speisen ihrer Finger bedienten. Wir waren gezwungen, es ihnen nachzutun, denn wir hatten weder Gabeln noch Messer . . . !"

Der bedeutendste Hafen von Ägypten war Alexandria, die zweitwichtigste Stadt des Landes. Die damalige Stadt nahm nur einen geringen Teil des mit Mauern umgebenen Gebietes ein und lag auf der Landzunge zwischen dem alten und dem neuen Hafen. Von dem ehemaligen von den Arabern angelegten Alexandria fand man nur noch Trümmer und einige Reste des Palastes der Ptolemäer vor. Die alte Stadtmauer, die die ehemalige Araberstadt einschloß, war hoch und wurde durch einige Türme verteidigt.

Das neue Alexandria war äußerst schlecht gebaut. Die Häuser waren niedrig, häßlich und schmutzig. Sie enthielten nur wenige Stockwerke und hatten oben eine Plattform mit Behältern zum Auffangen des Regenwassers. Die Straßen waren eng, finster, ungepflastert und von Unrat strotzend. Eine Ausnahme machte nur das Stadtviertel der Ausländer (Franken). Dort befanden sich größere Häuser, Okel genannt. Hier wohnten auch Bonaparte und seine Generale während ihrer Anwesenheit in Alexandria.

Die Stadt besitzt zwei Häfen, den alten und den neuen. Obgleich der alte Hafen, südwestlich von der Stadt, sehr geräumig und vor Winden geschützt ist, hatte er damals nur eine für größere Schiffe geeignete Einfahrt. Der neue Hafen liegt nordöstlich von der Stadt, hat nur geringe Tiefe und ist den Nordwinden stark ausgesetzt. Den Europäern stand nur dieser Hafen zur Verfügung.

Der öffentliche Markt, Bazar genannt, war in der Mitte der Stadt gelegen. Der Boden war mit Matten und Palmzweigen belegt. Die Kaufläden waren klein und enthielten nur wenige Auslagen. Die Händler saßen vor ihren Türen auf schmutzigen Teppichen, unbeweglich und mit würdiger Miene. Sie rauchten beständig aus langen Pfeifen. Als Le-

Ansicht von Rosette.
(Nach einem zeitgenössischen Stich.)

bensmittel boten sie Reis, Linsen, Bohnen, Datteln, Nüsse, Pistazien und minderwertige Ziegen feil.

In irgend einer Ecke schlachtete der Fleischer die Tiere, die an den Füßen aufgehangen wurden. Er verkaufte das Fleisch sogleich, da es sich in der großen Hitze nicht lange frisch hielt. Bei den Bäckern fand man kleine, flache, aus unreinem Mehl schlecht gebackene Brote zum Verkaufe liegen.

Die Häuser waren so angelegt, daß sich in der Mitte ein viereckiger Hof befand. Um diesen gruppierten sich die Wohnräume. Die Wohnungen der Frauen waren zu ebener Erde und von den Behausungen der Männer streng getrennt. Im hintersten Teile des Hauses befand sich der Harem. Das wichtigste Zimmer des Hausherrn hatte Aussicht auf die Straße. Auf dem Boden der Räume waren Teppiche ausgebreitet, und an den Wänden standen rings herum Diwans. Das war der ganze Schmuck der Häuser.

Die männlichen Bewohner Alexandrias werden als gut gebaut geschildert. Sie trugen weite Beinkleider, die Jacke jedoch kurz, auf sogenannte griechische Weise zugeschnitten. Das Haupt bedeckte ein wohlangeordneter Turban. Der Bart der Männer in Alexandria war kürzer als der der übrigen Bewohner des Landes, ihre Haltung ungezwungener und lebhafter als sonst in Ägypten. Da sie die Arbeit scheuten und es unter ihrer Würde hielten, etwas zu tun, so überließen sie sie ihren Leuten und verbrachten ihre Zeit mit Rauchen, Kaffeetrinken, im Harem und vor allem im Nichtstun!

Frauen reicherer Stände sah man nur selten auf den Straßen. Die des Volkes trugen ein schlechtes, schmutziges Gewand, meist von blauer Farbe. Es bildete Hemd und Kleid zu gleicher Zeit. Die Füße und Waden waren nackt. Die Augenbrauen färbten die Frauen schwarz und die Fingernägel rot. Die Kinder wurden wenig sorgfältig gehalten und trugen sehr dürftige oder gar keine Kleidung.

Die drittwichtigste Stadt des Landes war Rosette, am linken Nilarme, zwei Meilen vom Meere gelegen. Fast alle Beschreiber diese Ortes sind sich darüber einig, daß diese Stadt den angenehmsten Aufenthaltsort bildete. Auch hier waren die Straßen eng und finster, da die weitherausgebauten Balkone dem Tageslicht den Zutritt verwehrten. Die Häuser waren, wenn auch einfach, so doch geschmackvoll und aus gebrannten Ziegeln gebaut. Noch hübscher waren die Gebäude am Ufer des Nils: sie hatten manchmal drei und noch mehr Stockwerke und oft sechs Fenster Vorderseite. Sie gehörten meist europäischen Kaufleuten, die sich hier mehr als in irgendeiner anderen Stadt des Landes in Sicherheit befanden, da in Rosette selten Aufstände vorkamen, und man weniger durch die Mamelucken zu leiden hatte. In der Umgegend der Stadt befanden sich hübsche Gärten und Palmenhaine, auch reich bebaute Felder. Die Lebensmittel waren billig und das Leben leicht. Die Einwohner hatten angenehmere und verträglichere Sitten als in Alexandria.

Im allgemeinen aber war das Leben hier sowohl als in Kairo und anderen größeren Städten des Landes so beschaffen, wie bereits bei Alexandria beschrieben wurde.

Rosette bildete einen Zwischenhandelplatz von Kairo nach Alexandria und umgekehrt, da die meisten Waren auf dem Wasserwege befördert wurden. Hier hielt sich auch ein Teil der Gelehrten auf, ehe Bonaparte diese nach Kairo kommen ließ.

Außer Damiette, der dritten Küstenstadt, Mansura im Nildelta, möchte noch Damanhur, ebenfalls in Unterägypten, erwähnt werden. In Damanhur hatte ein Bei seinen Sitz, auch befand sich hier der Mittelpunkt für Baumwollhandel. Die Stadt war groß, doch glichen die Häuser, oder besser die Hütten, die aus an der Sonne getrockneten Backsteinen gebaut waren, aus der Ferne zahlreichen Taubenschlägen. In der Stadt befanden sich einige Moscheen, die man schon von weitem inmitten von Palmenhainen erblickte, und die einen gewissen malerischen Anblick gewährten. Sobald man aber in die Stadt eintrat, war es mit der Täuschung vorbei.

Damanhur bereitete dem französischen Heere die erste große Enttäuschung. Viele Schriftsteller, unter ihnen der Reisende Savary, hatten Ägypten in glänzenden Farben geschildert; besonders der französische Generalkonsul Magallon hatte Damanhur für die schönste Stadt des Landes erklärt. Die Soldaten waren daher äußerst enttäuscht, als sie sich nach einigen Tagesmärschen in dem heißen Wüstensand dieser „Stadt" näherten, wo sie Überfluß an allem und Entschädigung für die ausgestandenen Leiden zu finden hofften!

Die Hauptstadt des Landes war Kairo, eine halbe Meile vom Nil gelegen. Ihre Bevölkerung wurde damals auf 300000 Einwohner geschätzt, doch ist die Zahl vermutlich stark übertrieben. Nach Bonapartes Bericht an das Direktorium enthielt Kairo die scheußlichste Bevölkerung der Welt. Auch hier waren die Häuser, mit wenigen Ausnahmen, schlecht gebaut, die Straßen eng, ungepflastert und häßlich. Der Europäer wurde vor allem durch den großen Schmutz und die Unsauberkeit auf den Straßen, Plätzen und in den Häusern abgestoßen.

Zahlreiche Moscheen, von denen einige in hohem Ansehen standen, schmückten die Stadt. Die schönsten und berühmtesten waren die Sultan Hassan-Moschee, die Tulun-Moschee, die Azar-Moschee und die Moschee Hassanein. Die hauptsächlichsten Plätze waren der Birket-el-Fil und der Esbekiehplatz. Beide bildeten während der Nilüberschwemmung kleine Seen, die man nur auf Booten überfahren konnte. Bonaparte hatte sein Hauptquartier im Palast Mohammed-Bei-el-Elfis auf dem Esbekiëhplatze aufgeschlagen. Eine bereits im 12. Jahrhundert erbaute, auf dem Ausläufer des Djebel Mokkattam gelegene Zitadelle beherrschte die Stadt; sie war der Sitz des Paschas.

Zur Beförderung dienten Esel, die man für wenig Geld auf allen öffentlichen Plätzen der Stadt mieten konnte. Ihre Treiber liefen oft im Trab lange Zeit neben den Tieren her, ohne Ermüdung zu zeigen.

Die Männer und Frauen aus dem Volke waren häßlich und schlecht gebaut. Bekleidet waren die Männer im Sommer mit einem blauen oder ehemals weißen Hemd, im Winter mit einem Gewand aus Wolle oder Ziegenhaar. Nur einige trugen Beinkleider. Meist gingen sie barfuß, seltener in Sandalen. Auf dem Haupt trugen sie einen Turban. Die Frauen gingen ähnlich wie die Männer gekleidet, nur waren ihre Gewänder länger. Das Gesicht hatten sie immer durch einen Schleier verhüllt, der ebenso schmutzig wie die übrige Kleidung war und Barco genannt wurde.

Bulak bildet den Hafen für Kairo. Auf dem anderen, dem linken Nilufer befindet sich Giseh, und südwestlich davon liegen die berühmten Pyramiden.

Von geringerer Bedeutung waren die Städte Oberägyptens. Siut, eine ziemlich malerische Stadt, liegt zwischen dem Nil und den nahen Bergen. Häuser und Bazare waren aus roten Ziegeln gebaut. Hier befanden sich etwa 10 Ölfabriken. Außerdem betrieb man besonders Handel mit Topfwaren, Natron, Opium und Leinwand.

Kus, im Süden von Siut gelegen, besaß zwar den Namen einer Stadt, doch war es nichts weiter als ein großer Flecken. Viele Häuser waren verlassen oder lagen in Trümmern. Man konnte daraus schließen, daß Kus früher bedeutender gewesen sein mußte. Einige hübsche Gärten und Palmenhaine sowie Anpflanzungen von Melonen gaben dem Ort ein malerisches Gepräge. Die Bewohner waren meist Christen. Von Kus aus erreichte man in wenigen Tagesreisen Kosêr, den

Eine vornehme arabische Dame im Harem.
(Gezeichnet von D. V. Denon, gestochen von Prevost.)

einzigen am Roten Meere gelegenen bedeutenden Hafen Ägyptens außer Suez.

Weiter südlich, am linken Ufer des Nils, liegt Esneh, die Hauptstadt der südlichsten Provinz des Landes. Die Stadt war schöner angelegt als die meisten anderen Ortschaften Oberägyptens. Handel und Industrie befanden sich in gewisser Blüte, vermutlich wegen der zahlreichen Koptenfamilien, die dort wohnten. Hier befanden sich etwa 20 Ölfabriken und fünf bis sechs Töpfereien. Auch verfertigte man einen sehr feinen Schal, Melâyeh genannt. Die Bewohner der Stadt waren sanft und gutmütig; im allgemeinen bildete Esneh einen sehr angenehmen Aufenthaltsort für die Europäer.

Da Esneh sehr weit von der Hauptstadt entfernt liegt, war es von alters her ein Zufluchtsort der Besiegten und Unterdrückten gewesen, denn die Macht der Beis von Kairo reichte nicht so weit. Um die Zeit der französischen Besetzung des Landes war Esneh der Wohnort der Beis Hassan, Osman und Salay. Letzterer war der Nachfolger Ismaels, der erst einige Monate zuvor gestorben war. Alle Beis waren geschworene Feinde des mächtigen Murad.

Assuan, oder Syene im Altertum, war an der Grenze des damaligen Ägyptens gelegen. Es war in seiner Bedeutung gegen früher stark zurückgegangen, denn die alte Stadt hatte eine viel größere Ausdehnung gehabt. Von hier aus wurde ein großer Handel von Henna, einer Pflanze, die getrocknet zum Färben der Haare und Fingernägel dient, nach Kairo betrieben.

Ägypten hatte keine gleichartige Bevölkerung. Die Jahrhunderte hatten nicht vermocht, eine einheitliche Rasse auf demselben Boden zu entwickeln. Die Bewohner Ägyptens bestanden aus Kopten, Arabern, Türken, Griechen und Juden. Dazu kamen noch Armenier, Syrier und Europäer, die allgemein mit Franken bezeichnet wurden.

Die Kopten waren die Ureinwohner des Landes. Sie bewohnten vorzugsweise die Städte und die größeren Dörfer. Sie waren geschmeidig und unterwürfig und vielfach im Dienste der Mamelucken. Meist waren sie kleine Handwerker; jedenfalls bildeten sie die untersten Stände der Bevölkerung.

Den Hauptteil der Bevölkerung bildeten die Araber, die Sieger über die Kopten. Diejenigen, die die Städte bewohnten, waren Gerichts- und Verwaltungsbeamte (Scheiks, Scherifs, Ulemas, Agas usw.), Großkaufleute, Ladenbesitzer und Handwerker. Die Bewohner des Landes, meist arm und bedürfnislos, nannte man Fellahs (Fellahin). Schließlich gab es noch eine dritte Gattung, die Beduinen, die Kinder der Wüste, die besitzlos, sich als Kameltreiber verdingten, gewöhnlich aber ihr Leben als Wegelagerer durch Plünderung und Raub fristeten. Natürlich gab es auch unter ihnen wieder verschiedene Abarten.

Eine hübsche Schilderung der Beduinen in den Provinzen Beni-Suef und Minieh (in Oberägypten) gibt uns der spätere General Desvernois in seinen Memoiren. Der damalige Schwadronschef war vom General Berthier mit einer Sendung zu einer großen Anzahl von Beduinenhäuptlingen betraut worden. „Bei jedem Stamm“, so heißt es, „schloß ich mich den Spielen der Beduinen an. Ich saß immer an der Seite des Scheiks und seiner Söhne und gewöhnte mich schnell an ihre Speisen und ihren Kaffee (Gahona). Man hatte mir und meinen beiden Husaren in dem Zelte des Scheiks eine Ecke eingeräumt, wo wir Tag und Nacht ausruhen konnten. Die Frauen und Mädchen melken die Ziegen, bereiten den Käse und backen Brot. Sie kümmern sich auch um die Küche und die Mahlzeiten. Eine einfache Ziegenhaar- oder Kamelhaardecke trennt die Wohnung der Frauen von der der Männer während des Tages. Nachtsüber verschwindet diese Decke, und die Geschlechter vermengen sich, jedoch nur in einer und derselben Familie.

Wir haben viele Beduinenzelte besucht aber überall dieselben Gebräuche gefunden. Frauen und Mädchen sangen meist, waren fröhlich und zeigten sich sehr oft außerordentlich frei bei der genauen Untersuchung unserer Kleidung und Personen. Sie wollten uns durchaus bis auf die Haut erforschen und besonders an einer Stelle, wo es die Abendländer nicht zu tun pflegen, was aber bei den Orientalen gang und gäbe ist. Ich muß hinzufügen, daß die Frauen der Beduinen manchmal sehr hübsch sind. Im allgemeinen sind sie gut gewachsen und haben sehr schöne Augen."

Die Türken waren nur dem Namen nach Herren des Landes. Sie waren träge, nachlässig, beschäftigten sich hie und da mit Ackerbau und Handel, das heißt, sie überließen es ihren Sklaven. Sie verbrachten ihre Zeit meist mit Rauchen, Kaffeetrinken, Nichtstun und im Harem, denn sie waren sehr eifersüchtig. Der Hochgestellteste war nicht viel gebildeter als der Mann aus dem Volke. Nur die Kinder aus reichen Häusern lernten lesen, manchmal auch schreiben. Trotz ihrer Unwissenheit sahen die Türken aber auf die anderen Völker oder Andersgläubigen mit Verachtung herab.

Von den drei Religionen, der mohammedanischen, jüdischen und christlichen, war die mohammedanische natürlich die verbreitetste und die einzige offizielle Religion. Die anderen beiden Religionen waren nur geduldet. Das Christentum, das noch ganz so beschaffen war wie in den ersten Jahrhunderten unserer Zeitrechnung, hatte die meisten Anhänger unter den Kopten. Katholiken gab es sehr wenig.

Alle Bewohner Ägyptens waren sehr abergläubisch; auch darin waren sie sich ähnlich, daß sie meist sehr genügsam lebten und lieber in den ärmlichsten Hütten oder Häusern wohnten als zu arbeiten, um sich bessere Lebensbedingungen zu schaffen.

Die Kleidung der verschiedenen Bewohner war meist die

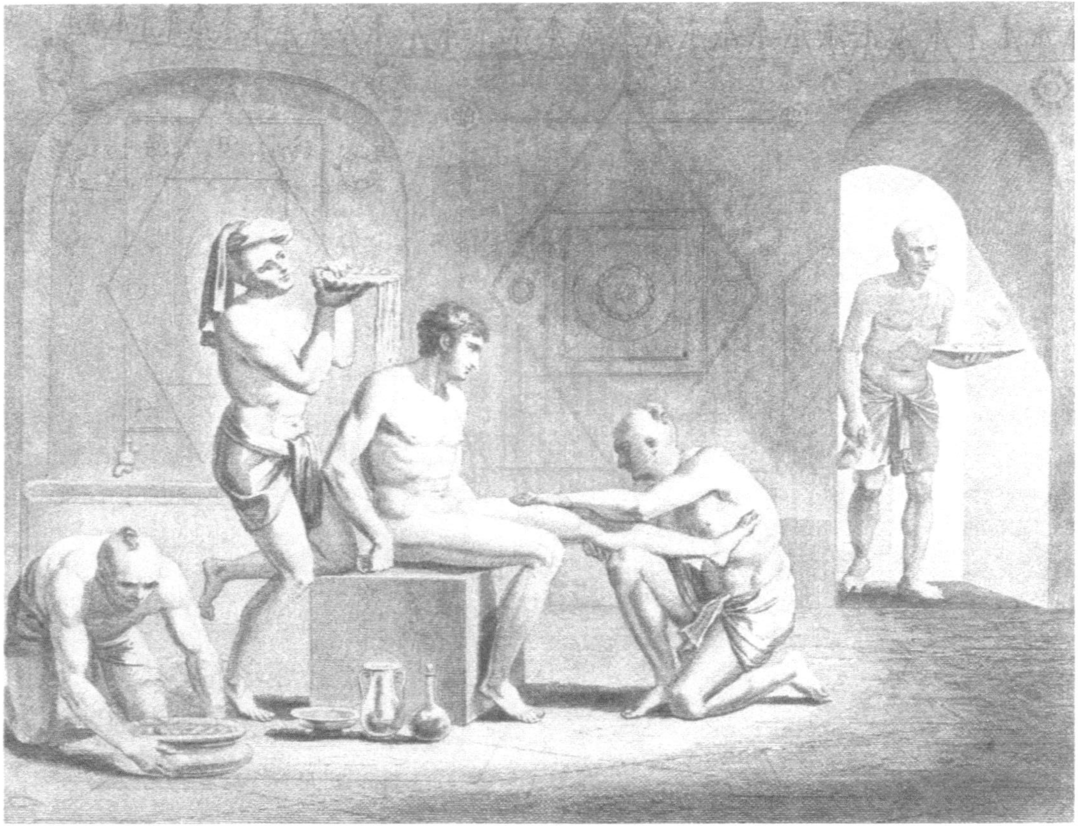

Ein ägyptisches Bad.

Gezeichnet von D. V. Denon, gestochen von Petit. — (Sammlung Kircheisen.)

gleiche; nur durch die Farbe des Turbans unterschied man sich. Die Franken kleideten sich, wie sie wollten.

Sehr beliebt waren die Bäder. „Es gibt sehr viele Badeanstalten in Kairo“, berichtet der Leutnant Doguereau; „Der Koran schreibt den Türken vor, sich zu baden. Diese Badeanstalten dienen beiden Geschlechtern, nur sind verschiedene Tage bestimmt, an denen die Männer und an denen die Frauen baden dürfen. In den Bädern herrscht allgemeine Unsauberkeit; die Badetücher werden immer von verschiedenen Personen benutzt.

Man tritt zuerst in einen Raum ein, der unbedeckt ist und den Himmel sehen läßt. Dort befindet sich ein Wasserbehälter. Um diesen herum sind Lagerstätten, eigentlich nur schlechte Pritschen, dazu bestimmt, diejenigen aufzunehmen, die gebadet haben und dann gewöhnlich einige Stunden schlafen. Hier entkleidet man sich auch.

Ein Badediener geleitet einen, nachdem er einem Kopf und Körper mit Tüchern umwunden hat, in das Dampfbad, das man kaum ertragen kann, wenn man es zum erstenmal gebraucht. Man schwitzt darin außerordentlich. Nachdem er den Badenden die Glieder fast gebrochen und den Körper mit einer Art Wollstoff abgerieben hat, geleitet er ihn in einen großen Wasserbehälter mit beinahe kochendem Wasser. Wenn man aus dem Wasser kommt, wird man abgeseift. Nachdem man andere Tücher erhalten hat, wird man zum Ruhebett geführt. Hier wird einem der Körper wieder eine Stunde lang gerieben, und die Finger und Zehen hin und her gezogen. Das nennt Savary in seinen ‚Mémoires sur l'Égypte‘ göttliche Freuden!“

Der Mohammedaner kann von Rechts wegen vier Frauen haben und sonst noch so viele Nebenfrauen, als er will, oder vielmehr, soviel als er ernähren kann. Die Frauen vornehmer Stände gingen nie oder nur ganz selten aus. Wenn dies aber einmal der Fall war, dann waren sie so tief verschleiert und so vermummt, daß man unmöglich ihre Gestalt erkennen konnte. Sie alterten sehr schnell. Mit 30 Jahren hatten sie meist ihre Frische verloren. Dazu trug viel bei, daß sie oft schon mit 10 Jahren verheiratet wurden und zu viele heiße Bäder nahmen.

Natürlich waren die Frauen noch ungebildeter als die Männer. Sie verbrachten ihr Dasein im Harem in völliger Abgeschlossenheit von der Außenwelt mit Singen und Tanzen, Anziehen und Ausziehen, Kaffeetrinken, Kuchenessen und Rauchen, vor allem aber im Nichtstun. Die Frauen der Reichen und Mamelucken waren keine Eingeborenen; sie kamen entweder aus anderen Teilen Afrikas oder aus Asien, besonders aus Georgien und Griechenland.

Sie waren sehr sinnlich und leidenschaftlich. Ihre größte Freude bestand darin, Bäder zu nehmen, denn hier waren sie allein und unter sich. Ihre Männer durften nicht dahin kommen, wenn sich fremde Frauen dort befanden. Die Bäder bildeten oft die Stelldicheins für ihre Liebhaber, denn trotz der Wachsamkeit ihrer eifersüchtigen Männer gelang es ihnen doch zuweilen, diese zu hintergehen.

Die Frauen aus dem Volke waren im Gegensatze zu denen der Reichen, die aus dem Ausland kamen, meist häßlich und unansehnlich, ohne Scham und vor allem ohne alle weibliche Würde. Sie fanden durchaus nichts darunter, den größten Teil ihres Körpers in Gegenwart von fremden Männern zu entblößen, wenn nur ihr Gesicht verdeckt blieb! Die Preisgebung zur Unzucht war überall sehr ausgeprägt. Schon in Damanhur wimmelte es von öffentlichen Mädchen.

Die Tänze der Frauen waren bei den Mohammedanern sehr beliebt; doch waren sie so unschön und unsittlich, daß sich die Europäer oft mit Abscheu von diesem Bilde wandten.

Eine sehr interessante, scherzhafte Schilderung eines solchen Tanzes überliefert uns Denon während seines Aufent-

Ein Fest im Harem.

(Gestochen von T. Johannot nach einer Zeichnung von D. V. Denon.)

haltes in Metubis bei Rosette in seiner „Voyage dans la Basse et la Haute Égypte“. Er schreibt: „Wir (der General Menou, einige Offiziere und Gelehrte) baten die Scheiks, uns Tänzerinnen vorzuführen, die den indischen Bajaderen sehr ähnlich sind. Die Regierung des Landes, zu deren Einkommen sie vermutlich einen Teil beisteuerten, machten einige Schwierigkeiten, ihnen zu erlauben zu kommen. Durch die Blicke Ungläubiger beschmutzt, konnten sie vielleicht an ihrem Werte verlieren, aber die Gegenwart eines Generals und besonders die Anwesenheit von 200 Soldaten beseitigten alle Hindernisse.

Die Tänzerinnen kamen und ließen uns durchaus nicht merken, daß sie die politischen Bedenken und die Gewissensbisse der Scheiks teilten! Sie verteidigten jedoch mit viel Anmut diejenigen Reize, die uns am wenigsten verteidigungswert erschienen, nämlich die Augen und den Mund. Alles übrige wurde uns mit Vergnügen überlassen. Bald dachte man nicht mehr daran, uns etwas zu verbergen. Man zeigte es uns indes durch bunte Schleier. Ein schlecht befestigter Gürtel wurde mit einer Ausgelassenheit wieder befestigt, die nicht unangenehm berührte und mir ein wenig französisch erschien.

Die Tänzerinnen hatten zwei Musiker mit sich: einen Dudelsackpfeifer und einen Trommelschläger, dessen Instrument aus einem irdenen Topf bestand, auf den er mit den Händen schlug. Die Mädchen waren ihrer sieben. Zwei davon schickten sich zu tanzen an, die anderen sangen zur Begleitung der Kastagnetten, die die Form von Zimbeln und die Größe eines Sechsfrankenstückes hatten. Die Bewegungen, durch die sie die Kastagnetten aneinander schlugen, verliehen ihren Fingern und Handgelenken unendlich viel Anmut. Ihr Tanz war zuerst wollüstig. Bald aber wurde er gemein: es war nur noch der rohe, unanständige Ausdruck der leidenschaftlichsten Sinnlichkeit. Und was dieses Bild noch ekelhafter machte, war, daß einer der Musiker gerade in den Augenblicken, wo sie die wenigste Zurückhaltung bezeigten, die allgemeine Szene des Rausches, die den Tanz beendete, durch ein ungeheuer schamloses Gelächter unterbrach.

Die Tänzerinnen tranken Branntwein wie Limonade aus großen Wassergläsern. Dabei waren sie auch, obgleich jung und hübsch, verlebt und welk, ausgenommen von zweien, die außerordentlich zwei berühmten Pariser Schönheiten glichen ...

Trotz ihres freien Lebenswandels läßt man diese Tänzerinnen in die Harems kommen, um die jungen Mädchen von allem zu unterrichten, was sie ihren zukünftigen Gatten begehrenswert machen kann. Sie geben ihnen Unterricht im Tanzen, Singen, in der Anmut und in allen Künsten der Wollust. Es ist nicht zu verwundern, daß bei den Sitten, die die Unzucht zur ersten Pflicht der Frau machen, diejenigen die Lehrerinnen des schönen Geschlechts sind, deren Beruf die Liebe ist! Sie werden zu den Festen der Großen empfangen, und wenn ein Gatte das Glück seines Harems genießen will, so läßt er solche Tänzerinnen rufen."

Im Laufe der Jahrhunderte wurde Ägypten von verschiedenen Nachbarvölkern erobert. Am Anfang des 16. Jahrhunderts nahm der Sultan der Türkei Selim I. das Land in Besitz. Zur Zeit des französischen Einfalls gehörte Ägypten wenigstens dem Namen nach noch dem Sultan und wurde von einem Pascha regiert. Dieser wurde auf drei Jahre eingesetzt und hatte seinen Sitz in Kairo. In Wirklichkeit lag aber die Herrschaft des Landes in den Händen von 24 Mameluckenbeis, von denen jeder eine Provinz befehligte. Einige der Beis erhoben sich manchmal zu größerem Ansehen. Diesen gehorchten die übrigen Beis. Von ihnen war auch der Pascha in Kairo abhängig. Sie waren also die wirklichen Herrscher des Landes.

Die Mamelucken waren ehemals eine Leibwache des Sultans gewesen und bestanden meist aus kaukasischen und tscherkessischen Sklaven. Wegen ihrer Tapferkeit waren sie überall gefürchtet, selbst von ihrem eigenen Herrn. Schon im späten Mittelalter hatten sie eine wichtige Rolle in Ägypten gespielt; sie wurden aber durch Selim I. bezwungen. Später rissen sie die Macht wieder an sich. Da sie weder geschriebene noch Naturgesetze anerkannten, weder Ackerbau, Viehzucht noch Handel zu würdigen verstanden, ging es mit dem sonst so reichen Lande Ägypten immer weiter abwärts.

Die Zahl der berittenen waffenfähigen Mamelucken betrug gegen Ende des 18. Jahrhunderts etwa 10 000 Mann. Es war ein eigenartiges Volk, das seine Gewohnheiten und Sitten jahrhundertelang beibehalten hatte. Ihre Frauen ließen sie meist aus Georgien kommen, doch zeugten sie mit ihnen nur wenige Kinder, die auch bald entarteten und nicht ihre Nachfolger wurden. Sie ergänzten sich vielmehr durch fremde Sklaven, schöne und kräftige Knaben aus dem Kaukasus, die sie im Gebrauch der Waffen und im Reiten täglich übten. Je nach ihrem Können, besonders aber wegen ihrer persönlichen Tapferkeit kamen sie zu Ansehen und Reichtum. Das Vermögen der Mamelucken bestand in schönen Waffen, Pferden und Frauen.

Die Mamelucken waren ausgezeichnete Reiter, sehr geschickt im Gebrauch der Gewehre und Pistolen und bewunderungswürdig im Handhaben ihrer Säbel, die aus dem besten Stahl gefertigt waren.

Jeder Mameluck hatte einige Diener zu Fuß bei sich, die ihm selbst bis ins Gefecht folgten. Hatte er sein Gewehr abgeschossen, so griff er zu den Pistolen, deren er mehrere bei sich trug, und zuletzt zu den beiden Säbeln. Die Zügel seines Pferdes im Munde, in jeder Hand einen Säbel, warf er sich auf den Gegner und teilte nach rechts und links Schläge aus,

Der Mameluck Rustam, den Bonaparte mit aus Ägypten brachte.
(Nach einem zeitgenössischen volkstümlichen Stich.)

die ihre Wirkung nicht verfehlten. Besonders in der Schlacht von Es-Salihijeh konnten sie ihre ganze Geschicklichkeit als Reiter und Krieger zeigen, denn die französische Infanterie traf nicht rechtzeitig ein.

Als Bonaparte dem Direktorium am 24. Juli 1798 Bericht über die Schlacht bei den Pyramiden erstattete, sprach er sich folgendermaßen über die Mamelucken und andere Bewohner des Landes aus: „Die Reiterei der Mamelucken hat große Tapferkeit an den Tag gelegt. Sie verteidigten ihr Vermögen, denn es war keiner unter ihnen, bei dem unsere Soldaten nicht 3, 4, ja 500 Louisdor gefunden hätten.

Der ganze Luxus dieser Leute besteht in ihren Pferden und ihren Waffen; ihre Häuser sind erbärmlich. Schwerlich findet man ein fruchtbareres Land und ein elenderes, unwissenderes und vertierteres Volk. Sie ziehen einen Uniformknopf unseres Soldaten einem Sechsfrankentaler vor. In den Dörfern wissen sie nicht einmal, was eine Schere ist. Ihre Häuser sind ein Haufen Kot. Als ganzes Hausgerät haben sie eine Strohmatte und zwei oder drei irdene Töpfe. Sie essen und verbrauchen im allgemeinen sehr wenig. Den Gebrauch der Mühlen kennen sie nicht, so daß wir fortwährend auf ungeheuren Kornhaufen lagern, ohne uns Mehl verschaffen zu können. Wir nähren uns meist von Gemüse und Fleisch. Das wenige Getreide, das sie in Mehl verwandeln, bearbeiten sie mit Steinen. Nur in einigen größeren Dörfern gibt es Mühlen, die von Ochsen gedreht werden.

Wir sind fortwährend von Araberschwärmen beunruhigt worden. Die Araber sind die größten Diebe und Gauner der Welt, da sie Türken und Franzosen ohne Unterschied ermorden, überhaupt alles, was ihnen in die Hände fällt . . ."

Der mächtigste Mameluckenbei war Ali der Große gewesen. Seine Wiege stand in Anatolien. Während 10 Jahren, von 1763 bis 1773, hatte er sich als nahezu alleiniger Herrscher von Ägypten behaupten können. Nach seinem Tode riß Mohammed die Macht an sich und regierte zwei bis drei Jahre, bis er durch ein Fieber dahingerafft wurde. Hierauf bemächtigten sich Ibrahim und Murad der Herrschaft. Beide waren Tscherkessen und zusammen aufgewachsen. Sie herrschten noch zur Zeit des französischen Einfalls. Da beide nahezu gleich an Macht waren und ebensoviel Anhänger

Murad-Bei.
(Nach einer Zeichnung von Bornet.)

hatten, beschlossen sie lieber, sich in die Herrschaft des Landes zu teilen als sich zu bekriegen. Ibrahim bekam Oberägypten, Murad Unterägypten; ersterer jedoch erhielt die Würde eines Scheik-el-Beled.

Ihre Herrschaft aber wurde von Hassan-Bei, einem früheren Mamelucken Alis, und von Ismael, der unter Ibrahim, dem Herrscher vor Ali, gestanden hatte, angefochten. Hassan hatte sich nach und nach zu Macht und Ansehen emporgeschwungen und natürlich den Haß und Neid Murads erregt. Murad trachtete deshalb danach, seinen Nebenbuhler unschädlich zu machen und zu töten. Hassan wurde aber gewarnt und floh noch rechtzeitig nach Oberägypten, ehe er Murads Nachstellungen zum Opfer fiel. Schließlich gelang es ihm, eine Art Versöhnung mit Murad herbeizuführen, denn er wurde von diesem anerkannt. Als Murad nach der Schlacht bei den Pyramiden nach Oberägypten fliehen mußte, nahm ihn Hassan, der seinen Aufenthaltsort in Esneh aufgeschlagen hatte, großmütig auf und unterstützte ihn noch durch seine Truppen. Beide aber wurden durch Desaix, den Bonaparte zur Verfolgung nach Oberägypten gesandt hatte, in verschiedenen Gefechten geschlagen.

Der französische Naturforscher und Reisende Sonnini, der Ägypten vor dem Einfall der Franzosen besuchte, hatte auch Gelegenheit gehabt, den Mamelucken bei Murad kennen zu lernen. In seiner „Voyage dans la Haute et Basse Égypte“ gibt er ein sehr interessantes Porträt von ihm. „Murad ist ein sehr schöner Mann“, heißt es darin. „Er hat ein kriegerisches Gesicht; ein dichter, schwarzer Bart umrahmt sein Kinn. Breite schwarze Augenbrauen ziehen sich in schönen Bogen über den großen feurigen Augen hin. Eine lange Narbe mitten durch die eine Wange trägt viel zu seinem wilden Gesichtsausdruck bei. Mit großem Mute vereinigt er außerordentliche Kraft und Gewandtheit. Man hat gesehen, wie er mit einem einzigen Hieb seines krummen Türkensäbels einem Rinde den Kopf abschlug. Bei ein wenig Erziehung und Kenntnissen hätte Murad ein großer Feldherr werden können, denn er war ein unerschrockener Krieger und ein ausgezeichneter Reiter, der die härtesten Entbehrungen und Anstrengungen ertragen konnte und den Säbel mit Kraft und Gewandtheit handhabte. Er war mutig, wenn er Niederlagen erlitt, kühn in seinen Unternehmungen, kaltblütig im

Handeln und furchtbar im Angriff. Sein stolzer, hochherziger Charakter gaben ihm den Anschein von Würde der höchsten Gewalt, aber Ungerechtigkeit, Unwissenheit und Grausamkeit hatten aus ihm einen wilden Tyrannen gemacht."

Ibrahim wird als groß von Gestalt, berechnend, geschickt, falsch, ehrgeizig und verschlossen geschildert. Er war ebenso tapfer wie Murad, doch war seine Tapferkeit ruhiger und gleichmütiger.

Dieser Bei war in seinem Handeln viel gemäßigter und umsichtiger als sein Nebenbuhler. Obgleich seine Mamelukken ebenfalls sehr geldgierig und ungerecht waren, so wendeten sie doch mildere Formen und weniger Willkürlichkeit im Eintreiben der Steuern an als die Murads. Ibrahim war reicher als Murad. Er besaß viel Ordnungssinn und scheute unnütze Ausgaben, ohne gerade sparsam zu sein.

SECHSTES KAPITEL

LANDUNG IN ALEXANDRIA. — MARSCH DURCH DIE WÜSTE. — GEFECHT BEI KOBRAKIT. — SCHLACHT BEI DEN PYRAMIDEN

(Juni bis Juli 1798)

Am 26. Juni kam die französische Flotte in Sicht der Insel Kandia und steuerte dann gerade auf Alexandria zu. Am nächsten Tage erteilte Bonaparte der Fregatte „Junon" den Befehl, vorauszusegeln, um den französischen Konsul Magallon in Alexandria, den Neffen des Generalkonsuls gleichen Namens, an Bord zu nehmen und ihn um Nachrichten auszufragen. Denon befand sich an Bord der Fregatte und hat uns genaue Einzelheiten darüber überliefert*).

Am 28. erblickte man Land. In der Nacht vom 29. zum 30. Juni kam der französische Konsul an Bord der „Junon", und am nächsten Tage war die Fregatte wieder bei der Flotte angelangt. Am 1. Juli früh 7 Uhr begab sich Magallon in Begleitung Denons auf das Admiralsschiff. Alle waren überrascht, zu erfahren, daß die englische Flotte einige Tage vorher vor Alexandria erschienen war. Man glaubte vielmehr, daß sie erst später folgen werde, und daß man ihr vorausgeeilt sei!

Bonaparte hatte ursprünglich die Absicht gehabt, an ver-

*) Er erzählt in seiner Reisebeschreibung, ein Witzbold habe in Anspielung auf die Anrede Bonapartes in Toulon, als er die öde Küste erblickte, ausgerufen: „Da schau, da sind die sechs Acker Boden, die man dir verschrieben hat."

schiedenen Punkten zu landen, vermutlich gleichzeitig in Alexandria und Rosette, vielleicht auch in Damiette. Die Nachricht von der Ankunft der englischen Flotte in den ägyptischen Gewässern mußte aber alle seine Pläne ändern.

Er entschloß sich daher sofort, an Land zu gehen, obgleich das Meer sehr stürmisch war und Brueys ihm davon abriet. Bonaparte war aber zu sehr von der Notwendigkeit überzeugt, die Truppen ausschiffen zu lassen, denn jeden Augenblick konnte die englische Flotte zurückkehren. Und das würde alle seine Pläne zerstört haben. Zum Landungsplatz wurde die Bucht von Alexandria ausgesucht. Das Wasser war aber sehr seicht, so daß die Schlachtschiffe nur in sehr großer Entfernung von der Küste ankern konnten. Nichtsdestoweniger eignete sich die Küste gut zum Landen für kleinere Fahrzeuge; zudem war Alexandria kaum 12 Kilometer entfernt.

Die Division Desaix erhielt am 2. Juli Befehl, sich beim Marabut, die Division Menous rechts davon und die Reyniers links davon auszuschiffen. Die drei Divisionen befanden sich auf den Transportfahrzeugen und hatten eine kürzere Strecke bis zum Ufer zurückzulegen als die Divisionen Kleber und Bon. Diese befanden sich auf den Kriegsschiffen, die in einer gewissen Entfernung vom Lande geankert hatten.

Die Division Menou gelangte zuerst ans Land; mehr Schwierigkeiten hatten die Divisionen Reynier und Desaix zu überwinden, da das Meer äußerst stürmisch war. Selbst die Matrosen und Seesoldaten wurden in diesen Tagen von der Seekrankheit erfaßt.

Bonaparte und sein Generalstab bestiegen am 1. Juli gegen 4 Uhr nachmittags eine der Halbgaleeren, die man aus Malta mitgebracht hatte, um sich der Küste zu nähern. Um ihn sammelten sich die Boote der Kriegsschiffe, die die Mannschaften der Divisionen Kleber und Bon an Bord hatten. Man mußte aber eine halbe Meile von der Küste entfernt ankern. Dies geschah während der Dunkelheit. Ungeduldig, bald ans Land zu kommen, sprang der Obergeneral gegen 1 Uhr nachts (am 2. Juli) mit Berthier, Caffarelli und Dommartin in ein Boot und erreichte in einiger Entfernung vom Marabut die afrikanische Küste. Da er sehr müde war, ließ er eine Wache um sein Lager aufstellen und legte sich zum Ruhen nieder, währenddessen sich die Landung der Divisionen Kleber, Menou und Bon vollzog.

Bis etwa 2 Uhr früh hatten diese drei Divisionen 5—6000 Mann ausgeschifft. Gegen zweieinhalb Uhr setzten sie sich in Marsch, um so schnell wie möglich Alexandria zu erreichen.

Bonaparte marschierte an der Spitze der drei Divisionen. Durch seine Gegenwart, seine Zuversicht und sein entschiedenes Handeln belebte er den Mut aller. In seiner Begleitung befanden sich außer seinem Stab die Generale Dumas, Dommartin und Caffarelli, der trotz seines Holzbeines keine Müdigkeit verriet. Reynier hatte wegen des schlechten Wetters erst einige hundert Mann seiner Division landen können. Er erhielt deshalb von Bonaparte die Weisung, zunächst bis zur völligen Ausschiffung zurückzubleiben und den Landungsplatz zu überwachen.

Bei Tagesanbruch (am 2. Juli) war man vor der Stadt Alexandria, vielmehr vor den Mauern, die die ehemalige Araberstadt umgaben, angelangt. Da die Sonne stark brannte und kein Wasser aufzutreiben war, hatten die Truppen sehr zu leiden. Man hatte zwar für vier Tage Lebensmittel (meist Schiffszwieback), aber kein Wasser mitgenommen. Die Soldaten jedoch warfen den Zwieback weg, da sie bald Besseres zu finden hofften. Aber nicht einmal für den General war ein Tropfen Wasser aufzutreiben; schließlich bot ihm ein Offizier einige Apfelsinen dar, die er aus Malta mitgebracht hatte.

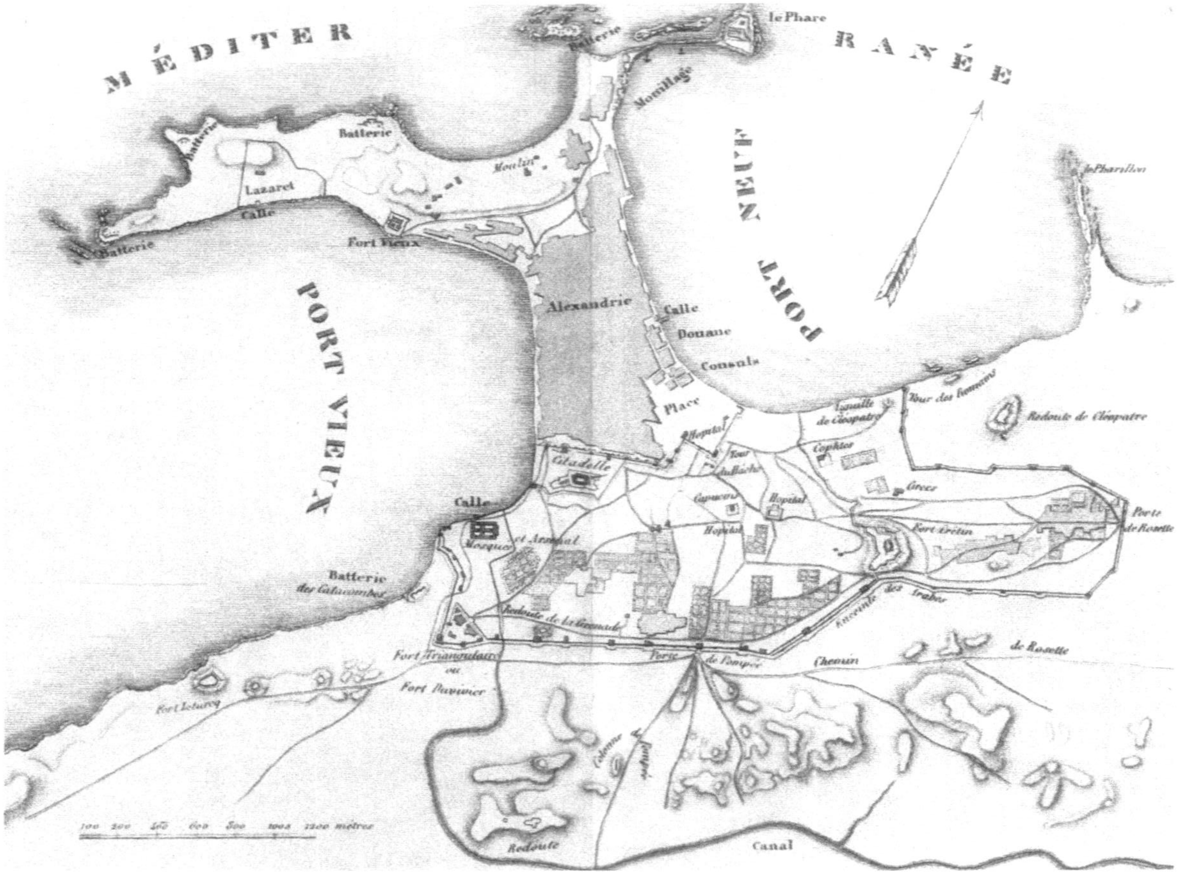

Plan von Alexandria.

(Nach einem zeitgenössischen Stich.)

Bonaparte versuchte mit dem Befehlshaber von Alexandria zu unterhandeln, aber es gelang ihm nicht, sich den Einwohnern verständlich zu machen, da sie glauben mußten, die Franzosen kämen als Feinde. Dazu drängte die Zeit sehr. Obgleich Bonaparte keine Artillerie bei sich hatte, befahl er sofort den Angriff. Menou sollte im Westen (linker Flügel), Kleber im Süden (Mitte) und Bon im Osten (rechter Flügel) von dem Tore von Rosette aus die Mauern zu übersteigen versuchen. Von seinem Standort, der sogenannten Pompejussäule, aus leitete der Obergeneral den Angriff.

Einige Mameluckenschwärme und ein Teil der Araber hatten sich beim Herannahen der Franzosen in die Wüste geflüchtet. Ein anderer Teil der Araber verteidigte mit einigen hundert Mamelucken und Einwohnern Alexandrias die Stadt. Die Verteidigung war aber so schwach, daß die Franzosen bereits gegen 11 Uhr Herren der Stadt waren. Bei dem Sturm auf die Stadtmauer wurden die Generale Menou und Kleber, die ihren Truppen immer voranmarschierten, verwundet.

Seid Mohammed-el-Koraïm Skenderi war Gouverneur von Alexandria. Er verstand es sehr geschickt, sich bei Bonaparte in Gunst zu setzen, der ihn auf seinem Posten ließ. Koraïm hatte natürlich den Beis Murad und Ibrahim von der Ankunft der Engländer und der Franzosen Mitteilung gemacht und sie von den späteren Maßnahmen Bonapartes auf dem laufenden gehalten*). Als Murad von der Landung der Franzosen erfuhr und man ihm mitteilte, daß sie ohne Reiterei gekommen seien, lachte er laut auf und rief, dann werde es ihm ein leichtes sein, sie zu besiegen. Er begab sich sofort zu Ibrahim, um sich mit ihm wegen des Widerstandes zu beraten, den sie den frechen Eindringlingen entgegen setzen wollten.

*) Des Verrats überführt, wurde er später gefangen nach Kairo gebracht und am 6. September hingerichtet.

Am Abend des 2. Juli erhielten die Divisionen Reynier und Desaix, die inzwischen die Ausschiffung beendet hatten, Befehl, sich am nächsten Tage auf Alexandria in Marsch zu setzen. Da sie sich in größerer Ruhe als die anderen drei Divisionen hatten bilden können, ward ihnen die Aufgabe zuteil, als erste von Alexandria aus auf Kairo zu marschieren. Bonaparte wollte den Mamelucken keine Zeit gönnen, sich von ihrer Überraschung zu erholen und größere Verteidigungsmaßregeln zu treffen.

Er tat alles, um die Einwohner von Alexandria von den friedlichen Absichten der Franzosen zu überzeugen. Er wollte durchaus mit den Kopten, Arabern und Türken in Freundschaft leben und nur die Mamelucken bekämpfen. Deshalb erließ er noch am Abend des 2. Juli eine beredte Proklamation an die Völker Ägyptens, daß die Franzosen als Befreier gekommen seien und nur die Macht der verhaßten Mamelucken brechen wollten. Am nächsten Tage gab er Befehl, die Ausübung des mohammedanischen Gottesdienstes nicht zu hindern.

Alexandria war der weitaus wichtigste Hafenplatz Ägyptens. Bonaparte wollte deshalb diese Stadt zum Stützpunkt seiner Flotte und seines Heeres machen. Er traf sogleich in umfassender Weise Maßnahmen, um sich Unterhaltsmittel und Bargeld zu verschaffen, und gab Befehle, eine sichere Verbindung zwischen der Stadt und dem Landungsplatz der Flotte herzustellen. Ferner ließ er in der Stadt eine starke Besatzung zurück, die sich auf 6500 Köpfe belief. Darunter befand sich allerdings eine große Anzahl von Personen, die nicht unmittelbar zum Heere gehörten, die aber auf dem Weitermarsche zunächst nur hinderlich gewesen wären. Zum Befehlshaber dieser Garnison wurde der Brigadechef Recco ernannt. Er wurde indes dem General Kleber unterstellt, der auch die bewegliche Kolonne des Generals Dumuy unter seinen Befehlen vereinigte. Da Kleber verwundet war, konnte

General Desaix.
Nach einem Gemälde von A. Appiani.
(Musée national de Versailles.)

er dem Heere zunächst nicht folgen. Schließlich traf Bonaparte auch Maßnahmen für die Flotte, der in dem 7. Kapitel gedacht werden wird.

Wie wir gesehen haben, war dem General Desaix am 2. Juli Befehl erteilt worden, sich über Alexandria auf Kairo in Marsch zu setzen, sobald seine Truppen ausgeschifft sein würden. Am frühen Morgen des 3. Juli machte er sich auf den Marsch. An diesem Tage hatte auch Reynier die Ausschiffung seiner Division beendet. Er setzte sich mit ihr am nächsten Tage gleichfalls in Bewegung. Sobald die Division vor Alexandria angekommen war, erhielt sie die Weisung, noch mitten in der Nacht vom 4. zum 5. Juli Desaix zu folgen und ihn im Falle eines Angriffs zu unterstützen. Auch sie erreichte das Dorf El-Beida nach einem sehr schwierigen Marsche auf einer wenig vorteilhaften Straße bei größter Hitze und ohne Trinkwasser.

Am 5. Juli kam Desaix in Berket-Gitas an. Hier blieb er bis zur Ankunft Reyniers. Sobald dieser am 5. Juli gegen Mittag eingetroffen war, machte sich Desaix auf und kam nach großen Anstrengungen und Entbehrungen vor Mitternacht in Damanhur an. Wir finden am 7. Juli beide Divisionen sowie einen Teil der Reiterei, — viele Pferde waren in den Nächten weggelaufen — in Damanhur vereinigt. Hier konnten sie sich nach den Mühseligkeiten der Märsche erholen und die übrigen Divisionen erwarten.

Nach den Verfügungen Bonapartes sollte eine Division mit einem Teil der Reiterei, der Artillerie, des Brückenbedarfs und des Gepäcks über Abukir der Küste entlang nach Rosette gesandt werden, um dann den Nil aufwärts zu marschieren und den Hauptteil des Heeres in El-Ramanieh einzuholen. Die beiden Divisionen Desaix und Reynier befanden sich schon auf dem geraden Wege dahin; die übrigen Truppen sollten denselben Weg einschlagen.

Da Kleber und Menou beim Sturm auf Alexandria verwundet worden waren, befehligten ihre Divisionen vorläufig der Divisionsgeneral Dugua und der Brigadegeneral Vial. Beide Divisionen sollten am 5. Juli aufbrechen, doch mußte ihr Abmarsch nach Rosette und nach Damanhur auf den 6. Juli verschoben werden.

Dugua setzte sich am 6. Juli in Bewegung, und nach einem sehr beschwerlichen Marsch kam er am 8. Juli gegen Mittag in Rosette an. Andréossy mit einem Teil der Artillerie und des Genies brach erst einen Tag später auf und traf am 9. in der Küstenstadt ein. Der Besitz Rosettes war von großem Vorteil für das Heer, denn man gelangte dadurch in den Besitz eines schiffbaren Nilarmes bis zu seiner Mündung ins Mittelländische Meer.

Ohne sich lange in Rosette aufzuhalten, machte sich Dugua am 9. Juli mit der Vorhut auf, um schnellstens El-Ramanieh zu erreichen. Obgleich die Tage sehr heiß waren, hatten die Truppen nicht mit so großen Schwierigkeiten zu kämpfen als die anderen Divisionen, da das Land an beiden Ufern des Nils überall bebaut war. An Lebensmitteln und Wasser hatte man ebenfalls keinen Mangel zu leiden. Am 10. Juli kam die Vorhut Duguas, die am linken Nilufer hinabmarschiert war, an ihrem Bestimmungsort an. Einen Tag später, am 11., erreichte auch der Rest der Division El-Ramanieh.

Den Befehlen Bonapartes gemäß hatte sich inzwischen Vial mit seiner Division am 6. Juli frühzeitig von Alexandria aus in Marsch gesetzt. Über El-Beda, El-Akrich und Berket-Gitas sollte er so schnell wie möglich Damanhur zu erreichen suchen. Unter wesentlich günstigeren Bedingungen als die Divisionen vorher machte sich Bon einen und einen halben Tag später auf den Weg, denn der Obergeneral hatte unterwegs Vorsichtsmaßregeln für den Unterhalt der Truppen treffen können.

Zuletzt brach Bonaparte, der durch zahlreiche Arbeiten in Alexandria zurückgehalten worden war, mit seinem Stab auf. Am 7. Juli gegen 5 Uhr abends ritt er von Alexandria ab und traf, ohne sich unterwegs aufzuhalten, am nächsten Morgen gegen 8 Uhr in Damanhur ein. Nur schwierig fand man ein Unterkommen für den General; schließlich war man gezwungen, die Tür einer Moschee einzuschlagen. Reynier und Vial erhielten Befehl, mit ihren Divisionen am 9. nachmittags 5 Uhr von El-Ramanieh abzumarschieren. Aber erst in der Nacht vom 9. zum 10. konnten sie ihren Marsch antreten. An der Spitze marschierte der Obergeneral mit einem Teile seiner Guiden. Unterwegs wurden die Truppen von einigen hundert Mamelucken und Beduinen angegriffen, aber ihr Marsch wurde dadurch nicht sonderlich verzögert. Die Division Desaix folgte mit dem Gepäck vor Tagesanbruch*). Am 10. Juli befanden sich die Divisionen Desaix, Reynier, Vial und ein Teil der Vorhut Duguas in und bei El-Ramanieh. Der Rest der Division Dugua, die Division Bon und Zaionczek mit der unberittenen Reiterei kamen im Laufe des nächsten Tages an; sie waren erst am 11. vor Tagesanbruch abmarschiert. Bonaparte blieb am Abend in El-Ramanieh.

Die Leiden der Truppen sollten vorläufig ihr Ende erreicht haben. So mutig die französischen Soldaten im Kampfe sind,

*) Bei einem Gefecht, das zwischen Truppen der Division Desaix und Mamelucken am 9. Juli in der Nähe von Damanhur stattfand, wurde der General Mireur, der das 22. Jäger- und das 20. Dragonerregiment befehligte, getötet. Der damalige Kapitän Desvernois und andere sprechen davon, daß Mireur Selbstmord begangen habe, da er mit Bonaparte am Tage seiner Ankunft in Damanhur einen heftigen Wortwechsel wegen der Politik des Direktoriums gehabt habe. Andere Quellen bestätigen jedoch, daß Mireur durch Beduinen getötet wurde, als er sich ganz ohne Bedeckung vorwagte.

so leicht verzagen sie, wenn sie zu große Anstrengungen und Entbehrungen erleiden müssen, ohne ein Ziel vor Augen zu sehen! Mehr wie ein Fluch kam in jenen Tagen gegen das Direktorium, gegen Bonaparte, die Generale und gegen die Gelehrten über die Lippen der Offiziere und Soldaten. Sie verwünschten das Land, das man ihnen so verheißungsvoll geschildert hatte! Sogar Generale ließen sich von ihrer Niedergeschlagenheit hinreißen, warfen ihre Hüte zu Boden und traten darauf!

Als die Soldaten den Nil erblickten, waren sie nicht mehr in Reih und Glied zu halten. Wie die Tiere stürzten sie sich in die Fluten. Ein Feld Wassermelonen, das sich am Ufer befand, wurde im Handumdrehen wie von einem Heuschreckenschwarm bedeckt, und wenige Augenblicke später war keine Frucht mehr zu sehen. General Belliard, der eine Halbbrigade der Division Desaix befehligte, schildert in beredten Worten in seinem ungedruckten Tagebuche über den ägyptischen Feldzug die lebhafte Freude, die die Soldaten empfanden, als man des Nils ansichtig wurde!

Während seines Aufenthaltes in El-Ramanieh erfuhr Bonaparte, daß Murad mit einer beträchtlichen Reiterabteilung bis nach Kobrakit marschiert sei, um den Franzosen den Weg nach Kairo zu verlegen.

Er ließ daher am 12. Juli seinen in El-Ramanieh anwesenden Truppen den Befehl erteilen, noch am Nachmittag desselben Tages aufzubrechen, um auf Miniet-Salameh zu marschieren. Die Befehle des Obergenerals wurden am Abend ausgeführt. Bereits um 5 Uhr nachmittags kam dieser selbst in dem Dorfe Miniet-Salameh an, um die notwendigen Verfügungen für den nächsten Tag zu treffen. Das Heer verbrachte hier die Nacht.

Schon am 5. Juli hatte Bonaparte dem Divisionschef Perrée befohlen, mit den Schiffen, die nicht mehr als vier bis fünf Fuß Tiefgang hatten, nach Rosette zu segeln und sich

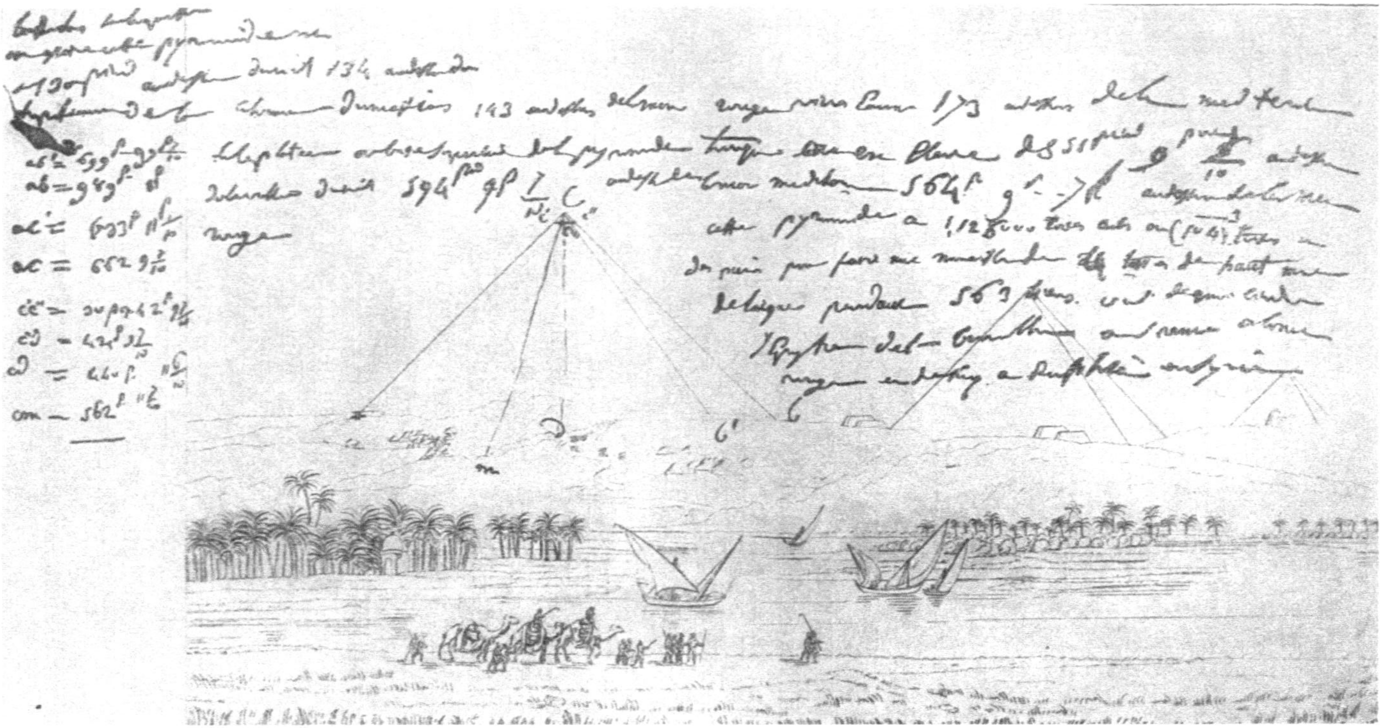

Skizze der Umgebung des Nils mit Bemerkungen Napoleons auf Sankt Helena.

dem General Dugua zur Verfügung zu stellen, der Weisung hatte, den Nil aufwärts zu marschieren. Ein Teil der Flottille war in El-Ramanieh eingetroffen und sollte beim Angriff auf Murad und seine Kanonenboote mitwirken.

Am nächsten Tage, den 13. früh 2 Uhr befahl Bonaparte den Angriff auf die feindliche Stellung bei Kobrakit. Er führte, da er fast über keine Reiterei verfügte, eine neue Taktik ein und ließ Vierecke bilden. Die Mamelucken, etwa 3—4000 Mann zu Pferde, näherten sich bis auf Kanonenschußweite, doch ließen sie sich klugerweise nicht auf einen ernsthaften Zusammenstoß ein.

Bonaparte seinerseits konnte keinen Nutzen aus seiner großen Überlegenheit ziehen, da es ihm an Reiterei fehlte. Er ließ nur einige Kanonenschüsse abgeben, die aber wegen der außerordentlichen Beweglichkeit der Mamelucken gewiß keinen zu großen Schaden in ihren Reihen angerichtet haben. Berthier gibt zwar in seinem Bericht den feindlichen Verlust auf 300 Mann an, die Zahl ist aber offenbar übertrieben.

Auf dem Nil hingegen fand ein erbitterter Kampf zwischen den Schiffen Murad-Beis und den drei Kanonenbooten, einer Schebeke und einer Halbgaleere Perrées statt. Nach Berthiers Bericht wurden eine Halbgaleere und ein Kanonenboot von den Feinden genommen aber von den Franzosen wieder zurückerobert. Bonaparte schrieb jedoch an das Direktorium, daß alle drei Kanonenboote und die Halbgaleere von den Mamelucken genommen worden, aber wieder zurückerobert worden seien. Für seine tüchtige Haltung an diesem Tage wurde der Divisionschef Perrée am 27. Juli zum Konteradmiral befördert.

Eine hübsche Schilderung des ersten Treffens mit den Mamelucken gibt uns der Hauptmann Deponthon. Er schreibt in seinem unveröffentlichten Tagebuch: „Der Feind ließ uns ruhig schlafen. Sobald jedoch der Tag graute, sahen wir ihn zu Pferd nach allen Richtungen hin sprengen. Er schien Vorbereitungen zu einem großen Kampfe treffen zu wollen. Die Zahl der Feinde vermehrte sich sichtlich. Sie ordneten sich auf einer einzigen Linie vor dem Dorfe Kobrakit, das sich rechts an den Fluß anlegte und sich links in der Ebene gegen uns ausbreitete.

Sie schienen ungefähr 12—15 000 Mann zu zählen, aber nur 3000 Mann waren beritten. Alle anderen waren Sklaven und Bauern. Einige davon hatten Flinten, andere waren nur mit Stöcken bewaffnet. Wir hingegen, wir griffen zu den Waffen, ohne unsere Stellung zu verlassen, denn wir hofften, sie würden uns zuerst angreifen. Das wäre ein großer Vorteil für uns gewesen. Sie begnügten sich jedoch, einige Reiterabteilungen abzusenden, die um uns herumschwärmten und infolgedessen von einigen Kanonenkugeln bestrichen wurden.

Auf diese Weise verging die Zeit bis 8 Uhr morgens. Da traf unsere Flottille ein und begann den Kampf mit denen, die sich am Ufer des Flusses befanden. Als sie sich auf einem Punkt angegriffen sahen, vereinigten sie dort sofort fast alle ihre Kräfte. Da sie am Flußufer einige Geschütze besaßen, bohrten sie uns zwei Schiffe in den Grund.

Durch diesen kleinen Erfolg stolz gemacht, glaubten sie uns Furcht einflößen zu können. Sie kamen uns jetzt so nahe wie nie zuvor, und zwar bewerkstelligten sie dies durch eine Bewegung auf ihrer linken Flanke, um uns zu umgehen. Sie waren jedoch sehr erstaunt, dort die Division des Generals Reynier anzutreffen, die sich auf unserer Rechten befand. Reyniers Kanonen lichteten bald ihre Reihen. Das gleiche Geschick ward ihnen auf unserem linken Flügel zuteil, der von der Division Bon gebildet wurde. Die Mitte verteidigten wir (die Division Desaix) selbst. Die Kanonade währte ungefähr eine Stunde lang. Darauf marschierten wir in guter Ordnung gegen die Feinde. Sie erwarteten uns aber nicht, sondern ergriffen die Flucht, nachdem sie einige Geschütze am Ufer zurückgelassen hatten."

Noch am Abend des Gefechts bei Kobrakit setzten sich die Divisionen Desaix und Reynier und am nächsten Tage die übrigen auf Kabur in Bewegung. Am 14. Juli übernachtete das Heer in Kabur, am 15. in Kum-Scherik, am 16. in Alquam, am 17. in Abu-Nochabeh*) und am 18. in Wardan. Hier angekommen gönnte Bonaparte seinen Truppen nach den beschwerlichen Märschen von einer Woche den ersten Ruhetag! Im allgemeinen waren die Truppen sehr unzufrieden; es war doch ein Unterschied zwischen Ägypten und den Gefilden Italiens und Deutschlands, wo sie alle Annehmlichkeiten des Lebens, vor allem liebenswürdige Frauen gefunden hatten! Aber Bonaparte verstand immer wieder, ihren Mut von neuem zu beleben, indem er sie bei der Ehre angriff, wofür französische Soldaten von jeher empfänglich waren. Einst fragte ihn ein Soldat, ob er sie nach Indien führen wollte. Da antwortete er ihm: „Mit solchen Soldaten würde ich niemals eine derartiges Unternehmen wagen!"

Die Landung der Franzosen in Alexandria, ihre ersten Erfolge bei Kobrakit und vor allem ihr schneller Marsch auf die Hauptstadt hatte die Mamelucken und die ihnen ergebene Bevölkerung in Furcht und Schrecken versetzt. Man fing bereits an, an einem glücklichen Ausgang der eigenen Sache zu zweifeln. Murad und Ibrahim waren jedoch entschlossen, den fremden Eindringlingen vor ihrem Einmarsch in Kairo nochmals die Stirn zu bieten. Zu diesem Zwecke hatten sie alle ihre verfügbaren Truppen auf dem linken Nilufer bei Embabeh aufgestellt. Seid Abu-Bekr, Pascha von Ägypten, Ali, Pascha von Tripolis und Nassuf-Pascha waren ebenfalls im Lager der Mamelucken und deren Anhänger.

---

*) Der damalige Eskadronschef Savary schrieb in seinem unveröffentlichten Tagebuche, daß der Obergeneral an diesem Tage in einen fürchterlichen Zorn gegen die Plünderer geraten sei.

Bonaparte befand sich mit seinem Generalstab auf dem Marsche nach Kairo meist bei den Divisionen Bon und Vial. Am 20. Juli brach er von Wardan auf und setzte sich auf Omm-Dinar in Marsch. Hier traf er am Abend ein und erhielt zum ersten Male sichere Angaben über die Absichten und die Stellung des Feindes, der auf 6000 Mann berittene Mamelucken und Araber geschätzt wurde.

Skizze zur Schlacht bei den Pyramiden.

Der Obergeneral beschloß sofort den Vormarsch. Am 21. Juli früh 2 Uhr setzte sich sein Heer in Bewegung, voran die Division Desaix, die auch sonst die Vorhut bildete. Nach einem Marsch von nicht weniger als 12 Stunden kam man in die Nähe des Dorfes Embabeh, das nach europäischen Begriffen notdürftig in Verteidigungszustand gesetzt worden war.

Nachdem Bonaparte seinen Truppen etwas Ruhe gegönnt hatte, befahl er den Angriff. Desaix, und hinter diesem die Division Reynier, bildeten den rechten Flügel, Dugua (Division Kleber) und dahinter Vial (Division Menou) die Mitte. Bon mit seiner Division lehnte sich an den Nil und stellte den linken Flügel dar. Der Obergeneral befand sich bei der Division Dugua. Wie bei Kobrakit hatten die Franzosen Vierecke gebildet und die Nichtkämpfer und das Gepäck in die Mitte genommen. An den Ecken und in den Bataillonszwischenräumen befanden sich die Geschütze.

Ehe sich aber die Divisionen in Marsch setzen konnten, wurden Desaix und Reynier von einem großen Teile des feindlichen Heeres angegriffen. Trotz der außerordentlichen Kühnheit und Tapferkeit der Mamelucken scheiterte der Angriff an dem undurchdringlichen Wall der französischen Bajonette. Während sich die Mamelucken zurückzogen, griffen Bon und Vial die Verschanzungen bei Embabeh an, die durch etwa 40 minderwertige Geschütze verteidigt wurden. In kurzer Zeit wurden die Verschanzungen genommen und ein großer Teil der Feinde in den Nil geworfen. 1500 Mamelucken sollen dabei den Tod gefunden haben.

Außer 40 Geschützen, zahlreichen Pferden mit kostbaren Geschirren und 400 Kamelen fiel eine große Beute in die Hände der Franzosen. Die Mamelucken hatten die Gewohnheit, alle ihre Schätze mit sich zu führen*).

Abends gegen 9 Uhr traf ein Teil des Heeres in Giseh ein, und das Hauptquartier wurde in dem Landhause Murad-Beis aufgeschlagen. Inzwischen war auch der Divisionschef Perrée mit der Flottille eingetroffen, die unterwegs öfteren Angriffen ausgesetzt gewesen war.

Ibrahim entfloh mit einem Teile der Mamelucken, der sich auf dem rechten Ufer des Nils befand und sich durch Schwimmen retten konnte, sowie mit dem Pascha von Ägypten nach Belbes. Murad aber entkam mit dem Rest der Mamelucken nach Oberägypten. Die Verluste der Franzosen sollen nach dem Bericht Berthiers nur 120 Verwun-

*) General Belliard erzählt, daß manche Soldaten 200—300 Louisdor erbeuteten; Marmont sagt sogar, daß einige Soldaten nach der Schlacht bis zu 30000 Franken in die Kasse ihres Regiments niederlegten. In ähnlicher Weise schrieb Bonaparte in seinem Bericht an das Direktorium.

dete und 20 Tote betragen haben. Der Oberwundarzt Larrey spricht aber von 260 Schwerverwundeten, was der Wahrheit gewiß näher kommt. Der feindliche Gesamtverlust wird auf 2000 Tote und Ertrunkene angegeben. Die Zahl ist aber vermutlich zu hoch gegriffen*).

Noch in der Nacht vom 21. zum 22. Juli überschritt ein Teil der Division Vial (Menou) den Nilarm bei Giseh und besetzte die Insel Buda, von wo aus die Hauptstadt Kairo leicht zu erreichen war, da der andere Nilarm nur sehr schmal ist.

Über die Schlacht bei den Pyramiden sind ebenso viele falsche Meinungen verbreitet wie über andere wichtige Ereignisse aus dem Leben Napoleons. Natürlich hat er vor allem selbst dazu beigetragen, die Angaben in seinem Interesse zu vergrößern oder zu verkleinern, wenn es galt, seinen Ruhm in besonders hellem Glanze leuchten zu lassen. Ich greife nur die wichtigsten Punkte, die Zahl der Mamelucken und die berühmte Ansprache, die er beim Anblick der Pyramiden gehalten haben soll, heraus.

Die Zahl der Feinde wurde in den Napoleon freundlich gesinnten Werken meist über die Maßen vergrößert. Thiers spricht von 24 000 Mann Fußvolk und 10 000 Reitern, Thibaudeau von 60 000 Mann, die „Campagnes d'Égypte et de Syrie" sogar von 20 000 Janitscharen, Arabern und Milizen von Kairo, 12 000 Mamelucken zu Pferd, die zu ihrer Bedienung 50 000 (!) Mann hatten, ferner noch von 8 000 Mann Beduinen zu Pferd, also zusammen 90 000 (!) Mann. Die Zahl der Mamelucken und Araber zu Pferd betrug in Wirklichkeit etwa 6 000 Mann, die der Diener der Mamelucken zu Fuß 10—12 000 Mann, diese aber hatten keinerlei Gefechtswert.

*) General Damas schrieb am 27. Juli an seinen Freund Kleber nach Alexandria, daß die Mamelucken, „ohne jegliche Übertreibung", 7—800 Mann verloren hätten. General Belliard in seinem Tagebuche schätzt die Zahl der feindlichen Verluste ebenfalls auf nur 1000 Mann.

Thiers und andere Geschichtsschreiber Napoleons erzählen, daß Bonaparte beim Anblick der Pyramiden seinen Soldaten begeistert zugerufen habe: „Bedenkt, daß von der Höhe dieser Pyramiden 40 Jahrhunderte auf euch herabschauen!" Napoleon selbst in seinen Memoiren begnügte sich zu sagen: „Soldaten, 40 Jahrhunderte schauen auf euch herab!" Blinde Bewunderer Napoleons haben die Ansprache, die der damalige General an seine Soldaten gehalten hatte, ihrer Phantasie entsprechend erweitert und ausgeschmückt.

Da die Divisionen vom frühen Morgen getrennt auf dem Marsche waren und keine eigentliche Schlachtordnung bildeten, da sie, so wie sie ankamen, sich in Vierecke bildeten und auf den Feind losmarschierten, ist nicht zu ersehen, zu welcher Zeit und zu welcher Division Bonaparte die Worte gesprochen haben sollte! Keine zeitgenössische ungedruckte Quelle erwähnt diese Rede.

In der „Voyage dans la Basse et la Haute Égypte" von Vivant Denon findet sich die Bemerkung: „Sobald man die Feinde entdeckt hatte, stellte sich das Heer in Schlachtordnung. Als Bonaparte seine letzten Befehle gegeben hatte, sagte er, indem er auf die Pyramiden zeigte: ‚Geht, und bedenkt, daß von der Höhe dieser Denkmäler 40 Jahrhunderte uns beobachten'." Aus dieser Quelle scheinen alle späteren Geschichtsschreiber geschöpft zu haben. Denons Werk ist sehr wichtig und wurde viel gelesen. Der Verfasser aber war nicht einmal Augenzeuge der Schlacht bei den Pyramiden, denn er befand sich um jene Zeit beim General Menou in Rosette! Man sieht daraus, wie so oft Geschichte geschrieben wird.

Bonaparte befand sich fast während des ganzen Tages bei der Division Dugua. Vielleicht hat er ermunternde Worte zu seinen Adjutanten oder denen, die in seiner Nähe waren, gesprochen. Nach den wenigen Quellen, die wir besitzen, zu urteilen, hat er aber an diesem Tage gar keine Ansprache an seine Soldaten gehalten!

Schlacht bei den Pyramiden.
Gezeichnet von Swebach, gestochen von Dequevauvilers.
(Sammlung Kircheisen.)

Der militärische Wert der Schlacht bei den Pyramiden war gering, geringer als der der meisten seiner Schlachten, denn Bonaparte verfügte über eine erdrückende Übermacht. Auch sonst waren die Umstände günstig für ihn. Bewunderungswürdig ist aber der schnelle Entschluß, sofort auf den Feind loszumarschieren und ihn zu schlagen, wo er sich ihm stellen würde. Äußerst anzuerkennen ist auch die Leistung der Truppen, die sich 12 Stunden auf dem Marsche befanden und dann ohne Rast gehalten zu haben mit dem Feinde in Berührung kamen.

Um so wichtiger war die politische Bedeutung des Sieges bei den Pyramiden. Kairo fiel in den Besitz der Franzosen, und somit wurden sie Besitzer des Landes. Die Herrschaft über Ägypten war nun für die Franzosen gesichert, wenigstens soweit innere Feinde in Betracht kamen.

SIEBENTES KAPITEL

DIE SEESCHLACHT BEI ABUKIR

(1. und 2. August 1798)

Wenn das Direktorium auch aus den Meutereien, die auf den englischen Geschwadern im Jahre 1797 ausgebrochen waren, keinen unmittelbaren Nutzen zog und keine erneute Landung in Irland anordnete, auch kein Zusammentreffen mit der völlig zuchtlosen britischen Kanalflotte befahl, so benutzte es doch den günstigen Umstand, daß England bereits seit Ende 1796 das Mittelmeer geräumt hatte. Mit sechs Schlachtschiffen und einigen Fregatten hatte Brueys auf Befehl Bonapartes im Sommer 1797, von den Engländern ungehindert, die Jonischen Inseln besetzen können, die den Franzosen dann durch den Vertrag von Campoformido zugesprochen wurden. Als darauf der Feldzug nach Ägypten entschieden war, konnten im Frühjahr 1798 die Rüstungen in Toulon, Marseille, Genua, Civita Vecchia, Bastia und Ajaccio ihren Verlauf nehmen. Während Nelson, der krank und halb zum Krüppel geschossen war*), seiner völligen Wiedergenesung entgegensah, brachte Bonaparte mit rastlosem Eifer und eiserner Tatkraft seine Pläne für das orientalische Unternehmen zur Ausführung.

Das Direktorium, der General Bonaparte und die übrigen Eingeweihten bewahrten ihr Geheimnis so gut, daß die mei-

*) Bei der Belagerung von Calvi im Jahre 1794 bereits hatte er ein Auge verloren.

sten höheren Offiziere des Landheeres oder der Flotte nichts von den wahren Absichten der Regierung erfuhren. Die britische Admiralität erhielt jedoch im Laufe des Frühjahrs 1798 Meldung, daß sich in den französischen Mittelmeerhäfen große Rüstungen vorbereiteten, die voraussichtlich gegen Irland gerichtet seien. Man hegte dennoch wegen des Zieles gewisse Zweifel. Sicherlich würde man zu einer Landung auf den britischen Inseln einen diesen näher gelegenen Hafen gewählt haben, zumal in den französischen Hafenplätzen eine große Anzahl von Transportfahrzeugen bereitlagen, die wegen allerlei damit verbundenen Gefahren eine lange Seereise um ganz Spanien herum kaum aushalten würden.

Da von Brest oder von einem anderen französischen Hafen der Atlantik aus Großbritannien keine Gefahr mehr drohte, die Meutereien auf der Kanalflotte völlig unterdrückt waren und auch die holländische Flotte für lange Zeit kampfunfähig gemacht worden war, beschloß die britische Admiralität, die Herrschaft im Mittelländischen Meere wieder an sich zu reißen.

Am 2. Mai kündigte die Admiralität dem Lord Saint Vincent den Entschluß an, ein Geschwader nach dem Mittelmeer senden zu lassen. Gleichzeitig ließ sie ihn wissen, daß er durch acht weitere Schlachtschiffe unter dem Konteradmiral Sir Roger Curtis aus England verstärkt werden solle, damit seine eigenen Streitkräfte vor Cadiz nicht zu sehr geschwächt würden. In einem besonderen Schreiben des ersten Lords der Admiralität, des Earl of Spencer, wurde es Saint Vincent anheimgestellt, entweder seine ganze Flotte zu verwenden, oder nur einen Teil derselben nach dem Mittelmeer zu schicken. Das sollte möglichst unter Nelsons Führung geschehen, obgleich dieser durchaus nicht der rangälteste Offizier nach dem Oberbefehlshaber war. Das mißglückte Unternehmen nach Teneriffa hatte dem jungen Admiral also nichts geschadet. Vielleicht gerade wegen seiner Unternehmungslust, wegen seiner vor nichts zurückschreckenden Tollkühnheit, ferner, weil der Herzog von Clarence, der Sohn Georges III., ihn begünstigte, war die Wahl Lord Spencers auf Nelson gefallen.

Nelson hatte England am 10. April 1798 verlassen und war am 30. vor Cadiz eingetroffen. Zwei Tage darauf, am 2. Mai, also am selben Tage, als die Admiralität Saint Vincent bestimmte Befehle zur Entsendung einer Flotte nach dem Mittelmeer übersandte, verließ Nelson mit dem „Vanguard", dem „Orion" und dem „Alexander", vier Fregatten und einer Korvette von neuem das Blockadegeschwader vor Cadiz. Er sollte sich vor Toulon begeben, um Einzelheiten über die französischen Rüstungen zu erfahren. Inzwischen langte der erwähnte Befehl der Admiralität vor Cadiz an.

Der alte Lord Saint Vincent war Nelson wohlgeneigt und bestimmte ihn zum Befehlshaber des Mittelmeergeschwaders. Anfangs wollte er ihn wieder zurückrufen, um ihm den Befehl über die ihm noch zugedachten Schiffe zu übertragen. Bei dieser Gelegenheit schrieb er ihm: „Sie, nur Sie allein können den in Betracht kommenden bedeutenden Dienst ausführen." Als jedoch dringendere Depeschen aus England einliefen und er sah, daß größte Eile notwendig war, bestimmte Saint Vincent den Kapitän Troubridge dazu, Nelson die übrigen Schiffe zuzuführen.

Nach einem kurzen Aufenthalt in Gibraltar hatte sich Nelson in die Gewässer bei Toulon begeben. Es gelang ihm, am 17. Mai die französische Korvette „Le Pierre" zu kapern. Durch sie erfuhr er, daß in Toulon 13 Schlachtschiffe zum Auslaufen bereit seien. Er mußte sich aber bald von der Küste entfernen, denn während eines heftigen Sturmes am 19. und 20. Mai hatte er das Unglück, die Masten seines Flaggschiffes zu verlieren. Mit Hilfe des „Orion" und besonders des „Alexander" konnte er sich nach der kleinen Insel

San Pietro, an der Südküste von Sardinien, begeben, wo er am 23. ankam. Um das Unglück voll zu machen, hatte er während des Sturmes seine Fregatten und die Korvette verloren. Dieser Umstand sollte ihm später zum größten Nachteil gereichen, denn das Fehlen der leichten Fahrzeuge trug viel dazu bei, daß es ihm erst so spät gelang, die französische Flotte im Mittelländischen Meere ausfindig zu machen. Mit fieberhafter Tätigkeit vermochte er es, den „Vanguard“ in vier Tagen mit Notmasten versehen zu lassen. „Wäre der ‚Vanguard‘ in England gewesen,“ schrieb Nelson an seine Frau, „so hätte man nach einem solchen Vorfall einige Monate gebraucht, um ihn wieder seetüchtig zu machen. Hier aber sind meine Bewegungen nur vier Tage aufgehalten worden.“

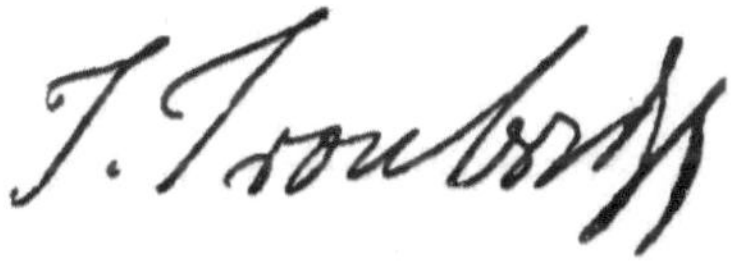

Am 27. verließen die drei Schlachtschiffe San Pietro, um ihre Stellung in der Nähe von Toulon wieder einzunehmen und sich mit den Fregatten zu vereinigen. Diese standen unter der Führung des Kapitäns Hope. Er hatte geglaubt, daß Nelson mit seinem beschädigten Schiff nach Gibraltar oder einem englischen Arsenal gesegelt sei, um den Schaden auszubessern. Deshalb hatte er sich mit seinen Fahrzeugen nicht an dem Platz eingefunden, den ihm Nelson angegeben hatte, sondern war nach Gibraltar gesegelt.

Am 5. Juni stieß die kleine Brigg „La Mutine“, mit Kapitän Hardy an Bord, zu Nelson, die ihm in Zukunft die fehlenden Fregatten ersetzen sollte. Troubridge war am 24. Mai abends mit der für den Admiral bestimmten Verstärkung aus der Gegend von Cadix abgesegelt*). Am 1. Juni kam

*) Es waren 10 Schlachtschiffe von 74 Geschützen: „Culloden“, „Minotaur“, „Theseus“, „Bellerophon“, „Majestic“, „Zealous“, „Swiftsure“, „Goliath“, „Defence“, „Audacious“ und ein Schlachtschiff von 50 Kanonen, der „Leander“.

ihm die Insel Minorca in Sicht, und am 7. Juni vereinigte er sich im Golfe du Lion mit seinem Oberbefehlshaber.

Obgleich die Besatzung des Geschwaders dank der Fürsorge Saint Vincents gut geschult und im Gebrauche der Segel und der Geschütze geübt war, so befanden sich doch viele Schiffe in schlechtem Zustande. Es fehlte auch an dem nötigen Schiffsmaterial, und man hatte nur ungenügende Vorräte an Masten, Mars- und Bramstengen, Rahen, Spieren, Takelwerk usw.

Das vereinigte Geschwader bestand jetzt aus 13 Linienschiffen von 74 Kanonen, einem Schlachtschiff von 50 Kanonen und der „Mutine" von 16 Geschützen.

Die Vorschriften, die Nelson erhalten hatte, waren bestimmt. Er sollte auf alle Fälle die feindliche Flotte vor Toulon suchen, ihr folgen und sie zerstören. Der Admiral war ganz der Mann, der ein so gewagtes Unternehmen ausführen konnte. Er war sich schon im voraus des Gelingens gewiß. An Saint Vincent schrieb er: „Sie können versichert sein, daß ich sie (die französische Flotte) sofort angreife, sobald ich ihrer ansichtig werde, ob sie nun vor Anker liegt oder sich unter Segel befindet." Und so begann die berühmte Jagd auf die französische Flotte. Fast zwei Monate später erst sollte sie im Meerbusen von Abukir ihr ruhmvolles Ende nehmen!

Bonaparte hatte, wie wir aus dem 11. Kapitel gesehen haben, am 19. Mai Toulon verlassen und war am 9. Juni vor Malta angekommen. Am 19. Juni verließ er die Insel wieder, steuerte südlich an Kandia vorbei und kam am 1. Juli vor Alexandria an, ohne daß ihn die Engländer bemerkt hatten.

In den für Nelson bestimmten Vorschriften Saint Vincents waren Neapel und Sizilien oder Gibraltar als mutmaßliche Ziele der französischen Expedition angegeben worden. Deshalb segelte Nelson, als er erfahren, daß die feindliche Flotte Toulon bereits verlassen hatte, an der Nordküste von Kor-

Kapitän Hardy.
(Nach einem Gemälde von L. F. Abbott.)

sika vorbei und die Westküste von Italien hinab. Am 14. Juni erhielt er in der Nähe Korsikas die Mitteilung, daß die französische Flotte am 4. Juni an der Südküste Siziliens vorbeigefahren sei. Jedenfalls glaubte er jetzt annehmen zu können, daß das Unternehmen nicht nach Gibraltar und dann nach Irland gerichtet, daß vielmehr Malta, als Operationsgrundlage für einen Einfall in Sizilien, das Ziel der französischen Flotte sei!

Troubridge war auf der „Mutine“ nach Neapel vorausgesandt worden, um sich mit dem englischen Gesandten Sir William Hamilton zu verständigen und Nachrichten einzuziehen. Nelson erfuhr, daß die französische Flotte in Malta gelandet sei. Er eilte weiter nach Süden und passierte am 20. Juni die Meerenge von Messina. Am 22. traf die „Mutine“ beim Kap Passaro ein Genueser Schiff, das Malta am vorhergehenden Tage verlassen hatte und mitten durch die französische Flotte gesegelt war. Es meldete, daß die Franzosen am 15. gelandet seien, aber am nächsten Tage die Insel wieder in der Richtung auf Sizilien verlassen hätten. Das Fehlen von Fregatten oder anderen leichten Schiffen machte sich jetzt für Nelson besonders fühlbar, denn er konnte die erhaltenen Auskünfte nicht nachprüfen oder selbst Schiffe zur Erkundung nach allen Seiten aussenden. Die Mitteilung des genuesischen Schiffes war nur zum Teil richtig, da das französische Geschwader erst am 19. Juni früh La Valetta verlassen hatte. Jedenfalls war Nelson in diesen Tagen seinem Ziele ziemlich nahe, denn vom 21. bis zum 25. waren die beiden Flotten nur etwa 60 Seemeilen voneinander entfernt.

In rasender Eile jagte Nelson weiter. Jetzt war es ihm klar, daß vermutlich Korfu oder Ägypten das Ziel der französischen Flotte sei. Sein leicht bewegliches Geschwader legte in diesen Tagen ungefähr die doppelte Strecke zurück als die französische Flotte, die durch die zahlreichen

Transportfahrzeuge in ihren Bewegungen stark gehemmt wurde. Am 28. Juni traf Nelson vor Alexandria ein. Er hatte die „Mutine“ bereits am Tage vorher abgesandt, um beim englischen Konsul Baldwin Erkundigungen einzuziehen. Als er die französische Flotte dort nicht vor Anker liegen sah, segelte er am nächsten Tage weiter, beschrieb einen großen Bogen nach Norden, bog in der Nähe des 35. Längengrades nach Westen und segelte dann südlich an der Insel Kandia vorüber. Zwischen Sizilien und Alexandria war das englische Geschwader nur drei Schiffen begegnet, die keinerlei Nachrichten über die Bewegungen der französischen Flotte geben konnten. Sonderbarerweise legte Nelson weder in Bairut, Zypern noch Rhodos an, obgleich die Expedition doch auch nach der Türkei bestimmt sein konnte. Er schlug

wieder die Richtung auf Sizilien ein. Vermutlich glaubte er, daß Sizilien oder Neapel das Ziel der französischen Flotte gewesen sei. Niedergeschlagen und hoffnungslos langte er am 19. Juli in Syrakus an.

Nelson beging entschieden einen großen Fehler, daß er sich nicht wenigstens einige Tage in Alexandria aufhielt; denn Alexandria war der einzige Hafen in Ägypten, wo eine große Flotte vor Anker gehen und ein bedeutendes Heer landen konnte. Aber er hatte richtig vermutet, daß Ägypten das Ziel der französischen Flotte sei! Er hätte sich überlegen müssen, daß er mit seiner viel beweglicheren Flotte bedeutend schneller segelte als die französischen Kriegsschiffe, die zahlreiche Transportschiffe geleiteten. Es konnte also wohl möglich sein, daß er sie überholt hatte. Aber sein ruheloser, nach Taten dürstender Geist ließ ihm Tag und Nacht keine Ruhe und verhinderte ihn, auch nur einige Tage an einem Ort zu bleiben, in der Furcht, der Feind könne ihm entschlüpfen! Und wenn er nur zweimal 24 Stunden geblieben wäre, dann würde sein sehnlichster Wunsch in Erfüllung gegangen sein, denn die französische Flotte traf am 1. Juli vor Alexandria ein*).

Nachdem Nelson am 19. Juli in Syrakus angekommen war, setzte er sich wieder mit Sir William Hamilton in Verbindung und schrieb ihm, daß seine Absicht, das feindliche Geschwader ausfindig zu machen, vorläufig ergebnislos verlaufen sei. Es hieß unter anderem in diesem, gleichfalls für Lady Hamilton bestimmten Brief: „Dank Ihrer Bemühungen sind wir (in Syrakus) mit Lebensmitteln und Wasser versorgt, und sicherlich muß uns der Sieg bleiben, da wir Wasser aus der Quelle der Arethusa geschöpft haben. Wir werden mit dem ersten frischen Wind absegeln, und Sie können überzeugt sein, daß ich entweder mit Lorbeeren gekrönt oder mit Zypressen bedeckt zurückkehren werde."

In einem anderen Briefe schrieb Nelson: „Es ist ein altes Sprichwort, daß die Kinder des Teufels auch des Teufels Glück haben. Außer einigen unbestimmten Vermutungen kann ich in diesem Augenblick nicht erfahren, wohin die französische Flotte gesegelt ist. Nachdem ich eine Strecke von 600 Seemeilen in dieser Jahreszeit mit unglaublicher Schnelligkeit gemacht habe, bin ich wieder hier, aber die Stellung des Feindes ist mir ebenso unbekannt als 27 Tage zuvor. Ich bedaure jeden Augenblick, daß mich die Fregatten verlassen haben. Wäre nur die eine Hälfte bei mir gewesen, so hätte es mir an Nachrichten nicht fehlen können." Er ließ seine stark ermüdeten Besatzungen einige Tage verschnaufen und verließ, nachdem er Wasser und Proviant eingenommen hatte, am 25. Juli wieder Syrakus.

Die Lage des jungen Admirals war durchaus nicht beneidenswert. Seit länger als 6 Wochen war er bereits unterwegs,

*) Die „Junon" war sogar schon am 29. vor Alexandria eingetroffen!

und trotzdem war es ihm bisher noch nicht gelungen, das feindliche Geschwader ausfindig zu machen. Er hatte nicht einmal in Erfahrung bringen können, wo es sich befand. Was konnte sich in der Zwischenzeit alles ereignet haben! Ein französisches Heer konnte sich bereits auf dem Wege nach Indien befinden, wenn wirklich Alexandria das nächste Ziel der französischen Flotte gewesen war! Was würde England zu Nelsons ergebnisloser Fahrt sagen? Er hatte genug Neider. Aber er verlor die Geduld nicht. Zunächst richtete er seinen Kurs auf das Kap Matapan in Morea und sandte Troubridge am 28. Juli in den Golf von Koroni, um Erkundungen einzuziehen. Troubridge erfuhr durch den Kapitän einer französischen Brigg, die er kaperte, daß man die feindliche Flotte vier Wochen südlich von Kandia habe vorbeisegeln und dann ihren Kurs nach Südosten habe nehmen sehen. Jetzt war Nelson gewiß, daß nur Ägypten das Ziel der französischen Flotte gewesen sein konnte. Er steuerte daher südlich bei Kandia vorüber wieder auf Alexandria zu, fest entschlossen, keinen Augenblick mit dem Angriff auf die feindliche Flotte zu zaudern, sobald er deren ansichtig geworden sei.

Schon unterwegs waren die Offiziere und Mannschaften beständig im Gebrauch der Geschütze geübt worden, denn es befanden sich zahlreiche neue Matrosen und Seesoldaten auf dem Geschwader. Und wenn es die Gelegenheit gestattete, ließ Nelson seine Kapitäne auf sein Flaggschiff kommen, um mit ihnen alle Möglichkeiten im Falle eines Zusammenstoßes mit der französischen Flotte zu besprechen. Um zu jeder Zeit kampfbereit zu sein, hatte er seine Flotte in drei Divisionen eingeteilt, von denen die eine unter seinem direkten Befehle, die beiden anderen unter Leitung Troubridges und Sir James Saumarez' standen.

Als Brueys die Landtruppen bei Alexandria gelandet hatte, war die Hauptaufgabe der französischen Flotte erfüllt. Wenn Bonaparte auch tatsächlich der Oberbefehlshaber der

Admiral Nelson.

Gestochen von H. R. Cook nach einem Gemälde von Sir W. Beechy.

französischen Streitkräfte zu Lande und zu Wasser wie vordem blieb, so trug doch von jetzt ab der Admiral Brueys, der eigentliche Befehlshaber der Flotte, die moralische Verantwortlichkeit für das Geschwader.

Daß Nelson auf der Suche nach der französischen Flotte sei, erfuhr man sofort nach der Landung bei Alexandria. Da der englische Admiral die ägyptische Küste erst zwei Tage vor der Ankunft der Franzosen verlassen hatte, war anzunehmen, daß er, wenn er sie nicht wo anders fände, bald zurückkehren würde. Brueys mußte deshalb vor allem daran denken, nach Landung der Truppen und der Kriegsbedürfnisse die Flotte in Sicherheit zu bringen, beziehentlich sie so aufzustellen, daß sie mit Erfolg den feindlichen Angriff abweisen konnte!

Andere Fragen mußten dabei zunächst in den Hintergrund treten. Die Flotte sollte nicht allein, im Falle des Mißlingens des Feldzugs im Inneren des Landes, das Heer wieder aufnehmen, um es nach Frankreich zurückzuführen, sondern sie sollte auch einem von der Regierung vorhergesehenen Nachschub an Mannschaften, Munition und anderen Kriegserfordernissen bei der Landung behilflich sein und beschützen*).

Sobald die Truppen gelandet waren, mußte zuerst die Frage der Möglichkeit eines Einlaufens der Flotte in den Hafen von Alexandria, der genügend Platz bot, erwogen werden. Der Hafen hatte viele Vorteile, leider aber keine tiefe und bequeme Einfahrt, und es mußten erst Sondierungen gemacht werden, ob dieselbe überhaupt tief genug sei. Diese Arbeit wurde sofort am 5. Juli von Bonaparte befoh-

*) Bonaparte hatte auch noch die Möglichkeit in Betracht gezogen, nach der Eroberung Ägyptens den Oberbefehl des Heeres einem seiner Untergenerale anzuvertrauen, um nach Frankreich zurückzukehren und im Herbst einen neuen Landungsversuch in England zu machen. Deshalb wollte er die Flotte Brueys' immer zu seiner Verfügung haben, die mit den in Brest zu vereinigenden Schiffen eine Streitkraft von über 50 Schlachtschiffen ergeben hätte.

len und schnellstens ausgeführt, führte jedoch zu keinem für Brueys befriedigenden Ergebnis. Wenigstens ließ sich der Admiral durch den Bericht des Fregattenkapitäns Barré, der eine Einfahrt für möglich hielt, nicht überzeugen. Er fürchtete mit Recht, daß seine Flotte leicht durch wenige feindliche Fahrzeuge blockiert werden könnte, die dann eine Tätigkeit des gesamten Geschwaders brachgelegt hätten.

Brueys war ein tapferer Soldat und besaß viele treffliche Eigenschaften, aber er war nicht der Mann des schnellen Entschlusses und entscheidenden Handelns. Er hätte es gern gesehen, wenn ihm die genauesten Befehle selbst bis in die kleinsten Einzelheiten von Bonaparte gegeben worden wären.

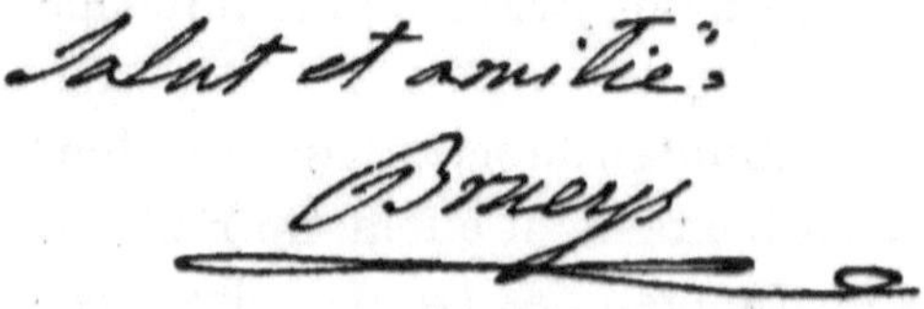

Bezeichnend für seine Unentschlossenheit ist, daß er, statt selbst zu entscheiden und zu handeln, einen Kriegsrat auf den „Orient“ berief, um die Verantwortlichkeit nicht allein auf sich zu nehmen. Der Konteradmiral Blanquet du Chayla war der Ansicht, daß es besser sei, wenn die französische Flotte dem Gegner auf offenem Meere entgegenginge, während die Konteradmirale Villeneuve und Ganteaume lieber den Angriff Nelsons vor Anker liegend erwarten wollten. Da Brueys wenig Zutrauen zu seinen Mannschaften hatte, die nicht allein unvollzählig, sondern auch wenig im gleichzeitigen Bedienen der Geschütze und der Segel geübt waren, so entschied er sich, den feindlichen Angriff vor Anker zu erwarten. Diese Ansicht ist an sich durchaus nicht zu verwerfen, nur bot der Meerbusen von Abukir, den man dazu ausersehen hatte, keineswegs alle die Vorteile, die man von ihm erwartete.

Länger vor Alexandria liegen zu bleiben, erschien wegen

des ungünstigen, felsigen Bodens nicht angebracht; deshalb ließ Brueys am 6. Juli die Anker lichten und erreichte am Nachmittag des nächsten Tages die Bucht von Akubir. Ehe er unter Segel ging, schrieb er am 7. vom Bord des „Orient“ an Bonaparte: „Es ist 2 Uhr nach Mitternacht, und man bringt mir soeben Ihren Brief von gestern. Es lebe die Republik! Wie es mir scheint, geht alles wunderbar, und Sie erobern Ägypten mit Riesenschritten ... Sollten wir so glücklich sein und am Lande eine Stellung finden, die die beiden Flügel meiner Schlachtlinie genügend schützen könnte, so würde ich mich für unüberwindlich betrachten, wenigstens während des ganzen Sommers, ja sogar während des Herbstes. Dann würde ich um so zufriedener sein, als ich mich segelfertig machen könnte, wann ich wollte, um den Feind zu bekämpfen und mich überall hin zu begeben, wo ich Ihnen nützlich wäre. Wenn man aber statt dessen dennoch Mittel fände, die Flotte in den Hafen von Alexandria einfahren zu lassen, so würde ich schon von einem einzigen feindlichen Schiff eingeschlossen sein und untätiger Augenzeuge Ihres Ruhmes werden, ohne den geringsten Anteil daran nehmen zu können. Dann würde es mir allerdings scheinen, als wäre ich nur nach Alexandria gekommen, um dort unsere Schiffe untergehen zu sehen, während es doch mein größter Wunsch ist, Ihnen auf irgendeine Weise von Nutzen zu sein. Wie ich Ihnen bereits sagte, jeder Posten ist mir recht, vorausgesetzt daß Sie mich tätig verwenden.“

Die Bucht von Abukir bietet für eine Flotte nur einen mittelmäßigen Schutz gegen einen feindlichen Angriff von der Seeseite aus. Im Westen wird sie durch eine kleine, schmale Halbinsel begrenzt, die durch eine Kette von Sandbänken und Felsen im Meere bis zu einer kleinen Insel verlängert wird. Auf der äußersten Spitze der vorspringenden Halbinsel befand sich ein Fort, das durch eine Anzahl Geschütze verteidigt wurde.

Bonaparte hatte Brueys am 3. Juli eingehende Vorschriften über die Aufstellung der Flotte gesandt. Brueys sollte die Schiffe in den Hafen von Alexandria einlaufen lassen, oder, wenn dies nicht möglich sei, in der Bucht von Abukir vor Anker gehen, jedoch auch nur dann, wenn er sich gegen ein überlegenes Geschwader verteidigen könnte. Sollte sich aber weder das eine noch das andere ausführen lassen, so müsse, nachdem man den Rest der Geschütze ausgeladen habe, sich die Flotte nach Korfu zurückziehen. Letzterer Plan lag aber am allerwenigsten in Brueys' Absicht. Befürchtete doch der französische Admiral, unterwegs einem überlegenen englischen Geschwader zu begegnen!

So hatte Brueys den Entschluß gefaßt, wenigstens während des Sommers und des Herbstes in der Bucht von Abukir liegen zu bleiben. Die fortgesetzten Sondierungen im Hafen von Alexandria boten zwar Aussichten, auch Dreidecker hineinzubringen, aber der Admiral befürchtete, durch ein feindliches Geschwader am Auslaufen verhindert zu werden. Diese Besorgnis hatte ihre vollkommene Berechtigung, denn was hätte Bonaparte mit einer Flotte anfangen können, die durch wenige feindliche Kriegsschiffe blockiert werden konnte? Um aber die Schuld an dem Verlust der Schlacht von Abukir nicht Bonaparte zuzuschreiben, hat man den Admiral der Feigheit oder Schwäche beschuldigt.

In der Bai von Abukir angekommen, ließ Brueys die Stellung seiner Schlachtschiffe verbessern und sie möglichst nah an die Küste heranfahren, was aber Nelson doch nicht abhalten sollte, zwischen den verankerten Schiffen und der Küste hindurchzufahren! Am 20. Juli hatte man in der Ferne eine feindliche Fregatte, die „Terpsichore", gesehen, die sich auf der Suche nach Nelsons Flotte befand. Sie konnte indes ebensogut die feindliche Vorhut sein. Dieser Umstand hätte Brueys bestimmen müssen, alles Mögliche zu tun, um seine Stellung so fest wie möglich zu gestalten und vor allem die

Spitze seiner Linie durch einige Fregatten zu verstärken, die zwischen dem „Guerrier“ und der Küste ankern konnten*). Bis auf die „Sérieuse“ befanden sie sich alle bei der Nachhut**). Der französische Admiral hätte sehr gut getan, eine oder zwei Fregatten auf dem Meere kreuzen zu lassen. Er würde früher von dem Herannahen der feindlichen

Das Fort von Abukir.
(Nach einem zeitgenössischen Stich.)

Flotte benachrichtigt worden sein und hätte dann rechtzeitig Vorbereitungen zum Kampfe treffen können!

Dann wurden Maßnahmen getroffen, die Flotte mit Lebensmitteln und vor allem mit Wasser zu versorgen. Trotz der Nähe Rosettes war die Beschaffung der Lebensmittel

*) Der Admiral hatte auch zwei Mörser auf der kleinen Insel aufstellen lassen. Doch die Entfernung bis zur Spitze der französischen Flotte war so groß, daß weder diese beiden Mörser noch die Geschütze des Forts den Franzosen von Nutzen sein konnten.

**) Es waren die Fregatten „Arthémise“, „Diane“ und „Justice“. Ebenfalls am Schweife des Geschwaders befanden sich die drei Galeoten „Hercule“, „Oranger“ und „Portugaise“.

schwierig; auch hatte man die größte Mühe, in unmittelbarer Nähe der Küste gutes Wasser zu finden.

Die 13 französischen Linienschiffe waren etwa 4500 Meter vom Ufer in einer Entfernung von 150 Metern voneinander verankert. An der Spitze, beziehungsweise auf dem linken Flügel, befand sich der „Guerrier", gegen 2400 Meter von der kleinen Insel von Abukir entfernt. Es folgten der „Conquérant", der „Spartiate", der „Aquilon", der „Peuple-Souverain", der „Franklin", der „Orient", der „Tonnant", der „Heureux", der „Mercure", der „Guillaume Tell", der „Généreux" und der „Timoléon".

Die gesamte Flotte verfügte über 1182 Geschütze. Unter den Linienschiffen besaß das Admiralsschiff 120 Kanonen; drei Schiffe führten je 80, der Rest je 74 Geschütze. Drei der Fregatten waren mit je 40, eine mit 36 Kanonen versehen. Der tatsächliche Bestand der Mannschaften kann auf 8000 Mann angesetzt werden. Eigentlich hätte die Flotte 11 170 Offiziere und Mannschaften zählen müssen. Da Nelson über etwa 1000 Geschütze und 8000 Mann verfügte, waren die gegnerischen Streitkräfte fast gleich.*)

Am 1. August gegen zwei Uhr meldete man auf dem „Heureux" das Herannahen einer Flotte von 12 Schiffen. Bald folgten zwei weitere Fahrzeuge. Es war das schon lange gefürchtete Geschwader Nelsons, das von Westen her in der Nähe der Küste herankam! Eine Stunde darauf, gegen 3 Uhr, gab Brueys den Befehl „Klar zum Gefecht", und die Admiräle begaben sich an Bord des „Orient", um die Befehle des Oberbefehlshabers zu empfangen. Brueys, Villeneuve und Ganteaume waren für den Kampf mit verankerten Schiffen, Blanquet du Chayla vertrat, wie schon in einem früheren Kriegsrat, die Ansicht, den Angriff der Engländer mit aufgezogenen Ankern anzunehmen.

*) Vorausgesetzt, daß die am Lande befindlichen französischen Mannschaften ihre Schiffe rechtzeitig erreichen konnten, was aber nicht der Fall war.

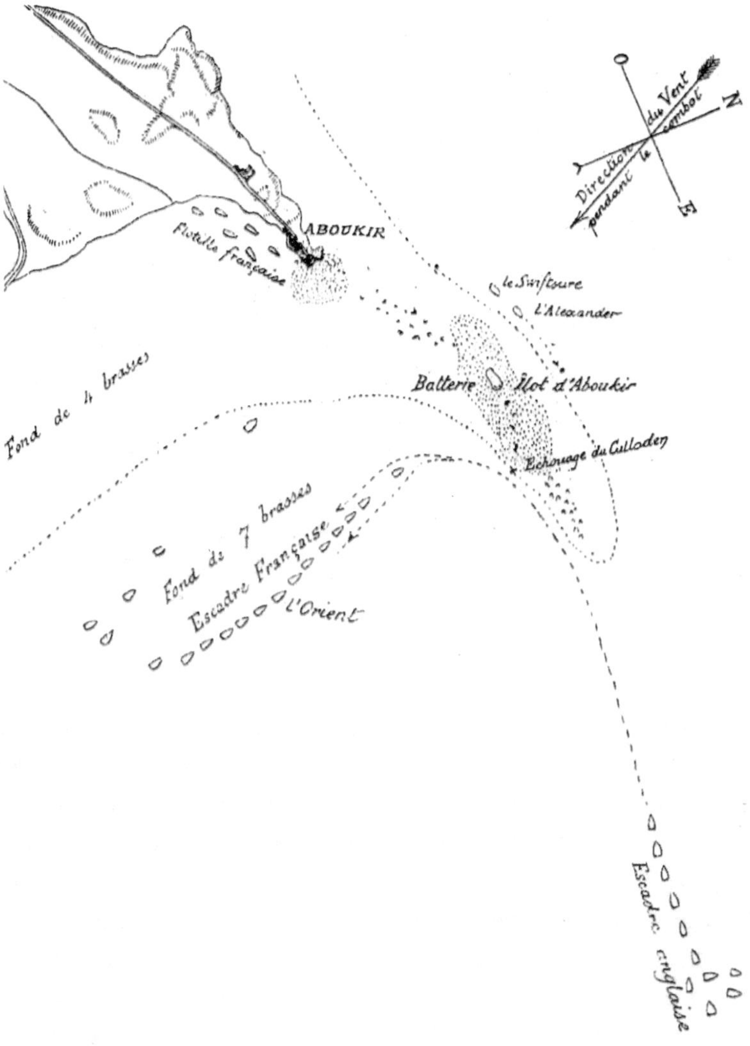

Skizze zur Seeschlacht von Abukir.
(Nach dem Entwurf des französischen Seeoffiziers A. de Lachadenède.)

Als die feindliche Flotte in Sicht kam, befanden sich viele der Mannschaften am Lande, um Wasser zu holen, ein doppelt verhängnisvoller Umstand, denn die Besatzung der Schiffe war schon an sich unvollständig! Nur wenige befolgten die Signale, an Bord zu kommen, so daß die Geschütze nur unvollkommen bedient werden konnten.

Gegen 4 Uhr ließ Brueys auf seinem Flaggschiff das Signal aufhissen, daß man vor Anker liegend kämpfen würde, und erteilte darauf den Befehl, die Schiffe durch Ketten und Taue miteinander zu verbinden, damit keines aus der Linie gebracht werde. Dies konnte aus Mangel an Zeit jedoch nicht überall durchgeführt werden. Da er nicht vermutete, daß Nelson die innere Seite seiner Stellung angreifen könne, wurden alle im Wege stehenden Dinge auf diese Seite der Schiffe gebracht, um nicht während des Kampfes auf der anderen Seite zu sehr behindert zu werden. In seinem Innern hoffte der Oberbefehlshaber aber, daß der feindliche Admiral ihm wenigstens bis zum nächsten Tage Zeit lassen werde, damit er alle seine Vorbereitungen zum Kampfe treffen könne.

Aber Nelson, der tolle Feuerkopf, zögerte nicht eine Minute, um den so sehnsüchtig gesuchten Feind anzugreifen. Als er am 1. August vor Alexandria angekommen war, meldete der „Zealous" gegen dreiviertel drei Uhr nachmittags die feindliche Flotte, die in der Bucht von Abukir vor Anker lag. Bereits seit einigen Tagen war Nelson so aufgeregt, daß er fast nichts essen konnte. Jetzt aber ließ er das Mittagessen auftragen, und als er sich vom Tische erhob, sagte er zu seinen Offizieren: „Morgen um diese Zeit habe ich entweder einen Platz im Oberhaus oder in der Westminsterabtei." Inzwischen hatte er Befehl gegeben, sofort klar zum Gefecht zu machen, am Ufer entlang und an der Insel Abukir vorbeizufahren, um auf die linke Flanke der französischen Flotte loszusteuern und die feindliche Vorhut und das

Stellung der französischen und der englischen Flotte. 1. August, gegen 8½ Uhr abends.
(Nach der Skizze des Seeoffiziers A. de Lachadenède.)

Zentrum anzugreifen. Der „Zealous“ unter Kapitän Hood hielt die Spitze, dann wurde er vom „Goliath“ überholt. Um sich nicht der Gefahr auszusetzen, auf den Grund zu laufen, ließ Nelson erst einige andere Schiffe vorbeisegeln und folgte mit dem „Vanguard“ als sechstes Schiff. Alle Bewegungen geschahen mit größter Genauigkeit und Schnelligkeit, doch ohne Eile und Überstürzung. Offiziere und Mannschaften trugen die Überzeugung der Überlegenheit und der Siegesgewißheit in sich.

Kapitän Foley mit dem „Goliath“ befürchtete nicht, auf den Grund aufzulaufen, und segelte zwischen der Küste und der französischen Linie durch, um das erste feindliche Schiff, den „Guerrier“, von der Innenseite aus anzugreifen. Die Anker hielten aber nicht, so daß er sich den „Conquérant“ zum Gegner nahm, während der „Zealous“ dem „Guerrier“ gegenüber ankerte. Das Feuer des „Zealous“ war so heftig, daß in weniger als einer Stunde sämtliche Masten des „Guerrier“ abgeschossen wurden. Trotzdem ergab sich der Kapitän Trullet*) erst gegen neuneinhalb Uhr.

Darauf folgte der „Orion“ auch auf der inneren französischen Linie und griff den „Peuple Souverain“ an, beschoß aber gleichzeitig das daneben liegende sechste französische Schiff, den „Franklin“.

Der „Peuple Souverain“ erhielt im Laufe der Schlacht das Feuer von drei feindlichen Schiffen. Gegen 11 Uhr stellte er sein Feuer ein und wurde am nächsten Morgen um viereinhalb Uhr vom „Orion“ besetzt. Mit größter Hartnäckigkeit widerstand auch der „Franklin“, der die Flagge des Admirals Blanquet du Chayla trug, den Angriffen dreier feindlicher Schiffe. Um 8 Uhr wurde der Admiral und um neuneinhalb Uhr der Kapitän Gillet gefährlich verwundet; eine halbe Stunde vor Mitternacht strich der „Franklin“ die Flagge.

*) Es ist Kapitän Trullet der Ältere; der „Timoléon“ wurde vom Kapitän Trullet dem Jüngeren befehligt.

Dann trat der „Theseus“ in Tätigkeit, der gleichzeitig das zweite, dritte und vierte französische Schiff, den „Conquérant“, den „Spartiate“ und den „Aquilon“, ebenfalls von der Innenseite der französischen Stellung aus beschoß.

Als fünftes englisches Schiff steuerte der „Audacious“ zwischen dem „Guerrier“ und dem „Conquérant“ durch, nahm auch zwischen der Küste und dem französischen Geschwader Stellung und beschoß sogleich den „Conquérant“, der bereits das Feuer zweier englischer Schiffe aushalten mußte. Gegen siebeneinviertel Uhr wurde der Kapitän des „Conquérant“ schwer verwundet. Er übergab den Befehl seinem ersten Leutnant. Bis um 9 Uhr verteidigte sich das Schiff gegen seine drei Gegner und strich endlich vor dem „Audacious“ die Flagge.

Jetzt traten der „Vanguard“, der „Minotaur“ und die „Defence“ in den Kampf ein, doch nahmen diese drei Schiffe von außen Stellung. Der „Vanguard“ ankerte vor dem dritten französischen Schiff, dem „Spartiate“, der „Minotaur“ vor dem vierten französischen Schiff „Aquilon“, das schon mit dem „Theseus“ im Kampfe war, und die „Defence“ nahm sich den „Peuple Souverain“ zum Gegner, der bereits vom „Orion“ mit Kugeln bestrichen wurde.

Der „Spartiate“ hatte nur 500 Mann Besatzung, kämpfte aber trotzdem bis nach 11 Uhr, und ergab sich dann dem „Vanguard“. Der „Aquilon“ stellte sein Feuer bereits um neuneinhalb Uhr ein, nachdem sein Kapitän Thévenard gegen 8 Uhr durch eine Kanonenkugel getötet worden war. Darauf wurde das Schiff vom „Minotaur“ besetzt.

So sehen wir etwa eine halbe Stunde nach Eröffnung des Kampfes durch Nelson acht englische Schiffe mit fünf bis sechs französischen Linienschiffen im Kampfe liegen, die zwar dieselbe Anzahl an Geschützen hatten, aber sonst in jeder Hinsicht den Engländern unterlegen waren!

Das neunte englische Linienschiff, der „Bellerophon“,

nahm sich den „Orient“ zum Gegner, der ihm an Anzahl der Geschütze bei weitem überlegen war, und das zehnte englische Schiff, „Majestic“, ankerte vor dem „Mercure“, da es das achte und neunte französische Schiff verfehlt hatte. Der „Bellerophon“ wurde bald vom „Orient“ entmastet und mußte die Ankertaue durchhauen, um nicht in den Grund gebohrt zu werden. Der „Majestic“ hatte auch zuerst in der Nähe des französischen Admiralsschiffes Anker geworfen, sich dann aber weiter entfernt und den „Mercure“ zum Gegner genommen. Der „Tonnant“ wurde vom „Bellerophon“ mit beschossen, und der „Heureux“ erhielt seit etwa 8 Uhr das Feuer des „Majestic“. Die drei Schiffe der Nachhut, der „Guillaume Tell“, der „Généreux“, sowie der „Timoléon“ hatten keine Gegner.

Inzwischen war die Dunkelheit hereingebrochen. Der „Culloden“, der „Alexander“ und der „Swiftsure“ waren noch nicht auf dem Kampfplatz erschienen. Da es Nelson an Fregatten oder anderen leichten Schiffen fehlte, hatte er vor dem Eintreffen vor Alexandria den „Alexander“ und den „Swiftsure“ zum Erkunden ausgesandt. Diese beiden Schiffe waren aber zu sehr in Lee geraten und kamen jetzt erst heran. Der „Culloden“ unter Kapitän Troubridge war kurz vor 7 Uhr beim Umsegeln der Sandbank aufgelaufen und diente, da er trotz der Anstrengungen des „Leander“ und der „Mutine“ nicht vor 2 Uhr nachts frei gemacht werden konnte, als Leuchtturm für den „Alexander“, den „Swiftsure“ und den „Leander“. Diese drei Schiffe trafen gleichzeitig gegen 8 Uhr auf dem Kampfplatz ein, zu einer Stunde, wo es mit einigen englischen Schiffen nicht sehr günstig stand.

Der „Orient“ war dem „Bellerophon“ an Artillerie weit überlegen und schoß seinen Gegner fast zum Wrack. Deshalb ließ der Kapitän des „Bellerophon“ die Ankertaue kappen und zog sich nach bedeutenden Verlusten aus dem Gefecht zurück.

Inzwischen war der „Swiftsure“ herangekommen, der den „Orient“ von der Steuerbordseite angriff, während der „Alexander“ das französische Admiralsschiff vom Backbord aus beschoß. In geschickter Weise ging der „Leander“, der nur 50 Kanonen führte, quer vor dem „Franklin“ vor Anker, der bereits von der „Defence“ und dem „Orion“, sowie auch jetzt von dem „Swiftsure“ Feuer empfing.

Zeitgenössische Karikatur auf den Sieg Nelsons bei Abukir.

Gegen 7 Uhr wurde Brueys an der Hand und am Kopfe verwundet, doch achtete er dessen nicht viel. Eine halbe Stunde darauf ward ihm durch eine Kanonenkugel die linke Hüfte weggerissen. Aber auch jetzt wollte der tapfere Mann nicht das Kommando an den nächst höheren Offizier abgeben, um sich verbinden zu lassen! „Laßt mich auf der Brücke sterben“, rief er denen zu, die ihm helfen wollten, und einige Minuten später hauchte er als wackerer Soldat, der auf seinem Posten zu sterben wußte, seine Seele aus.

Gegen 9 Uhr brach auf dem „Orient“ Feuer aus, und die Engländer richteten besonders auf diesen Feuerherd ihre Artillerie, um die Verwirrung zu vermehren und ein Löschen unmöglich zu machen. Nach 10 Uhr flog das prachtvolle Admiralsschiff in die Luft. Bis zu dieser Stunde hatten sich bereits drei französische Schlachtschiffe den Engländern ergeben; auch die Fregatte „Sérieuse“ zählte nicht mehr, denn sie war in den Grund gebohrt worden. Bis Mitternacht strichen drei weitere Schiffe die Flagge, darunter, wie bereits erwähnt, der „Franklin“ von 80 Kanonen.

Der „Tonnant“, der zuerst nur vom „Bellerophon“ und dann vom „Alexander“ und „Swiftsure“ beschossen wurde, kämpfte bis früh einhalb 4 Uhr und ließ sich dann auf den Strand treiben. Er behielt den ganzen 2. August noch die Flagge. Die Verluste dieses Schiffes waren, obgleich es keinen direkten Gegner hatte, sehr beträchtlich und betrugen an 360 Tote und Verwundete. Da es an Booten fehlte, konnte die Mannschaft das Schiff nicht verbrennen, da sie sich dann nicht ans Ufer hätte retten können. Aber erst am 3. August übergab sich der „Tonnant“ zwei feindlichen Fahrzeugen.

Der „Heureux“ nahm nur geringen Anteil am Kampfe und hatte daher nur etwa 70 Tote und Verwundete. Gegen 3 Uhr früh stellte er sein Feuer ein, ließ sich ans Ufer treiben und ergab sich am nächsten Tage, als drei englische Schiffe Miene machten, ihn zu beschießen.

Der „Mercure“, der besonders vom „Majestic“ beschossen wurde, scheiterte nicht weit vom „Heureux“ und ergab sich den Engländern am nächsten Morgen.

Das letzte französische Schiff der Schlachtordnung nach, der „Timoléon“, lief am 2. August auf den Strand auf und wurde von den eigenen Leuten verbrannt, damit es nicht in die Hände der Engländer fiele.

Ein Viertel vor 6 Uhr hatte der Admiral Brueys Befehl gegeben, das Feuer zu eröffnen, sobald sich der Feind zeigen würde. Wenige Augenblicke darauf war der erste Kanonenschuß von französischer Seite aus gefallen. Es wurde auf beiden Seiten mit großer Tapferkeit gefochten, doch die bessere Schulung der Engländer sowie ihre Übermacht trugen den Sieg davon. Wie wir gesehen haben, hatten nicht weniger als drei französische Schiffe keine und zwei nur unmittelbare Gegner. Konnten diese Schiffe, auch wenn sie kein Signal empfangen hatten, nicht die Ankertaue zerhauen, um zu versuchen, an dem Kampfe teilzunehmen? Der „Majestic", der dem „Mercure" gegenüberstand, hätte mit Leichtigkeit von den drei dahinter und zwei davor ankernden französischen Schiffen vernichtet werden können! Obwohl behauptet worden ist, daß Brueys der Nachhut Befehle gegeben habe, die Anker zu heben, so muß doch daran gezweifelt werden, da wir keine sicheren Beweise dafür haben. Aber der Admiral Villeneuve, der die Nachhut befehligte, hätte selbst so viel Entschlossenheit zeigen müssen, um den Umständen gemäß zu handeln. Und diesem Admiral vertraute Napoleon 7 Jahre später den Oberbefehl über eine große Flotte an, die Nelson bekämpfen sollte! Sollte Napoleon so wenig Menschenkenntnis besessen haben, oder fehlte es so an geeigneten höheren Seeoffizieren, daß der Kriegsminister Decrès diesen Mann dem Kaiser empfahl?

Erst der nächste Tag ließ die schrecklichen Verluste übersehen, die die Franzosen erlitten hatten. Zwei Linienschiffe und zwei Fregatten waren verbrannt oder in den Grund gebohrt worden; sieben Schiffe befanden sich in den Händen der Engländer. Der „Tonnant" behielt, wie wir gesehen haben, den ganzen 2. August hindurch die Flagge. Der „Timoléon" hatte fast gar nicht an der Schlacht teilgenommen; dennoch befand sich das Schiff in einem traurigen Zustande. Sein Kapitän ließ es auf den Strand auflaufen, da es unmöglich war, es aus der Bai herauszubringen. Auch dieses Fahrzeug behielt seine Flagge während des ganzen Tages nach der Schlacht. Da der „Timoléon“ doch nicht mehr zu retten war, befahl der Kapitän Trullet der jüngere der Mannschaft das Schiff zu verlassen. Darauf steckte er es in Brand.

Der „Guillaume Tell“, mit dem Konteradmiral Villeneuve an Bord, und der „Généreux“ hatten am Kampfe fast nicht teilgenommen; Villeneuve besaß leider zu wenig Entschlossenheit, um aus eigener Kraft zu handeln.

Erst am nächsten Tage, den 2. August gegen 12 Uhr, gab er den übrigbleibenden Schiffen Befehl, die Ankertaue zu durchhauen und unter Segel zu gehen. Nur der „Généreux“ und die Fregatten „Diane“ und „Justice“ mit dem Konteradmiral Decrès an Bord folgten dem „Guillaume Tell“. Diese vier Fahrzeuge wurden kaum verfolgt; man schreibt diesen Umstand der Verwundung Nelsons zu. Dessen Kapitäne aber waren viel zu sehr mit ihren Schiffen beschäftigt, als daß sie auf eigene Verantwortung hin gehandelt hätten.

Nach einer sehr stürmischen Fahrt kam Villeneuve am 28. August in Malta an. Auf seiner Reise hatte er in der Nacht vom 17. zum 18. August den „Généreux“ verloren. Dieses Schiff traf am 18. August auf dem Wege nach Korfu auf der Höhe von Kandia den „Leander“ von 50 Kanonen. Nach einem heftigen Kampfe bemächtigte sich der „Généreux“ des ihm an Geschützen unterlegenen Gegners und führte den „Leander“ als gute Prise mit nach Korfu.

Ein Wort noch über die Fregatten und anderen kleineren Fahrzeuge der französischen Flotte. Die Fregatte „Sérieuse“ hatte am Nachmittag des Schlachttages 150 Mann an den „Tonnant“ abgeben müssen und war dadurch auf die Hälfte ihrer Bemannung herabgesetzt worden. Ehe der „Orion“ den „Peuple Souverain“ angriff, wollte er die Fregatte zerstören, da sie ihm im Wege war. Nach einem heftigen

Admiral Villeneuve.
Gemälde von Vertier.
(Nach einer Photographie aus der Sammlung P. Lafond.)

einstündigen Kampfe auf Pistolenschußweite wurde die Fregatte in den Grund gebohrt, doch ragte der obere Teil des Schiffes wegen der Untiefe noch aus dem Wasser heraus. Erst am nächsten Tage früh 3 Uhr ergab sich der Rest der Besatzung den Engländern.

Auch die „Artémise“ hatte beim Beginn des Kampfes einen großen Teil ihrer Besatzungsmannschaft abgeben müssen und nahm kaum am Kampfe teil. Sie geriet auf den Strand und wurde am nächsten Tage von ihrem Kapitän, der sich mit der Besatzung ans Ufer flüchtete, verbrannt.

Die anderen kleineren Fahrzeuge konnten sich unter dem Schutze des Forts von Abukir nach Alexandria retten.

An Mannschaften hatte die französische Flotte ungefähr 1700 Tote und Ertrunkene und 1500 Verwundete, sowie mehr als 3000 Gefangene verloren*). Nach einigen Tagen entließ Nelson die Gefangenen bis auf 200 Mann, da er sie nicht ernähren konnte. Nach dem Bericht des Fregattenkapitäns Barré betrug der englische Verlust nur 900 Mann, darunter 700 Verwundete.

Nelson war in der Schlacht durch einen Schuß am Kopfe verwundet worden. Man hielt die Wunde anfangs für tödlich, aber es handelte sich nur um eine leichte Verletzung. Sie verhinderte jedenfalls den englischen Admiral, alle Maßnahmen anzuordnen, um die Niederlage der französischen Flotte in eine völlige Vernichtung zu verwandeln.

Engländer und Franzosen hatten in dieser Schlacht wie Helden gefochten, und es ist schwierig zu sagen, ob die Angreifer oder die Angegriffenen größere Tapferkeit und Ausdauer bewiesen haben. Viele französische höhere Offiziere starben mit bewunderungswürdiger Ruhe auf ihren Posten, vor allem der Admiral Brueys und die Kapitäne Casabianca, Thévenard der jüngere, Du Petit-Thouars und Peyret.

*) In dieser Zahl sind 1000 Verwundete mit einbegriffen.

Am 5. August segelte der „Leander" mit Briefen von Abukir nach Europa ab. Das Schiff wurde jedoch unterwegs vom „Généreux" genommen. Glücklicherweise hatte Nelson wenige Tage später, am 13. August, auch die „Mutine" nach Neapel gesandt. Von hier aus gelangten die ersten Nachrichten über den glänzenden Sieg nach Europa. Der Kapitän der „Mutine", Martin, reiste dann auf dem Landwege über Wien nach England und kam erst am 2. Oktober, also zwei volle Monate nach der Schlacht, in London an.

Der Sieg von Abukir war der wichtigste und vollständigste, den die Engländer seit 1793, vielleicht seit jeher, erfochten hatten. Die Folgen waren weittragend und verhängnisvoll, im besonderen für das französische Heer in Ägypten und im allgemeinen für die Lage der französischen Republik den anderen Mächten gegenüber. Allerdings vermochte Bonaparte durch sein großes Genie die Folgen für sein Heer so viel wie möglich zu mildern.

Kommen wir jetzt mit einigen Worten auf die Streitfrage zu sprechen: Wer verschuldete es, daß die französische Flotte in der Bai von Abukir blieb und nicht nach Korfu ging, wo sie Schutz gefunden hätte?

Am 3. Juli befahl Bonaparte von Alexandria aus dem Admiral Brueys, die Flotte in den alten Hafen einlaufen zu lassen. Wegen der Aufstellung der Flotte hatte der General auch mündlich am 3. oder 4. Juli mit Brueys gesprochen. Drei Wochen später schrieb er am 27. Juli aus Kairo, er habe erfahren, daß nun endlich eine Einfahrtsstelle gefunden worden sei, und er vermute, daß sich die Flotte im alten Hafen in Sicherheit befinde. In diesem Briefe findet sich kein Wort mehr von der Zulässigkeit einer Aufstellung in der Bai von Abukir wie im Briefe vom 3. Juli. Am 30. Juli flog ein dritter Brief aus Kairo zu Brueys, in dem der Obergeneral ebenfalls die Überzeugung aussprach, daß er annehme, Brueys sei entweder in den alten Hafen von Alexandria eingelaufen oder habe den Weg nach Korfu genommen*).

Aus diesen Briefen, besonders aber aus dem letzten, sieht man, daß Bonaparte zwar eine Vorliebe für Alexandria hatte, es aber am liebsten gesehen hätte, wenn Brueys nach Korfu gesegelt wäre, im Fall er keine geeignete Einfahrt in Alexandria gefunden haben würde. Unglücklicherweise kam dieser letzte Brief, der den förmlichen Befehl enthielt, nach Korfu zu gehen, bei Brueys nicht an. Der Adjutant Bonapartes, Jullien, war unterwegs ermordet worden; wäre er aber auch angekommen, so würde es doch zu spät gewesen sein, denn bereits am 1. August erschien die englische Flotte, und vor dem 5. August konnte der Adjutant nicht in Abukir eintreffen!

Bonaparte hatte, soweit er die Sachlage aus der Ferne überschauen konnte, gehandelt, wie ein umsichtiger Feldherr nur handeln konnte. Am 27. hatte er Brueys geschrieben, er würde ihm noch genaue Anordnungen zukommen lassen, sobald er Nachrichten von diesem erhalten habe. Das hat er auch drei Tage später, am 30., getan, sofort als der Brief vom Admiral vom 26. Juli eintraf**).

Dieser Brief kennzeichnet den Admiral Brueys. Er gibt darin zu, daß die Bai nicht geeignet sei, einem überlegenen Feind standzuhalten. Als Seemann, überhaupt als entschlossener Offizier, hätte er, ohne erst von Bonaparte noch besondere Befehle erhalten zu haben, sofort die Bai verlassen müssen, um Korfu zu erreichen! Brueys tat aber

*) Ich übergehe den Brief Bonapartes an das Direktorium, vom 19. August, worin der Obergeneral behauptet, Brueys den formellen Befehl gegeben zu haben, nach Korfu zu segeln. Der Brief wurde erst nach dem Unglück von Abukir geschrieben und besitzt keinerlei dokumentarischen Wert.

**) La Jonquière vermutet mit Recht, daß in dem Briefe Bonapartes vom 30. Juli ein Versehen unterlaufen ist. Der Obergeneral bestätigt die Briefe vom 25. Messidor bis zum 8. Thermidor. Der 8. Thermidor ist aber der 26. Juli, und bis zum 30. Juli konnte der Bote von Brueys nicht nach Kairo gelangt sein. Richtiger müßte man 3. statt 8. Thermidor lesen.

nichts dergleichen; mildernd allerdings wirkt der Umstand, daß er in jenen Tagen leidend war. Er blieb, und da ereilte ihn das Geschick! Wenn er einen Fehler begangen hatte, so büßte er ihn als tapferer Mann, denn er starb als Held.

Mit der größten Begeisterung nahm man von der siegreichen Seeschlacht bei Abukir in London und den mit England verbündeten oder befreundeten Ländern Kenntnis. Admiral Nelson wurde zum Baron vom Nil ernannt und erhielt eine Pension von 2000 Pfund Sterling auf Lebenszeit. Es wurde ihm aber kein höherer Rang erteilt, obgleich er ihn mehr wie jeder andere verdient hätte. Der Sultan, der Zar, die Könige von Neapel und Sardinien überhäuften ihn mit Gunstbezeugungen, und die Lords Howe, Hood und Saint Vincent, die bedeutendsten Admirale jener Zeit, schrieben ihm die schmeichelhaftesten Briefe.

Drei der Fregatten, die Nelson auf der Suche nach der französischen Flotte so sehr vermißt hatte, trafen einige Tage nach der Schlacht bei ihm ein. Die vierte brachte ihm am 15. August Briefe von Lord Saint Vincent und den Befehl, mit einigen Schiffen nach Neapel zu segeln, die übrigen aber nach Gibraltar zu senden.

Drei der genommenen französischen Schiffe, die besonders gelitten hatten, ließ der Admiral verbrennen. Kapitän Hood mußte mit den drei Linienschiffen „Zealous“, „Swiftsure“ und „Goliath“ und den drei Fregatten „Alcmene“, „Emerald“ und „Sea Horse“ die Blockade von Alexandria aufnehmen und die Küste von Ägypten überwachen, um den Franzosen die Küstenfahrt zu erschweren und die Annäherung von französischen oder mit ihnen befreundeten Schiffen zu verhindern.

Die Engländer hatten selbst genug gelitten und zu viel mit ihren Prisen zu tun, als daß sie versuchen konnten, sogleich etwas gegen Alexandria oder Abukir zu unternehmen.

Bonaparte hatte auch schnellstens geeignete Maßnahmen zum Schutze der Küste getroffen und die Generale Marmont und Dommartin mit Verstärkungen dahin gesandt. Am 29. erschien der Konteradmiral Marquis von Niza vor Alexandria, der mit einem Geschwader ins Mittelländische Meer gefahren war, um die Bestrebungen der Verbündeten gegen die Franzosen zu unterstützen. Hood benutzte die Gelegenheit, eine Demonstration vor dem Hafen zu machen. Niza wollte sich aber zu weiteren Schritten nicht entschließen. Im Laufe der nächsten Zeit, besonders vom 24. bis 27. Oktober, versuchten die Engländer auf der Halbinsel von Abukir zu landen, aber ihre Versuche wurden immer wieder vereitelt.

Am 14. August sandte Nelson den Kapitän Sir James Saumarez mit den Linienschiffen „Orion", „Theseus", „Minotaur", „Audacious", „Defence", „Majestic" und „Bellerophon", sowie den erbeuteten französischen Linienschiffen „Le Peuple Souverain", „Le Conquérant", „Le Spartiate", „L'Aquilon", „Le Franklin" und „Le Tonnant" nach Gibraltar. Von dort aus sollte er an einem Unternehmen gegen die Insel Minorca teilnehmen.

Nelson selbst segelte mit dem „Vanguard", dem „Culloden" und dem „Alexander" am 19. August nach Neapel. Da seine Schiffe sehr beschädigt waren und schlecht segelten, kam er erst am 22. September im Hafen von Neapel an.

Auf der Fahrt von Abukir hatte er den portugiesischen Konteradmiral Marquis von Niza getroffen. Der portugiesische Admiral hatte sich aber geweigert, Hood in der Blockade Alexandrias zu unterstützen und willigte nur ein, die Blockade La Valettas zu übernehmen, bis die Engländer in der Lage seien, ihn abzulösen. Am 19. September erschien er mit vier Schlachtschiffen und zwei Fregatten vor Malta, und am 24. September kam auch Sir James Saumarez mit sieben englischen und sechs genommenen französischen Schlachtschiffen vor La Valetta an.

In Malta befehligte der Divisionsgeneral Vaubois etwa 5000 Mann, worunter sich aber einige hundert Kranke befanden. Als Zivilbeamten hatte Bonaparte vor seiner Abreise aus Malta Regnaud de Saint-Jean d'Angely bestimmt. Er verstand es aber weder sich mit Vaubois noch mit der Bevölkerung in gutes Einvernehmen zu setzen. Am 2. September brach eine Empörung auf der Insel aus, die später von den Engländern und Portugiesen natürlich nach Kräften unterstützt wurde. Anstatt seine Kräfte zu zersplittern, gab Vaubois lieber das flache Land preis und zog sich in die Festung und in die Forts zurück.

Am 27. September wurde er von dem portugiesischen Admiral und dem englischen Kommodore zur Übergabe aufgefordert. Am 24. Oktober erschien auch Nelson für kurze Zeit von Neapel aus vor La Valetta. Seine Aufforderung zur Übergabe am nächsten Tage hatte ebensowenig Erfolg. Vaubois hielt sich äußerst tapfer bis zum 4. September 1800. Man sieht aus dieser langen Verteidigung, daß Malta von den Malteserrittern wenigstens ebenso lange hätte gehalten werden können, wenn sie gewollt hätten, denn sie verfügten nicht allein über mehr Soldaten, sondern auch über andere Hilfsmittel als Vaubois, zumal sie die Bevölkerung der Insel hinter sich hatten!

Den Oberbefehl über die sämtlichen englischen Geschwader im Mittelländischen Meere führte nach wie vor Admiral Saint Vincent. Ein Teil seiner Flotte nahm am 15. November 1798 Minorca. Der Befehl über die Flotte, die Cadix blockiert hielt, lag in den Händen Lord Keiths, während Nelson im westlichen Mittelmeere befehligte. Er sollte auch die Bestrebungen der türkisch-russischen Flotte begünstigen, die im Herbst des Jahres 1798 gegen die Jonischen Inseln gerichtet waren*). Sir Sidney Smith löste den Kapitän Hood, oder vielmehr seinen Nachfolger Troubridge, an der

Küste von Ägypten ab und unterstützte im folgenden Jahre die Türken, als Bonaparte nach Syrien marschierte.

Ende des Jahres 1798 war das Mittelmeer vollständig in den Händen der Engländer und deren Verbündeten. Die beiden aus Abukir entronnenen französischen Linienschiffe, der „Généreux“ und der „Guillaume Tell“, die nach Korfu und nach Malta entkommen waren, fielen nach dem Falle der beiden Plätze in die Hände der Verbündeten.

*) Vergl. das erste Kapitel des nächsten Bandes.

ACHTES KAPITEL

BESITZNAHME VON KAIRO. — GEFECHT BEI ES-SALIHIJEH. — UNTERWERFUNG UNTERÄGYPTENS. — FESTE. — BESUCH DER PYRAMIDEN. — AUFSTAND IN KAIRO. — BETRACHTUNGEN

(Juli bis Dezember 1798)

Am Abend des 22. und im Laufe des 23. Juli nahmen die Franzosen von Kairo Besitz. Da die Bevölkerung sah, daß die Sieger keine Ausschreitungen begingen, Nahrungsmittel und Waren bezahlten, und die Soldaten ohne Waffen in den Straßen herumliefen, zeigten sie den neuen Herren gegenüber Vertrauen und öffneten ihre Läden wieder.

Bonaparte war am 22. und 23. in Giseh geblieben und hielt am Nachmittag des 24. seinen Einzug in die ägyptische Hauptstadt. Die wichtigsten Beamten und angesehensten Einwohner der Stadt kamen herbei, um ihn zu begrüßen. Der Obergeneral schlug sein Hauptquartier in einem Hause auf der Saketstraße beim Esbekïehplatze auf. Dieser Platz war der schönste von Kairo und von Gärten und Maisfeldern umgeben. Der Palast, den Bonaparte zum Aufenthalt wählte, gehörte Mohammed-Bei-el-Elfi und war erst vor einem Jahre beendet worden.

Die Franzosen hatten fast spielend von Unterägypten Besitz ergriffen. Da sie nun Herren der wichtigsten Häfen des Landes, Alexandrias und Rosettes, und der Hauptstadt

Der Esbekïehplatz in Kairo.
Gezeichnet von P. Gaetano, gestochen von Fauchery.
(Sammlung Kircheisen.)

waren, mußten ihnen auch bald die anderen Städte und Provinzen des Nildeltas zufallen, zumal es keinen ernstlichen Feind mehr zu bekämpfen gab.

Die Straße nach Suez, dem wichtigsten Hafen Ägyptens am Roten Meere, stand dem Heere jetzt nahezu offen. Die Flotte mußte inzwischen im alten Hafen von Abukir eingelaufen sein oder sich auf dem Wege nach Korfu befinden. Sie konnte vielleicht noch in diesem Jahre ein zweites Heer nach Ägypten überführen, so daß nichts im Wege gestanden hätte, im nächsten Jahre mit einer Armee von 30 000 Mann und einem stattlichen Hilfskorps von inzwischen eingeschulten Eingeborenen nach Indien aufzubrechen, um dem britischen Weltreiche dort eine klaffende Wunde beizubringen.

Vorher galt es aber, das eroberte Gebiet zu organisieren, die Verbindung mit der Küste zu sichern und Damiette und die verschiedenen Provinzen des Deltas durch Untergenerale besetzen zu lassen. Der Obergeneral selbst wollte sich dann aufmachen, um die Trümmer des Mameluckenheeres unter Murad-Bei aufzusuchen. Dieser war nach Oberägypten geflohen, um neue Truppen zu sammeln.

Mit gewohnter Umsicht, rastlosem Fleiß und klarem Blick machte sich Bonaparte sofort an die zahllosen Aufgaben, die zu erledigen waren.

Er verbot den Soldaten das Plündern aufs strengste, befahl, das Haus des entflohenen türkischen Paschas besonders zu schonen, und ließ eine Wache davor aufstellen. Er bestätigte die gegenwärtigen Inhaber von beweglicher und fester Habe in ihrem Besitze. Nur die Güter der Mamelucken wurden eingezogen; da man sie aber nicht sofort verkaufen konnte, schrieb der Obergeneral am 30. Juli eine Kriegssteuer aus, um sich das so notwendige Bargeld zu verschaffen. Die Erhebung des Miri wurde beibehalten. Zum Generalintendanten ernannte Bonaparte am 30. Juli Girgees-el-

Ghuary. Die Untereinnehmer waren meist Kopten. Der Obergeneral erklärte den Scheiks, Ulemas, Imams und Agas, daß er mit friedlichen Absichten in ihr Land gekommen und ein Freund der Pforte sei. Er nahm sie wohlwollend auf, sprach gern mit ihnen und erkundigte sich nach den Bedürfnissen und Sitten des Landes. Er sprach sogar davon, daß er und sein Heer zum Islam übertreten wollten. Überhaupt tat er alles, um die Bewohner Kairos zu beruhigen, und begünstigte in jeder Weise die Ausübung ihres Gottesdienstes.

Durch Beschluß vom 25. Juli setzte der Obergeneral einen Diwan von neun Mitgliedern in Kairo ein, dem die Verwaltung der Stadt und der unmittelbaren Umgebung übertragen wurde. An der Spitze des Diwans stand Abdallah El-Kerkaui; Monge und Berthollet hatten die Verhandlungen des Diwans als französische Zivilkommissare zu überwachen.

Zwei Tage später befahl Bonaparte auch die Errichtung anderer Diwane von je sieben Mitgliedern, denen die Verwaltung der verschiedenen Provinzen von Ägypten anvertraut wurde.

Um sich in Besitz der dritten Küstenstadt, Damiette zu setzen, befahl der Obergeneral am 27. Juli dem General Vial, der die Division Menou befehligte, das Kommando über dieselbe an den General Lannes abzugeben und sich mit einem Bataillon Infanterie, einer Abteilung Artillerie und 100 Mann Dragonern auf dem Nil einzuschiffen, um sich nach Damiette zu begeben. Der General Zaionczek wurde nach Menufieh gesandt, um die Bewohner der dortigen Gegend zu unterwerfen*).

Einige Tage später, am 1. August, erhielt der General Rampon Weisung, von der Provinz Atfieh Besitz zu ergreifen; der Oberst Bribes sollte nach El-Ramanieh mar-

*) Am 28. August ordnete Bonaparte an, daß General Lanusse den Befehl über diese Provinz erhielt, da Zaionczek nach Beni-Suef gesandt wurde.

schieren, um den Befehl über die Provinz Bahireh zu übernehmen*), und der General Fugière wurde am 5. August nach Mahallet-el-Kebir geschickt und ihm die Provinz Garbieh anvertraut**).

Noch ehe Bonaparte in Kairo eingezogen war, hatte er am 24. Juli Giseh zur Hauptniederlage des Heeres bestimmt. Hier sollte sich die Artillerie und das Genie befinden. Es wurden ferner eine Feldbäckerei gebaut und ein Lazarett und

Bonaparte im militärischen Diwan.
(Nach einer Zeichnung von D. V. Denon.)

ein Schlachtviehpark angelegt. Gleichzeitig wurde die Errichtung von Krankenhäusern und Feldbäckereien in Bulak, Alt-Kairo und Kairo befohlen. In der Folge wurden auch in Kairo und anderen Städten Salpeterfabriken, Pulvermühlen, Stückgießereien, Werkstätten aller Art, eine Drukkerei, eine Münze usw. eingerichtet.

Am 2. August betraute Bonaparte Sucy mit der Einrich-

*) Da er aber in Rosette erkrankte, wurde er am 19. Oktober durch den Generaladjutanten Leturcq ersetzt.

**) Am 30. Januar 1799 erhielt er noch den Befehl über die Provinz Mansura an Stelle Verdiers.

tung eines regelmäßigen Postdienstes zwischen Alexandria, Rosette und der Hauptstadt. Schließlich wurde der General Caffarelli am selben Tage angewiesen, in Kuhbauch (Ventre-de-la-Vache) und El-Ramanieh Befestigungen anzulegen.

Trotz seiner schnellen und überraschenden Erfolge war Bonaparte doch nicht glücklich, obgleich er meisterhaft verstand, nach außen hin Ruhe und Zufriedenheit zu zeigen. Am 24. Juli hatte er dem Direktorium den ersten eingehenden Bericht über die Vorgänge seit dem Abmarsch von Alexandria und die Schlacht bei den Pyramiden in glänzenden Farben geschildert. Am nächsten Tag aber flog schon ein trauriger Brief an Joseph nach Paris*). „Aus den öffentlichen Berichten wirst Du das Ergebnis der Schlachten und die Eroberung Ägyptens ersehen," schrieb er seinem Freund und Bruder. „Sie ist uns streitig genug gemacht worden und wird ein Blatt mehr in der Geschichte des militärischen Ruhms dieses Heeres bilden.

Ägypten ist das an Korn, Reis, Gemüse und Fleisch reichste Land der Erde. Die Barbarei erreicht hier die höchste Stufe. Es ist kein Geld vorhanden, nicht einmal für den Sold der Truppen. In zwei Monaten kann ich in Frankreich sein. Ich lege Dir meine Interessen ans Herz, ich habe viel häuslichen Kummer, denn der Schleier ist vollkommen aufgehoben . . .**)

Du allein bleibst mir auf der Welt. Deine Freundschaft ist mir sehr teuer. Es fehlte nur noch, daß ich sie verlöre, und daß auch Du zum Verräter an mir würdest, um einen vollkommenen Menschenhasser aus mir zu machen. Es ist traurig, wenn man alle Gefühle für eine einzige Person in einem einzigen Herzen vereinigt . . . Du verstehst!

Sorge dafür, daß ich bei meiner Ankunft ein Landhaus entweder in der Nähe von Paris oder in Burgund habe. Ich

*) Dieser Brief fiel aber den Engländern in die Hände.

**) Anspielung auf die Untreue seiner Frau.

will dort den Winter vollkommen abgeschlossen verbringen. Mich ekelt die Menschheit an. Ich bedarf der Ruhe und Einsamkeit. Alles Große langweilt mich. Mein Gefühl ist abgestumpft. Mit 29 Jahren finde ich den Ruhm nüchtern. Ich habe alles erschöpft. Es bleibt mir nur noch, ein vollkommener Egoist zu werden.

Ich will mein Haus (in Paris) behalten und es niemand überlassen, wem es auch sei. Ich habe nicht mehr, als was ich zum Leben brauche. Lebe wohl, mein einziger Freund. Niemals war ich ungerecht gegen Dich. Du bist mir diese Gerechtigkeit schuldig, obgleich ich manchmal den Wunsch hätte, es zu sein. Du verstehst? Küsse Deine Frau und Jérôme."

Nachdem der Obergeneral Maßnahmen für die Verwaltung und Verteidigung Kairos getroffen hatte, beschäftigte er sich mit der Verfolgung Murads und Ibrahims, die er wegen Mangel an Reiterei vor der Neubildung dieser Waffe nicht hatte aufnehmen wollen.

Murad-Bei hatte sich, wie Meldungen von Kundschaftern ergaben, weit nach Oberägypten zurückgezogen. Es war deshalb nicht zu befürchten, daß er in der nächsten Zeit zurückkehren würde. Bonaparte sandte ihm am 1. August den ehemaligen venetianischen Konsul Rosetti, einen Vertrauten Murads, nach. Er sollte mit ihm unterhandeln. Schon war Murad bereit, den Anerbietungen des französischen Generals näher zu treten, als die Mitteilung von der Zerstörung der französischen Flotte eintraf und ihn neuen Mut schöpfen ließ.

Gegen Ibrahim gedachte Bonaparte selbst zu marschieren, denn er hatte erfahren, daß sich dieser Mameluckenbei in Belbes, nordöstlich von Kairo, festgesetzt hatte. Am 1. August erhielt General Leclerc Befehl, sich am nächsten Tag mit einem Teil seiner Brigade und einer Abteilung Reiterei in der Richtung auf Belbes in Marsch zu setzen. Erst am 5. August nachmittags folgte die Division Reynier, am nächsten Morgen gegen 11 Uhr die Division Lannes (früher Menou) und am 7. frühzeitig die Division Dugua.

Nachdem ein Teil der Division Bon nach El-Matarieh vorgeschoben worden war, um die Verbindung mit Kairo aufrechtzuerhalten, und nachdem Desaix während der Abwesenheit des Obergenerals mit dem Oberbefehl von Kairo betraut worden war, begab sich Bonaparte am 8. früh 4 Uhr mit mehreren Offizieren seines Generalstabs auf den Marsch. In El-Matarieh traf er die Division Dugua und in El-Kanka die Divisionen Reynier und Lannes, sowie den General Leclerc, der von einer Araberabteilung gezwungen worden war, zurückzuweichen. Am 9. August befanden sich Bonaparte und die drei Divisionen in Belbes. Auf dem Marsche dahin begegnete man der Karawane von Mekka, die schon von den Arabern geplündert worden war. Die Pilger begrüßten Bonaparte als König von Frankreich. Der General zwang die Araber, deren er habhaft werden konnte, die gestohlenen Waren zurückzugeben, und der Rest der Karawane setzte seinen Weg auf Kairo fort. Am 10. erreichte Bonaparte mit dem Hauptteil seines Heeres Koraïm, und am nächsten Tage kam man endlich mit den Mamelucken in Fühlung, die sich beim Herannahen der Franzosen von Belbes auf Es-Salihijeh zurückgezogen hatten.

Das Treffen bei Es-Salihijeh bestand eigentlich nur in einem Reitergefecht, in dem die Mamelucken mit großer Tapferkeit und großem Geschick fochten. Bonaparte hatte nach den Aussagen bewährter Offiziere ungenügende Vorkehrungen getroffen, um die Infanterie rechtzeitig ins Gefecht zu bringen und geschickt zur Unterstützung der Reiterei zu verwenden. Diese war schlecht beritten, wenig zahlreich und den vorzüglich berittenen, tollkühnen Mameluken nicht gewachsen. Es gelang Ibrahim mit einem Teil

Lasalle im Gefecht von Es-Salihijeh.
(Nach einer Sepiamalerei von A. L. Gros.)

der aus der Schlacht bei den Pyramiden geretteten Schätze ungehindert in die Wüste zu entfliehen. Die Franzosen zählten nur 60 Tote und Verwundete, unter letzteren aber befand sich der Adjutant und Brigadechef Sulkowski, den Bonaparte sehr schätzte.

Eine lebhafte Schilderung dieses für die Franzosen wenig ruhmvollen Gefechtes, wenn man die große Entfaltung der Kräfte in Betracht zieht, gibt der Leutnant Doguereau in seinem Tagebuch. „Ehe wir bis zum Feind gelangten," schreibt er, „marschierten wir wenigstens anderthalb Meilen in der Wüste. Im Handumdrehen wurde der erste Zug der Jäger von den Mamelucken umringt. Man säbelte sich nieder, oder besser, wir wurden niedergesäbelt. Der zweite Zug hatte gerade Zeit, sich gefechtsbereit zu machen und dem Feind durch seine feste Haltung Achtung einzuflößen. Diejenigen vom ersten Zug, die sich aus dem Handgemenge retten konnten, stellten sich hinter dem zweiten auf. Schon schwenkten einige Mamelucken auf diesen ab und töteten mit erstaunlicher Wut die Schlußreihen. Eben waren sie im Begriff, uns anzugreifen, als eine Salve aus den Karabinern der Dragoner ihnen viele Leute verwundete, sie zurückweichen und die Flucht ergreifen ließ.

Während 10 Minuten waren Freund und Feind in buntem Durcheinander und Handgemenge. Nur die gute Haltung unserer Truppen vermochte uns zu retten. Die Mamelucken zählten mehr als 800 Mann. Sie waren alle gut beritten und bewaffnet und ausgezeichnete Reiter ... Der Feind ließ nur einige Tote auf dem Schlachtfelde zurück, aber die Reiterei, die ihn verfolgte, fand deren mehrere auf dem Wege. Da die Mamelucken vollkommen in ihre Sättel eingeschlossen sind, konnten ihre Pferde oft die toten Reiter eine Strecke lang mit forttragen."

Die Verfolgung Ibrahims in die Wüste konnte nicht vorgenommen werden. Bonaparte begnügte sich, in Es-Salihijeh eine kleine Festung anlegen zu lassen, um die Rückkehr Ibrahims zu verhindern, und beauftragte den General Caffarelli mit den dazu notwendigen Arbeiten. Ein Vorschlag Bonapartes, den er Ibrahim unterbreiten ließ, blieb unbeantwortet. Als Besatzung in Es-Salihijeh blieb nur die Di-

General Dommartin.
(Nach einer Zeichnung von A. Dutertre.)

vision Reynier und die Reiterei Leclercs zurück. Reynier blieb in Es-Salihijeh und wurde Oberbefehlshaber über die Provinz Scharkieh.

General Lannes erhielt am 12. August die Weisung, mit der Division, die er befehligte, nach Kairo zurückzukehren, wo er am 15. ankam. Am nächsten Tage wurde dem General Murat befohlen, sich wieder nach Keliub zu begeben, um den

Befehl über diesen Ort und die Provinz gleichen Namens zu übernehmen*). Schließlich wurde Dugua an demselben Tag nach Mansura gesandt und ihm der Oberbefehl über den Ort und die gleichnamige Provinz übertragen**).

Nachdem Bonaparte diese verschiedenen Befehle gegeben hatte, verließ er am 13. August früh 11 Uhr Es-Salihijeh, um nach der Hauptstadt zurückzukehren. Er kam 12 Stunden später in Belbes und am nächsten Tage in Kairo an. Unterwegs, noch vor Belbes, erhielt er die niederschmetternde Nachricht von der Vernichtung der französischen Flotte bei Abukir!

Während sich Bonaparte Anfang Juli auf den Marsch nach Kairo machte, blieb Kleber verwundet in Alexandria zurück. Seine Verwundung war jedoch nicht bedeutend, und er beschäftigte sich eifrig mit der Verwaltung der Stadt und der Provinz Alexandria, die ihm vom Oberbefehlshaber übertragen worden war.

Die Zerstörung der französischen Flotte bei Abukir, am 1. und 2. August, und die Anwesenheit Nelsons in den ägyptischen Gewässern ließen eine Landung englischer Truppen befürchten. Bonaparte sandte deshalb am 18. August den General Marmont***) mit einer Halbbrigade und am 21. August den Artilleriegeneral Dommartin nach Rosette und Alexandria, um einer etwaigen Landung der Engländer entgegenzuwirken. Diese beiden Offiziere besaßen das vollste Vertrauen des Obergenerals. Der Konteradmiral Perrée sollte die Truppen Marmonts nach Rosette bringen. Marmont kam

*) Er wurde später durch Leclerc abgelöst.

**) Dugua erhielt noch am 21. September den Oberbefehl über die Provinz Damiette.

***) In Alexandria selbst befehligte vorläufig der General Manscourt, mit dem Bonaparte nicht zufrieden war. Manscourt wurde am 28. durch Marmont ersetzt, dessen Befehlshabertätigkeit später noch erweitert wurde. Es scheint, daß Marmont auf den Posten Manscourts Anspruch machte und deshalb dessen Verhalten beim Obergeneral ungünstig schilderte.

Haus des Generals Menou in Rosette.
(Gestochen von Fryllcy nach einer Zeichnung von D. V. Denon.)

gerade an der Küste an, als die Engländer am 29. August einen Versuch zum Landen machten*).

Im Laufe des Monats September drohte ein Zwist zwischen Bonaparte und Kleber wegen Verwaltungsmaßnahmen des letzteren auszubrechen. Kleber ging sogar so weit, daß er am 7. September nicht allein um Abberufung von seinem Posten als Oberbefehlshaber der Stadt und Provinz Alexandria, sondern überhaupt um seinen Abschied aus dem Heere bat. Die Sache wurde aber zum Teil durch Caffarelli beigelegt, und Bonaparte forderte Kleber auf, ihn in Kairo zu besuchen. Kleber kam dort am 22. Oktober an**).

Der General Menou, dessen leichte Verwundung vorläufig auch keine Verwendung beim Heere gestattete, hatte auf Befehl Bonapartes am 10. Juli Alexandria verlassen und sich nach Rosette begeben, wo er den Oberbefehl übernehmen sollte. Er sollte nicht allein das Hinterland unterwerfen, sondern auch Maßnahmen treffen, um eine Landung der Engländer tatkräftig zurückweisen zu können. Auch er hatte anfänglich, ebenso wie Kleber, mit vielen Schwierigkeiten, besonders mit Geldmangel zu kämpfen.

Auf nicht geringe Hindernisse stießen auch die Generale, die in die Provinzen Scharkieh, Mansura, Garbieh und Damiette gesandt worden waren, um sie zu unterwerfen oder zu organisieren. Es gelang aber den Generalen Dugua Damas, Reynier, Andréossy, Vial, Murat, Verdier, Lanusse, Davout und anderen, in den Monaten August bis November die ihnen unterstehenden Gebiete mit mehr oder weniger Schnelligkeit zu unterwerfen oder wieder zum Gehorsam zurückzuführen, wie zum Beispiel die Provinz Mansura, wo eine große Anzahl Franzosen ermordet worden war.

Bonaparte verbrachte die Zeit vom 15. August bis zum

*) Vgl. Seite 393.

**) Nach seinem Abgang wurde Menou Oberbefehlshaber der Provinzen Alexandria und Bahireh.

23. Dezember fast ausschließlich in Kairo und war beständig mit der Verwaltung des Landes und des Heeres beschäftigt. All diese Zeit wurde nur an besonderen Ereignissen durch die Feste des Nils (am 18. August), des Propheten (am 19. August), der Republik (am 22. September), einen Besuch nach den nahen Pyramiden bei Giseh (am 19. September) und den Aufstand in Kairo (am 21. und 22. Oktober) unterbrochen.

Da man in Ägypten den Vater Nil mit Recht als den Wohltäter des Landes betrachtete, weil seine befruchtenden Gewässer die umliegende Landschaft weithin überfluteten, so beging man alljährlich feierlich den Tag, an welchem die Deiche durchbrochen wurden, um die Fluten über die durstenden Felder ergießen zu lassen. Mit größter Spannung erwartete das Volk den Augenblick, wenn der Nilometer, der sich südlich von der Insel Ruda bei Mekias befand, 16 Ellen anzeigte.

Das Nilfest sollte im Jahre 1798 am 18. August stattfinden. Selten war der Nil so schön wie damals. Der Obergeneral mit seinem glänzenden Generalstab, seinen Generalen und vielen anderen höheren Offizieren und Zivilbeamten, dem Diwan, dem Kiayla (Stellvertreter des Paschas), den Scheiks, Ulemas, Agas und anderen wichtigen Persönlichkeiten des Landes nahmen an dem Feste teil. Alle begaben sich sehr zeitig nach Mekias, wo ein Teil der Truppen aufgestellt war. Eine unabsehbare Menschenmenge breitete sich auf den umliegenden Hügeln aus und zahlreiche beflaggte Fahrzeuge bedeckten den mächtigen Nil.

Als der Obergeneral mit seiner Umgebung angelangt und alle Vorbereitungen getroffen worden waren, trat der Scheik aus der schaulustigen Menge hervor und erklärte, daß der Nil die für die Bewässerung des Landes erforderliche Höhe erreicht habe. Jetzt gab Bonaparte ein Zeichen, und die Arbeiter und das Volk stürzten sich auf den Damm, um ihn zu durchstechen. Es geschah; zuerst langsam, dann immer schneller und schneller ergossen sich die brausenden Fluten in den Kanal. Die Barke des Scheiks machte den Anfang, dann folgten zahlreiche andere Boote und fuhren in den Kanal hinein. Auch das Volk, Männer und Frauen, stürzten sich in die segensreichen Fluten und warfen allerlei Gegenstände hinein. Die Männer baten Allah, die Jugend und Schönheit ihrer Frauen und Kinder zu bewahren und ihren Frauen Fruchtbarkeit zu schenken. Dem Gebrauch des Landes gemäß warf der Obergeneral verschiedene Hände voll Medinos*) unter die Volksmenge, und die Armen stürzten danach, um sie zu erhaschen. Oft warfen sie sich in die Fluten, um die Geldstücke durch Untertauchen zu suchen, wenn sich das Wasser schon darüber ergossen hatte.

Nachdem die feierliche Handlung beendet war, zog sich Bonaparte mit seiner Umgebung zurück. Ein Teil des Volkes schritt ihm voran und sang Lieder zum Lobe des Propheten, des Sultans Kebir (Bonaparte) und der Franzosen. „Ja," riefen sie, „du bist gekommen, um uns auf Befehl des barmherzigen Gottes zu befreien, denn du hast den Sieg für dich und den schönsten Nil, den es seit einem Jahrhundert gegeben hat; das sind zwei Wohltaten, die Allah allein uns bewilligen kann!"

Nach der Rückkehr verteilte Bonaparte viele Geschenke unter verschiedene Persönlichkeiten des Landes; und am Abend fand ein Festessen im Hauptquartier statt.

Am nächsten Tage wurde das Fest des Propheten feierlich begangen, das sich drei Tage lang hinzog. Beim Festessen, das beim Scheik-el-Bekry, dem anerkannten Nachfolger des großen Propheten, gegeben wurde, war auch der Obergeneral mit vielen höheren Offizieren zugegen.

Den Schluß der Festlichkeiten bildete die Feier des sechsjährigen Bestehens der Republik am 22. September. Dieses

*) Kupfermünzen, damals etwa 3 Pfennige wert.

Das Nilfest in Kairo am 18. August 1798.

(Gezeichnet von Fertel, gestochen von Fauchery.)

Fest sollte gleichzeitig eine Verbrüderung der Franzosen und der Bewohner Ägyptens bilden. Es gab Bonaparte Gelegenheit, eine beredte Proklamation zu erlassen. An diesem Tage ließ auch Conté zum erstenmal den in Ägypten angefertigten Luftballon (Montgolfière) steigen.

Bonaparte verließ von der zweiten Hälfte des Monats August an bis zu seiner Abreise nach Suez nur dreimal die Hauptstadt. Einmal, am 18. September, machte er einen Ausflug nach Giseh, um dort die Befestigungen und die Truppen zu besichtigen, das andere Mal, am 19. September*) nach den Pyramiden, und das dritte Mal, im Oktober, nach dem Dorfe Matarieh.

Er hatte schon längst die Absicht, die Pyramiden zu besuchen. An dieser Reise sollten alle in Kairo anwesenden Mitglieder der Gelehrtenkommission und alle höheren Offiziere teilnehmen. Sie wurde auf den 19. September festgesetzt. Man mußte sie in Booten unternehmen, die den Krümmungen des Bewässerungskanals folgten, denn die Fluten des Nils waren so gestiegen, daß sie den Fuß der libyschen Gebirgskette bespülten. Wie vorauszusehen, war es eine lange Fahrt. Drei- oder viermal waren die Reisenden ganz nahe am Ziel, aber immer wieder machte der Kanal eine Windung, so daß man sich mehrmals von dem Endpunkte entfernte, um erst auf einem Umwege dahin zu gelangen.

Bonaparte, der alles berechnete, hatte auch diese müßige Zeit vorausgesehen. Er ließ sie jedoch nicht unbenutzt vorübergehen. Beim Verlassen des Palastes Elfi-Beis, den er bewohnte, hatte er seinen Adjutanten und den anderen Offizieren befohlen, in einem Boote Platz zu nehmen, das dem seinigen unmittelbar folgen sollte. Hingegen wünschte er, daß gewisse, von ihm besonders bezeichnete Personen in seiner Barke Platz nahmen. Es waren besonders die Gene-

---

*) Nicht am 24. September, wie meist angegeben wird, sondern am 19. September.

rale Caffarelli, Berthier, Dommartin und die Gelehrten Monge, Berthollet, Costaz, Denon, Fourrier, Geoffroy de Saint-Hilaire, Gloutier und Parseval de Grandmaison.

Vor allem lag es ihm daran, eine volkswirtschaftliche Frage zur Sprache zu bringen, und so begann er die Unterhaltung mit den Worten: „Man hat mir neulich einen Plan vorgelegt, der die Frage behandelte, wie ich über die Grundbesitze des Landes verfügen könne. Er schien mir seltsam, aber tief durchdacht. Diesem Plane gemäß sollen sogar in Frankreich alle Verbesserungen des Bodens demjenigen das Recht des Besitzes verleihen, der sie vorgenommen hat, und zwar je nach dem Mehrwerte eines Teiles des Bodens selbst. Und diese volkswirtschaftliche Idee fordert man mich auf, in diesem Lande hier im Großen zu verwirklichen."

Es lag in Bonapartes Auseinandersetzung ein gewisser Tadel und ein ganz klein wenig Spott. Sofort griff der General Caffarelli, der sich sonst stets außerordentlich ehrerbietig gegen Bonaparte zeigte, den Fehdehandschuh auf und rief: „Gut, daß ich noch rechtzeitig die Beleidigung verhindern kann, die Ihnen auf der Zunge schwebt. Ich erkläre hiermit, daß ich der Urheber dieses 'seltsamen und ein ganz klein wenig tiefdurchdachten Planes' bin."

Während der zweieinhalb Stunden, die die Reise währte, unterhielt man sich aufs lebhafteste über diesen Plan. Dabei zeigte sich Caffarelli hinsichtlich wirtschaftlicher Fragen als tiefer Denker und als edelster Menschenfreund. Bonaparte fachte das Gespräch fortwährend an und leitete es so geschickt, daß es niemals die Grenzen seines eigenen Wissens überschritt oder so fachwissenschaftlich wurde, daß er ihm nicht mehr hätte folgen können.

Endlich war man am Ziele angelangt. Bonaparte und seine Begleiter verließen die Boote und betraten das hohe, sehr sandige Ufer. Eine Viertelstunde lang mußten sie im glühenden Wüstensande waten, während die Sonne wie Feuer auf ihre Köpfe brannte. Die Pyramiden, das Ziel der Reise, beschäftigte alle Gemüter. In Europa machte man sich im allgemeinen eine ungeheure Vorstellung von ihnen, und die meisten der Begleiter Bonapartes waren beim ersten Anblick dieser Steinkolosse enttäuscht. Ihre

Gaspard Monge.
(Nach einer Zeichnung von A. Dutertre.)

Bewunderung kehrte erst zurück, als sie diese von Menschenhand aufgebauten Steinriesen näher betrachteten.

Nach einem angestrengten Marsche standen der Obergeneral und sein Gefolge schweißgebadet und ermattet am Fuße der großen Pyramide, einem Wunder vergangener Zeiten, das selbst Herodot, der Vater der Geschichtsschreibung, als der Antike angehörig betrachtet hatte. Nachdem man gegenseitig seine Ansichten ausgetauscht hatte, schickte man sich an, die Pyramide zu erklettern. Bonaparte munterte alle seine Begleiter auf, den Aufstieg zu wagen. Er selbst ruhte sich am Fuße des Steinkolosses aus und verzichtete darauf, die Pyramide im Innern zu besichtigen, weil man es nur auf dem Bauche kriechend tun konnte. Er schien wie ein Lehrer, der seine Schüler spazieren führt und sich von weitem ihrer Spiele freut. „Wer wird zuerst oben sein?" rief er lustig. Der Älteste der Gesellschaft schien am meisten bestrebt zu sein, dem „kleinen Korporal" zu gefallen. Schon war er auf der Plattform der Pyramide angelangt. An seiner Seite hing eine Feldflasche mit Branntwein. Dieser gewandte Kletterer war der Gelehrte Monge. Er beeilte sich, jedem der erschöpften Reisenden ein wenig Stärkung aus seiner Flasche zu reichen.

Auch der General Berthier kletterte die Pyramide hinauf. Als er sich aber auf der Hälfte des Weges befand, schien es ihm doch zu beschwerlich, bis zum Gipfel zu kommen, und er sagte zu seinem Nachbar Geoffroy de Saint-Hilaire: „Muß man denn wirklich bis zur Spitze hinaufklettern? Ich bin bereits ganz erschöpft." Er hatte große Lust, die Partie aufzugeben und meinte: „In Paris können wir ja sagen, daß wir bis zum höchsten Gipfel der großen Pyramide emporgeklommen sind. Wie meinen Sie, Nachbar, sollen wir wieder hinabsteigen?"

Geoffroy nahm den Vorschlag an. Sie kletterten die Hälfte des Wegs, den sie gekommen waren, hinab, aber eine spöttische Bemerkung Bonapartes, der sie beobachtet hatte, ließ sie wieder umkehren.

„Kommen Sie schon wieder zurück?" rief der Obergeneral; „mein armer Berthier, Sie ist gewiß nicht da oben, aber hier unten ist Sie auch nicht!"

Sie war der Gegenstand, der Berthiers Denken und Trachten vollkommen erfüllte, Frau Visconti. Bonaparte, der die

Liebe seines Generalstabschefs zu der schönen Italienerin kannte, verfehlte nie, ihn mit ihr zu necken.

Als Berthier diese Worte vernahm, sagte er zu Geoffroy: „Da unten ist es nicht auszuhalten. Er erwartet mich mit seinen Scherzen und Sticheleien. Kommen Sie, Nachbar; keine Feigheit mehr!“ Und so kletterten beide wieder hinauf.

Währenddessen war Monge mit jugendlichem Eifer ebenfalls auf der Spitze angekommen. Er hatte die Spötterei Bonapartes und das Zögern Berthiers beobachtet und sprach ihm Mut zu, indem er ihm von weitem mit der Feldflasche winkte. Endlich waren beide, Geoffroy und Berthier, oben. Der Labetrank des Gelehrten bereitete ihnen ein unbeschreibliches Wohlbehagen, und mit frischem Mute stieg man wieder hinab, was fast noch schwieriger war als der Aufstieg.

Aber Berthier hatte nichts gewonnen, daß er bis zur Spitze geklettert war. Als er Bonaparte am Fuße der Pyramide wiedersah, mußte er sich dessen Neckerei von neuem gefallen lassen. Die Spötterei des Obergenerals bestand hauptsächlich darin, daß er seinen Generalstabschef ob seines „ungeheuren Erfolges“ über die Maßen lobte und herausstrich. „Wie seltsam ist doch Ihre Lage, Berthier“, sagte der hinterlistige General Bonaparte. „Da verläßt dieser gute Berthier das reizende Boudoir der Frau Visconti, um ganz oben, auf dieser alten Pyramide, die schon zur Zeit des ältesten der Geschichtsschreiber alt war, eine Kabarettszene aufzuführen!“ Kurz, er fesselte alle Anwesenden mit seiner guten Laune.

Aber nicht allein auf die hohen Persönlichkeiten seines Heeres übte Bonaparte diese Anziehungskraft aus. Die Soldaten waren nicht weniger stolz, von ihm angeredet und bewundert zu werden. Neben der großen Pyramide, deren Gipfel durch vieles Besteigen abgeplattet ist, befindet sich eine andere, nicht weniger hohe Pyramide. Diese aber hat ihren steilen, glatten Abhang bewahrt und wird selten oder nie bestiegen. Ein Soldat jedoch hatte es sich in den Kopf gesetzt, sich auf der Spitze dieses Steinriesen niederzulassen. Er unternahm dieses Wagestück vor den Augen seines Obergenerals. Bald tastete er hier, bald da mit dem Fuße oder der Spitze seines Bajonetts, um sich des Bodens zu versichern. Aller Augen waren auf ihn gerichtet. Jeden Augenblick meinte man, der Boden könne ihm unter den Füßen nachgeben. Jedermann war überzeugt, daß er abstürzen würde. Aber Bonaparte beobachtete ihn. Von Zeit zu Zeit wendete der Soldat den Blick auf seinen General, und man sah, das Bestreben, dem „kleinen Korporal" zu gefallen, leuchtete ihm aus den Augen. Das Ziel war erreicht! Der Soldat hatte das Glück, unversehrt wieder unten anzulangen. Bonaparte ließ ihn zu sich kommen, sagte ihm ein paar freundliche Worte und versprach ihm eine Belohnung. Und der Soldat strahlte vor Stolz, Genugtuung und Glück.

Anfang Oktober kamen die erwählten Persönlichkeiten der verschiedenen Provinzen in Kairo zusammen und vereinigten sich am 5. Oktober zum ersten Male zum Diwan. Monge und Berthollet wohnten als französische Kommissare den Sitzungen bei, die bis zum Ausbruch des Aufstandes in Kairo andauerten*).

Verschiedene Ursachen hatten dazu beigetragen, eine Empörung in Kairo ausbrechen zu lassen.

Obgleich die Franzosen verhältnismäßig mild bei der Eintreibung der Steuern verfuhren, so sehnten sich doch viele Einwohner Kairos zur alten Herrschaft zurück. Die in der Stadt zurückgebliebenen Anhänger der Mamelucken, die

---

*) Der Diwan in Kairo wurde am 21. Dezember wieder eingesetzt, doch sollte er aus 60 Mitgliedern bestehen. Zum französischen Kommissar wurde Gloutier ernannt.

wenig durch die Franzosen verlieren aber alles gewinnen konnten, besonders die Abgesandten Ibrahims und Murads taten alles, um die Unzufriedenheit in gewissen Klassen der Bevölkerung zu schüren. Viel böses Blut machte es auch im Lande, daß die Franzosen beim Eintreiben der Pferde für ihre Reiterei und Artillerie ohne Schonung verfuhren, obgleich eigentlich jede Provinz nur sehr wenige Pferde zu liefern hatte! Den letzten Anstoß zum Aufstand mögen die Nachrichten gegeben haben, daß ein Bruch zwischen Frankreich und der Türkei bevorstände, und daß der Sultan mit der Besetzung Ägyptens durch die Franzosen keineswegs einverstanden sei.

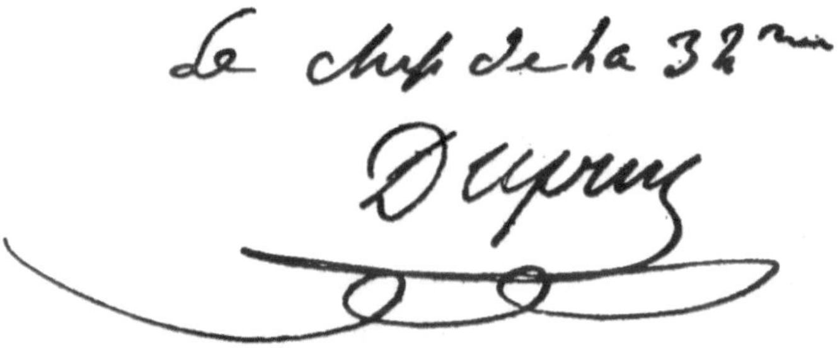

Die Vorbereitungen der Einwohner Kairos wurden in größter Stille betrieben, und es scheint, daß die Franzosen von dem Ausbruch der Verschwörung ganz überrascht waren. Am 21. Oktober gegen 6 Uhr morgens bildeten sich überall in der Hauptstadt Ansammlungen. Trotz dieser verdächtigen Erscheinung begab sich der Obergeneral am Morgen desselben Tages mit dem Generalstabschef Berthier, den Generalen Caffarelli, Dommartin, dem Brigadechef Detroye und einigen anderen Offizieren nach Altkairo und der Insel Roda zum General Lannes, um dort die vorgenommenen Arbeiten zu besichtigen. Gegen 10 Uhr morgens überbrachte man ihm die Mitteilung, daß Feindseligkeiten in der Stadt zwischen Einwohnern und Soldaten begonnen hätten, und daß bei einem Zusammenstoß der Brigadegeneral Dupuy, der Befehlshaber von Kairo*), getötet worden sei.

Fünf vom Hauptquartier abgefeuerte Schüsse hatten, wie verabredet, den Ausbruch einer Verschwörung angekündigt. Sogleich wurde der Generalmarsch geschlagen. Die entferntesten Posten begaben sich in ihre Quartiere, und man begann, sich in Verteidigungszustand zu setzen. Eine Abteilung Guiden begab sich nach der Insel Roda, um dem Obergeneral nach der Stadt das Geleite zu geben.

Das Hauptquartier der Aufständischen befand sich in der Moschee El Azar. Die dahin führenden Straßen waren verrammelt und mit zahlreichen Verteidigern angefüllt. Alle Unterhandlungen der Franzosen führten zu nichts, so daß Bonaparte sich gezwungen sah, ernste Maßnahmen zu ergreifen, da sonst die engen Straßen der Stadt eine wirksame Niederwerfung des Aufstandes ohne große Verluste für die Franzosen unmöglich gemacht hätten. Der Obergeneral befahl daher dem General Dommartin in der Nacht vom 21. zum 22. Oktober, eine Anzahl Geschütze und Mörser links vom Schlosse auf dem Ausläufer des Djebel Mokattam aufzustellen, um die Türen der Moschee einzuschießen, denn von dort oben beherrschte man die ganze Stadt.

Die Nacht verging verhältnismäßig ruhig, aber am nächsten Tage begannen die Angriffe von neuem, und eine ganze Anzahl Franzosen, darunter der von Bonaparte sehr geliebte Brigadechef Sulkowski, wurde getötet. Der Obergeneral hoffte noch immer, daß sich die Gemüter angesichts der drohenden Maßnahmen der Franzosen beruhigen würden, denn er ließ erst am 22. Oktober mittags das Feuer beginnen. Es wurde bis in die Nacht fortgesetzt und richtete großen Schaden an. Endlich schickte man sich an, zu

*) Der Oberbefehl der Truppen in Kairo lag in den Händen des Divisionsgenerals Bon. Stadtkommandant von Kairo wurde nach dem Tode Dupuys der General Destaing.

Der Aufstand in Kairo am 21. Oktober 1798.
(Musée national de Versailles.)

unterhandeln, und die Franzosen gelangten schließlich in den Besitz der Dschama El Azar und der umliegenden Häuser.

Der Verlust der Einwohner wird auf 700—800, der der Franzosen auf 250 geschätzt, worunter sich einige Gelehrte und Ärzte befanden. Das Haus des Generals Caffarelli, wo die Vorräte des Geniekorps und zahlreiche Werkzeuge der Gelehrten aufgespeichert lagen, wurde vollkommen ausgeplündert.

Bonaparte bestrafte die Stadt so milde wie möglich, das heißt, er ließ die unglücklichen Aufständischen nicht öffentlich, sondern im geheimen hinrichten, da er das Volk zu beruhigen hoffte! Aber an Reynier schrieb er am 27. Oktober: „Jede Nacht lassen wir einige 30 Köpfe abschneiden, darunter viele von Anführern." An Desaix wiederholte er dies in etwas milderer Form.

Die meisten Teilnehmer am ägyptischen Feldzug beschreiben den Aufenthalt in Ägypten, der sie von der Heimat völlig abschnitt und ihnen keine Möglichkeit verschaffte, von ihren Angehörigen Mitteilungen zu erhalten oder sie ihnen zukommen zu lassen, als äußerst traurig und einsam*). Verschlimmert wurde die allgemeine trübe Stimmung, als der Verlust der Flotte bekannt wurde, denn nun waren sogar die Mittel, in die Heimat zurückzukehren, nahezu vernichtet! Bei der Anwesenheit der englischen Geschwa-

*) Nur die wenigsten Briefe gelangten nach Ägypten oder von dort nach Frankreich; meist wurden sie von englischen Kreuzern aufgefangen. Die englische Regierung ließ die interessantesten Briefe vom französischen Heere veröffentlichen, sowohl in der Ursprache als in englischer Übersetzung. Diese Briefsammlung ließ allerdings die Lage der Franzosen in keinem glänzenden Lichte erscheinen. Die erste Sammlung erschien im Dezember 1798, die zweite im März 1799; eine dritte folgte im Januar 1800. — Genauere Angaben über die verschiedenen Ausgaben, Auflagen und Übersetzungen findet man in dem noch ungedruckten dritten Bande meiner „Bibliographie des napoleonischen Zeitalters".

der im Mittelländischen Meere war es auch ausgeschlossen, neue Truppen, Heeresbedürfnisse und Geld nach Ägypten gelangen zu lassen.

Bonaparte hatte bald die Lage des Heeres erkannt, und er tat, was in seinen Kräften stand, um dieselbe auch außerdienstlich zu verbessern und das Leben seiner Offiziere und Soldaten angenehmer zu gestalten. Er ordnete das Spielen von Musikkapellen an und begünstigte die Einrichtung von Konzertsälen, Schaubühnen und Kaffeehäusern.

Am bemerkenswertesten war die Gründung des Tivoli, eines Vergnügungsorts in der Nähe des Esbekïehplatzes, durch den ehemaligen Soldaten Dargevel. Dieses Tivoli war dem berühmten „Tivoli" in Paris nachgebildet worden. Man fand hier nicht allein alle Arten von Vergnügungen, sondern auch eine Lesehalle für Offiziere. Leider fehlte es in Ägypten sehr an europäischen Frauen, die durch ihre Anwesenheit viel dazu beigetragen hätten, den Aufenthalt in der Fremde angenehmer zu gestalten.

Im Tivoli machte Bonaparte die Bekanntschaft der Gattin des Leutnants Fourès, einer der wenigen Frauen, die dem Heere, dazu in männlicher Verkleidung, gefolgt waren*).

Als Bonaparte von Es-Salihijeh nach Kairo zurückkehrte, erhielt er unterwegs, am 13. August 1798, zwischen Es-Salihijeh und Belbes, durch Boyer, den Adjutanten Klebers, die erschütternde Nachricht von der Vernichtung der französischen Flotte bei Abukir. Obgleich die Möglichkeit eines Zusammenstoßes beider Flotten täglich erwartet werden mußte, so hätte Bonaparte doch niemals an einen so vollständigen Sieg der Engländer geglaubt! Nach Aussagen der

*) Von diesem Roman des Obergenerals handelt das 7. Kapitel des Werkes von Gertrude Kircheisen „Die Frauen um Napoleon". 4. Auflage. München 1914, Georg Müller.

Zeitgenossen ließ der Obergeneral keine äußerlichen Zeichen des Zorns oder des Schmerzes merken, sondern rief aus: „Wir haben keine Flotte mehr; nun, wir werden in diesem Lande bleiben oder es groß wie die Alten verlassen!“ Nach anderen soll er gesagt haben: „Nun, der Verlust dieses Kampfes wird uns noch Großes vollbringen lassen!“

In Wirklichkeit wird es bei der Nachricht von der Seeschlacht bei Abukir, die die französische Flotte fast spurlos vernichtete, anders im Innern Bonapartes ausgesehen haben, als er durch seine Haltung verriet, denn er war ein Mensch wie wir alle, nur faßte er sich schnell. Je größer die Gefahr, je schwieriger die Lage, desto größer wurde der Mann, desto mehr entwickelten sich in seinem Hirn Möglichkeiten, sich neue, ungeahnte Hilfsquellen zu schaffen, um den vermehrten Schwierigkeiten trotzig die Stirn zu bieten!

Die Vernichtung der Flotte bedeutete für das Heer einen großen Verlust, sowohl in der gegenwärtigen Lage als auch für die Zukunft. Die Franzosen waren zwar Herren Unterägyptens, doch zeigte der im Oktober 1798 in Kairo ausgebrochene Aufstand, wie unsicher noch der Besitz des Landes war. In Oberägypten befand sich noch Murad-Bei mit einer ansehnlichen Truppenmacht, zu deren Niederwerfung Desaix mit einer schwachen Division nachgesandt worden war. Ibrahim-Bei war durch die Wüste nach Syrien entkommen, aber er konnte verstärkt zurückkehren oder sich mit der Vorhut eines von dieser Seite aus anmarschierenden türkischen Heeres verbinden. Im Norden war die ägyptische Küste einer englischen Landung ausgesetzt; man konnte auch nicht wissen, ob der Sultan nicht versuchen würde, zu Wasser die verloren gegangene Provinz zurückzuerobern!

Die schlimmste Rückwirkung hatte der Sieg der Engländer aber auf Europa. Er trug großenteils zur Bildung der zweiten Koalition bei und bestimmte schließlich den Sultan, der Französischen Republik den Krieg zu erklären.

Die Lage Bonapartes war entschieden nicht beneidenswert, doch gerade das kennzeichnet sein Genie, daß er selbst unter den verzweifeltesten Umständen nicht verzagte. Es bedurfte eines Riesengeistes, um alle Hindernisse zu überwältigen. Und wenn es den Franzosen gelang, sich jahrelang nach der Abreise des Obergenerals in Ägypten zu behaupten, so trugen seine Anordnungen, die Kleber geschickt weiter ausbaute, nicht zum wenigsten dazu bei.

Als kluger Politiker suchte Bonaparte im Volke selbst einen Stützpunkt zu finden. Nach der Empörung in Kairo strafte er hart, aber er vergaß auch schnell. Er wollte versuchen, die Sieger mit den Besiegten zu gemeinsamer, nützlicher Arbeit zu vereinigen. Den Anfang hatte er mit der Einrichtung der Diwans und der Erlaubnis der freien Ausübung des mohammedanischen Gottesdienstes gemacht. Er war noch weiter gegangen! Er hatte den Plan gefaßt, eine große Moschee bauen zu lassen. Er wollte die Muselmanen Ägyptens der religiösen Herrschaft Konstantinopels entziehen und sie unter die Oberhoheit des Scherifs von Mekka bringen*). Das wäre der wichtigste Schritt gewesen, um den Einfluß der Franzosen nach Asien, Arabien und Indien hinüberzutragen. Leider ließ sich Bonaparte jedoch zu sehr von seinem Feuergeist verleiten, alles mit den Waffen anstatt mit Zeit und Ausdauer erreichen zu wollen. Sein Zug nach Syrien unterbrach nicht allein alle seine Arbeiten in dieser Richtung hin, sondern verminderte auch seinen Einfluß auf das Volk, denn sein Mißerfolg vor Akka wurde bald in Kairo bekannt.

Alle Briefe Bonapartes an das Direktorium, an seine Unterführer oder sonstige wichtige Persönlichkeiten in Frank-

*) Als Bonaparte aus Syrien zurückgekehrt war, sagte er in einem Tagesbefehl vom 30. Juni 1799 die bemerkenswerten Worte: „Käme der Prophet nochmals auf die Erde, so würde er seinen Wohnsitz nicht in Konstantinopel, sondern in der heiligen Stadt Kairo, an den Ufern des Nils aufschlagen“.

Bonaparte begnadigt die Aufständigen in Kairo am 25. Oktober 1798.
Nach einem Gemälde von P. Guérin.
(Musée national de Versailles.)

reich und im Auslande atmen Vertrauen und Zuversicht. Wenige Tage, nachdem er die Nachricht vom Unglück be-Abukir erhalten hatte, schrieb er am 21. August an Klei ber*) nach Alexandria: „Alle Monate, alle Tage bessert sich unsere Lage sowohl durch die Einrichtungen, um das Heer zu ernähren als auch durch die Befestigungen, die wir an verschiedenen Punkten errichten. Sobald alle unsere Feldzugsbedürfnisse, die sich in Alexandria befinden, nach Kairo geschafft werden können, versichere ich Sie, daß ich nicht 100 000 Türken fürchte. Und wenn die Engländer diese Flotte (die Nelsons) durch eine andere ablösen und fortfahren, das Mittelländische Meer mit ihren Schiffen zu überschwemmen, werden sie uns vielleicht veranlassen, noch größere Dinge zu vollbringen, als wir zu tun vorhatten."

An den Zahlungsanweiser Najac, der in Toulon zurückgeblieben war, um sich mit der inneren Zusammenstellung der zweiten Truppensendung zu beschäftigen, schrieb Bonaparte am 21. August: „Das Landheer ist in der ausgezeichnetsten Lage. Wir sind Herren von ganz Ägypten, und sobald wir die zweite Sendung, die Sie uns schicken sollen, empfangen haben, wird uns nichts zu wünschen übrigbleiben."

Obgleich Bonaparte seit seiner Ankunft in Ägypten weder amtliche noch private Nachrichten aus Frankreich erhalten hatte, ist sein Brief an das Direktorium vom 8. September 1798 voller Hoffnung und Zuversicht. „Alles geht hier ausgezeichnet. Das Land ist unterworfen und man fängt an, sich an uns zu gewöhnen ... Getreide, Reis, Flachs, Zucker, Indigo, Baumwolle und Kaffee sind hier im Überfluß vorhanden. Das Klima ist sehr gesund, viel ge-

*) An den General Marmont, der mit einer Sendung nach Rosette und Abukir beauftragt worden war, um eine englische Landung zu verhindern, schrieb er am 28. August ähnliche beruhigende Worte.

sünder als in Italien ... Niemals hat eine Kolonie mehr Vorteile geboten ...“ — Zwei Tage darauf fliegt ein Schreiben an Regnaud de Saint-Jean-d'Angely, den französischen Zivilkommissar in Malta*), das das an das Direktorium Geschriebene bestätigt. „Die Angelegenheiten stehen hier ausgezeichnet gut,“ heißt es darin, „alle Tage befestigt sich unsere Niederlassung mehr. Der Reichtum dieses Landes an Getreide, Reis, Gemüse, Baumwolle, Zucker und Indigo steht im gleichen Verhältnis zur Roheit des Volkes, das es bewohnt. Aber schon jetzt macht sich eine Änderung in den Sitten bemerkbar, und es werden keine zwei oder drei Jahre vorübergegangen sein, ohne daß alles ein anderes Angesicht bekommen hat.“

Auch der Brief Bonapartes vom 7. Oktober an das Direktorium, in dem er sich über die Lage des Heeres und des Landes ausspricht, ist, ebenso wie die folgenden an die französische Regierung, voll von Zuversicht in die Zukunft der neuen Kolonie, nur beklagt sich der Obergeneral wiederholt über das Fehlen an Bargeld.

Bonaparte war wohl der einzige Mann im Heere, der, obgleich er am besten die Gefahren überschauen konnte, nie verzagte und festen Auges in die Zukunft blickte. Es schien, als ob nichts diesen außerordentlichen Mann beugen konnte; aber das zu große Selbstvertrauen, der große Glaube an sein eigenes Ich ließen ihn oft die Größe der Gefahr verkennen und sollten eine der vielen Ursachen sein, weshalb er später zugrunde ging.

Sogar die Witterungsverhältnisse in Ägypten schienen nicht den geringsten Einfluß auf ihn zu haben. Er fühlte nicht wie andere das Bedürfnis, während der heißen Mittagszeit zu schlafen. Trotz der manchmal sehr großen Hitze

---

*) An den Befehlshaber in der Levante, den General Chabot auf Korfu, hatte er bereits am 17. August in ähnlicher Weise geschrieben.

ging er wie in Europa gekleidet*), ohne zu schwitzen oder zu erschlaffen. Es ist durch zahlreiche Beispiele bekannt, daß er im Ertragen von Hunger, Durst und allerlei anderen Entbehrungen seinen Soldaten immer mit bestem Beispiel voranging und manchmal — wie bei der Rückkehr aus Syrien — zu Fuß marschierte, um seine Soldaten aufzumuntern, oder weil er seine Pferde zur Fortschaffung der Verwundeten zur Verfügung stellte.

Als eine besondere Leistung möchte der Ritt von Alexandria bis nach Damanhur bei Beginn des Feldzuges erwähnt werden. Bonaparte ritt am 7. Juli gegen 5 Uhr nachmittags aus der Hafenstadt weg und kam am nächsten Morgen gegen 8 Uhr in Damanhur an. Er legte diese Strecke von über 70 Kilometern bei sehr schlechten Wegen und ohne Wasser in 15 Stunden zurück! Bemerkenswert sind auch seine Märsche zu Pferde, als er Suez besuchte, und als er im Februar 1799 von Kairo aufbrach, um sich nach Syrien zu begeben.

Am Schluß dieser Betrachtungen möchte noch eine Schilderung des „Sultan Kebir"**), wie man den General Bonaparte unter der einheimischen Bevölkerung oft nannte, ihren Platz finden, zumal man fast keine Charakteristiken des Generals aus der Zeit des ägyptischen Feldzugs, ebensowenig Porträte kennt. Sie entstammt der Feder Nakula-el-Türks, der den Aufenthalt der Franzosen in Ägypten in arabischer Sprache beschrieben hat.

„Die Königreiche von Italien," heißt es in dieser eigenartigen Darstellung, „die von 11 Königen regiert wurden, fielen in ihre Gewalt (die Gewalt der Franzosen), ebenso wie

---

*) Bonaparte legte einmal ein orientalisches Gewand an, doch stand es ihm, da er klein war, sehr schlecht, und man machte sich lustig über ihn. Tallien gab dem Obergeneral den freundschaftlichen Rat, es nicht wieder zu tragen, und es blieb beim ersten Versuch. Eugen Beauharnais jedoch nahm sich sehr gut in der orientalischen Kleidung aus und zeigte sich öfters darin.

**) Das heißt der große Sultan.

mehrere deutsche Festungen. Die glänzenden Siege waren das Werk des furchtbaren und ungestümen Löwen, des einzigen und unüberwindlichen Siegers, des Obergenerals Bonaparte. Dieser berühmte Krieger, einer der Großen der französischen Republik, war klein von Gestalt, zart gebaut und hatte eine gelbe Hautfarbe. Sein rechter Arm war länger als der linke! Bonaparte war 28 Jahre alt, sehr klug und befand sich in einer glücklichen, wohlhabenden Lebenslage. Er war Italiener von Geburt. Korsika ist seine Heimat. Er ist in Paris, der Hauptstadt Frankreichs, erzogen worden."

NEUNTES KAPITEL

DIE EROBERUNG OBERÄGYPTENS. — GEFECHTE VON SEDIMAN UND SAMHUD

(August 1798 bis Sommer 1799)

REISE BONAPARTES NACH SUEZ

(Dezember 1798 und Januar 1799)

Nach der Schlacht bei den Pyramiden hatte sich Murad-Bei mit einem Teil der Mamelucken nach Oberägypten geflüchtet. Die Unterhandlungen, die Bonaparte durch den ehemaligen venetianischen Konsul Rosetti mit ihm anknüpfen ließ, führten zu keinem Ergebnis. Der Obergeneral beschloß deshalb, den Mameluckenbei aufsuchen und möglichst vernichten zu lassen. Mit dieser Aufgabe wurde Desaix betraut.

An der Spitze von kaum 3000 Mann brach dieser am 25. und 26. August 1798 auf und marschierte den Nil aufwärts. Erst am 3. Oktober bekam man die Vorposten der Mamelucken in Sicht, und wenige Tage später, am 7. Oktober, kam es zum Gefecht bei Sediman (eigentlich Sedment-el-Gebel). Das Zusammentreffen mit dem dreimal so starken Feind endete mit einer Niederlage der Mamelucken. Der Verlust Murads betrug aber nur 400 Mann, der der Franzosen nach dem Bericht des Generals Desaix sogar nur 30 Tote und 80 Verwundete*).

*) In dem Schreiben an das Direktorium vom 17. Oktober gibt Bonaparte 36 Tote und 90 Verwundete zu; man kann aber den Gesamtverlust der Franzosen ganz gut auf 200 Mann schätzen.

Da die Gefahr einer Rückkehr Murads vorläufig ausgeschlossen war, erhielt Desaix von Bonaparte am 18. Oktober die Weisung, die Provinzen Fajum und Minjeh zu organisieren. An demselben Tage bekam der General Zaionczek den Auftrag, die Provinz Beni-Suef zu unterwerfen. Später erhielt Belliard und am 14. Dezember General Veaux den Befehl über diese Provinz.

Ende Oktober begab sich Desaix von Ellahun nach Medinet, der Hauptstadt der Provinz Fajum. Er begann sogleich die notwendigen Maßnahmen zur Unterwerfung des Landes. Sie vollzog sich ohne besondere Schwierigkeiten, und Desaix konnte von neuem gegen Murad ziehen.

Bonaparte schrieb am 4. September von Kairo aus: „... Sie wissen, daß ich im allgemeinen keine voraus berechneten Angriffe liebe. Suchen Sie vor Murad-Bei anzukommen, wie und wo Sie können, und mit allen Ihren Streitkräften. Auf dem Schlachtfelde erst werden Sie, wenn er standhält, Ihre Verfügungen treffen, um ihm so viel wie möglich Schaden zuzufügen ..." Gleichzeitig ließ er Desaix durch den Generalstabschef Berthier wiederholen, daß er seine Truppen immer beisammenhalten und sie nicht verteilen solle, um den Feind von allen Seiten zu fassen, da derartige Bewegungen viel zu ungewiß seien.

An der Spitze von 4000 Mann, worunter 1000 Mann Reiterei nebst neun Geschützen, brach Desaix am 16. Dezember von Beni-Suef auf. Unter ihm befehligten die Brigadegenerale Friant, Belliard und Davout. Diesem war die Reiterei unterstellt, die erst kurz vorher beritten gemacht worden war.

Ohne den Truppen unterwegs viel Ruhe zu gönnen, marschierte Desaix über Feschn, Minjeh und Siut nach Djirdjeh wo man am 29. Dezember ankam. Da die Flotille, die einige Verstärkungen, Lebensmittel und Munition an Bord trug,

Episode aus dem Gefecht von Sediman, 7. Oktober 1798.
Gezeichnet von D. V. Denon, gestochen von Malbeste. (Sammlung Kircheisen.)

noch nicht eingetroffen war, mußte der General einige Wochen in Djirdjeh liegen bleiben.

Endlich kamen die sehnsüchtig erwarteten Schiffe an, und so brach Desaix am 21. Januar 1799 gegen Murad und die mit ihm verbündeten Beis auf, deren Vorposten sich bereits bis zu dem Dorfe Samhud genähert hatten. Desaix wollte dem Gegner jedoch zuvorkommen, und obgleich er dem 14 000 Mann starken Murad kaum 4000 Mann entgegenzustellen hatte, nahm er den Kampf am nächsten Tage an. Trotzdem auf beiden Seiten sich nahezu 20 000 Mann im Treffen befanden, waren die Verluste ganz belanglos! Desaix verfolgte den Feind bis Esneh, ließ hier den General Friant zurück und marschierte dann weiter über Edfu nach Assuan (Syene), wo sich die ersten Nilwasserfälle befinden. Hier traf er am 2. Februar 1799 ein.

Desaix beauftragte jetzt seine Unterführer Belliard, Friant und Davout, die wiederholten Angriffe der Mamelucken, die sich immer von neuem sammelten, zu zerstreuen. Davout schlug Osman-Bei und Hassan-Bei am 11. Februar bei Redesjieh, Belliard die Landbewohner, Araber und Mamelucken vom 8. bis 11. März bei Benut, Desaix selbst am 2. April Hassan-Bei und die Araber bei Bir-el-Bar und Davout am 20. April eine Ansammlung von Arabern und Mamelucken bei Beni-Adin. Dagegen erlitten die Franzosen durch Zerstörung einiger Schiffe am 3. März oberhalb von Benut den größten Verlust an Menschenleben in Ägypten. Manche geben denselben sogar auf 500 Mann an!

Verschiedene Mitglieder des Instituts von Ägypten, vor allem Denon, waren dem General Desaix nach Oberägypten gefolgt, um die Altertümer zu erforschen und zu zeichnen. Eine zweite Kommission unter Führung Girards, bei der sich auch Jollois, Du-Bois-Aimé, Casteix, Villiers und andere befanden, brach erst im März 1799 nach Oberägypten auf.

Das Gefecht von Samhud, 21. Januar 1799.
(Nach einer Zeichnung von D. V. Denon.)

Denon hatte sich wegen seines sanften und verträglichen Charakters bald viele Freunde unter den Offizieren und Soldaten erworben. Besonders war er mit dem General Desaix sehr befreundet. Durch seine unermüdliche Tätigkeit, die auch die größte Hitze nicht zu vermindern vermochte, war er ein steter Gegenstand der Bewunderung seiner Begleiter.

Unermüdlich war er vor allem, wenn er einen alten Tempel oder ein anderes berühmtes Bauwerk entdeckte, das er sofort abzeichnete. Beständig trug er auf dem Rücken eine Mappe mit Zeichenpapier und an einem Bande um den Hals einen kleinen Sack mit einigen Nahrungsmitteln, vor allem aber mit den nötigen Bleistiften und anderen Zeichenwerkzeugen. Die Offiziere und Soldaten waren immer gern bereit, ihn im Messen zu unterstützen oder, wenn die Sonne zu sehr brannte, mit ihren Körpern Schatten zu bilden. Mit Medaillen, Kunstgegenständen aller Art und Zeichnungen reich beladen kehrte Denon nach Beendigung seiner Reise nach Kairo zurück.

Um die Eroberung Oberägyptens zu vervollständigen, ließ Desaix noch Kôser am Roten Meere besetzen, den Hafenplatz, der den Handel des Landes mit Arabien vermittelte. Am 26. Mai 1799 marschierte Belliard von Keneh ab und kam, ohne Widerstand zu finden, am 29. Mai in Kôser an. Er ließ hier den Generaladjutanten Donzelot mit 250 Mann zurück und traf bereits am 4. Juni wieder in Keneh ein. Belliard hatte mehr Glück gehabt als der Schiffsleutnant Collot, der Anfang Januar von Suez aus zu Wasser versucht hatte, sich des Hafens zu bemächtigen.

Niederägypten war unterworfen, Desaix war im Begriff auch in Oberägypten die französische Gewalt zur Anerkennung bringen zu lassen, es blieb nur ein Vorstoß nach Suez übrig, um die Eroberung des Landes zu vervollständigen und den Verkehr zwischen dem Mittelländischen und dem

Kampf bei Benut am 8. März 1799.
(Nach einem Gemälde von C. Langlois.)

Roten Meer zu sichern. Bonaparte hatte bereits im Oktober die Absicht, diesen Hafen am Roten Meer zu besuchen, aber verschiedene Umstände hielten ihn davon ab.

Endlich erhielt General Bon am 1. Dezember 1798 Befehl, mit einer Abteilung von 700 Mann, 50 Pferden und zwei Geschützen Suez zu besetzen. Am 3. Dezember brach der General von Kairo auf und über Birket-el-Hadschi und Adscherud kam er am 7. Dezember am Ort seiner Bestimmung an*).

Am 24. Dezember machte sich Bonaparte selbst auf, um den Hafen von Suez zu besichtigen. Ehe er von Kairo abreiste, übergab er dem General Kleber den Oberbefehl über die Hauptstadt und die Provinzen Keljub, Atfieh und Giseh.

In seiner Begleitung befanden sich die Generale Berthier, Dommartin, Caffarelli, der Konteradmiral Ganteaume, der Oberzahlungsanweiser Daure, der Mathematiker Monge, der Chemiker Berthollet, der Zeichner Dutertre, der Physiker Descotils, der Oberingenieur J. M. Lepère, der Geometer Costaz, der Sekretär Bourrienne und verschiedene Türken von Einfluß. Zur Bedeckung dienten 100 Guiden zu Pferd und 200 zu Fuß nebst einem Geschütz unter Leitung des Brigadechefs Bessières. Die Truppe wurde noch durch eine beträchtliche Anzahl von Geschäftsleuten vergrößert, die die Gelegenheit wahrnahmen, sicher nach Suez zu kommen, wohin sie Geschäfte riefen**).

Die erste Nacht verbrachte man am Birket-el-Hadschi, auch Pilgersee genannt, die nächste bei dem Baum von Hamra, den man schon aus weiter Ferne sehen konnte.

---

*) Da Bon erkrankte, trat der am 9. Januar 1799 zum Brigadegeneral ernannte Junot an seine Stelle. Junot sollte aber am Feldzug nach Syrien teilnehmen und an seiner Stelle wurde der Bataillonschef Siere zum Befehlshaber von Suez ernannt.

**) Bonaparte ließ auch — wohl eine seltene Erscheinung in der Wüste — einen von sechs Pferden bespannten Wagen mitnehmen, doch bediente er sich dessen nicht, da er immer zu Pferd war.

In der Nacht litten alle sehr unter der Kälte, und keiner konnte schlafen. Es fanden sich zwar in der Umgebung zahllose Gebeine von verendeten Kamelen und anderen Tieren, die man zu verbrennen suchte, doch war der Geruch so unangenehm, daß man das Feuer lieber wieder ausgehen ließ.

Einer der Kaufleute wunderte sich sehr, daß der große General der Franken nur drei Leute zu seinem persönlichen Dienst mitgenommen habe. „Ich selbst habe 11 Diener, um mich bedienen zu lassen," sagte er zu Bonapartes Dolmetsch Elias, „und bin doch weiter nichts als ein einfacher Kaufmann. Der aber ist ein Mann, der über das ganze Land verfügen kann. Die Mamelucken waren nicht an so viel Einfachheit und an dieses harte Leben gewöhnt. Es ist nicht erstaunlich, daß sie besiegt worden sind."

Am nächsten Tage, dem 26. Dezember, brach man schon um 3 Uhr morgens auf. Bonaparte war bisher mit der ganzen Abteilung marschiert, doch wollte er noch am selben Tage in Suez ankommen. Er eilte deshalb mit seiner nächsten Begleitung und einigen Guiden voraus, während die Hauptabteilung langsamer marschierte. Bonaparte kam noch am Abend in Suez an, die Hauptabteilung verbrachte aber die Nacht bei dem 5 Stunden von dem Hafenplatz entfernten Brunnen Adscherud, wo sich eine sogenannte Karawanserei zur Aufnahme der Reisenden befand.

Am nächsten Tage, dem 27. Dezember, empfing der Obergeneral die Kapitäne der im Hafen von Suez liegenden Schiffe und andere wichtige Persönlichkeiten des Orts, um sich nach den dortigen Zuständen und der Lage des Handels zu erkundigen, sowie um den Einwohnern die Versicherung zu geben, daß er sie so sehr wie möglich in seinen Schutz nehmen würde.

Der Araber Abdurrahman wunderte sich auch über die Einfachheit Bonapartes und seiner Soldaten. „Er hatte", vermerkte Abdurrahman in seinem Tagebuch, „als ganze

Eine ägyptische Karawanserei.
(Gezeichnet von D. V. Denon, gestochen von A. André.)

Nahrung nur drei gebackene Hühner, in Papier eingeschlagen, mit sich, besaß auch weder einen Koch, noch ein Bett, noch ein Zelt. Jeder Soldat trug an der Spitze seines Bajonetts ein Brot, von dem er jeden Tag ein Stück aß; er hatte auch einen kleinen Sack aus Leder, der mit Wasser gefüllt war, und den er um den Hals trug."

Der 28. Dezember ward dazu verwendet, die Mosesquellen, die etwa drei Meilen von Suez auf dem Wege nach der Sinaihalbinsel gelegen sind, zu besuchen. Der Obergeneral, seine Generale und Adjutanten, die Gelehrten und Ingenieure, sowie der größte Teil der berittenen Truppen nahmen an diesem Ausflug teil. Man durchritt den Nordzipfel des Roten Meeres durch eine Furt und kam gegen 2 Uhr nachmittags bei den Mosesquellen an. Auch den Quellen von Nabah wurde ein Besuch abgestattet. Erst spät abends traf man wieder in Suez ein. Auf der Rückreise wäre der Trupp beinahe durch die zurückkehrende Flut überrascht worden, denn man hatte den geeigneten Weg nicht gefunden. General Caffarelli geriet dabei in einen Sumpf, und nur der Aufopferung eines Guiden verdankte er seine Rettung, denn wegen seines hölzernen Beins besaß er nicht die Geschicklichkeit, sich selbst heraushelfen zu können.

Den nächsten Tag beschäftigte Bonaparte sich mit der Anlage von Befestigungen des Hafens von Suez und erkundigte sich auch nach den Handelsinteressen des Hafenplatzes. Am 30. Dezember verließ man wieder die Stadt und traf am Abend in Adscherud ein. Bonaparte sonderte sich aber unterwegs mit einigen Generälen, Gelehrten und Guiden von der Abteilung ab und suchte die Spuren des alten Kanals, der ehemals Suez mit einem Nilarm verbunden hatte, wieder aufzufinden. Er entdeckte sie, und fast vier Meilen lang ritt man auf dem Boden des ausgetrockneten Kanals. Je weiter man vorwärts drang, um so besser war er erhalten. Nach fünf Meilen aber verlor man die Spuren voll-

Soldaten vom Regiment der Dromedare.
(Gezeichnet und gestochen von Laderer.)

ständig. In seinem Eifer vergaß Bonaparte Zeit und Ort; er entfernte sich mit wenigen Begleitern immer mehr von der übrigen Abteilung, die ihm gefolgt war. Sein guter Stern ließ ihn jedoch den richtigen Weg einschlagen, und schließlich kamen alle wohlbehalten am Abend des 30. wieder in Adscherud an.

Von hier aus begab sich ein Teil der Kolonne auf geradem Wege nach Kairo zurück; der Obergeneral aber wandte sich mit dem anderen Teil in der Richtung auf Belbes. Die Nacht vom 31. Dezember 1798 zum 1. Januar 1799 verbrachte er auf halbem Wege zwischen Adscherud und Belbes. Am Abend des 1. Januar kam man beim General Reynier in Belbes an. Den nächsten Tag verbrachte Bonaparte mit der Besichtigung der begonnenen Befestigungen, der Truppen und der Umgebung. Am 3. Januar versuchte der Obergeneral mit Berthier und Caffarelli sowie einigen anderen Begleitern die Spuren des Kanals aufzufinden, der von Suez aus hier vorbeiging; die Versuche scheinen jedoch nicht sehr erfolgreich gewesen zu sein.

Die nächsten Tage verwandte er darauf, die weitere Umgebung von Belbes kennen zu lernen. Die Nacht vom 3. zum 4. verbrachte er zwischen Koraïm und Saba-Biar, die vom 4. zum 5. in Saba-Biar und die vom 5. zum 6. wieder in Belbes. Von dort ging es am 6. wieder zurück nach Kairo. Unterwegs jagte man den feindlich gesinnten Arabern eine große Anzahl Kamele ab. Noch am Abend des 6. Januar kam Bonaparte in der Hauptstadt an.

Während der Reise nach Suez hatte Bonaparte den Wert der Dromedare kennen gelernt. Als er wieder nach Kairo zurückgekehrt war, gab er am 9. Januar den Befehl zur Bildung eines Regiments von acht Kompagnien. Die Versuche, die er durch seine Adjutanten Eugène Beauharnais und Edouard Colbert anstellen ließ, fielen zu seiner ganzen Zufriedenheit aus.

Bewaffnet waren die Reiter mit Gewehr, Bajonett, kurzem Säbel, Dolch, einem Paar Pistolen und einer langen Lanze. Als Kopfbedeckung trugen sie einen weißen Turban, eine himmelblaue Uniform mit weißen Metallknöpfen und einen Mantel mit einem Kragen aus weißer Wolle.

Manchmal nahm noch auf dem Rücken des Dromedars ein Infanteriesoldat Platz, der dem Reiter den Rücken zukehrte. Bei der Mäßigkeit und der Schnelligkeit der Tiere leisteten sie gegen die Beduinen in der Wüste und während des Feldzugs in Syrien dem Heere große Dienste.

Es galt bald als große Ehre, in dieses Regiment aufgenommen zu werden.

ZEHNTES KAPITEL

DAS INSTITUT VON ÄGYPTEN

Als der Plan der Eroberung Ägyptens vom Direktorium, von Bonaparte und von Talleyrand beraten wurde, vernachlässigte man nicht die kulturelle Bedeutung des Unternehmens. Man hoffte nicht allein Englands außereuropäische Besitzungen zu bedrohen, sondern auch eine Kolonie zu gründen und das alte und neue Ägypten wissenschaftlich zu erforschen. Dieser dritte Zweck sollte sogar derjenige sein, der die wichtigsten und dauerndsten Früchte trug, denn seit jener Zeit erst wurde die Erforschung des wunderbaren Landes und seiner Geschichte wissenschaftlich betrieben. So gehen die Pläne Lesseps' zur Durchstechung der Suezlandenge unmittelbar auf die Untersuchungen und Schlüsse Lepères des älteren vom Jahre 1799 zurück.

Am 26. März 1798 bat Bonaparte den Minister des Innern François de Neufchâteau, daß sich eine Anzahl Gelehrter bereithalten möchte, um sich auf den ersten Befehl hin nach Bordeaux*) zu begeben. Es waren die Astronomen Dangos und Duc-Lachapelle; die Geometer Costaz, Fourier, Monge und Molard; der Brigadechef der Luftschifferabteilung Conté; die Naturforscher Thouin, Etienne Geoffroy Saint-Hilaire und Delisle; der Mineralog Dolomieu, der Chemiker

*)Um nicht Vermutungen über das wahre Ziel des Feldzuges aufkommen zu lassen, erhielten sie die Weisung, sich nach verschiedenen Hafenplätzen zu begeben. Erst Ende April bekam zum Beispiel Villiers du Terrage Befehl, nach Lyon und dann nach Toulon zu reisen.

Berthollet und der Antiquar Dupuis. Desgleichen sollten sich folgende Personen zum Aufbruch nach Vlissingen bereitmachen: Die Ingenieure der Brücken und Landstraßen Isnard, J. M. Lepère der ältere, Gratien Lépère, Lancret, Lefebvre, Chézy und der Dolmetsch Panuzen.

Am selben Tage erhielt Talleyrand, der Minister des Äußern, von Bonaparte die Weisung, die Bürger Raige und Bellestre, sowie die ehemaligen Zöglinge der orientalischen Schule in Paris Jaubert, Chézy und Laporte zurückzuhalten. Sie waren nämlich im Begriff, nach Konstantinopel abzureisen.

In der Sitzung des Direktoriums vom 2. April legte der Minister des Innern eine erweiterte Liste der Gelehrten vor, die der General Bonaparte zu einer besonderen Sendung bestimmt hatte. Sie erhielten den Befehl, nach Bordeaux zu fahren.

Mit der Leitung des Gelehrtenausschusses wurde der General Caffarelli betraut. Er hatte auch für den Ankauf der zahlreichen wissenschaftlichen Werkzeuge, Bücher und dergleichen zu sorgen, die nach Ägypten mitgenommen werden sollten.

Bourrienne gibt in seinen Memoiren ein oberflächliches Verzeichnis der Bücher der Feldbibliothek. Er oder die Herausgeber seiner Memoiren behaupten, daß Bonaparte die Liste eigenhändig niedergeschrieben habe. Das Schriftstück ist zwar nicht aufgefunden worden, aber an seiner Echtheit ist nicht zu zweifeln. Bourrienne wurde jedoch nicht, wie er angibt, beauftragt, die Bücher anzuschaffen. Vielmehr übernahm diese Aufgabe der Schriftsteller und Volkswirtschaftler J. B. Say. Arnault will seinen Erinnerungen zufolge den schöngeistigen Teil der Büchersammlung angekauft haben. Jedenfalls war die Bibliothek viel zahlreicher — die meisten Bücher waren in mehreren Exemplaren vorhanden — als sie Bourrienne angibt. Es fehlen in der Liste auch technische, medizinische und architektonische Werke, ferner verschiedene Kartensammlungen. Auch vermißt man in dem Verzeichnis Bourriennes die Reisebeschreibungen von Tott, Volney, Savary und anderen. Auf Grund dieser Darstellungen sowie der handschriftlichen Denkschriften von Magallon, Réal, Dubois-Thainville, Poussielgue und anderen, sowie der Sammlung von Denkschriften, die Vizeadmiral Rosily im September 1797 an Monge nach Italien sandte, konnte sich Bonaparte seine erste Ansicht von Land, Leuten und Zuständen in Malta und Ägypten bilden.

Bald nachdem die ersten Gelehrten und Ingenieure bezeichnet worden waren, verbreitete sich in Paris und in der Provinz das Gerücht, daß sich außer dem Landungsversuch in England noch ein Feldzug nach der Levante vorbereite. Zahlreiche Gelehrte, Künstler und Schriftsteller wandten sich daher aus freien Stücken an den General Caffarelli oder an bereits ernannte Gelehrte, um ebenfalls bei dem neuen Unternehmen nach dem Orient verwendet zu werden.

Die Zahl der Mitglieder des Gelehrtenausschusses wuchs daher immer mehr an. Die letzte amtliche Liste ist vom 15. April datiert. Es befanden sich aber manche dabei, die entweder zurücktraten oder in Malta blieben. Schließlich gesellten sich noch verschiedene Leute hinzu, die zwar als Offiziere oder Verwaltungsbeamte nach Ägypten gegangen waren, die jedoch an der Karte von Ägypten oder an sonstigen Arbeiten der Gelehrten beteiligt waren. Die Kommission umfaßte im ganzen nicht weniger als 197 Personen, von denen aber 22 abzuziehen sind, die entweder in Frankreich oder in Malta zurückblieben, so daß sich die endgültige Zahl auf 175 verringert.

Die Bedeutung des Gelehrtenausschusses wurde von manchen im Heere zu gering angesehen, von anderen zu hoch eingeschätzt. Es befanden sich darunter zwar zahlreiche Gelehrte von Ruf, aber auch viele Anfänger oder Künstler ohne Fähigkeiten, die sich, wie es meist geschieht, den Namen von Gelehrten anmaßten und demnach auftraten. So wurde diese Gelehrtengesellschaft wegen einiger schlechten Bestandteile nicht allein von den Soldaten, sondern auch von vielen Offizieren mit Verachtung behandelt*). Bona-

Abbildung einer in der Umhüllung einer Mumie gefundenen Handschrift.

parte hatte oft große Mühe, das gute Einvernehmen zwischen seinen Soldaten und den Gelehrten aufrechtzuerhalten. Arnault erzählt in seinen Erinnerungen eine hübsche Anekdote, wie Bonaparte einen Offizier während der Überfahrt nach Malta bestrafte, weil er dem Chemiker Berthollet gegenüber die Achtung schuldig geblieben war.

*) Es ist bekannt, daß die Soldaten die Gelehrten „ânes“ (Esel) nannten.

Schon in Toulon wurden die Männer der Wissenschaft vielfach verhöhnt. Im Heere glaubte man nämlich, sie seien die Anstifter des Feldzuges gewesen und wollten sich auf Kosten der armen Soldaten bereichern, die ihr Leben nutzlos aufs Spiel setzten. Besonders auf dem Marsche von Alexandria nach Damanhur entlud sich ihr Zorn auf die armen Gelehrten, die man für die auszustehenden Leiden und Entbehrungen verantwortlich machte. Später besserte sich allerdings diese schlechte Meinung, als man sah, daß man den wissenschaftlichen Forschungen viele Annehmlichkeiten verdankte.

Als die Flotte in Ägypten angekommen war, und man an die Eroberung des Landes ging, wären die Gelehrten auf dem Marsche nur hinderlich gewesen. Bonaparte nahm daher nur einige Gelehrte in seinem Hauptquartier mit sich und ließ die Mehrzahl teils in Alexandria bei Kleber, teils in Rosette bei Menou zurück. Erst am 21. August gab er Kleber Befehl, die Gelehrten und Ingenieure von Alexandria nach Kairo kommen zu lassen. Am selben Tage erging auch die Aufforderung an Menou in Rosette, die Männer der Wissenschaft nach der Hauptstadt zu senden.

Jetzt, nachdem die Eroberung Unterägyptens vollbracht war, konnte sich Bonaparte mit der Gründung eines Instituts beschäftigen, dem die wichtigsten Gelehrten angehören und die die zahlreichen Arbeiten ausführen oder überwachen sollten.

Die Gründung des Instituts von Ägypten erfolgte durch Beschluß vom 22. August 1798*). Das Institut sollte den Fortschritt des Landes fördern, neue Ideen verbreiten, naturwissenschaftliche, industrielle und historische Studien

*) Am 20. August wurden Monge, Berthollet, Caffarelli, Geoffroy de Saint-Hilaire, Costaz, Desgenettes und Andréossy beauftragt, sich am nächsten Tage zu vereinigen, um die Satzungen festzusetzen und die Mitglieder für die gelehrte Gesellschaft zu bezeichnen.

über Ägypten betreiben; endlich sollte es seine Ansichten über gewisse Fragen abgeben, die ihm von der Regierung vorgelegt würden.

Die gelehrte Versammlung sollte aus folgenden vier Abteilungen bestehen:

I. Abteilung für Mathematik.

Bonaparte, Fourier, Costaz, Nouet, Quesnot, J. M. Lepère, Girard, Leroy, Andréossy, Say*), Malus und Monge.

II. Abteilung für Physik.

Berthollet, Dolomieu, Conté, Geoffroy Saint-Hilaire, Descotils, Savigny, Dubuis**), Desgenettes, Champy und Delile.

III. Abteilung für Volkswirtschaft.

Caffarelli***), Gloutier, Sucy†), Sulkowski, Tallien und Poussielgue.

IV. Abteilung für Literatur und Kunst.

Parseval, Venture††), Norry†††), Dutertre, Denon, Rigel, Redouté und ein griechischer Priester*†).

Da sich der Sitz des Instituts in Kairo befand, wurden nach dem Pariser Vorbild nur solche Mitglieder aufgenommen, die ihren Aufenthaltsort in der Hauptstadt hatten. Später aber wurden noch Desaix und Reynier in die volkswirtschaftliche Abteilung und Kleber in die Abteilung für Literatur und Kunst aufgenommen. Nach der Abreise Bonapartes aus Ägypten fanden noch weitere Änderungen unter den Mitgliedern statt.

Die erste Sitzung des Instituts fand am 23. August statt.

---

*) An seine Stelle trat später Lancret.

**) An seine Stelle trat später Larrey; in diese Abteilung wurde noch Beauchamp aufgenommen.

***) An seine Stelle trat später Corancez.

†) An seine Stelle trat später Bourrienne.

††) An seine Stelle trat später Ripault.

†††) An seine Stelle trat später Architekt Lepère.

*†) Ist Raphael de Monarchis; zugefügt zu dieser Abteilung wurde Rigo.

Zum Präsidenten wurde Monge, zum Vizepräsidenten Bonaparte und zum beständigen Sekretär Fourier, alle aus der mathematischen Abteilung, gewählt. Bereits in der Eröffnungssitzung brachte Bonaparte verschiedene allgemeine Fragen zur Sprache, deren Studium und Beantwortung je einem Ausschuß überwiesen wurden.

Die ersten Arbeiten der gelehrten Versammlung bezogen sich selbstverständlich zunächst auf die Wohlfahrt des Heeres und der Bevölkerung. Es sollten Mittel gefunden oder geschaffen werden, die Öfen zum Brotbacken zu verbessern, den Hopfen bei der Bierbereitung durch etwas anderes zu ersetzen, das Nilwasser zu reinigen und schmackhafter zu gestalten, Wind- und Wassermühlen anzulegen, Rohmaterialien zur Pulveranfertigung zu finden und die Rechtspflege und den öffentlichen Unterricht zu heben*).

Zum Aufenthalt bekam das Institut das Haus Hassan-Kascheffs im Nasrïehviertel mit einem großen Garten angewiesen. Alle fünf Tage sollten Sitzungen stattfinden.

Unglücklicherweise war der „Patriote", der außer dem Material für den Luftballon zahlreiche Werkzeuge und wissenschaftliche Instrumente an Bord hatte, bei der Landung bei Alexandria gescheitert. Als dann die Empörung Kairos stattfand, ging ein weiterer Teil der physikalischen Instrumente verloren, die im Hause Caffarellis aufbewahrt wurden. Man sah sich daher oft gezwungen, mit ganz unzulänglichen Mitteln neue Instrumente anzufertigen. Große Genialität entwickelte dabei Conté, der eine außerordentliche Geschicklichkeit besaß und nie versagte, wenn es sich darum handelte, die Theorie in der Praxis anzuwenden. Er hatte,

*) Das „Institut de France" ernannte in seiner Sitzung vom 16. Dezember 1798 einen Ausschuß der Gelehrten Laplace, Fourcroy, Lacépède, Fleurieu, Volney, Grégoire, Dupuis, Mongez und Langlès, um dem Zweiginstitut in Kairo verschiedene Fragen zur Beantwortung vorzulegen. Wegen der Unmöglichkeit, regelmäßig zwischen Paris und Kairo und umgekehrt miteinander zu verkehren, mußte man bald auf dieses Zusammenarbeiten verzichten.

Der Garten des Instituts von Kairo.
(Gezeichnet von D. V. Denon, gestochen von Frylley.)

wie sich Monge ausdrückte, alle Wissenschaften in seinem Kopfe und alle Künste in seinen Händen.

Bonaparte war bei den meisten Sitzungen des Instituts zugegen; und auch hier belebte er alle durch seine Gegenwart. Jeder suchte das Beste zu leisten, was in seinen Kräften stand, wenn auch die Hilfsmittel noch so unzulänglich waren. Keiner wollte sich von den anderen übertreffen lassen.

In den Sitzungen herrschte vollkommene Gleichheit. Hier war der General Bonaparte nichts weiter als der Bürger Bonaparte, ein Mitglied wie jeder andere. Niemand scheute sich, dem Obergeneral zu widersprechen, wenn er glaubte, es besser zu wissen. Oft nahm der General an den mündlichen Erörterungen teil, besonders wenn es sich um wirtschaftliche Fragen handelte, die Heer und Land angingen. Äußerst interessant gestaltete sich die Sitzung vom 12. Oktober, in der er zahlreiche Fragen stellte und wichtige Maßnahmen anordnete.

Während der Anwesenheit Bonapartes in Ägypten und auch nach seiner Abreise wurden zahlreiche Arbeiten vorgenommen. Es wurde die geographische Lage von Alexandria, Rosette, Damiette, Kairo, Belbes, Suez, von verschiedenen anderen Teilen des Landes, den Seen und Kanälen, selbst eines Teils von Syrien aufgenommen.

Ende 1798 und Anfang 1799 bereisten Berthollet, Fourier, Redouté der Jüngere, Duchanoy und Regnault in Begleitung des Generals Andréossy und seiner Truppen die Gegend der Natronseen, um dort Beobachtungen aller Art anzustellen. Denon, Schouani, ferner Girard, Costaz, Fourier und viele andere jüngere Gelehrte besuchten Oberägypten. Dabei entdeckten Denon und Desaix den berühmten Himmelskreis im Tempel von Dendera. Die beste Zeichnung dieses Kreises wurde von Villiers du Terrage und Jollois angefertigt.

Lathuille erforschte Menufieh und Garbieh, Jomard, Martin und Bertre das Fajum, Burel die Provinz Giseh.

Geoffroy de Saint-Hilaire untersuchte die Fische des Nils und des Sees Mensaleh, Arnollet und Champy der Jüngere die Mineralien des Roten Meeres, Delile die Pflanzen des Deltas, Costaz die Bestandteile des Wüstensandes, Regnault den fruchtbaren Nilschlamm, Berthollet und Descotils die Farbstoffe der Pflanzen, Monge die Mosesquellen bei Suez.

Conté entfaltete eine ungemein fruchtbare Tätigkeit in der Erfindung der mannigfachsten Maschinen. Obgleich die wichtigsten Bestandteile für den mitgebrachten Luftballon verloren gegangen waren, so brachte er es doch so weit, dreimal Mongolfieren mit mehr oder weniger Erfolg steigen zu lassen.

Desgenettes, Larrey, Bruant und andere Ärzte beschäftigten sich mit ihrer Wissenschaft, besonders mit der Erforschung der Ursachen der Pest und einer Augenentzündung, die sowohl unter der Bevölkerung des Landes als auch unter dem Heere viele Opfer forderte. Sie war in Oberägypten am verbreitetsten; deshalb zählte Desaix die meisten Kranken in seiner Division.

Es wurde auch eine Bibliothek zur Benutzung für die Offiziere und Zivilbeamten angelegt, ein chemisches Laboratorium und Physikalienkabinett gegründet und eine Druckerei eingerichtet*). Diese stand unter der Leitung Marcels des Älteren. Sein Sohn hatte schon in Paris alle aufzutreibenden arabischen und griechischen Buchstaben zusammensuchen müssen.

In dieser Nationaldruckerei wurden die Tagesbefehle an das Heer und allerlei Verordnungen für die Bevölkerung in zwei Sprachen gedruckt. Selbst ein Wörterbuch und eine Grammatik gingen aus dieser Druckerei hervor.

*) Bonaparte beabsichtigte sogar die Anlage einer Sternwarte.

Bald nach der Einrichtung des Instituts von Kairo wurden zwei Zeitungen ins Leben gerufen, „Le Courrier d'Egypte" und „La décade égyptienne". Die erste Nummer des „Courrier d'Egypte" erschien am 11. September 1798. In dieser Zeitung wurden die Verhandlungen der Sitzungen des Instituts und die Denkschriften der Gelehrten veröffentlicht; sie diente also nur wissenschaftlichen Zwecken. Der „Courrier d'Egypte" wurde zuerst von Fourier, dann von Costaz, später von dem unermüdlichen und vielseitigen Desgenettes geleitet.

Das andere Blatt, „La décade égyptienne" diente politischen Zwecken und enthielt nur politische und allgemein interessierende Nachrichten, die Heer und Bevölkerung angingen. Es wurde von Marcel gedruckt, von Parseval de Grandmaison und Tallien herausgegeben und erschien zum ersten Male am 1. Oktober 1798.

Eine der wichtigsten Arbeiten der Gelehrten und Ingenieure war die Erforschung des ehemaligen Kanals, der von Suez nach einem der Nilkanäle ging, und die Möglichkeit eines Durchstichs der Suezhalbinsel. Im Altertum und im Mittelalter war öfters eine Verbindung zwischen dem Roten und dem Mittelländischen Meere hergestellt worden, aber die Kanäle waren teils infolge Versandung oder Vernachlässigung, vielleicht auch absichtlich unbrauchbar gemacht und ihre Spuren verwischt worden.

In den letzten Tagen des Jahres 1798 hatte Bonaparte schon versucht, den ehemaligen Kanal von Suez aus zu verfolgen, doch hatte er bald dessen Spuren verloren. Ein Ausschuß von Gelehrten sollte nach seiner Rückkehr nachKairo nochmals nach Suez aufbrechen, um die Untersuchungen fortzusetzen und zu vertiefen und die Höhe der Wasserspiegel der beiden Meere zu ermitteln.

Am 15. Januar 1799 brachen die beiden Ingenieure Lepère und Saint-Génis nebst einer militärischen Bedeckung

Die große Sphinx.
Gestochen von Fryllеy nach einer Zeichnung von D. V. Denon.
(Sammlung Kircheisen.)

unter Junot nach Suez auf und begannen am 31. Januar von dort aus ihre Forschungen. Man folgte dem Kanal eine Strecke lang und schätzte seine Tiefe auf 4 bis 7 Meter und seine Breite auf 25 bis 30 Meter. In der Nähe der Bitterseen verloren jedoch auch sie bald die Fortsetzung. Noch schwieriger war es für sie, den Ausgang des Kanals auf der anderen Seite der Bitterseen zu finden. Schließlich ging der Kolonne das Trinkwasser aus. Nachdem die Ingenieure einem Überfall der Araber glücklich entgangen waren, kamen sie mit ihrer militärischen Bedeckung am 9. Februar 1799 nach Kairo zurück. Sie gedachten ihre Forschungen unter günstigeren Bedingungen wieder aufzunehmen, doch die Vorbereitungen für den Feldzug nach Syrien, der alle Kräfte in Anspruch nahm, vereitelte zunächst ihre Absicht.

Im September 1799 ordnete Kleber eine zweite Nachforschung und im November eine dritte an. J. M. Lepère und seine Begleiter verließen am 16. November 1799 Kairo und fanden, daß die Oberfläche des Roten Meeres 9,908 m höher als die des Mittelländischen Meeres sei. Das beruhte allerdings auf einem Irrtum, doch bestand derselbe in einem Rechenfehler um 8,67 m auf der Seite nach Suez zu. Als Talabot im Jahre 1847 und Ferdinand von Lesseps in den 50er Jahren des 19. Jahrhunderts die Pläne zum Durchstich des Kanals wieder aufnahmen, mußten sie die meisten Ergebnisse der Forschungen Lepères und seiner Ingenieure anerkennen.

Schließlich möchte aus der Unzahl von Arbeiten und Entdeckungen in Ägypten noch die Auffindung eines Steins erwähnt werden. Auf Grund der darauf eingegrabenen Inschriften ward die Entzifferung der Hieroglyphen möglich. Im August 1799 fand der Genieoffizier Bouchard bei Rosette eine Granitplatte, die eine Inschrift in griechischer, demotischer Schrift und in Hieroglyphen enthielt! Der Stein ward nach Kairo gebracht und von den Sprachforschern untersucht. Jomard veröffentlichte darüber in dem großen Werke „Description de l'Egypte“ eine Abhandlung. Später fiel der Stein in die Hände der Engländer und gelangte ins Britische Museum, wo Champollion der Jüngere in den 20er Jahren des 19. Jahrhunderts den Schlüssel zur Entzifferung der Hieroglyphenschrift fand.

Um die Erforschung des alten und des neuen Ägyptens planvoller zu gestalten, bildete Kleber am 19. November 1799 nach der Abreise Bonapartes nach Europa einen neuen Ausschuß und ließ folgenden Arbeitsplan ansetzen: I. Gesetzgebung, Gebräuche und Religion. — II. Verwaltung. — III. Polizei. — IV. Regierung und Geschichte. — V. Militärisches. — VI. Handel und Industrie. — VII. Ackerbau. — VIII. Naturgeschichte und Bevölkerung. — IX. Denkmäler und Kleidung. — X. Geographie und Wasserkunde.

Die Arbeiten des Instituts in Ägypten wurden nach der Rückkehr der Gelehrten nach Europa geordnet, erweitert und in dem umfangreichen Werke „Description de l'Egypte, ou recueil des observations et des recherches qui ont été faites en Egypte pendant l'expédition de l'armée française, publié par les ordres de Sa Majesté l'empereur Napoléon le Grand“ niedergelegt. Der erste Band erschien im Jahre 1809, der letzte 1828. Das Werk umfaßt 9 Bände Text und 14 Bände Karten und Abbildungen, wovon manche sogar im sogenannten Elefantfolio.

ELFTES KAPITEL

DER KRIEG MIT DER TÜRKEI

Anknüpfungsversuche des Direktoriums und Bonapartes mit der Pforte. — Ausbruch der Feindseligkeiten und Wegnahme der Jonischen Inseln durch die Türken und Russen. — Feldzug Bonapartes nach Syrien. (Februar bis Juni 1799)

Nach dem Tode des französischen Gesandten Aubert-Dubayet in Konstantinopel hatte der Gesandtschaftssekretär General Carra Saint-Cyr, der sich aber meist in Bukarest aufhielt, die Geschäfte der Gesandtschaft vorläufig weitergeführt. Aber schon am 7. März 1798 schrieb Talleyrand an Ruffin, den Dolmetsch der französischen Botschaft, daß dieser bis zur Ankunft eines neuen Gesandten die laufenden Arbeiten zu übernehmen habe.

Die militärische Besetzung Ägyptens, das ja einen Teil des türkischen Reichs bildete, sollte durch die französische Diplomatie vorbereitet, das heißt, die Tatsache der Besitzergreifung sollte so sehr wie möglich gemildert werden. Man ging in Paris sogar so weit, den alten Plan eines Bündnisses wieder aufzunehmen. Talleyrand teilte Ruffin in seinem Schreiben vom 11. Mai noch nichts Näheres über die Absichten der Regierung auf Ägypten mit, sondern schrieb nur in ganz allgemeinen Ausdrücken über Bonapartes Pläne. Der Brief kam erst am 28. Juni in Konstantinopel an. Die Stellung Ruffins war infolge Mangels an Vorschriften und infolge von Unkenntnis über die Absichten seiner Regierung äußerst schwierig, zumal in der türkischen Hauptstadt bereits Gerüchte verbreitet waren, das überseeische Unternehmen, das sich in Toulon vorbereitete, sei gegen Ägypten gerichtet!

Ursprünglich stand es in französischen Regierungskreisen fest, daß Talleyrand als Gesandter nach Konstantinopel gehen sollte, weil man dort einen Mann von bedeutenden diplomatischen Eigenschaften nötig hatte. Leider wäre seine körperliche Erscheinung durchaus nicht geeignet gewesen, so großen Eindruck auf die Türken zu machen, wie zum Beispiel die Persönlichkeit Augereaus, den man auch für den Posten in Konstantinopel in Aussicht genommen hatte.

Bonaparte verließ jedenfalls Toulon in der Überzeugung, daß Talleyrand als Gesandter nach Konstantinopel gehen würde. Am 16. Juni kündigte er Najac aus Malta die Abfahrt der Fregatte „La Sensible“ an, die Talleyrand nach der Türkei bringen sollte. Es war ausgemacht, daß der Gesandte sich nicht, wie früher gebräuchlich, auf dem Landwege, sondern an Bord eines Kriegsschiffes auf seinen Posten begebe. Am 19. August fragte Bonaparte in einem Schreiben an das Direktorium: „Ist Talleyrand in Konstantinopel?“ und am 11. Dezember richtete er sogar einen Brief an Talleyrand selbst nach Konstantinopel, da er vermutete, daß sich der Minister schon dort befände.

Fast überall ist die Ansicht verbreitet, daß Talleyrand niemals ernstlich die Absicht gehabt habe, nach Konstantinopel zu gehen, da er befürchtete, sich in die Hände eines halbzivilisierten Volkes zu begeben. Es kann schon sein, daß Talleyrand das Gefängnis der Sieben Türme fürchtete, denn er war kein allzu mutiger Mann, aber ausschlaggebend für die Wahl zum Gesandten wird seine Befürchtung sicher nicht gewesen sein. Bonaparte hatte nach der Abfahrt von Toulon an Bord des „Orient“, am 23. Mai, an den Minister des Auswärtigen geschrieben, daß er sich nach Toulon begeben, aber sich nicht früher einschiffen sollte, als bis er von ihm weitere Nachrichten erhalten habe. Sie kamen aber nicht an. Es scheint auch, daß das Direktorium einen so bedeutenden Staatsmann, dessen Geschicklichkeit und Dienste es kennen und schätzen gelernt hatte, in einer so kritischen Zeit nicht verlieren wollte.

Zum Gesandten in Konstantinopel wurde schließlich der mit den dortigen Verhältnissen wohlvertraute Descorches ernannt; er hatte sich bereits unter dem Konvent in der türkischen Hauptstadt befunden. Schon einmal waren die Blicke des Direktoriums auf ihn gerichtet gewesen; Bonaparte aber hatte Talleyrand vorgezogen. Endlich wurde Descorches am 2. September zum Gesandten ausersehen und aufgefordert, sich zur Reise bereit zu halten. Das Direktorium hoffte bestimmt, die Türkei von den freundschaftlichen Absichten Frankreichs zu überzeugen. Es gedachte der Pforte einen Bündnisvertrag sowie die Vermittlung zwischen Passwan Oglu und der türkischen Regierung vorzuschlagen. Schließlich wurde der 12. Oktober zur Abreise Descorches' nach dem Orient angesetzt. Als man aber die Gefangennahme Ruffins erfuhr, verschob man die Sendung des Gesandten auf unbestimmte Zeit*).

Sobald die Nachricht der Landung Bonapartes in Konstantinopel bekanntgeworden war, traf die Pforte im ganzen türkischen Reiche Maßnahmen gegen die französischen Vertreter und Kaufleute. Da es indes schwer war, ein mächtiges, durch eine starke Flotte unterstütztes französisches Heer zu bekämpfen, tat man zunächst keine weiteren Schritte. Als sich aber Ende August das Gerücht von der Niederlage der feindlichen Flotte bei Abukir in Konstantinopel verbreitete, beschloß endlich die türkische

*) Es war eigentlich ganz unnütz, am 3. Oktober Vorschriften für Descorches auszufertigen, denn bereits seit einigen Tagen wußte Talleyrand durch den spanischen Gesandten Azara in Paris, daß Ruffin eingekerkert worden war, folglich alles Weitere ganz zwecklos sei.

Regierung, zu handeln. Sie ließ den französischen Geschäftsträger Ruffin am 2. September 1798 in die Festung der Sieben Türme einschließen und erließ am 9. September durch Vermittlung des spanischen Geschäftsträgers Bouligni eine Kriegserklärung an Frankreich. Die Pforte erhob darin nicht allein Einspruch gegen die früheren Maßnahmen Bonapartes hinsichtlich der Jonischen Inseln im Vorjahre, sondern auch gegen die Besetzung der „wichtigsten Provinz des Ottomanischen Reichs".

Diesen Worten folgten Taten. Überall in der Türkei wurden die Franzosen eingekerkert und ihres Vermögens beraubt. Da die Vorbereitungen, um ein Heer sowohl zu Wasser als auch zu Lande nach Ägypten zu schicken, nicht so schnell vonstatten gingen, begnügte man sich vorläufig, ein Geschwader nach den Jonischen Inseln zu senden und die Hilfe der russischen Flotte anzunehmen. Diese stand unter dem Befehl des Admirals Uschakow und lag, sechs Schlachtschiffe, sieben Fregatten und drei Avisos stark, im Bosporus zum Auslaufen bereit. Sie hatte 7400 Mann an Bord, wovon 1700 Mann Landungstruppen.

Die türkische Flotte zählte sechs Schlachtschiffe, acht Fregatten und vier Korvetten und wurde vom Admiral Kadir-Bei befehligt. Seit Ende September 1798 waren die Vorbereitungen zum Auslaufen beendet.

Schließlich erhielt der Pascha von Rhodos noch die Weisung, einige Schiffe zum englischen, vor Alexandria kreuzenden Geschwader zu senden, um den Bewohnern Ägyptens zu beweisen, daß die Engländer im Einverständnis mit der türkischen Regierung handelten.

In der Levante befehligte der Divisionsgeneral Chabot. Ihm zur Seite stand Comeyras als Zivilkommissar. Bonaparte hatte Chabot am 3. und 17. August 1798 von der Eroberung Ägyptens in Kenntnis gesetzt. Dem Direktorium hingegen hatte er zu verschiedenen Malen geschrieben, den Befehlshaber der Jonischen Inseln durch Mannschaften, Lebensmittel und Schießbedarf zu unterstützen. Chabot hatte kaum 3000 Mann unter seinen Befehlen und mußte mit ihnen eine ganze Anzahl Inseln verteidigen. Glücklicherweise kam am 2. September 1798 der Kapitän Le Joille mit dem „Généreux", der der Vernichtung bei Abukir entgangen war, in Korfu an. Er hatte sogar noch das Glück gehabt, unterwegs das kleine englische Linienschiff „Leander" wegzunehmen.*)

Sobald Chabot von den feindlichen Absichten der Türken Mitteilung erhalten hatte, ließ er die wenigen Plätze, die man in Albanien besetzt hatte, räumen. Am 7. Oktober 1798 erschien die türkisch-russische Flotte vor Kythira (Cerigo). Die Insel lag von den übrigen Jonischen Inseln weit entfernt und hatte nur eine unbedeutende Besatzung. Diese ergab sich bald gegen das Versprechen, nach Frankreich zurückgeführt zu werden. Zakynthos (Zante) ward dasselbe Schicksal am 23. Oktober und Levkas (S. Maura) am 16. November zuteil. Die Besatzung beider Inseln leistete indes heftigen Widerstand. In Kephallinia wurde die unbedeutende Besatzung von der eigenen Bevölkerung zur Niederlegung der Waffen gezwungen.

Am 4. November erschien ein Teil, am 20. November der Rest der verbündeten Flotte vor Kerkyra (Korfu). Hier befand sich Chabot selbst, ein tüchtiger und energischer Offizier, mit etwa 2100 Mann, 380 Geschützen, zwei Schlachtschiffen und vier kleineren Fahrzeugen. Das Geschützmaterial war also sehr zahlreich und meist in gutem Zustande, doch fehlte es an der genügenden Zahl Kanoniere.

Wohl in keinem Briefe Bonapartes an das Direktorium aus dem Sommer 1798 fehlen die Worte „Senden Sie Geld, Truppen und Lebensmittel nach Malta, Ancona und

*) Vgl. S. 154.

Korfu". Es lag dem General außerordentlich viel daran, daß diese wichtigen Stützpunkte im Mittelländischen Meere Frankreich erhalten blieben. Das Direktorium hatte deshalb im Herbst 1798 dem Fregattenkapitän Allemand, der schon im italienischen Feldzug wichtige Dienste auf dem Gardasee geleistet hatte, befohlen, mit drei ehemaligen venetianischen Linienschiffen und einigen Transportfahrzeugen und 3000 Mann Besatzungstruppen nach Malta zu segeln und unterwegs in Korfu Truppen und Unterhaltsmittel auszuschiffen. Am 28. November war die Flottille von Ancona aus unter Segel gegangen, aber infolge von Stürmen und anderen Unfällen kam keines der Schiffe an den Ort seiner Bestimmung.

Wenn das Direktorium beizeiten Schritte getan hätte, Vaubois in Malta und Chabot in Korfu Verstärkungen zuzuschicken, wäre es um das Schicksal dieser Inseln besser bestellt gewesen. Vaubois hielt sich bis zum Jahre 1800 und Chabot bis zum Frühjahr 1799. Letzterer wurde in der Verteidigung Korfus besonders durch den tapferen Kapitän Le Joille auf dem „Généreux" unterstützt. Erst am 3. März 1799 übergab Chabot nach heftigem Widerstand die Insel Korfu unter der Bedingung, daß er mit seinen Truppen nach Frankreich zurückkehren dürfe.

Bonaparte suchte, sobald er Ägypten betreten hatte, sich mit dem Großwesir und verschiedenen anderen Größen des türkischen Reichs in Verbindung zu setzen.

An Ali, Pascha von Janina, hatte er schon von Malta aus geschrieben. Zu dem Pascha von Ägypten trat er noch an Bord des „Orient", am 30. Juni 1798, und dann von Gizeh aus, am 22. Juli, schließlich auch am 31. August, von Kairo aus, in Beziehung. Die Annäherungsversuche an beide waren jedoch vergebens gewesen.

Am 22. August 1798 wandte sich der Obergeneral unmittelbar an den Großwesir Jussuf-Pascha in Konstantinopel, dem gegenüber er auch die Vermutung aussprach, daß der Gesandte Talleyrand in der türkischen Hauptstadt angelangt sei. In einem späteren Briefe erwähnte Bonaparte sogar ein Schreiben vom 13. Messidor (1. Juli), das also noch an Bord des „Orient“ verfaßt war; es ist aber nicht mehr, weder im Original noch in der Abschrift, vorhanden. Ein dritter Brief an den Großwesier vom 9. November 1798 aus Kairo hatte denselben Mißerfolg wie die beiden ersten. Ein viertesmal versuchte Bonaparte, direkte Beziehungen zu der Pforte anzuknüpfen. Am 11. Dezember 1798 sandte er den ehemaligen französischen Konsul Beauchamp in Maskat mit eingehenden Vorschriften und einem Brief an den Großwesier und an Talleyrand*) nach Konstantinopel. Die Sendung scheiterte aber ebenfalls, da das Schiff, auf dem sich Beauchamp befand, im nächsten Frühjahr in der Nähe der Insel Rhodos von den Engländern aufgegriffen wurde.

Von größter Wichtigkeit schien Bonaparte die Freundschaft mit dem Befehlshaber von Akka und Saïda, Ahmed-Pascha oder auch Djezzar-Pascha genannt, zu sein. Dieser war der eigentliche Herrscher von Syrien. Am 22. August 1798 beauftragte der Obergeneral den Eskadronschef Beauvoisins, sich zu dem gefürchteten Pascha zu begeben, um mit ihm Unterhandlungen anzuknüpfen. Mit einem Schreiben an Ahmed vom 22. August reiste Beauvoisins am 24. von Bulak ab. Am 7. September kehrte er jedoch unverrichteter Sache nach Damiette zurück, denn der Pascha hatte ihn nicht einmal empfangen. Ein zweitesmal schrieb ihm Bonaparte am 19. November von Kairo aus und am 9. März 1799 aus Jafa, natürlich immer ohne Erfolg!

Selbstverständlich versuchte Bonaparte auch zu Befehlshabern von anderen türkischen Provinzen Beziehungen

*) Vgl. S. 219.

Ansicht von Akka (Angriffsseite).
Gestochen von A. Fauchery nach einer Zeichnung von Jacotin.
(Sammlung Kircheisen.)

anzuknüpfen. Öfters schrieb er an den Scherif von Mekka (Ghalib-Ibn-Müssaid), an den Pascha von Damaskus und an den Pascha von Aleppo. Letzteren Brief vom 12. September 1798 hatte Bonaparte dem Kapitän Mailly de Châteaurenaud anvertraut, der sich zu Wasser nach Ladikijeh begeben sollte. Dort angekommen wurde der Abgesandte Bonapartes aber auf Befehl Djezzars ins Gefängnis geworfen und später getötet. Schließlich möchte noch erwähnt werden, daß Bonaparte auch Tippu-Saïb am 25. Januar 1799 von seinen Erfolgen in Kenntnis setzte.

Ein Feldzug nach Syrien stand seit November oder Dezember 1798 im Geiste Bonapartes fest. Der Obergeneral war nicht der Mann, der monatelang untätig in einem Lande bleiben konnte; seine Tatenlust trieb ihn immer zu neuen Kämpfen, zu neuen Erfolgen. Und fehlte ihm der Anlaß dazu, so schuf er einen solchen. In einem Briefe an das Direktorium vom 10. Februar 1799 gab er die Beweggründe für ein Unternehmen nach Syrien an. Es waren deren drei: den Besitzstand Ägyptens zu sichern, die Türkei zu veranlassen, sich für oder gegen Frankreich zu erklären, und dem englischen Geschwader die Möglichkeit zu nehmen, sich mit Lebensmitteln oder Wasser aus den syrischen Häfen zu versorgen.

Ausschlaggebend war außer seinem persönlichen Ehrgeiz sicher der erste Grund, denn Ibrahim-Bei befand sich noch jenseits der Wüste. Auch war dem General Bonaparte bekannt geworden, daß sich türkische Truppen bis Kalaat-El-Arisch genähert hatten.

Als erster Schritt zu einem Feldzug nach Syrien ist die Anlage von Forts in Pelusium und Katieh, am Rande der Arabischen Wüste, nahe dem Mittelländischen Meere, anzusehen, die im Dezember 1798 angeordnet wurde. Der endgültige Auftrag zur Anlage von Forts in Katieh wurde dem

General Dommartin am 23. Dezember gegeben. Auf Grund dieses Befehls marschierte der General Lagrange von der Division Reynier in der Nacht vom 4. zum 5. Januar 1799 von Es-Salihijeh ab und traf am 7. in Katieh ein. Die Arbeiten wurden sofort in Angriff genommen und gegen den 20. Januar beendet.

Für den neuen Feldzug standen dem Obergeneral die Divisionen Dugua, Lannes, Bon und Reynier zur Verfügung. General Desaix befand sich in Oberägypten, Marmont befehligte in Alexandria und Menou in Rosette. Der Obergeneral bestimmte am 18. Januar 1799 den General Menou zum Befehlshaber von Kairo, denn er schätzte diesen General sehr wegen seiner organisatorischen Fähigkeiten. Auch war Menou ihm sehr ergeben. Hingegen ernannte er am 9. Februar den General Marmont noch zum Oberbefehlshaber über die Provinzen Rosette, Bahireh und Damanhur. Obgleich Marmont noch sehr jung war, besaß er doch das ganz Vertrauen des Oberbefehlshabers. Wohl gegen niemand im Heere sprach sich Bonaparte so frei und väterlich zugleich aus als gegen Marmont, den er schon als Leutnant kannte.

Da die Engländer seit dem 3. Februar 1799 Alexandria von neuem beschossen, glaubte Menou seinen Posten in Rosette nicht verlassen zu dürfen. Er bat daher den Oberbefehlshaber, ihn an der Küste zu lassen, da er dort dem Heere am nützlichsten sein könnte. Es sei bei dieser Gelegenheit die Bemerkung eingeschaltet, wie wenig gleichwertig sich die französischen Schiffe den englischen gegenüber erwiesen, obgleich sie von den Batterien Alexandrias unterstützt wurden. Die Franzosen besaßen zwar keine Linienschiffe, aber eine ganze Anzahl Fregatten und verschiedene kleinere Fahrzeuge. Die Engländer aber beschossen Alexandria nur aus vier Linienschiffen, drei Fregatten und einigen kleineren Schiffen. Ihr Dienst war außerordentlich schwierig, denn er umfaßte nicht allein die Blockierung Alexandrias, sondern auch die häufige Absendung von Schiffen nach Zypern oder Syrien, um sich mit Lebensmitteln und Wasser zu versorgen. Trotzdem fügten sie den Franzosen, besonders während des Feldzugs nach Syrien, den größten Schaden zu, denn Sidney Smith war von Alexandria mit zwei Schlachtschiffen und einigen Fregatten dahin gesegelt.

Bonaparte bestimmte den General Dugua zum vorläufigen Befehlshaber der Hauptstadt und der Provinz Kairo. Dugua blieb schließlich dort, da Menou seinen Posten nicht verließ. Menou wurde zwar später zum Befehlshaber von Palästina ernannt und sollte sich dahin begeben, aber er fand allerlei Ausflüchte, um seine neue Stellung nicht anzutreten.

Während Dugua den Oberbefehlshaber in Kairo vertrat, übernahm Kleber den Befehl über seine alte Division in Damiette. Unter ihm standen die Brigadegenerale Verdier und Damas (seit dem 10. März Junot, der aus Suez gekommen war). Die Division Reynier befand sich bereits seit dem vorigen Herbst in Es-Salihijeh; der Brigadegeneral Lagrange der Division Reynier war nach Katieh abmarschiert. Zu diesen beiden Divisionen kamen die Division Bon (mit den Brigadegeneralen Rampon und Vial) und Lannes (mit den Brigadegeneralen Veaux und Robin) und die Kavallerie unter Murat*). Die Artillerie befehligte Dommartin**), das Geniekorps Caffarelli. Daure begleitete das Heer als Oberzahlungsanweiser und Estève als Oberzahlmeister. Der General Andréossy und der Konteradmiral Ganteaume sowie der Oberarzt Desgenettes und der Oberwundarzt Larrey gingen ebenfalls mit nach Syrien.

*) Murat wurde nach der Rückkehr aus Syrien am 25. Juni 1799 zum Divisionsgeneral befördert.

**) Bonaparte hatte Dommartin am 22. Juli 1798, am Tage nach der Schlacht von den Pyramiden, vorläufig zum Divisionsgeneral ernannt.

Im ganzen standen 13 000 Mann der besten Truppen für den neuen Feldzug zur Verfügung. Etwa 6500 Mann blieben in Oberägypten und 10 000 Mann in Unterägypten zurück. Eine Flottille unter Befehl Standelets sollte von Damiette aus Lebensmittel, Geschütze und Schießbedarf nach Syrien befördern, überhaupt die Bewegungen des Heeres

Oberwundarzt J. D. Larrey.
(Nach einem Stich von Pollet.)

nach Möglichkeit unterstützen. Am 16. Februar brach sie in Damiette auf, doch konnte sie wegen ungünstiger Winde die Mündung des Nilarmes ins Mittelländische Meer nicht vor dem 15. März verlassen.

Nachdem die Arbeiten des Forts in Katieh beendet und die Divisionen hier angelangt waren, sollte das türkische Fort Kalaat-El-Arisch auf der anderen Seite der arabischen Wüste eingenommen werden. Kleber war am 3. Februar von Damiette abmarschiert und am 6. Februar in Katieh eingetroffen. Hier überwachte er die Zusammenziehung seiner Division. Kleber sollte mit seiner eigenen und der ihm unterstellten Division Reynier den Vormarsch beginnen. Reynier hatte bereits am 31. Januar Befehl erhalten, von Es-Salihijeh auf Katieh zu marschieren, um sich Kleber zur Verfügung zu stellen.

Der Obergeneral hatte seine Abreise von Kairo auf den 5. Februar festgesetzt. Die beiden Divisionen Lannes und Bon sowie der Artilleriepark waren an diesem Tage bereits in Bewegung. Die Abreise Bonapartes mußte aber verschoben werden, da Marmont die Ankunft zweier Franzosen, Hamelin und Livron, in Alexandria gemeldet hatte. Hamelin kam erst am Nachmittag des 8. Februar in Kairo an. Obgleich er keinerlei amtliche Stellung bekleidete, wurde er von Bonaparte am selben Abend und am nächsten Morgen einem förmlichen Verhör über das, was sich in Europa ereignet hatte, unterzogen.

Der Obergeneral war natürlich begierig, Nachrichten aus Europa zu erlangen. Viel Gutes erfuhr er durch Hamelin nicht. Noch herrschte zwar Frieden in Europa, noch tagte der nie endenwollende Kongreß in Rastatt, als Hamelin Frankreich verließ, aber unterwegs hatte er erfahren, daß der Krieg zwischen der Römischen Republik und Neapel ausgebrochen sei. Seit dem 6. Juli 1798 waren das die ersten Nachrichten, die Bonaparte aus Europa erhielt! Er benutzte gleich die Gelegenheit, dem Direktorium zu schreiben und ihm die Gründe seines Feldzuges nach Syrien mitzuteilen. Er fügte in diesem Briefe vom 10. Februar 1799 hinzu: „Wenn sich im Laufe des März der Bericht Hamelins bestätigen sollte und sich Frankreich im Kriege mit den Königen befände, dann kehre ich nach Frankreich zurück!“

Erst am 10. Februar konnte Bonaparte Kairo verlassen. Am Abend desselben Tages traf er in Belbes, am 11. in Koraïm, am 12. in Es-Salihijeh*) und am 13. nachmittags in Katieh ein. Unterwegs hatte er die Divisionen Lannes und Bon überholt; er war überhaupt so schnell geritten, daß ihm nur ein Teil des Hauptquartiers folgen konnte. Auf seinem Wege erfuhr er am 12. Februar, daß Reynier, der am 6. Februar Kalaat-El-Arisch angegriffen hatte, auf heftigen Widerstand gestoßen und nicht in der Lage sei, das Fort, in das sich ein großer Teil der Feinde geworfen hatte, mit den ihm zur Verfügung stehenden Hilfsmitteln zu nehmen. Sowohl Kleber als auch Bonaparte hatten deshalb ihren Marsch beschleunigt. Als dann Reynier durch die nachfolgenden Truppen mehr Rückhalt bekam, unternahm er in der Nacht vom 14. zum 15. Februar einen Angriff auf das Lager der Mamelucken, Türken und Araber, das sich auf einer Anhöhe hinter dem Fort befand. Der Angriff gelang vollkommen, und die Feinde wurden vollständig zerstreut. Nur das Fort blieb noch zu nehmen. Das erste Gefecht kostete den Franzosen mehr als eine Schlacht: 200 Tote und 300 Verwundete.

Bonaparte war am 15. Februar früh 10 Uhr in Katieh aufgebrochen. An diesem Morgen kam auch die Division Lannes an. Die Nacht vom 15. zum 16. Februar verbrachte der Obergeneral in Bir-El-Abd. Am 16. abends erreichte er Mesudia und am 17. Kalaat-El-Arisch. Am nächsten Tage kam die Division Lannes in Kalaat-El-Arisch an, sodaß das ganze Heer bis auf kleine Teile hier vereint war.

Der Befehlshaber des Forts war Ibrahim-Nizam. Obgleich er nur ungefähr 1000 Mann unter seinem Befehl vereinigte, so war er doch mit seinen Unterführern zum kräftigen Widerstand entschlossen. Eine Belagerung des von ganz einfachen Befestigungen umgebenen Forts würde

*) Die Nacht verbrachte er im Biwak zwischen Es-Salihijeh und Katieh.

immerhin einige Tage in Anspruch genommen und den Marsch des Heeres unliebsam verzögert haben.

Bonaparte suchte sich deshalb durch Unterhandlungen in den Besitz von Kalaat-El-Arisch zu setzen. Die ersten Versuche wurden zurückgewiesen. Schließlich kam aber am 19. Februar ein Vertrag zustande, demzufolge der Besatzung freier Abzug nach Ägypten oder durch die Wüste nach Bagdad gewährt wurde. Am nächsten Tage erfolgte die Übergabe. Bonaparte suchte aber die Bedingungen so sehr wie möglich zu verschärfen und wollte auch einen Teil der feindlichen Truppen zwingen, im französischen Heere Kriegsdienste zu nehmen. Diese Soldaten entflohen jedoch bald und verstärkten teilweise die Besatzung von Jafa. Jedenfalls gaben die Franzosen selbst ein Beispiel der Treulosigkeit, da sie die Bedingungen des Vertrags nicht genau erfüllten.

Reynier blieb zunächst mit seiner Division, die ursprünglich mit der Belagerung des Forts von Kalaat-El-Arisch betraut worden war, zurück. Am 21. Februar setzte sich Kleber mit seiner Division und der Reiterei unter Murat als Vorhut und am 22. Februar Bonaparte mit den Divisionen Bon und Lannes in Bewegung. Sie erreichten am Abend Scheik-Zawi und am 23. Chan-Junis. Nach einem unbedeutenden Gefecht bemächtigte sich das Heer am nächsten Tage Ghazzes.

Bonaparte blieb hier drei Tage lang, um die übrigen Truppen, besonders die Division Reynier, zu erwarten. Er ließ in Ghazze eine kleine Besatzung zurück, wie er dies auch in Katieh und Kalaat-El-Arisch getan hatte. Am 28. setzte sich das Heer auf Ramleh in Marsch, übernachtete bei Esdud und traf am 29. in Ramleh ein. Am 2. März wurde wieder ein Ruhetag gehalten und am 3. der Marsch auf Jafa angetreten. Am Nachmittag desselben Tages kam man vor der Stadt an. Bonaparte war schon gegen Mittag angelangt und hatte sogleich die Befestigungswerke des Platzes auskundschaften lassen, um die günstigste Stelle für den Angriff zu bestimmen. Die Befehlshaber der Artillerie und des Geniekorps, die Generale Dommartin und Caffarelli, arbeiteten am Morgen des 4. März einen Plan aus, der noch an demselben Tage vom Obergeneral gebilligt wurde.

Jafa war ziemlich regelmäßig, amphitheatralisch gebaut und auf einem Hügel nahe dem Meer gelegen. Die Stadt

Ansicht von Jafa (Seite des Angriffs).
Gestochen von Fauchery nach einer Zeichnung von Jacotin.
(Sammlung Kircheisen.)

war nur von Mauern umgeben, die hie und da von Türmen unterbrochen wurden. Rings um die Stadt herum befanden sich prachtvolle Gärten und Obstanpflanzungen. Der Befehlshaber der Stadt war Abd-Allah.

Die vorbereitenden Arbeiten zum Angriff waren bereits am 4. März begonnen worden und dauerten den 5. und 6. hindurch fort. Am 7. erfolgte der Hauptangriff auf die Stadt. Noch vor Mitternacht waren die Franzosen Herren von Jafa.

Die Truppen waren infolge des beschwerlichen Marsches durch die Wüste und des Widerstandes in Kalaat-El-Arisch äußerst erbittert. Sie bewiesen beim Sturm auf Jafa zwar die größte Tapferkeit, aber sie beschmutzten ihren Namen als unerschrockene Soldaten, indem sie die ganze Nacht hindurch plünderten, mordeten und einäscherten. Weder Greise noch Kinder noch Frauen verschonten sie. Nach amtlichen Berichten verloren die Franzosen während des Sturmes 200 Mann an Toten und Verwundeten. Larrey in seiner „Relation historique et chirurgicale“ gibt aber 242 Verwundete an, die allein während des Sturmes und nachher in die Lazarette eingeliefert wurden. Man kommt daher der Wahrheit gewiß am nächsten, wenn man den Gesamtverlust der Franzosen vor Jafa mit 400 Mann an Toten und Verwundeten ansetzt.

In dem Kampfe waren gegen 2000 Mann der Besatzung gefallen. Etwa 3000 Türken hatten sich auf die Versicherung der Adjutanten Beauharnais und Croisier hin, daß ihnen das Leben erhalten bliebe, ergeben. Eine schriftliche Abmachung war aber nicht getroffen worden.

Bonaparte ward durch diese große Anzahl von Gefangenen in arge Verlegenheit versetzt, denn er wußte nicht, was er mit ihnen auf dem Weitermarsch nach Akka anfangen sollte. Er griff daher zu dem energischen, aber entsetzlichen Mittel, die Gefangenen unter die verschiedenen Halbbrigaden zu verteilen und schon vom nächsten Tage an erschießen, erstechen oder ins Meer treiben zu lassen.

Der Militärhistoriker rechtfertigt diese Handlung des französischen Obergenerals durch folgende Gründe:

1. Ein Teil der Besatzung von Kalaat-El-Arisch hatte die Bedingungen nicht eingehalten und war nach Jafa geeilt, um die Zahl der Verteidiger zu vermehren. Hätte man die Gefangenen auf Ehrenwort freigelassen, so würden sie gleichfalls die Besatzung von Akka verstärkt haben.

2. Man konnte die Gefangenen nicht auswechseln, da die Gegner keine Franzosen gefangen genommen hatten; übrigens machten die Türken ihre Feinde, wenn sie in ihre Hände fielen, nach orientalischem Gebrauch nieder oder verwendeten sie als Sklaven.

3. Das französische Heer bestand aus kaum 10 000 Mann. Man konnte sich deshalb nicht mit den 3000 Gefangenen belasten. Sie hätten nicht allein viele Truppen zur Bewachung nötig gehabt, sondern würden auch den Marsch des französischen Heeres gehemmt haben und für dieses im Falle eines Angriffes der Gegenstand besonderer Sorge gewesen sein.

4. Ebensowenig konnte man die Gefangenen nach Ägypten zurückschicken. Dadurch wären wenigstens 1000 Mann dem Heere entzogen worden, da man auf dem Rückmarsche wohl mit einem feindlichen Angriff rechnen mußte. Man hätte dann zwei Feinde zu bekämpfen gehabt.

5. Man konnte die Gefangenen auch nicht zu Wasser nach Ägypten befördern, da man nur wenige Schiffe zur Verfügung hatte. Diese wären mit den französischen Besatzungen aller Wahrscheinlichkeit nach den Engländern in die Hände gefallen, wie das auch mit den meisten anderen französischen Schiffen geschehen ist.

6. Endlich konnte man die Türken auch nicht ernähren. Man hatte zwar beträchtliche Vorräte in Jafa vorgefunden, aber ein weitschauender Feldherr mußte diese zunächst für sein eigenes Heer in Anspruch nehmen. Man wußte nicht, ob und wo man sich in der nächsten Zeit wieder großer Vorräte bemächtigen könnte. Die nächste Zukunft lehrte, daß das Heer oft mit bitterer Not zu kämpfen hatte!*)

---

*) Die Vorbereitungen für einen Feldzug nach Syrien waren mit einer gewissen Eile betrieben worden, und Bonaparte hatte nicht die notwendige Sorgfalt auf das Nachschubwesen gelegt. Es war ein Glück für das französische Heer, daß die Türken fast überall große Vorräte an Lebensmitteln zurückgelassen hatten, denn auf dem Marsche selbst fand man nur wenige Unterhaltsmittel.

Die Handlung Bonapartes ist in moralischer Hinsicht durchaus zu verwerfen. Vom militärischen Standpunkte aus betrachtet, erscheint sie indes nicht allein gerechtfertigt, sondern für die Sicherheit des französischen Heeres nahezu geboten.

Die Erschießung oder die „Ermordung" der Gefangenen von Jafa ist die Tat, die Napoleon während seiner ganzen Laufbahn am meisten von seinen Feinden vorgeworfen worden ist.

Es liegt nicht in meiner Absicht, hier zu untersuchen, ob der Krieg eine Notwendigkeit ist oder nicht, ob er vermieden werden kann oder nicht. Tatsache ist, daß die Kriege noch heute selbst in dem aufgeklärtesten Weltteile, in Europa, bestehen, denn während ich diese Zeilen schreibe, wütet der Krieg auf der Balkanhalbinsel, der im Namen des Christentums angefacht wurde und Hunderttausende von unschuldigen Opfern verschlungen hat, bis heute noch nicht völlig beendet! *)

In Jafa fand man beträchtliche Vorräte an Schießbedarf, etwa 60 Kanonen und Lebensmittel für das Heer für 25 Tage. Um den Truppen etwas Ruhe zu gönnen, das Nachschubwesen zu regeln, und um das eroberte Gebiet zu verwalten, hielt sich Bonaparte einige Tage in Jafa auf. Am 10. März sandte er dem General Menou den Befehl, die Oberleitung über die Provinz Palästina zu übernehmen, dieser fand aber allerlei Vorwände, Rosette nicht zu verlassen. Als er dann endlich die Reise antrat, war das Heer bereits auf dem Rückmarsch nach Ägypten begriffen.

Der Gesundheitszustand der Truppen ließ viel zu wünschen übrig. Bereits im Januar war in Alexandria die Pest ausgebrochen, jetzt begann auch im Heere von Syrien die entsetzliche Krankheit ihre Verwüstungen. Bonaparte tat, was in seinen Kräften stand, um der Seuche zu wider-

*) Ende des Jahres 1913 geschrieben.

stehen. Er wurde in seinen Bestrebungen von dem Oberarzt Desgenettes und dem Oberwundarzt Larrey aufs aufopferndste und bereitwilligste unterstützt. Am 11. März besuchte der Obergeneral das Krankenhaus in Jafa. Er ging durch alle Säle, unterhielt sich mit vielen Kranken, und während anderthalb Stunden beschäftigte er sich mit allen Einzelheiten der Verwaltung. Er half sogar selbst den Leichnam eines an der Pest gestorbenen Soldaten bergen. Durch seinen persönlichen Mut, an dem es ihm trotz der Anschuldigungen seiner Feinde nie gefehlt hat, hob er ganz bedeutend die Zuversicht unter den Soldaten.

Am 14. März erfolgte der Abmarsch von Jafa in der Richtung auf Akka. Der Hauptteil des Heeres und der Generalstab erreichten am Abend Medsch-Del-Jaba, am nächsten Tage die Gegend zwischen Kakon und Dschett und am 16. die Ausläufer des Berges Karmel beim Dorfe Hanieh. In kleinen Märschen kam man am 17. in dem am Kison liegenden Haifa, am nächsten Tage beim Belus und am 19. vor Akka an.

Akka war der Sitz des etwa 65jährigen Paschas Ahmed-Pascha, der wegen seiner Grausamkeit der „Fleischer" genannt wurde. Die Stadt war nach damaligen Begriffen mittelmäßig groß und lag auf einer Landzunge, die von drei Seiten vom Meere umspült wurde. Die Zahl der Einwohner betrug Ende des 18. Jahrhunderts 10—12 000 Seelen. Die Befestigungen des Ortes bestanden aus doppelten Mauern, verschiedenen Türmen und Bollwerken und nach der Landseite zu aus einem fünf bis sechs Meter tiefen Graben. Am stärksten war der Palast Ahmeds befestigt. Der englische Konsul Baldwin aus Alexandria hatte dem Befehlshaber der Stadt eine große Anzahl Schießbedarf verschafft, damit dieser den Angriffen Bonapartes besser standhalten könne.

Wenige Tage vor der Ankunft der Franzosen vor Akka

war der englische Kommodore Sir Sidney Smith mit den beiden Schlachtschiffen „The Tiger“ und „The Theseus“ sowie verschiedenen Fregatten und anderen kleineren Schiffen vor Akka eingetroffen.*) Seine Anwesenheit sollte für die Besatzung von größtem Nutzen sein. Seine Linienschiffe und Fregatten unterstützten die türkischen Batterien nach Möglichkeit. Außerdem ließ er, als er sah, daß sich die Belagerten wohl halten könnten, einige tüchtige Offiziere und Kanoniere landen, die die Geschütze Ahmeds bedienen sollten. Unter den in der Stadt befindlichen Offizieren befand sich auch der französische Emigrant Phélipeaux, der in englische Dienste getreten war. Er war, wie sich die Leser erinnern werden, ein früherer Kamerad Bonapartes auf der Kriegsschule in Paris gewesen. Ihm vor allem ist die geschickte Verteilung und Bedienung der Geschütze in Akka zu danken. Er starb jedoch noch während der Belagerung. Man versichert, er habe in seinen letzten Augenblicken große Reue empfunden, daß er gegen seine Landsleute gekämpft hatte.

Sofort nach seiner Ankunft vor Akka, am 19. März, gab Bonaparte Befehle zur Auskundschaftung und Einschließung des Platzes. In Begleitung Dommartins und Caffarellis unternahm der Obergeneral am 23. März eine Besichtigung der Befestigungswerke und ordnete darauf die Anlegung der Batterien an. Da man so leicht zum Herrn von Jafa geworden war, hoffte er sich auch ohne große Schwierigkeiten Akkas bemächtigen zu können.

Die Besichtigung der Festung scheint ziemlich oberflächlich gemacht worden zu sein, und die Folgen bestätigen auch diese Vermutung.

Dommartin wollte zuerst die Ankunft der schweren Ge-

---

*) Am 15. März abends kam „The Tiger“ an. „The Theseus“ befand sich bereits dort. Der Kapitän des „Theseus“, Miller, wurde im Laufe der Belagerung getötet.

schütze, die von Alexandria aus zur See unterwegs waren, abwarten, doch Bonaparte gedachte mit dem Angriff nicht zu zögern. Er selbst schonte sich nicht und setzte sich sehr oft den feindlichen Kugeln aus; wie durch ein Wunder entging er dem Tode. Einige im Laufe des Monats März unternommene Stürme wurden von den Belagerten siegreich abgewiesen, ja, diese machten sogar einige erfolgreiche Ausfälle aus der Festung.

Während sich Belagerer und Belagerte mit großer Erbitterung vor Akka herumschlugen, fanden zwischen der Küste und dem Bahr-Tabarieh (See Genezaret) verschiedene Gefechte statt, die zum Ruhme der französischen Waffen endeten. Da man das Herannahen feindlicher Heeresmassen von Damaskus aus gemeldet hatte, brach Murat am 30. März nach Safed (nördlich vom Bahr-Tabarieh und auf halbem Wege nach Damaskus) und Junot am selben Tage nach Kefr Kenna und En-Nashira (Nazareth) zur Aufklärung auf. Murat kam, da er keine Feinde getroffen hatte, am 4. April zurück. Junot aber war am 8. April bei Nazareth auf ungefähr 2000 feindliche Reiter gestoßen, die er, obgleich er selbst nur 350 Mann bei sich hatte, sogleich mutig angriff und mit großen Verlusten in die Flucht schlug.

Sobald Bonaparte von der Anwesenheit einer beträchtlichen feindlichen Reiterabteilung erfahren hatte, die vermutlich die Vorhut des sich in Damaskus unter Abdalla-Pascha bildenden Heeres war, ließ er die Division Kleber zur Unterstützung Junots auf Nazareth in Marsch setzen. Kleber brach noch am Abend des 9. April von Akka auf und kam am nächsten Tage in Nazareth an. Auf dem Wege nach Tabarieh stieß er auf eine Abteilung von 4000 Mann zu Pferd und 500 Mann zu Fuß. Er griff sie bei Schargara an und schlug sie in die Flucht.

Jetzt beschloß Bonaparte selbst, Kleber mit Verstärkungen zu Hilfe zu kommen, denn er war überzeugt, daß ein feindliches Heer auf Akka im Anzug sei. Doch ehe er sich auf Nazareth in Marsch setzte, betraute er Murat mit einer zweiten Sendung, die dieser auch zur vollen Zufriedenheit des Obergenerals ausführte. In der Nacht vom 13. zum 14. April marschierte Murat aus dem Lager vor Akka ab, wandte sich auf Safed und nahm die Jakobbrücke am Jordan (zwischen dem Bahr-Tabarieh und dem Bahr-El-Hule) in Besitz. Auf diese Weise schnitt er einem feindlichen, auf dem Vormarsch befindlichen Heere die Rückzugslinie nach Damaskus ab.

Am 15. April, gegen 1 Uhr mittags, setzte sich Bonaparte von Akka aus mit der Division Bon und etwas Reiterei zur Unterstützung Klebers in Bewegung. Er kam noch rechtzeitig an, um Kleber, der am nächsten Tage von einer ungeheuren Übermacht in der Nähe des Berges Dsch-Tur (Tabor) angegriffen wurde, zu Hilfe zu eilen. Nach französischen amtlichen Berichten fochten 25 000 Mann Reiterei und 10 000 Mann Fußvolk gegen 4000 Franzosen. Es sollen 5000 Türken in der Schlacht gefallen, verwundet oder gefangen genommen worden sein, während die eigenen Verluste nur unbedeutend waren. Larrey spricht in seiner „Relation" nur von etwa 100 Verwundeten.

Bonaparte verbrachte die Nacht nach der Schlacht beim Berge Tabor vom 16. zum 17. April im Kloster von Nazareth. In diesem durch das Neue Testament so bekannten Dorfe wurde er fast wie ein zweiter Heiland angesehen, denn was die gesamte Christenheit im Mittelalter während zweier Jahrhunderte nicht hatte erreichen können, das vollbrachte Bonaparte in wenigen Wochen: die Eroberung Palästinas! Am nächsten Morgen besuchte der Obergeneral das Kloster in Nazareth und im Laufe des Tages das Schlachtfeld, vermutlich auch den Berg Tabor.

Schlacht am Berge Tabor.
Gestochen von Bovinet nach einer Zeichnung von Swebach.
(Sammlung Kircheisen.)

Während des Aufenthaltes in Nazareth verloren sowohl Bonaparte als auch das Heer einen sehr wichtigen, wenn auch wenig bekannten Mann, den Dolmetsch Venture, ehemaligen Dragoman der französischen Gesandtschaft in Konstantinopel.

Noch am selben Abend (am 17.) kam der Oberbefehlshaber ins Lager vor Akka zurück. Dort erhielt er die Nachricht, daß der Konteradmiral Perrée mit seiner Flottille*), die schwere Geschütze, Schießbedarf und Lebensmittel an Bord hatte, in Jafa angekommen sei**). Die Schiffe wurden seit langem erwartet; bereits am 29. März hatte Ganteaume dem Konteradmiral Perrée Vorschriften zukommen lassen, wo er landen sollte. Am Abend des 7. April war dann eine Abteilung Soldaten nach Jafa gesandt worden, um dort

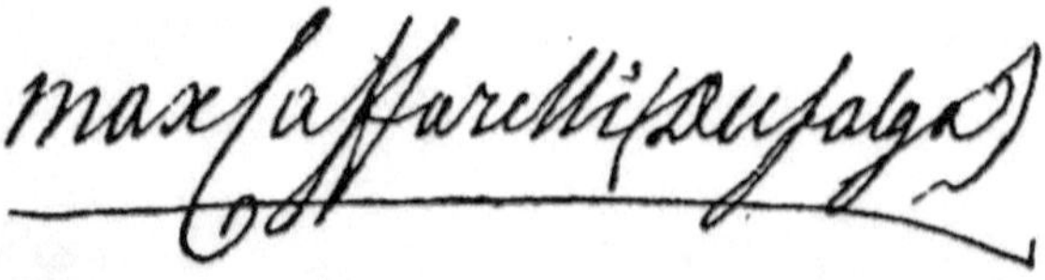

den sehnsüchtig erwarteten Schießbedarf in Empfang zu nehmen. Jetzt ging eine zweite Truppenabteilung unter Führung des Generaladjutanten Boyer nach Jafa ab, um das Geschütz schnellstens herbeizuholen. Ein Teil desselben kam am 30. April vor Akka an.

Dort waren die Belagerungsarbeiten bereits nach der Rückkehr Bonapartes ins Lager mit erneutem Eifer wieder

*) Sie bestand aus den Fregatten „Junon“, „Courageuse“ und „Alceste“.

**) Es waren nach Syrien im ganzen zwei Flottillen zum französischen Heere unterwegs. Die eine unter dem Befehl des Kapitäns Standelet von Damiette und die andere unter Perrée von Alexandria aus. Als Standelet am 18. März das Kap Ras-El-Kerum in der Nähe von Haïfa umsegeln wollte, um in den Hafen zu gelangen, wurde er von dem „Tiger“ und der Fregatte „Torride“ Sir Sidney Smiths entdeckt. Von seinen neun Schiffen wurden sechs genommen. Von den drei übrigen gewann eins einen syrischen Hafen, das zweite Alexandria, und das dritte mit Standelet an Bord erreichte die heimatliche Küste.

aufgenommen und verschiedene Stürme versucht worden. Man hatte besonders durch Anlage von Minen versucht, Breschen in die Mauern sprengen zu lassen, um durch sie in die so hartnäckig verteidigte Stadt zu gelangen.

Die verschiedenen Stürme auf Akka kosteten den Franzosen viele Leute. Am empfindlichsten wohl war der Verlust des Geniegenerals Caffarelli, dessen Tod vom ganzen Heere betrauert wurde. Er war am 9. April am rechten Ellenbogen verwundet worden, so daß ihm Larrey den Arm abnehmen mußte. Obgleich Caffarelli schon früher in Deutschland ein Bein verloren hatte, hoffte der mutige Offizier seinem Vaterlande noch weiter nützlich sein zu können. Seine Hoffnung war vergebens, denn er erlag am 27. April seiner Verwundung. An seiner Stelle übernahm der Brigadechef Sanson den Befehl über das Geniekorps.

Am 1. und 4. Mai fanden neue Stürme statt, doch verliefen sie wie die vorherigen ohne Erfolg. Die Türken wiesen alle Angriffe mit großem Mute zurück und wurden bei der Verteidigung des Platzes von englischen Offizieren und Kanonieren kräftig unterstützt. Bonaparte mußte sich überzeugen, daß die Engländer auch zu Lande geschickte Soldaten waren. Inzwischen war der Rest des schweren Geschützes aus Jafa im Lager angelangt, und es sollte, nachdem auch frische Minen gelegt worden waren, ein neuer Sturm versucht werden. Da man die baldige Ankunft feindlicher Verstärkungen von der Seeseite her gemeldet hatte, beschloß Bonaparte, ehe die Vorbereitungen beendet worden waren, am 7. Mai einen neuen Angriff auf die befestigte Stadt, besonders auf den großen Turm, unternehmen zu lassen. Dieser Angriff war auch teilweise von Erfolg gekrönt, denn am nächsten Tage gelang es dem General Rambeaud*) mit 200 Grenadieren durch eine Bresche in die Stadt einzudringen. Er sah sich jedoch bald durch neue, unvermutete

*) Er war erst seit dem 13. März Brigadegeneral.

Befestigungen in seinem Siegeslaufe aufgehalten. Es fand im Nachschub frischer Truppen eine Verzögerung statt, und die eingedrungene tapfere Schar wurde nebst dem Führer fast vollständig aufgerieben! In diesen Tagen wurden auch der Brigadechef Boyer getötet, Lannes*) und Bon verwundet. Der Divisionsgeneral Bon erlag am 19. Mai in Haïfa der am 10. erhaltenen Wunde; das war nach Caffarelli der herbste Verlust des Heeres in Syrien.

In seiner Ungeduld, der Stadt baldigst Herr zu werden, hatte Bonaparte schon am 8. Mai Befehl gegeben, die Brigade Verdier von der Division Kleber herbeizurufen, die zwischen dem Jordan und Nazareth stand und noch nicht durch die fruchtlosen Stürme entmutigt war. Aber auch

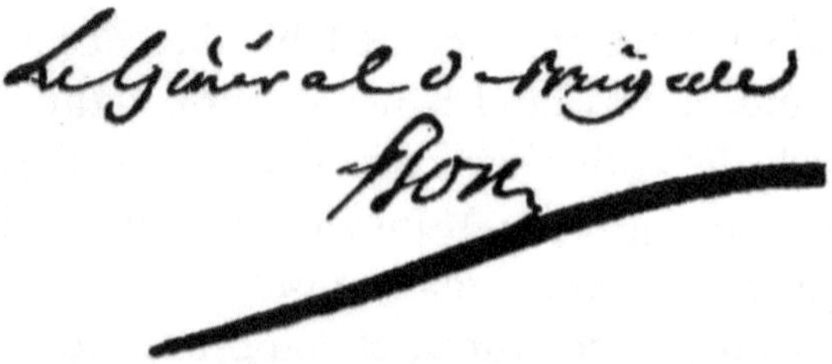

diese neuen Truppen vermochten bei den noch unternommenen Angriffen auf die Feste den Sieg nicht an die französischen Fahnen zu fesseln.

Das Heer war durch die wiederholten erfolglosen Stürme äußerst erschöpft und niedergeschlagen. Schon begann man ganz offen gegen die Offiziere, besonders gegen die Genieoffiziere und den Oberbefehlshaber zu murren. Sogar einige höhere Offiziere waren nahe daran, den Gehorsam zu verweigern. Noch einige so blutige und erfolglose Stürme wie am 8. Mai, und der bisher unbesiegte Feldherr wäre von seinen eigenen Soldaten gezwungen worden, die von vornherein verfehlte Belagerung aufzugeben. Bonaparte sah

*) Für seine Verdienste vor Akka wurde Lannes am 10. Mai 1799 zum Divisionsgeneral ernannt.

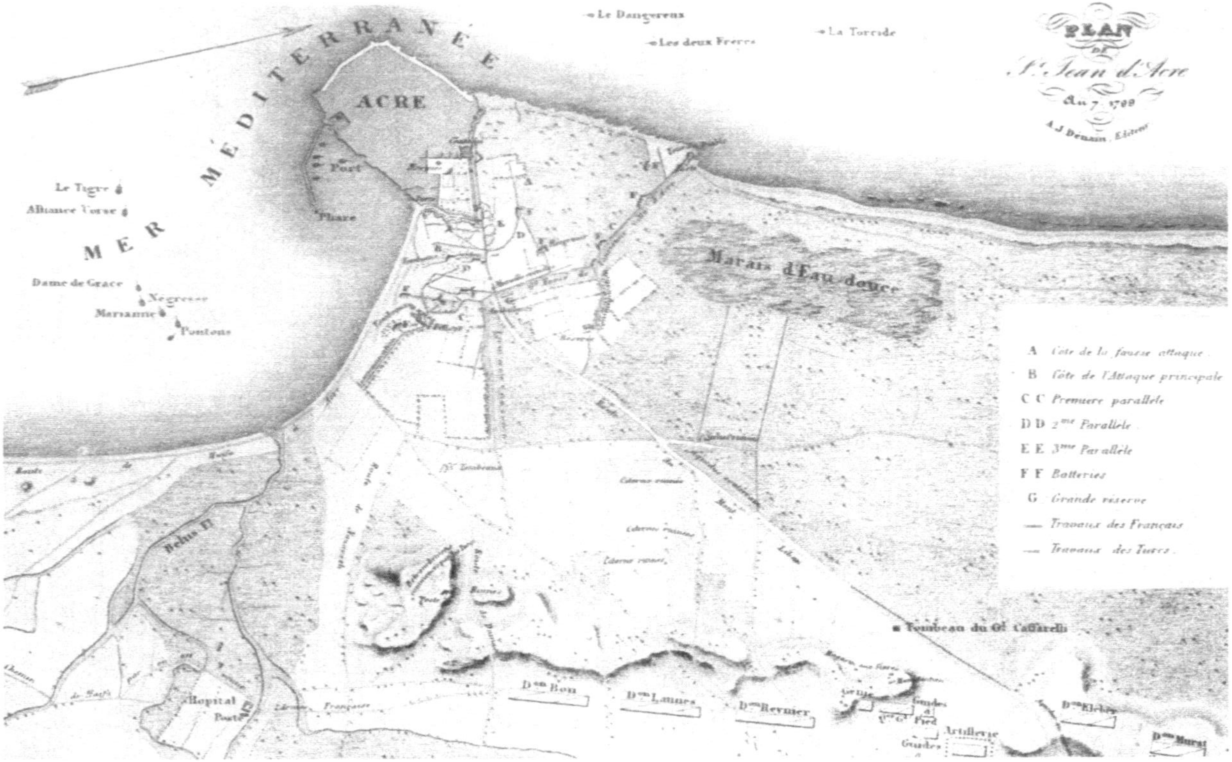

Plan der Umgebung von Akka, vom Oberst Jacotin aufgenommen.

schließlich selbst die Nutzlosigkeit weiteren Blutvergießens ein. Nach einem am 17. Mai abgehaltenen Kriegsrat beschloß er, die Einschließung aufzugeben. Er kündigte seinen Entschluß in einer Bekanntmachung vom selben Tage dem Heere an, das er in Ägypten zu neuen Siegen führen wollte, da es seine Aufgabe gelöst habe.

Die Aufgabe der Belagerung von Akka war der erste eigentliche Mißerfolg des jungen Generals. Es war auch das erste Mal gewesen, daß er eine Festung belagerte, denn die Einschließung Mantuas im Italienischen Feldzuge hatte er immer von Unterführern ausführen lassen. Bonaparte war kein General der Defensive, ebensowenig ein Feldherr, der die Ausdauer besaß, eine Festung zu belagern. Er mußte der Angreifer sein, sonst konnten sich seine militärischen Fähigkeiten nicht in der richtigen Weise entfalten.

Bei der Erkundung Akkas verließ er sich meist auf seine Offiziere. Ihnen kann der Vorwurf nicht erspart bleiben, daß sie sich dabei zu viel an die Aussagen früherer Reisenden hielten, die die Stadt besucht hatten. Anstatt Schritt für Schritt vorzugehen, Mine für Mine langsam aber sicher anlegen zu lassen und vor allem das schwere Geschütz zu erwarten, befahl Bonaparte Sturm auf Sturm, da er ungeduldig war, in den Besitz der Stadt zu gelangen.

Daß er die Absicht hatte, nach der Einnahme Akkas, mit dessen Fall er seit Beginn der Einschließung fast täglich rechnete, nach Ägypten zurückzukehren und nicht weiter auf Damaskus oder gar Konstantinopel zu marschieren, ist aus verschiedenen Tatsachen zu ersehen. Bereits am 25. April erteilte er einem leichten Bataillon Befehl, nach Kairo zurückzumarschieren. Einige Tage früher, am 14. April, hatte er an Marmont nach Alexandria geschrieben, daß er im Laufe des Monats Mai wieder in Ägypten sein werde; und genau dasselbe hatte er am 19. April Desaix in Oberägypten mitgeteilt. Desgleichen hatte er an Dugua in Kairo in demselben Sinne und am gleichen Tage berichtet.

Durch die Tatsache, daß er durch Zurücksendung eines Bataillons nach Ägypten sein Heer freiwillig schwächte, und daß er fernerhin seine drei wichtigsten Vertreter in Ägypten von seiner baldigen Rückkehr in Kenntnis setzte, fällt wieder eine der zahlreichen Legenden aus dem Leben Napoleons, auf die in der Schlußbetrachtung noch zurückzukommen sein wird, in ein Nichts zusammen.

Am Abend des 20. Mai trat das französische Heer den Rückzug nach Ägypten an. Die Türken machten keine Anstalten, es zu verfolgen. Nach 8 Uhr verließ auch der Obergeneral das Lager. Er blieb noch lange auf einer Anhöhe halten, von wo aus er die abziehenden Truppen beobachten konnte. Hatte er auch keine eigentliche Niederlage erlitten, so kehrte er doch auch nicht als Sieger zurück!

In größter Ruhe und Ordnung vollzog sich der Rückmarsch. Obgleich man unterwegs sehr unter dem Mangel an Lebensmitteln, Wasser und unter der großen Hitze zu leiden hatte, war man doch froh, Palästina, das „Gelobte Land", bald wieder verlassen zu können. Man sehnte sich förmlich nach dem früher so geschmähten Ägypten zurück, das man jetzt als zweite Heimat betrachtete!

Am 21. Mai früh gegen 1 Uhr kam der Obergeneral mit dem Hauptteil des Heeres in Haïfa und am nächsten Nachmittag in Tantura an. Am 22. erreichte man die Ruinen von Caesarea, und am folgenden Tage machte das Heer etwa 30 Kilometer vor Jafa Halt. Aber schon am Morgen des 24. Mai, gegen 2 Uhr, ließ Bonaparte aufbrechen, um so schnell wie möglich nach Jafa zu gelangen. Hier kam man gegen 2 Uhr nachmittags an. Der Obergeneral ließ das erschöpfte Heer einige Tage ausruhen. Während des Aufenthaltes in Jafa gab er, wie auch anderorts, Befehle, die Befestigungen vor dem Abmarsch der Truppen zu zerstören.

Vermutlich besuchte er auch ein zweites Mal das mit Pestkranken angefüllte Lazarett.

Eine der größten Schwierigkeiten für das abziehende Heer war die Mitführung der Kranken und Verwundeten*). Man hatte aus Zweigen und Stöcken Tragbahren angefertigt, um die Kranken fortzuschaffen. Je acht Mann wurden zu diesem Dienst befohlen. Vier trugen abwechselnd einen Kranken, und die vier anderen beluden sich mit den Gewehren und dem Gepäck. Viele der nicht amputierten Verwundeten wurden auf Pferden oder Kamelen befördert. Die Unglücklichen litten schrecklich unter Hunger, Durst und nicht zum wenigsten unter der schlechten Pflege. Dazu griff die Pest immer mehr um sich.

Bonaparte tat, was er konnte, um die Leiden der Verwundeten und Kranken zu mildern. Er selbst und sein Generalstab gingen zu Fuß; sie überließen ihre Pferde denen, die sie besser gebrauchen konnten. Man erzählt sich, daß Bonaparte einmal seinen Stallmeister mit der Reitpeitsche geschlagen habe, als ihn dieser morgens fragte, welches Pferd er zu reiten wünsche! Der Obergeneral suchte sich, soweit es möglich war, selbst zu überzeugen, ob man seine Befehle, das Fortschaffen der Kranken betreffend, überall richtig ausgeführt habe.

Einen Teil der Schwerverwundeten brachte man auf sieben kleine Schiffe, um sie zu Wasser nach Alexandria befördern zu lassen**). Nach dem Bericht Larreys wurden 1200 Kranke zu Wasser und 800 durch die Wüste nach Ägypten

---

*) Um besser und schneller marschieren zu können und Pferde für die Beförderung der Kranken zu erübrigen, warf man unterwegs verschiedene schwere Geschütze und Belagerungsgerätschaften ins Meer.

**) Noch ehe die Franzosen von Akka abmarschierten, verließ Sir Sidney Smith mit dem „Tiger“ und zwei Kanonenbooten die Reede und segelte nach Süden. Unterwegs fielen den Engländern verschiedene Schiffe mit französischen Verwundeten in die Hände. Die Leichtverletzten nahm man gefangen, schickte hingegen die Schiffe mit den Schwerverwundeten nach Damiette. Am 1. Juni befand sich Sidney Smith wieder vor Jafa.

Sir Sidney Smith.
Nach einem Stich von J. Chapman aus dem Jahre 1798.
(Sammlung Kircheisen.)

geschafft. Gegner Napoleons behaupten, daß man sich wegen der Kranken mit den Engländern in Verbindung hätte setzen können. Abgesehen davon, daß eine Verständigung mit dem englischen Kommodore Sir Sidney Smith schwierig war, wollte Bonaparte wegen der Vorfälle bei Akka nicht mit ihm in Beziehung treten, vor allem aber nichts von ihm erbitten. Er hatte ihn auch noch von Toulon her in schlechtem Andenken!

Es ist bekannt, daß Bonaparte beim Abmarsch aus Akka sowohl als auch aus Jafa Befehle erteilt hat, einigen der Pestkranken, die nur noch einige Tage zu leben hatten, Opium zu geben*). Wenn diese Unglücklichen in die Hände der Türken oder der aufgebrachten Bevölkerung gefallen wären, würden sie gewiß von ihnen ermordet worden sein. Der Oberarzt Desgenettes behauptet, daß er sich geweigert hätte, den Befehl auszuführen. Es wurden daher andere Ärzte ausersehen, den unheilbaren Pestkranken Opium zu verabreichen, um sie von ihren Leiden zu erlösen.

Man hat dem General Bonaparte diese Handlung als die größte Schandtat seines Lebens angerechnet, und Ströme von Tinte sind von Freund und Feind, von Zeitgenossen und Nachlebenden über dieses Ereignis geflossen, bisweilen um Napoleon zu verteidigen, mehr aber, um ihn anzuklagen. Und das Sonderbarste an der Sache ist, daß man keine sicheren Quellen dafür hat, ob die Anordnungen des Obergenerals auch ausgeführt wurden!

Napoleon hat später auf Elba und auf Sankt Helena ganz richtig geäußert, daß er nur befohlen habe, was man in gleichem Falle auch mit ihm hätte tun sollen. Es gehört

*) Nach der Einnahme von Jafa war auch ein türkischer Arzt gefangen genommen worden, der vorgab, die Pest heilen zu können. Er führte zwei große Flaschen Opium mit sich, und dieser Umstand mag Bonaparte bestimmt haben, die unheilbaren Pestkranken durch Opium vergiften zu lassen.

leider zu den Auswüchsen der modernen Kultur, sich zu oft an Kleinigkeiten zu halten und dafür die Krebsschäden der Menschheit zu übersehen. Wenn sich jedermann gegen einen Krieg aussprechen würde und darnach handelte, dann würde es eben keine Kriege mit all ihren Freveln und Greueln mehr geben!

Am 28. Mai wurden die letzten Befestigungen Jafas gesprengt, und das Heer machte sich von neuem auf den Marsch. Der Obergeneral selbst brach am Nachmittag gegen 3 Uhr auf, und in der Mitte der Nacht erreichte er Ebneh. Am 29. kam man bis nach El-Mechdin, am 30. bis nach Ghazze, am folgenden Tage bis nach Khan-Junis und am 1. Juni nach Kalaat-El-Arisch. Hier ruhten sich die Truppen am 2. ein wenig von ihren Anstrengungen aus.

Nachdem Maßnahmen getroffen worden waren, um diesen Platz, der gegebenenfalls den ersten Anprall eines von Syrien aus anmarschierenden Heeres aufzuhalten hatte, in guten Zustand zu versetzen, machte sich Bonaparte am 3. Juni von Kalaat-El-Arisch aus auf den Weg. Nach zweitägigem Marsch bei größter Hitze durch die Wüste kam er am 4. gegen 6 Uhr abends mit seinem Heere in Katieh an. Hier ließ er seine Truppen wieder zwei Tage ausruhen und benutzte am folgenden Tage die Gelegenheit, mit Menou, der sich auf dem Wege nach Palästina befand, sowie mit einigen anderen Offizieren und Monge das nahe Pelusium zu besuchen. Am 6. Juni war er aber wieder in Katieh.

Von hier ab sind auf dem Rückmarsch des Heeres nach der ägyptischen Hauptstadt keine besonderen Zwischenfälle mehr zu verzeichnen. Am 7. Juni brach der Obergeneral mit dem größten Teile des Heeres*) auf und erreichte am nächsten Tage gegen 2 Uhr nachmittags Es-Salihijeh. Am 9. verweilte das Heer hier, und Bonaparte traf Maßnahmen für seinen Einmarsch in Kairo.

*) Kleber mit seiner Division mußte sich nach Damiette begeben.

Am 10. Juni, in den ersten Morgenstunden, setzte sich das Heer von neuem in Marsch, gelangte am 10. nach Katatir und am 11. gegen Mittag nach Belbes. Am 12. wurde wieder Rasttag gehalten. Am 13. erreichte man El-Merg, und am 14. gegen 10 Uhr früh fand der Einzug in Kairo statt. Obgleich er mit größter Feierlichkeit geschah, sahen die Einwohner doch an dem sehr zusammengeschmolzenen Heere und seiner schlechten Verfassung, wie sehr es gelitten haben mußte!

Der Zug nach Syrien im Frühjahr 1799 muß als eine Episode zum ägyptischen Feldzug angesehen werden. Der Nutzen konnte, wie vorauszusehen war, nicht groß sein, denn dazu waren die angewendeten Mittel, im Verhältnis zu dem, was man mit ihnen vollbringen konnte, zu klein.

Man könnte einwenden — wenn man die beträchtlichen Verluste an Menschen und Material nicht rechnet — daß Bonaparte erreicht hat, was er beabsichtigte. Er hatte die türkischen festen Plätze — bis auf Akka — genommen, die Reste der Mamelucken unter Ibrahim Bei vernichtet und das von Damaskus heranmarschierende türkische Heer geschlagen, so daß auf viele Monate hinaus ein Angriff auf Ägypten von dieser Seite aus nicht zu befürchten war.

Hätte er aber das alles nicht auch auf andere Weise und mit geringeren Verlusten erreichen können? Sicherlich!

Die Gründe, warum er einen Teil seines Heeres nach Syrien führte, hat er zum Teil richtig in einem Briefe an das Direktorium vom 10. Februar 1799 angegeben. Die wichtigste Triebfeder aber, weshalb er den Feldzug unternahm, war wohl sein großer Ehrgeiz, der mit ihm, vielleicht zum ersten Male in seiner Feldherrnlaufbahn, durchging. Sicherlich war es ein richtiger Grundsatz von ihm, den Feind aufzusuchen und ihn zu schlagen, wo er ihn fände.

Bonaparte besucht die Pestkranken in Jafa. Nach dem Gemälde des Barons A. J. Gros.
(Musée national du Louvre.)

Aber zunächst hatte sich noch gar kein ernstlicher Feind gezeigt! Und dann hätte Bonaparte sich sagen müssen, daß er bei den ungünstigen Verhältnissen, zumal er keinen Nachschub aus Frankreich erwarten konnte, besser getan hätte, in Ägypten zu bleiben, die Erzeugnisse des Landes zum Wohle seines Heeres und der Bevölkerung auszunützen, anstatt das Leben Tausender zwecklos aufs Spiel zu setzen. Und dies war um so bedauerlicher, da die Vorbereitungen in großer Eile geschahen und folglich viel zu wünschen übrig ließen. Die Wüste, die Afrika von Asien trennt, war der beste Schutz für sein Heer; sie wirkte besser als die stärkste Festung gegen einen feindlichen Angriff. Mit einigen Tausend Mann hätte er von Katieh, Es-Salihijeh oder Belbes aus mit Leichtigkeit den Angriff eines durch mehrtägigen Marsch durch die Wüste erschöpften Gegners zurückweisen können!

In seiner eigenen Geschichte der Feldzüge in Ägypten und Syrien, die natürlich vielen Geschichtsschreibern als Grundlage ihrer Darstellungen gedient hat, und, seinen Gesprächen nach zu urteilen, will Bonaparte, falls die Einnahme von Akka gelungen wäre, viel weiter gehende Ziele gehabt haben. Zum Beispiel behauptet er, daß er nach Indien zu marschieren, oder in Konstantinopel das türkische Reich zu stürzen gedachte. Bourrienne, der leider auch von vielen Geschichtsschreibern als zuverlässige Quelle angesehen wird, äußert sich in seinen Memoiren in ganz ähnlicher Weise.

Die Gedanken, mit einer Handvoll Truppen und ohne Flotte bis nach Konstantinopel oder gar nach Indien zu gelangen, werden nicht dem Hirn des Generals Bonaparte, sondern dem des gefallenen Kaisers auf Sankt Helena entsprungen sein, der nur noch für die Nachwelt und mit dem, was man von ihm denken würde, beschäftigt war!

Hätte Bonaparte Akka genommen, so würden ihm nicht viel mehr als 9000 Mann übrig geblieben sein, von denen noch dazu ein großer Teil krank oder verwundet war*). Wie wir gesehen haben, hatte er bereits während der Belagerung von Akka ein Bataillon nach Ägypten zurückgesandt, wohl der beste Beweis für die Annahme, daß er nach dem Falle der Stadt nach Kairo zurückkehren wollte, denn zum Vormarsch brauchte er alle verfügbaren Truppen. Fast ohne pekuniäre Hilfsmittel — denn das Heer empfing, seit es in Syrien war, keine Löhnung mehr und lebte gewissermaßen aus der Hand in den Mund — und bei der Niedergeschlagenheit der Truppen, ja Aufgebrachtheit der Offiziere und Mannschaften gegen den Oberbefehlshaber, der von seinen Soldaten das Unglaublichste verlangte, wäre es möglich gewesen, daß man ihm den Gehorsam verweigert hätte, wenn er weiter marschiert wäre!

Die Entfernung von Akka bis nach Konstantinopel beträgt etwa das Dreifache der Strecke von Kairo bis nach Akka. Das kleine, schon durch Krankheiten und Entbehrungen geschwächte Heer wäre also bis dahin buchstäblich aufgerieben worden. Bonaparte sprach allerdings davon, daß sich verschiedene Völker Syriens gegen den Sultan auflehnen würden, wenn sie Unterstützung fänden. Aber von heute auf morgen sind keine Soldaten aus dem Boden zu stampfen; dazu hätte es vieler Monate, sogar Jahre bedurft. Endlich wäre es bei der Geistesverfassung der Muselmanen, bei ihrem fanatischen Glauben und Hang zum Althergebrachten, wohl schwer gewesen, sie für die Ideen eines fremden, abendländischen Eroberers zu begeistern.

Und Ägypten? Was wäre mit Ägypten geschehen? Die Ereignisse haben gelehrt, daß Bonaparte gerade noch Zeit fand, nach Ägypten zurückzukehren, um die Landung eines türkischen Heeres, mit deren Möglichkeit er übrigens für den Sommer rechnete, zu verhindern. Nein, seine Ver-

*) Abgesehen von den Verlusten an Geschützen, Belagerungsgegenständen, Fahrzeugen, Pferden und Kamelen.

nunft hätte ihm, auch wenn er siegreich in Akka eingedrungen wäre, sagen müssen: Bis hierher und nicht weiter, um die Eroberung Ägyptens nicht bloßzustellen. Denn wer konnte wissen, ob nicht auch die Engländer eine Landung planten, wie sie sie später in der Tat ausführten? Und sie waren andere Gegner als die Türken! Noch ehe Bonaparte Kleinasien durchquert haben würde, wäre sein und Ägyptens Geschick besiegelt gewesen. Dann aber hätte Europa auch nie die Entfaltung des größten Feldherrngenies der neueren Zeiten erlebt!

ZWÖLFTES KAPITEL

ÄGYPTEN WÄHREND BONAPARTES FELDZUG IN SYRIEN

(Februar bis Juni 1799)

RÜCKKEHR DES GENERALS NACH ÄGYPTEN. — LANDSCHLACHT VON ABUKIR

(Juni bis August 1799)

Während Bonapartes Abwesenheit von Ägypten verdienen nur die Beschießung Alexandrias und der Aufstand des Mahdi besondere Erwähnung. Ein Empörungsversuch in der Provinz Scharkieh, der durch den Emir-Hadji hervorgerufen und vom General Lanusse und dem Bataillonschef Duranteau blutig unterdrückt wurde, sowie einige Erhebungen in anderen Provinzen, waren von geringerer Bedeutung.

Wie man sich erinnern wird, war der Kapitän Sir Samuel Hood*) von Nelsons Flotte mit einigen Schiffen vor Alexandria zurückgeblieben**). Er hatte verschiedene Male versucht, die Stadt zu beschießen, doch richteten seine Geschütze nur geringen Schaden an. Am 3. Februar 1799 kam der Kapitän Sir Thomas Troubridge mit den Schlachtschiffen „Culloden“ und „Theseus“ nebst drei kleineren Fahrzeugen vor dem Hafenplatz an, um Hood abzulösen.

*) Bruder von Alexander Hood (Viscount Bridport); er ist nicht zu verwechseln mit dem Admiral Viscount Samuel Hood.

**) Vgl. S. 156 und 227.

Troubridge benützte die Gelegenheit einer größeren Vereinigung von Schiffen, um die Stadt einige Tage hindurch, am 3., 4., 5., 7., 8., 13. und 22. Februar zu beschießen. Er hatte aber mit seinem Geschützfeuer ebensowenig Erfolg als sein Vorgänger Hood.

Am 3. März 1799 löste Sir Sidney Smith, der mit dem „Tiger“ aus Konstantinopel gekommen war, Troubridge im Oberbefehl ab. Inzwischen hatten die Engländer erfahren, daß Bonaparte mit einem Heere nach Syrien aufgebrochen war. Der neue Kommodore Smith machte sich daher mit dem „Tiger“, dem „Theseus“ und verschiedenen kleinen Schiffen ebenfalls dahin auf, um von der See aus die Bewegungen des französischen Heeres nach Möglichkeit zu erschweren.

Von ungleich größerer Bedeutung, als die Abwehr der Beschießung Alexandrias durch die Engländer, war für die Franzosen die Unterdrückung des von dem „Engel“ Mahdi in der Provinz Bakireh hervorgerufenen Aufstandes.

Ein Schwärmer, Ahmed-El-Mahdi aus Derna, erschien eines Tages in der Nähe von Damanhur und gab sich für einen Abgesandten des Propheten Mohammed aus. Er behauptete, unverwundbar zu sein und infolge seiner überirdischen Eigenschaften die Ungläubigen wie „Staub im Winde“ zerstreuen zu können. In großer Menge strömten ihm von allen Seiten Anhänger zu.

In der Nacht vom 24. zum 25. April 1799 überfiel Ahmed mit seiner Schar die Stadt Damanhur, in der sich nur eine kleine französische Besatzung befand. Diese wurde niedergemacht. Einigen herbeieilenden Kolonnen gelang es nicht, der Empörung Herr zu werden; sie sahen sich infolgedessen gezwungen, zurückzuweichen und Verstärkungen heranzuziehen. Der Aufstand drohte sich bis zum Delta auszudehnen. Dies wäre für die Lage der Franzosen um so verhängnisvoller gewesen, als von Süden her eine große Anzahl Mamelucken und Mekkapilger im Anzug waren, die den in den südlichen Provinzen befehligenden Generalen Davout und Zaionczek entkommen waren.

Den vereinigten Anstrengungen des Generals Lanusse und des Brigadechefs Lefèbvre gelang es endlich am 9. Mai Damanhur zu nehmen, die Aufständigen zu vertreiben und die Stadt in Brand zu stecken. Dabei wurden nicht weniger als 1500 Anhänger des Mahdi, Araber, Berber und Bewohner der Provinz Bahireh niedergemetzelt!

Sobald Bonaparte nach Kairo zurückgekehrt war, machte er sich seiner Gewohnheit gemäß sofort an die laufenden Geschäfte. Vor allem beschäftigte er sich mit der Neuordnung der verschiedenen Provinzen Ägyptens und traf Maßnahmen, um eine Landung der Türken oder Engländer, die man für den Sommer erwartete, zurückweisen zu können.

Während der Zeit von Bonapartes Rückkehr nach Kairo, vom 14. Juni bis zum 13. Juli, verließ der Oberbefehlshaber nicht das Weichbild der Stadt. Am 29. Juni fand die erste Sitzung des Instituts von Ägypten statt, das seine Zusammenkünfte seit Februar des Jahres unterbrochen hatte. Während dieser Sitzung ereignete sich zwischen Bonaparte und Desgenettes ein unliebsamer Zwischenfall, der aber für den Oberarzt des Heeres von keinen unangenehmen Folgen begleitet war. Bonaparte hatte, mehr in seiner Eigenschaft als General denn als Mitglied der gelehrten Gesellschaft, die Einsetzung eines Ausschusses verlangt, der einen Bericht über die Pest während des Zuges nach Syrien ausfertigen sollte. Mit diesem Vorschlag verband er einen Hintergedanken: er wollte das Mißlingen des Feldzuges dem Ausbruch dieser Seuche zugeschoben wissen. Berthollet als Präsident des Instituts schlug Desgenettes, Larrey und Geoffroy Saint-Hilaire als Mitglieder des Ausschusses vor. Desgenettes aber verweigerte sein Mitwirken und scheute sich nicht, die Gründe offen und frei anzugeben. Bonaparte seinerseits beharrte auf seinem Vorschlag, und auf beiden Seiten wurden harte Worte gewechselt. Schließlich sah der Obergeneral ein, daß er zu weit gegangen war und gab nach.

Es kam selten vor, daß man dem Oberbefehlshaber widersprach. Dennoch schätzte dieser Freimütigkeit im höchsten Grade, ja es geschah sogar bisweilen, daß er Widerspruch duldete, der bis zur Unhöflichkeit ging, besonders wenn man

Oberarzt Desgenettes.
(Nach einer Zeichnung von A. Dutertre.)

ihn überzeugen konnte, daß er selbst im Unrecht war. Bonaparte trug Desgenettes seine Offenheit nicht nach, denn er verwendete ihn während der ganzen Zeit des Konsulats und des Kaiserreichs. Der Oberarzt erlangte jedoch weder die gleiche Volkstümlichkeit noch die Ehrenstellungen wie sein Amtsgenosse, der Oberwundarzt Larrey.

Am 14. Juni erhielt der Artilleriegeneral Dommartin Befehl, sich nach Alexandria zu begeben*). Eine Woche spä-

*) Dommartin verließ Kairo auf einem Nilschiffe am 19. Juni. Er sollte jedoch von seiner Sendung nicht wieder zurückkehren. Am 23. wurde er von

ter, am 21. Juni wurde der Konteradmiral Ganteaume beauftragt, nach Rosette und dann nach Alexandria zu reisen, um die Bestände des Marinezeughauses zu prüfen, die Arbeiten zur Bewaffnung und Ausrüstung der Schiffe zu überwachen und möglichst zu beschleunigen.

Bereits einige Tage zuvor war eine Neueinteilung der Befehlshaberstellen in den verschiedenen Provinzen des Landes vorgenommen worden, die unter den Nachfolgern Bonapartes noch manche Änderung erfuhr.

Obgleich Bonaparte sich erst seit kurzer Zeit wieder in Kairo aufhielt, so erblickte man doch schon überall eine vermehrte Tätigkeit unter den Offizieren, Soldaten und Verwaltungsbeamten. Die Zuversicht war im Heere wieder

eingekehrt. Man war überzeugt, daß es der Schöpferkraft und Findigkeit des Oberbefehlshabers gelingen werde, Mittel und Wege zu finden, das Heer auf eine ehrenwerte Weise bald wieder in die geliebte Heimat zurückzuführen.

Seit dem 27. Mai 1799 hatte Bonaparte nicht an das Direktorium geschrieben. In dem Briefe von jenem Tage hatte er seiner Regierung mitgeteilt, daß das Heer, obgleich es immer siegreich gewesen wäre, den Rückmarsch nach Ägypten angetreten habe. Erst am 19. Juni wandte er sich von neuem an das Direktorium. Dieses Schreiben enthielt jedoch noch keine Einzelheiten über den wenig ruhm-

Arabern und Mamelucken angegriffen und erhielt mehrere Wunden. Er erreichte zwar mit einigen Begleitern Rosette, erlag aber am 9. Juli seinen Verletzungen. Bonaparte verlor in ihm einen seiner tüchtigsten Generale und treuesten Anhänger — und vielleicht auch einen zukünftigen Reichsmarschall.

vollen Abschluß des Feldzuges nach Syrien, sondern nur Angaben über das, was sich während der Abwesenheit Bonapartes in Ägypten zugetragen hatte.

Auch der Brief vom 23. Juni war nur den Ereignissen gewidmet, die in der ersten Hälfte des Jahres 1799 in Oberägypten stattgefunden hatten. Am 28. Juni endlich kam Bonaparte auf seine eigenen Angelegenheiten zu sprechen. Er behauptete in diesem Schreiben, daß der Feldzug nach Syrien einen großen Erfolg gehabt hätte, und daß die Lage in Ägypten durchaus günstig für die Franzosen sei. Den Verlust des Heeres seit der Landung in Alexandria gab er auf nur 5344 Mann an. Natürlich war der Ausfall an Menschenleben viel größer. Der Obergeneral bat auch um neue Truppensendungen. Wenn man den Verlust an Soldaten ersetzen und weitere 15 000 Mann senden wolle, so würde er — so schrieb der unverbesserliche Optimist Bonaparte — mit seinem Heere überallhin, selbst bis nach Konstantinopel, marschieren können!

Es scheint, daß alle diese Briefe erst mit dem Bericht der Landschlacht bei Abukir am 29. Juli 1799 auf dem Aviso „Osiris“ nach Europa gesandt wurden. Auf diese Weise erfuhr das Direktorium die Einzelheiten über den Feldzug nach Syrien gleichzeitig mit der Siegesnachricht von Abukir. Die Glücksgöttin war Bonaparte also wieder einmal hold.

Wie man aus dem 9. Kapitel gesehen hat, war es dem General Desaix in Oberägypten gelungen, seinen gefürchteten Gegner Murad-Bei vorläufig unschädlich zu machen und in die Wüste zu treiben. Aber der Mameluckenführer gab seine Sache nicht auf. Er sammelte von neuem Anhänger, und es gelang ihm, der Wachsamkeit der französischen Heeresabteilungen zu entgehen und im Juni 1799 wieder nach Norden zu marschieren. Auch Hassan-Bei hatte die Gegend von Assuan (Syene) verlassen und dieselbe Richtung eingeschlagen. Weder Desaix, noch seinen Unterführern Friant und Morand, noch dem General Zaionczek gelang es, die Mameluckenbeis mit ihren ausgezeichneten berittenen Scharen einzuholen.

Die Lage in Ägypten war ziemlich bedenklich, denn auch in den nördlichen Provinzen drohten neue Aufstände auszubrechen. Schließlich hatte man von Kalaat El-Arisch und Damiette aus feindliche Kriegsschiffe auf dem Meere gesehen, die auf Alexandria zusteuerten und vermutlich die Vorhut einer türkisch-englischen Flotte bildeten.

Sobald Bonaparte von dem Anmarsch Murad-Beis und Hassan-Beis sowie von dem Erscheinen feindlicher Streitkräfte zur See erfahren hatte, gab er unverzüglich seinen verschiedenen Unterführern Befehl, den Marsch der Mamelucken auf die Hauptstadt unter allen Umständen zu verhindern. Fernerhin ließ er den General Verdier sogleich von Kairo nach Damiette aufbrechen, um einen feindlichen Landungsversuch abweisen zu helfen.

Währenddessen rückte Murad-Bei immer weiter nach Norden. Seine Truppen waren so beweglich und so vorzüglich beritten, daß er allen sich ihm entgegenstellenden Abteilungen ausweichen konnte und schließlich am 13. Juli in der Nähe der Pyramiden von Giseh eintraf. Er schien seines Erfolgs so sicher, daß er die Dreistigkeit besaß, angesichts der Hauptstadt und des feindlichen Hauptquartiers die Nacht zu verbringen.

Bonaparte beschloß jetzt, selbst die Bewegungen gegen den kühnen Mameluckenbei zu leiten. Er sammelte in der Eile etwa 1000 Mann verschiedener Truppengattungen, marschierte aus Kairo heraus und übernachtete in der Nähe der Pyramiden. Er hoffte die Mamelucken am nächsten Morgen zu überraschen. Aber so schnell Murad-Bei gekommen war, so schnell war er auch wieder verschwunden. Vermutlich hatte er noch rechtzeitig von Bonapartes Absichten erfahren, denn er zählte noch zahlreiche Anhänger in Kairo. Da er nicht weiter nach Norden vordringen konnte, denn diesmal hätten ihn Murat, Junot und Destaing sicher gefaßt, wandte er sich nach Südwesten, um in das fruchtbare Fajum einzudringen. Friant hatte aber jetzt bessere Vorsichtsmaßregeln getroffen und würde Murad-Bei anders empfangen haben als einige Wochen früher. Der kühne Mameluckenführer sah sich deshalb gezwungen, seinen Rückzug nach Oberägypten einzuschlagen.

Murad versuchte noch einigemal in das Fajum einzudringen. Seine Absichten wurden jedoch immer wieder vereitelt. Es gelang sogar dem Brigadechef Morand, den gefürchteten Gegner am 9. August bei El-Ganaïm zum Stehen zu bringen und ihm an diesem Tage sowie in der Nacht vom 11. zum 12. August empfindliche Verluste zuzufügen. Es war jedoch unmöglich, seiner Person selbst habhaft zu werden. Nach dem Zusammentreffen mit Morand entfloh der gewandte Gegner mit nur 12 seiner Gefährten in die Wüste. Von neuem war die Gefahr seiner Wiederkehr auf einige Zeit vorüber!

Als letztes bemerkenswertes Ereignis in Oberägypten während des Sommers 1799 möchte noch ein Angriff zweier englischer Fregatten auf Kôser am Roten Meere erwähnt werden. Dieser Landungsversuch der Engländer fand am 14., 15. und 16. August statt, wurde aber von dem Generaladjutanten Donzelot siegreich abgewiesen.

Von Keneh aus erstattete Desaix dem Obergeneral am 4. September einen eingehenden Bericht über die letzten Vorkommnisse und die Lage in Oberägypten. Zwei Tage später brach er auf, und am 12. September traf er wieder in Siut ein. Unterwegs, am 8. September, erfuhr er in Djirdjeh die Abreise Bonapartes nach Frankreich.

Am Morgen des 15. Juli erhielt Bonaparte im Lager bei den Pyramiden von Marmont die zwar wenig erfreuliche, aber doch immerhin nicht unerwartete Nachricht von dem Erscheinen einer türkischen Flotte an der ägyptischen Küste.

Die Pforte hatte, wie man weiß, zwei Heere aufstellen und marschbereit machen lassen, um den Franzosen die Provinz Ägypten wieder abzunehmen. Das eine Heer war auf dem Landwege von Damaskus aus durch Palästina marschiert und hatte beim Berge Tabor ein wenig ruhmreiches Ende gefunden*). Das andere Heer wurde auf der Insel Rhodos gebildet. Es sollte auf 20 000 Mann gebracht werden und wurde vom General Sejid Mustafa-Pascha befehligt. Eine zahlreiche Flotte unter Führung des Admirals Patrona-Bei war dazu bestimmt, dieses Heer nach Ägypten zu bringen.

Im türkischen Lager zögerte man lange, die Fahrt anzutreten. Schließlich gelang es Sir Sidney Smith, der sich nach Abmarsch des französischen Heeres aus Syrien von Akka nach der Insel Rhodos begeben hatte, die Bedenken zu heben, und die türkische Flotte segelte nach Ägypten ab. Am 11. Juli nachmittags erschien sie vor Alexandria.

Sobald die Nachricht von einer bevorstehenden feindlichen Landung im Hauptquartier bekannt geworden war, beschloß Bonaparte seiner Gewohnheit gemäß, sofort mit allen ihm zur Verfügung stehenden Truppen an die Küste zu marschieren, um das feindliche Heer zu vernichten, ehe es ins Land hineingerückt wäre und Anhänger unter der Bevölkerung gefunden hätte. Dabei kam ihm die Langsamkeit der Türken sehr zustatten. Wie man in der Folge sehen wird, beschränkten sie sich zunächst auf die Verteidigung der Halbinsel Abukir.

Aus Bonapartes Hauptquartier flogen nach allen Seiten Befehle, um so viele Truppen wie möglich nach Norden zu werfen. Murat mußte sich nach Giseh begeben, und Menou, der erst am Morgen des 15. Juli von Kairo nach Embabeh

*) Vgl. das 11. Kapitel, S. 240.

aufgebrochen war, erhielt die Weisung, nur 200 Mann nach den Natronseen zu senden und mit dem Rest seiner Truppen nach El-Ramanieh zu eilen. Derselbe Ort wurde auch Junot zum Sammelplatz angegeben. Den Generalen Rampon und Lagrange dagegen wurde befohlen, mit ihren Trup-

General Sejid Mustafa-Pascha.
(Gezeichnet und gestochen von D. V. Denon.)

pen nach der Hauptstadt zu marschieren, um jederzeit zu besonderen Sendungen verwendet zu werden.

Gegen Mittag wurde das Lager aufgehoben und das Hauptquartier nach Giseh verlegt. Von hier aus ergingen neue Anordnungen an die anderen Truppenführer, sich auf die verschiedenen Posten zu begeben. Reynier sollte nur die notwendigsten Truppen in Es-Salihijeh und Belbes stehen lassen und sich bereit machen, bei der ersten Aufforderung nach Kairo marschieren zu können. General Lanusse erhielt Befehl, auf Terraneh vorzurücken. Hier hoffte ihn der Oberbefehlshaber am 17. Juli anzutreffen.

Kleber wurde beauftragt, die Forts Kalaat El-Arisch und Katieh nur mit einem Teil der Truppen besetzt zu halten und mit dem Rest auf Rosette zu marschieren. Endlich erhielt Desaix, der noch in Oberägypten stand, die Weisung, Maßnahmen zu treffen, das besetzte Gebiet gegebenenfalls bis auf weiteres zu räumen, vor allem aber Murad-Bei nicht aus den Augen zu verlieren, damit sich dieser nicht der Küste nähern könne.

Nachdem der Oberbefehlshaber die verschiedenen Anordnungen getroffen hatte, verließ er am 16. Juli früh 4 Uhr das Lager bei Giseh und begab sich nach Wardan. Hier kam er mit einem Teil seiner Truppen am Abend an. Am nächsten Tage brach er um dieselbe Stunde wie am Tage zuvor von Wardan auf und traf gegen Mittag in Terraneh ein. Unterwegs erhielt er durch einen neuen Brief Marmonts Einzelheiten über die Bewegungen der türkischen Flotte. Diese war von Alexandria aus nach der Halbinsel Abukir gesegelt und hatte dort vermutlich Truppen gelandet.

Von Terraneh aus ergingen neue Befehle an die Unterführer. Vor allem wurde Dugua in Kairo angewiesen, den Abmarsch der Soldaten aus der Hauptstadt zu beschleunigen. Nachdem Bonaparte die Marschrichtung der verschiedenen Truppen nach Norden geregelt hatte, brach er am 18. Juli früh von Terraneh auf, traf am Abend in Schabur und am nächsten Tage in El-Ramanieh ein. Hier sollten sich die verschiedenen Kolonnen vereinigen, ehe der Weitermarsch angetreten wurde, denn im Hauptquartier war noch nicht bekannt, wo die Landung der Türken erfolgt war.

Inzwischen hatte General Sejid Mustafa-Pascha vom 14. Juli ab auf der schmalen Halbinsel von Abukir Truppen ans Land gesetzt. Das an der Spitze der Landzunge gelegene Fort wurde vom Bataillonschef Godard mit 300 Mann besetzt gehalten. Das Fort befand sich in gutem Verteidigungszustand und war mit Schießbedarf und Lebensmitteln reichlich versehen. Es konnte sogar einem weit überlegenen Feind einige Tage lang kräftigen Widerstand leisten.

Der Befehlshaber Godard beging aber die Unvorsichtigkeit, die vorgeschobenen, weniger starken Befestigungen verteidigen zu wollen, wozu eine viel größere Anzahl Soldaten, als über die er verfügte, notwendig gewesen wäre. Im Fort dagegen ließ er nur 35 Mann zurück. Die etwa 1500 Meter von dem Fort entfernt liegenden Werke aber konnten einem mit überlegenen Kräften unternommenen Sturm nicht lange standhalten. Sie wurden nach wiederholten Angriffen am 15. Juli von den Türken genommen, und die Verteidiger wurden bis auf einen Mann niedergemacht.

Es wäre zwecklos gewesen, wenn der Geniekapitän Vinache mit einer Handvoll Soldaten versucht hätte, das Fort Abukir zu verteidigen. Ihm wäre dasselbe Geschick zuteil geworden wie seinem unglücklichen Vorgesetzten. Er ließ sich in Unterhandlungen ein und übergab den Türken das Fort am 17. Juli gegen Mittag.

Marmont hatte am 15. Juli von Alexandria aus versucht, einen Vorstoß gegen Abukir zu unternehmen. Als er sich aber von der großen Überlegenheit der Türken überzeugt hatte, war er wieder zurückgekehrt.

Sobald Bonaparte am Abend des 19. Juli in El-Ramanieh angekommen war, ging er mit fieberhafter Tätigkeit daran, die Unterhaltsmittel für die verschiedenen Truppenkörper zu schaffen, die er hier in weniger als zwei Tagen zu vereinigen hoffte.

Inzwischen waren die meisten seiner am 15. Juli gegebenen Befehle an ihren Bestimmungsort gelangt und die verschiedenen Heeresteile entweder bereits auf dem Sammelplatz angekommen oder sie befanden sich auf dem Marsche dahin. Wie aus einem Briefe Bonapartes an Kleber vom 20. Juli hervorgeht, nahm der Oberbefehlshaber an, daß jener in Rosette eingetroffen sei. Als Operationsgrundlage dachte Bonaparte sich die Linie Alexandria—Berket-Gitas —Rosette. In Alexandria befand sich Marmont, nach Berket-Gitas würde er selbst in einigen Tagen kommen, und in und bei Rosette standen Menou und Kleber, oder sie waren auf dem Marsche dahin.

Bonaparte verfuhr als großer Feldherr mit fast mathematischer Genauigkeit, um möglichst alle Aussichten auf Erfolg auf seiner Seite zu haben. Es ist schade, daß wir keine Aufzeichnungen von ihm nahestehenden Männern besitzen, die gewissermaßen Stunde für Stunde die Entwicklung des großen Dramas, das mit der Entscheidungsschlacht von Abukir seinen Abschluß fand, verfolgen. Denn gerade in jenen Augenblicken können wir den großen Lehrmeister des Krieges am besten studieren und bewundern.

Leider sind wir nur auf die Befehle des Obergenerals, des Generalstabschefs Berthier und auf einige Antworten der Unterführer angewiesen. Diese Dokumente bilden allerdings den Grundstock für die Beurteilung des napoleonischen Genies, doch sind sie nur ein dürftiges Gerippe ohne Fleisch und Muskeln.

Bonaparte blieb beständig mit Dugua in Kairo in Verbindung, damit ihm dieser alle verfügbaren oder inzwischen in der Hauptstadt eingetroffenen Truppenteile nach dem Kriegsschauplatze nachsenden konnte. Auch suchte er immer mit Marmont auf dem äußersten linken Flügel und Menou und Kleber, die in und bei Rosette den äußersten rechten Flügel bildeten, in engster Fühlung zu bleiben. Als geschickter Staatsmann unterließ er es ferner nicht, während seines Aufenthaltes in Terraneh und dann in El-Ramanieh an die einflußreichsten Persönlichkeiten der Provinz Bahireh und an die Diwans in Kairo und Rosette zu schreiben. Er kündigte ihnen entweder die Begnadigung wegen der jüngst stattgehabten Unruhen an, oder er gab ihnen zu verstehen, daß er die Macht besäße, jede Auflehnung gegen seine Gewalt aufs strengste zu ahnden.

Am 21. Juli früh traf Menou in El-Ramanieh ein und erhielt sogleich die Weisung, nach Rosette weiter zu marschieren. Dort sollte er den Oberbefehl übernehmen und versuchen, einen etwaigen Anschlag der Türken auf diesen Platz, der eine der Nilmündungen beherrschte, zu vereiteln.

Nachdem Bonaparte nochmals an Dugua, Desaix und Marmont geschrieben hatte und genügend Truppen um sich gesammelt zu haben glaubte, begab er sich am Nachmittag des 22. Juli gegen 1 Uhr nach Berket-Gitas. Die Divisionen Lannes und Rampon*) brachen mit der Artillerie eine Stunde später als der Oberbefehlshaber von El-Ramanieh auf und trafen erst am 23. Juli in Berket-Gitas ein. Bonaparte hatte zwar auf die Mitwirkung der Division Kleber gerechnet, diese aber war beim Abmarsch der beiden anderen Divisionen noch nicht in El-Ramanieh angekommen.

Bonaparte hatte die Türken richtig beurteilt, wenn er vermutete, daß sie seinen Angriff erwarten würden. Die Gegner unternahmen nichts, und der französische Obergeneral setzte daher den 25. Juli als Schlachttag fest.

Bereits am 20. Juli war Murat mit der Reiterei, der Dromedarabteilung, zwei Bataillonen Fußvolk und drei Geschützen auf Bezentauai vorausgesandt worden, um die Bewegungen der Feinde auszukundschaften und mit Marmont in Verbindung zu treten.

Dem Befehle Bonapartes vom 15. Juli gemäß war Kleber

*) Die Division Rampon wurde vorläufig von Lanusse befehligt, da Rampon selbst noch nicht in El-Ramanieh eingetroffen war.

von Damiette aufgebrochen und hatte in drei Tagen die lange Strecke bis nach El-Ramanieh zurückgelegt. Hier kam er am Abend des 23. Juli an. Am nächsten Tage langte auch Rampon an, der aus der Provinz Atfieh herbeigeeilt war. Vierhundert Reiter unter Duvivier waren schon früher aus Kairo eingetroffen und sofort nach Berket-Gitas weiter geritten. Menou war am 23. Juli in Rosette, dessen Umgebung er von früher her so gut kannte, angekommen und bereit, die Bewegungen des Oberbefehlshabers aufs beste zu unterstützen.

Bonaparte ließ den Vormarsch auf die feindliche Stellung bei Abukir beginnen, noch ehe Kleber und Rampon in Berket-Gitas eingetroffen waren. Beide Generale sollten deshalb mit ihren Truppen als Ersatz dienen. In der Nacht vom 23. zum 24. Juli rückte die Division Lannes auf Kaffr-Selim vor. Die Division Rampon (Lanusse) sollte bei dem dahinterliegenden Orte El-Akrich haltmachen.

Der Obergeneral mit dem Generalstab eilte seinen Truppen voraus und kam am Abend des 23. Juli gegen 10 Uhr in Alexandria an. Hier nahm er mit Marmont Rücksprache und erkundigte sich nach der Lage in der Stadt und nach den militärischen Hilfsmitteln. Den folgenden Morgen verbrachte er mit der Besichtigung der Festungswerke und traf Maßnahmen für die Mitwirkung eines Teils der Besatzung an der bevorstehenden Schlacht.

Inzwischen waren Lannes und Lanusse an ihrem Bestimmungsort angelangt. Sie erhielten am Abend des 24. die Weisung, sich dem Feinde bis auf etwa sechs Kilometer zu nähern und da haltzumachen, wo man am Tage zuvor einen Brunnen gefunden hatte. Dorthin begab sich auch Bonaparte am Nachmittag des 24. Juli. Endlich war noch ein Bataillon mit zahlreichem Schießbedarf von Alexandria aus dahin beordert worden.

Das türkische Heer zählte nach Berthiers Bericht nur

12 700 Mann*); zudem war es sehr zerstreut aufgestellt. Es wird behauptet, daß Bonaparte die Absicht gehabt hätte, das türkische Heer zu überraschen. Es ist aber mehr als wahrscheinlich, daß die Türken seit langem durch Kundschafter von dem Anmarsch französischer Heeresteile nach der Küste erfahren hatten. Der Angriff auf das Lager Sejid Mustafa-Paschas konnte infolgedessen nicht ganz unerwartet geschehen.

Am Abend des 24. Juli war das französische Heer auf dem letzten Sammelplatz, etwa eine Stunde vom türkischen Lager entfernt, vereint. Kleber und Rampon waren noch nicht eingetroffen. Bonaparte verfügte daher nur über 9000 Mann Fußvolk und 1000 Mann Reiterei. Er wollte aber nicht länger mit dem Angriff zögern, hatte er doch jederzeit durch Schnelligkeit im Handeln seine besten Erfolge erzielt. Murat bildete die Vorhut; Lannes befehligte den rechten und Lanusse den linken Flügel. Menou hatte Befehl erhalten, von Rosette her, der schmalen Landzunge entlang, die nach Abukir führte, zu marschieren, am Morgen des 25. Juli am äußersten Ende haltzumachen und etwaige kleine türkische Schiffe, die vom Madieh-See aufs Meer hinaus flüchten wollten, in den Grund zu bohren.

Mit Leichtigkeit wurden am Morgen des 25. Juli 1799 die ersten schlecht angelegten, zerstreut liegenden und nur von etwa 4200 Mann verteidigten Verschanzungen der Türken genommen. Schwieriger war der Angriff auf die Hauptstellung an der äußersten Spitze der Halbinsel, die von etwa

*) Nach früheren französischen Schätzungen betrug das türkische Heer 20 000 Mann. Vermutlich ist in dieser Zahl die Schiffsmannschaft mit einbegriffen. — In einem Briefe an Desaix vom 27. Juli sprach Bonaparte von 15 000 Mann, die gelandet seien. Davon wären 1000 Mann gefallen, 8000 ertrunken, und 5000 hätten sich in das Fort geflüchtet. Ähnliches wiederholte der Obergeneral gleichzeitig an Reynier. Dagegen sprach er in einem Briefe vom selben Tage an Marmont nur von 2000—3000 Mann, die sich in das Fort von Abukir geflüchtet hätten. Endlich, eine Woche später, am 2. August, meldete er an Dugua nach Kairo, daß 15 000—18 000 Mann gelandet seien.

8500 Mann besetzt war. Die Überlegenheit der französischen Befehlsart über die türkische trug jedoch auch hier den Sieg davon. General Mustafa-Pascha wurde gefangen genommen, und zwar eigenhändig von Murat, der sich überhaupt an diesem Tage besonders auszeichnete*).

Nach Berthiers Bericht bedeckten 2000 Türken das Schlachtfeld. An 10 000 Mann wurden ins Meer getrieben und fanden dabei zum größten Teil den Tod; Gefangene wurden nicht gemacht. Die Franzosen verloren, ebenfalls nach dem Bericht des Generalstabschefs, nur 150 Tote und 750 Verwundete. Die Zahl der Verwundeten kann stimmen, denn der zuverlässige Larrey gibt diese ebenfalls auf nur 800 Mann an.

Unter den Toten befanden sich der Brigadechef Duvivier, der erst kürzlich aus Kairo gekommen war und großen Anteil am Angriff der Reiterei hatte; ferner der Brigadechef Cretin, der an Stelle des verstorbenen Generals Caffarelli das Geniekorps befehligte.

Der Obergeneral schonte sich keineswegs während der Schlacht und setzte sich öfters den feindlichen Kugeln aus. Als er einmal das Fernrohr zur Hand nahm, um die feindlichen Stellungen besser beobachten zu können, tötete eine Kanonenkugel seinen Adjutanten Guibert, der sich ganz in seiner Nähe befand. Obgleich das Heer seit der Rückkehr aus Syrien seinem Oberbefehlshaber grollte und ihn oft verwünschte, zitterte es doch für das Leben dieses außerordentlichen Mannes.

Der Sieg der Franzosen war verhältnismäßig leicht erfochten worden. Die türkische Übermacht war durchaus nicht so groß, wie sie gewöhnlich hingestellt wird. Jedenfalls waren die Franzosen, wenn sie sich mit den Türken im Treffen maßen, sehr oft in der Überzahl. Schließlich

*) Wegen Murats Verdienste an diesem Tage bat Bonaparte am 28. das Direktorium, ihn zum Divisionsgeneral zu ernennen.

Sieg der Franzosen über die Türken bei Abukir am 25. Juli 1799.
(Musée national de Versailles.)

wußte Bonaparte, daß die Division Kleber jeden Augenblick auf dem Schlachtfelde eintreffen konnte. Wenn daher der erste Angriff auf die feindlichen Stellungen gescheitert wäre, hätte Bonaparte die Schlacht abbrechen, auf die Verstärkungen, die Kleber und andere Unterführer herbeiführten, zurückgehen und mit ihnen am nächsten oder übernächsten Tage den Angriff von neuem beginnen können.

Was Bonaparte in jenen Tagen wiederum am besten als großen Feldherrn und Politiker kennzeichnet, ist die Schnelligkeit, mit der er sofort die neue Sachlage bei der Mitteilung von der bevorstehenden Landung der Türken erfaßte. Am 15. Juli früh traf die Nachricht im Lager bei den Pyramiden ein, und gegen 12½ Uhr mittags war das Lager schon aufgehoben und nach Giseh verlegt worden. Unterdessen hatte Bonaparte in größter Schnelligkeit und Umsicht die ersten Befehle zur Vereinigung und zum Vormarsch der Heeresteile nach der Küste gegeben. Am nächsten Morgen früh 4 Uhr war der Obergeneral bereits selbst unterwegs!

Es galt aber durchaus nicht nur Befehle zum Vormarsch der Truppen nach Norden zu erteilen. Bonaparte mußte mit der Möglichkeit eines Aufstands in der Hauptstadt oder in Alexandria, Rosette und Damiette, da wo die Türken landen würden, oder in der Provinz Bahireh rechnen. Hier hatte der „Engel Mahdi“ doch erst kürzlich so viel Zuspruch bei der Bevölkerung gefunden, und die erbarmungslose Unterdrückung des Aufstands durch die Franzosen hatte durchaus nicht dazu beigetragen, die Bevölkerung zu besänftigen. Murad-Bei konnte den französichen Heeresteilen von neuem entschlüpfen und durch sein Erscheinen im Delta die Landung der Türken überaus begünstigen. Dann konnten auch andere Mameluckenschwärme durch das von Truppen entblößte Land nach Norden ziehen und den Franzosen viele Ungelegenheiten bereiten.

Außerdem wußte Bonaparte noch gar nicht, wo die Landung des türkischen Heeres erfolgen würde, ob bei Alexandria, bei Rosette oder bei Damiette? Die Ausschiffung bei letztgenanntem Ort konnte sogar durch eine feindliche Bewegung zu Lande von Palästina aus unterstützt sein. Durch den Erfolg bei Akka mutig gemacht, hätte Djezzar-Pascha wohl mit einem Heere von 10 000 Mann durch einen Angriff auf Kalaat El-Arisch, Katieh, Damiette oder Belbes und Es-Salihijeh mitwirken können!

Aber Bonaparte dachte an alles und gab in jeder Weise die richtigen Befehle, um überall und zu jeder Zeit gerüstet zu sein. Mit scharfem Blick erkannte er sofort, daß es das Beste sei, zunächst in der Richtung auf El-Ramanieh zu marschieren. Unterwegs würde er schon Einzelheiten über die Landung der Türken erfahren und dann entweder nach Osten, in der Richtung auf Damiette, oder nach Westen, in der Richtung auf Alexandria, abschwenken können. Dabei vergaß er weder, Dugua in Kairo beständig von den Vorkommnissen auf dem Laufenden zu halten, noch Desaix öfters Mitteilungen von seinen Absichten zukommen zu lassen und ihm Verhaltungsmaßregeln zu erteilen, noch auf die öffentliche Meinung der Eingeborenen einzuwirken.

In den Tagen, die einer Entscheidungsschlacht vorausgehen, erkennt man einen großen Feldherrn besser als während der Schlacht selbst. Da die Vereinigung und Anordnung der Streitkräfte auf dem Schlachtfelde nur von den Maßnahmen abhängen, die der Obergeneral vorher getroffen hat, so kann selbst ein tüchtiger Unterführer die Schlacht leiten und schlagen. Das gilt im besonderen Falle von der Landschlacht bei Abukir.

Die militärische Größe Bonapartes hat Kleber wohl am besten in jenen Tagen anerkannt. Er war kein Freund des Obergenerals, aber er beugte sich vor dessen Genie. Da seine

Division auf dem Marsche von Damiette aus sehr unter Hitze und Durst zu leiden hatte, so konnte sie nicht vor dem Abend auf dem Schlachtfelde ankommen. Kleber eilte deshalb seinen Truppen voraus, um wenigstens Zeuge des Siegs über Mustafa-Pascha zu sein, denn er zweifelte keinen Augenblick an einem glücklichen Ausgang der Schlacht. Als er ankam, waren gerade die letzten Befestigungen genommen worden. Begeistert soll Kleber, so erzählt uns Denon in seiner klassischen Reisebeschreibung, den Obergeneral umarmt und ihm zugerufen haben: „General, Sie sind groß wie die Welt, aber diese ist nicht groß genug für Sie!"*)

Der Sohn Mustafa-Paschas hatte sich mit etwa 1500 Mann in das auf der äußersten Spitze der Halbinsel von Abukir befindliche Fort geworfen und die Zahl der Verteidiger auf etwa 3000 Mann erhöht. Die Türken beschlossen, das Fort bis aufs äußerste zu verteidigen, denn sie waren überzeugt, daß ihnen bei der Übergabe das Leben nicht geschenkt werden würde.

---

*) Vor wenigen Jahren erschienen Bruchstücke aus einem Tagebuche Klebers, über dessen Echtheit aber gewisse Zweifel bestehen. Kleber entwirft darin ein nicht gerade schmeichelhaftes Bild von seinem Obergeneral. „Bonaparte ist, wie alle Menschen, im Unglück fügsam und zugänglich," heißt es darin, „im Glück etwas weniger umgänglich. Ist er beliebt? Wie sollte er das? Er selbst liebt ja niemanden. Dem glaubt er dadurch abzuhelfen, daß er sich durch Beförderungen und Geschenke Geschöpfe heranbildet. Ist er böse? Nein. Aber das kommt daher, weil alle Laster aus Eseleien entstehen, und ein Esel ist er nicht. Er versteht weder zu organisieren noch zu verwalten, und doch organisiert und verwaltet er, denn er will alles können. Daher die Unordnung und Vergeudung aller Art; daher der vollständige Mangel an allem, daher das Elend inmitten von Überfluß.

Es gibt Menschen, die man erst nach den Ereignissen beurteilen muß. Sie würden verlieren, wollte man ihr Verhalten aus den Mitteln erforschen, deren sie sich zur Erreichung ihres Zieles bedienen. Zu ihnen gehört Bonaparte.

Er nimmt, wie er sagt, alle Fehler auf sich, die vor Akka begangen worden sind, und würde wohl auch sich nicht davon freimachen können. Niemals steht bei ihm ein Plan fest: alles geht sprungweise. Die Angelegenheiten werden Tag für Tag geregelt. Er gibt vor, an die Vorsehung zu glauben."

Bonaparte beauftragte den General Lannes mit der Belagerung des Forts. Da Lannes aber am 27. Juli verwundet wurde, trat General Menou am nächsten Tage an seine Stelle.

Die Franzosen unternahmen verschiedene Stürme auf die türkischen Befestigungen, wurden aber immer blutig abgewiesen. Schließlich kamen die Belagerer dem eigentlichen Fort immer näher, und die tapferen Verteidiger sahen sich durch Hunger und Durst gezwungen, den Platz am 2. August zu übergeben. Die Türken hatten sich sehr wacker gehalten; während der kurzen Belagerung hatten sie ungefähr 1000 Mann durch das feindliche Feuer und infolge der erlittenen Entbehrungen verloren.

Es ist zu verwundern, daß die türkisch-englische Flotte keine ernstlichen Versuche machte, den Belagerten Hilfe zu bringen, oder daß diese nicht selbst in der Nacht Anstalten machten, einen Teil des geschlagenen Heeres auf flachen Booten zu retten. Wenn Sir Sidney Smith gewollt hätte, würde er mit dem schweren Geschütz seiner Linienschiffe den Franzosen großen Schaden verursacht haben. Aber es war nichts mehr zu gewinnen; wozu auch ein paar Engländer aufs Spiel setzen, selbst wenn es sich darum gehandelt hätte, einige tausend Türken zu retten? Man hatte ja bei Akka gesehen, daß Smith erst dann seine Mithilfe zusagte, als er überzeugt war, daß die Belagerten selbst kräftig genug waren, um die Stürme Bonapartes zurückzuschlagen!

Nachdem die Gefahr einer feindlichen Landung durch die siegreiche Schlacht bei Abukir glücklich abgelenkt worden war, gab Bonaparte seinen verschiedenen Unterführern Befehle, sich auf ihre früheren Posten zurückzubegeben. Er selbst verbrachte den Abend nach der Schlacht und die beiden folgenden Tage in der Nähe des Schlachtfeldes und ritt am Abend des 27. Juli nach Alexandria, um sich mit

Marmont zu besprechen und die Verteidigungsmaßregeln des wichtigen Platzes an der Küste zu besichtigen.

Die Nachricht von dem Siege der Schlacht bei Abukir traf bereits am Abend des 29. Juli in Kairo ein, vierzehn Tage nachdem das Erscheinen der türkischen Flotte im Hauptquartier Bonapartes bei den Pyramiden gemeldet worden war. Begreiflicherweise wurde diese Nachricht von der Bevölkerung mit sehr gemischten Gefühlen aufgenommen. Anscheinend teilte sie die Freude der französischen Besatzung; in Wirklichkeit hätte sie aber lieber gesehen, wenn der Sieg den Türken verblieben wäre.

In Paris wurde die Nachricht vom Siege bei Abukir, dessen Name von früher her traurige Erinnerungen wachrief, mit Begeisterung aufgenommen. Der Bericht über den Sieg kam, wie man sich erinnern wird, nahezu gleichzeitig*) mit dem über den Rückzug aus Syrien an und verwischte somit den ungünstigen Eindruck, den dieser mißlungene Feldzug hervorrief.

*) Am 4. Oktober 1799 abends. Der Brief war durch das Schnellschiff „Osiris" nach Europa gebracht worden.

DREIZEHNTES KAPITEL

BEZIEHUNGEN DES DIREKTORIUMS ZU BONAPARTE WÄHREND DES FELDZUGS IN ÄGYPTEN UND SYRIEN

ABREISE DES OBERGENERALS AUS ÄGYPTEN (August 1799)

Nichts ist lächerlicher, als die Rückkehr Bonapartes aus Ägypten nach Frankreich als Flucht zu bezeichnen!

Der Entschluß, sich ein paar kleinen, schlecht segelnden Fahrzeugen anzuvertrauen, die von dem ersten besten englischen, türkischen, russischen oder portugiesischen Linienschiff genommen werden konnten, ist vielmehr ein Zeichen der Größe und Überlegenheit als der Schwäche und Verzagtheit Bonapartes. Ferner hatte der Obergeneral vor seiner Abreise nach Alexandria vom Direktorium nicht allein die weitgehendsten mündlichen und schriftlichen Vollmachten für sein Tun und Handeln empfangen, und sie wurden ihm im Laufe des Feldzugs noch bestätigt, sondern er hatte auch von vornherein die Absicht, viel früher nach Europa zurückzukehren!

Bonaparte hatte einen Angriff auf die junge französische Kolonie Ägypten siegreich abgeschlagen. Ein tüchtiger Unterführer konnte sein von ihm begonnenes Werk weiterführen. Beim Zustandekommen eines neuen Bündnisses gegen Frankreich war seine Anwesenheit besser in Paris als in Ägypten. Diese Ansicht teilte auch das Direktorium. Der

Brief vom 18. September 1798, der die Wünsche der Regierung enthielt, kam aber erst in die Hände des Generals, als dieser sich schon in Frankreich befand.

Bonaparte wünschte allerdings in erster Linie nach Frankreich zurückzukehren, um in der Heimat im Kampfe gegen die inneren und äußeren Feinde der Republik eine führende Rolle zu spielen. Außerdem konnte er aber auch von Paris aus, nach Kenntnisnahme der politischen Lage Europas, am besten entscheiden, ob man die neue Kolonie durch Truppen und Geldsendungen weiter unterstützen oder beim Friedensschluß das eroberte Gebiet gegen eine andere, von den Engländern besetzt gehaltene Kolonie austauschen sollte.

Noch ehe Bonaparte den Fuß auf Ägyptens Boden gesetzt, ja, noch ehe er Paris verlassen hatte, schrieb er am 13. April 1798 an das Direktorium, es sei das Geeignetste, das große, gegen England geplante Unternehmen bis zum September desselben Jahres aufzuschieben. Aus diesem Schreiben und anderen begleitenden Umständen geht hervor, daß der General bis zum Herbst 1798 aus Ägypten zurück zu sein hoffte, da er in eigener Person den Angriff auf Englands Küsten leiten wollte. Ein Privatbrief Napoleons an seinen Bruder Joseph vom 25. Juli 1798 aus Kairo bestätigt, daß der General seine Absicht um jene Zeit nicht geändert hatte, denn es heißt in dem erwähnten Briefe: „In zwei Monaten kann ich in Frankreich sein.“

Der Gedanke einer Rückkehr nach Frankreich wurde jedoch infolge der Zerstörung der französischen Flotte bei Abukir am 1. und 2. August 1798 vorläufig fallen gelassen. Galt es doch zunächst, das Land völlig zu erobern und Mittel und Wege zu finden, um es vor einem feindlichen Einfall sicherzustellen.

Aber schon am 7. Oktober kam Bonaparte wieder auf seine frühere Absicht zurück. „Sobald ich weiß,“ schrieb er an die Regierung nach Paris, „welchen Entschluß die Türken fassen werden, und das Land ruhiger geworden ist, ferner, sobald unsere Befestigungen weiter vorgeschritten sind, was gewiß nicht lange mehr dauern wird, dann werde ich mich entschließen, nach Europa zurückzukehren."

Da die Engländer im Frühjahr 1798 von neuem Fuß im Mittelländischen Meer zu fassen suchten und bald darauf auch die Portugiesen, Russen und Türken Geschwader dahin absandten, war es überaus schwierig, Nachrichten von Ägypten nach Frankreich und umgekehrt gelangen zu lassen. Bonaparte versuchte auf alle mögliche Weise durch Vermittlung der französischen Konsuln oder diplomatischen Vertreter in Tripolis, Zypern, Zante, Malta, Ancona, Konstantinopel usw. Briefe an das Direktorium befördern zu lassen*). Er bat auch seine Regierung, ihm Nachrichten aus Europa auf verschiedenen Wegen, oft in sechs Ausfertigungen, zuzusenden.

Nach langem, vergeblichem Harren erhielt er am 9. September 1798 die erste Nachricht vom Direktorium**). Sie wurde ihm vom Kurier Lesimple überbracht, der am 17. Juli von Toulon auf dem Aviso „L'Anémone" abgereist war. Gegen Mitte November 1798 kamen eine Anzahl Briefe und Zeitungen aus Europa an, die Nachrichten bis Mitte August enthielten. Bonaparte schien um jene Zeit geneigt gewesen

*) Wie lange es manchmal dauerte, bis ein Brief von Frankreich nach Ägypten oder von der Kolonie in das Mutterland brauchte, und welchen Zufälligkeiten er ausgesetzt war, beweist folgender Fall: Den wichtigen, bereits im Text erwähnten Brief vom 7. Oktober 1798 hatte Bonaparte seinem Bruder Ludwig anvertraut. Durch verschiedene Umstände aufgehalten, konnte Ludwig nicht vor dem 5. November 1798 aus Ägypten abreisen und traf erst Anfang März 1799 in Paris ein!

**) Die ersten Nachrichten aus Frankreich kamen in der zweiten Hälfte des Monats Juli in Ägypten mit dem „Chasseur" und dem „Vif" an. Das erste Fahrzeug war am 17. Juli 1798 von Toulon abgesegelt und langte am 20. oder 21. Juli in Alexandria an; das zweite Schiff verließ Toulon am 28. Juni 1798 und traf am 25. Juli in Alexandria ein. Auf diesen Schiffen befanden sich unter anderen der General Lanusse und der Bürger Tallien.

Ludwig Bonaparte.
Gemälde von J. L. David.
(Nach einem Stich aus der Sammlung Kircheisen.)

zu sein, sich mit den Engländern zu verständigen, um das Land unter gewissen Bedingungen zu räumen.

Der Umstand, vollkommen vom Mutterland abgeschnitten zu sein und keine Nachrichten von dort zu erhalten, lastete auf jedermann. In allen Briefen des Obergenerals an seine Regierung in Paris kehrt die Bitte wieder, es doch auf alle Weise zu versuchen, ihm Nachrichten zukommen zu lassen. Ebenso oft findet man in den Briefen Bonapartes an seine Generale und von diesen wieder an deren Unterführer beständig die Bemerkung „Keine Nachrichten aus Frankreich!"

„Wir haben seit Lesimple, das heißt, seit dem 18. Messidor (6. Juli), nicht die geringste Nachricht aus Europa erhalten," schreibt Bonaparte am 21. November 1798 in seiner Verzweiflung an die Direktoren; „das sind vier bis fünf Monate! Sie begreifen, daß wir ein wenig neugierig werden." — „Wir sind immer ohne Nachrichten aus Frankreich," heißt es in einem andern Briefe vom 17. Dezember an die Regierung in Paris, „nicht ein einziger Bote seit Messidor. Das ist selbst in den Kolonien ohne Beispiel!"

Der Feldzug nach Syrien war entschieden. Bonaparte hatte alle Vorbereitungen in Kairo erledigt und war im Begriff, zum Heere aufzubrechen. Da erhielt er von Marmont aus Alexandria die Nachricht, daß dort die Bürger Hamelin und Livron eingetroffen seien. „Man meldet uns im Augenblick die Ankunft eines ragusanischen Schiffs in Alexandria, das mit Wein beladen ist und Briefe für mich aus Genua und Ancona bringt", schreibt der Obergeneral unter dem ersten Eindruck der freudigen Nachricht am 5. Februar 1799 an das Direktorium. „Seit acht Monaten sind es die ersten Nachrichten, die wir aus Europa bekommen!"

Erst am 8. Februar 1799 nachmittags traf Hamelin mit einem Briefe des französischen Konsuls in Ancona vom 1. November 1798 und einigen bis Oktober zurückreichenden Zeitungen in Kairo ein. Die Abreise Bonapartes zum Heere wurde jetzt natürlich um einige Tage verschoben, da er vorerst Hamelin ausfragen wollte. Nach den von diesem mitgebrachten Berichten zu urteilen, war die Lage in Europa ziemlich gespannt, doch der Weltkrieg war noch nicht ausgebrochen. Hamelin erzählte aber, er habe unterwegs in Erfahrung gebracht, daß Neapel der Französischen Republik den Krieg erklärt und bereits Schritte gegen die Römische Republik unternommen hätte. Hamelin mußte sich eines förmlichen Verhörs unterziehen. Seine Aussagen wurden zu Papier gebracht, und der General befahl ihm, das Schriftstück zu unterzeichnen. „Wenn sich der Bericht Hamelins im Laufe des März bestätigen und Frankreich sich mit den Königen im Streit befinden sollte, dann werde ich nach Frankreich zurückkehren“, schrieb darauf der Obergeneral am 10. Februar 1799 an seine Regierung nach Paris! In diesen Worten liegt der Schlüssel zu seinem späteren Verhalten.

Am 11. Februar 1799 verließ er in frühester Morgenstunde Kairo und begab sich zum Heere nach Belbes. Da bereits alle Vorbereitungen zum Feldzuge nach Syrien getroffen waren, wollte er nicht darauf verzichten und erst weitere Nachrichten abwarten, ehe er Maßnahmen zur Rückkehr in die Heimat traf. Auch hoffte er durch den Feldzug neuen Ruhm zu erwerben, durch den er die mittlerweile in Paris eingetroffene unangenehme Nachricht vom Verlust der Flotte bei Abukir auszutilgen gedachte.

Das Direktorium empfand gleichfalls aufs empfindlichste den Mangel an Nachrichten aus Ägypten. Um dahin Briefe gelangen zu lassen, hatte man es nicht an Versuchen fehlen lassen, sich mit Bonaparte in Verbindung zu setzen.

In einem sehr eingehenden Schreiben an den Obergeneral erörterte Talleyrand die Lage Frankreichs den Mächten gegenüber und unterbreitete das Schriftstück am 4. November 1798 dem Direktorium. Der Brief begann ebenfalls mit dem Ausdruck des Bedauerns, von Bonaparte seit dem 2. Fructidor (19. August) keine Nachricht erhalten zu haben. Der erwähnte Brief des Generals war der Regierung erst am 23. Vendémiaire (14. Oktober) durch den Boten Mothey überbracht worden.

Aus dem Schreiben Talleyrands, das von dem damaligen Vorsitzenden des Direktoriums Treilhard unterzeichnet war, sollte der Oberbefehlshaber erfahren, daß Rußland und die Türkei der Französischen Republik den Krieg erklärt haben, daß ferner ein 60000 Mann starkes russisches Heer auf dem Marsch nach Deutschland begriffen sei, daß Neapel beabsichtige, Frankreich den Krieg zu erklären, und endlich, daß Österreich eifrige Rüstungen mache. Da die französische Regierung zur Zeit unmöglich Verstärkungen, nicht einmal Vorschriften senden könne, so überlasse sie es Bonaparte, das zu tun, was er für geeignet halte.

Dieses wichtige Schriftstück wurde in einigen Abschriften mehreren Leuten anvertraut, die sich Anfang des Jahres 1799 auf verschiedenen Wegen nach Ägypten begeben sollten. Aber nur ein einziger Bote kam an! Es war Mourveau, der am 9. Februar 1799 von Genua abreiste und bereits am 26. Februar bei Abukir landete. Nachdem man ihn zunächst nach Rosette und dann nach Kairo*) gesandt hatte, begab er sich nach Syrien und langte am 25. März im Lager vor Akka an.

Die Nachrichten, die Bonaparte aus Europa empfing, mußten für seine späteren Absichten und Pläne ausschlaggebend sein. Selbst wenn es ihm gelingen sollte, Akka zu nehmen, konnte und durfte er nicht daran denken, weiter auf Konstantinopel zu marschieren. Die Ereignisse lehrten zur Genüge, daß der Obergeneral froh sein mußte, sein

*) Dugua meldete am 5. März 1799 Bonaparte, daß am Tage zuvor ein Bote des Direktoriums mit Briefen eingetroffen sei.

Halbinsel von Abukir aus der Vogelschau gesehen.
Gestochen von Pilemont nach einer Zeichnung von D. V. Denon.
(Sammlung Kircheisen.)

Heer mehr oder weniger geschwächt nach Kairo zurückzuführen.

Durch die Landschlacht bei Abukir am 25. Juli 1799 hatte Bonaparte sein Ansehen, das durch den Verlust der französischen Flotte am 1. und 2. August 1798 und durch den ungünstig verlaufenen Feldzug nach Syrien stark gelitten hatte, wiederhergestellt. Wie man aus dem vorhergehenden Kapitel erfahren hat, traf der Bericht über den Feldzug nach Syrien fast gleichzeitig mit der Siegesnachricht von Abukir in Paris ein.

Man kann vermuten, daß Bonaparte erst seit der Rückkehr aus Palästina ernstlich mit der Absicht umging, bei nächster Gelegenheit nach Frankreich zurückzukehren*). Jetzt, nachdem er das türkische Heer bei Abukir vernichtet hatte, durfte er sich mit dem Gedanken vertraut machen, die Reise nach Frankreich anzutreten, ohne daß man ihm vorwerfen konnte, das Land feig im Stich gelassen zu haben.

Die kommende Jahreszeit gestattete es den Türken vorläufig nicht mehr, einen Einfall in Ägypten zu wagen; zudem hatten sie auch kein Heer, das sie so schnell nach Ägypten schicken konnten. Vom Mutterlande war vorläufig ebenfalls keine neue Truppensendung zu erwarten, mit der Bonaparte einen Vorstoß nach Indien machen konnte. Er durfte deshalb mit gutem Gewissen der Kolonie den Rücken kehren und seinem Nachfolger die Sorge überlassen, den Umständen gemäß zu handeln, das Land gegen spätere Angriffe zu verteidigen oder mit den Türken oder Engländern wegen der Räumung des Gebiets ein Abkommen zu treffen.

Um sich Nachrichten über die Lage in Europa und vor

*) Mit diesen Absichten hängt vermutlich der Befehl zusammen, den Bonaparte am 21. Juni 1799 von Kairo aus dem Konteradmiral Ganteaume erteilte. Dieser sollte die beiden Fregatten „La Muiron“ und „La Carrère“ seetüchtig machen.

allem aus Frankreich zu verschaffen, ließ Bonaparte unter dem Vorwand, die im Fort von Abukir gefangen genommenen Türken auszuwechseln, mit Sir Sidney Smith Unterhandlungen anknüpfen. Er beauftragte damit seinen Adjutanten Merlin und den Schiffsoffizier Descorches, Neffen des ehemaligen französischen Gesandten in Konstantinopel. Der englische Kommodore schien zu gleicher Zeit von ähnlichen Absichten beseelt zu sein, denn er sandte seinen Sekretär John Keith ans Land, damit dieser zu den Franzosen in Beziehungen trete. Gleichzeitig sollte Keith die Stimmung im Heere und bei den Eingeborenen zu ermitteln suchen. Der englische Unterhändler brachte auch Zeitungen mit, die bis zum 10. Juni reichten. Aus ihnen konnte Bonaparte erfahren, daß ein zweites mächtiges Bündnis gegen Frankreich im Gange war.

Wie man sich erinnern wird, hatte Menou an Stelle Lannes' am 28. Juli Befehl erhalten, das Fort Abukir zu belagern. Der englische Abgesandte begab sich daher zum General Menou, um mit ihm in Unterhandlungen zu treten. Hier, in Menous Zelt, traf Bonapartes Adjutant, der junge Merlin, den Sekretär Sir Sidney Smiths, der ebenfalls gekommen war, um wegen der Auswechslung der Gefangenen zu unterhandeln.

„Ich beeilte mich, vom General Menou Abschied zu nehmen", schreibt Merlin in seinem Bericht über jene Tage, „um wieder nach Alexandria zurückzureisen und um dem General (Bonaparte) die unheilvollen aber gleichzeitig wertvollen Zeitungen zu überbringen. Es war 10 Uhr abends*), und als ich in Alexandria ankam, war Mitternacht vorüber. Der General Bonaparte hatte sich schon niedergelegt und schlief fest. Ich trete in sein Zimmer ein und sage, nachdem ich ihn geweckt hatte: ‚General, ich bringe Ihnen eine Anzahl Zeitungen aus Europa (es waren die ‚Gazette de Franc-

*) Am 15. Thermidor (2. August 1799).

fort‘ und ‚Le Courrier français de Londres‘). Sie werden darin viele unselige Nachrichten lesen.‘

‚Was ist passiert?‘ fragte er und setzte sich im Bett aufrecht.

‚Scherer ist in Italien geschlagen worden; wir haben fast das ganze Land verloren. Am 1. Mai war unser Heer schon bis zur Bormida zurückgegangen. Jourdan ist im Schwarzwald geschlagen worden und ist wieder über den Rhein zurückgegangen‘, antwortete ich. Bei diesen Worten sprang der General aus dem Bett und bemächtigte sich der Zeitungen, die er ohne Unterbrechung während des Restes der Nacht las. Ausrufe des Zorns und der Empörung entschlüpften jeden Augenblick seinem Munde, als er sah, daß man in weniger als einem Monat das schöne Land verloren, das er mit so viel Ruhm erobert hatte!

Am nächsten Tage, dem 16. Thermidor (3. August), ließ er in frühester Morgenstunde den Konteradmiral Ganteaume rufen und schloß sich mit ihm zwei Stunden lang in seinem Arbeitszimmer ein. Am 17. Thermidor (4. August) reiste er nach Kairo ab.“ Soweit der Bericht seines Adjutanten Merlin.

Während Ganteaume die letzten Vorbereitungen für die Ausrüstung der zur Rückfahrt bestimmten Fahrzeuge*) traf und den günstigen Augenblick abwartete, in dem das Meer von englischen Schiffen frei sein würde, gedachte Bonaparte sich nochmals nach der Hauptstadt zu begeben, um alle laufenden Geschäfte zu erledigen und vor allem Maßnahmen für die Zukunft zu treffen, wenn er nicht mehr da sein würde.

Am 5. August nachmittags verließ er Alexandria, traf am Abend in Berket-Gitas und in der nächsten Nacht in El-Ramanieh ein. Hier blieb er bis zum 9., um den Rückmarsch

---

*) Außer den bereits erwähnten Fregatten „La Carrère“ und „La Muiron“ wurden noch die kleineren Fahrzeuge „La Revanche“ und „La Fortune“ ausgerüstet und mit Lebensmitteln für zwei Monate versehen.

der Truppen von der Küste bis nach der Hauptstadt und dem übrigen Hinterland zu überwachen. Am 11. August morgens kam er in Kairo an. Er hatte den Weg zu Wasser auf einem Nilarme zurückgelegt.

Die letzten Tage in der Hauptstadt vergingen für Bonaparte in außerordentlicher Tätigkeit. Er gab Anordnungen, um die Forts, die zuerst einen Angriff von Syrien aus zu erwarten hatten*), in besten Verteidigungszustand zu setzen, beschäftigte sich mit der immer noch wenig zufriedenstellenden wirtschaftlichen Lage des Heeres und der nicht weniger wichtigen Bekleidungsfrage für die Truppen. Mit großer Feierlichkeit ließ er nochmals das Fest des Propheten, das in diesem Jahre auf den 13. August fiel, begehen.

Am 12. August kündigte Bonaparte dem Konteradmiral Ganteaume an, daß er am 15. August nach Menuf zu reisen beabsichtigte. Von dort aus wollte er sich dann an die Küste begeben. Aus verschiedenen Gründen mußte die Abfahrt an das Meer um einige Tage verschoben werden. Da traf am 17. abends ein Schreiben Ganteaumes vom 14. August in der Hauptstadt ein. Es meldete, daß die englischen Schiffe die Küste verlassen und sich vermutlich nach Zypern oder nach dem Archipel begeben hätten, um Wasser einzunehmen. Bis sie zurück seien, könnten sieben bis acht Tage vergehen; während dieser Zeit würde die Abfahrt des Obergenerals am besten erfolgen.

Bonaparte beschloß deshalb, unverzüglich mit einigen Offizieren, Gelehrten und 200 bis 250 Guiden aufzubrechen. Er vertraute niemand, nicht einmal Dugua, der in Kairo befehligte, seine Absichten an, sondern erklärte, daß er eine Reise in das Delta zu machen beabsichtige. Hingegen ver-

---

*) Zuerst hatten die Forts in Kalaat El-Arisch und Katieh, in zweiter Linie die Befestigungen in Es-Salihijeh und Belbes den feindlichen Angriff von Syrien aus auszuhalten.

rieten Monge und Berthollet, die den General nach Europa begleiten sollten, durch ihre Haltung, daß sich irgend etwas ereigne, womit die anderen Gelehrten unzufrieden sein würden. Bonaparte hatte nämlich am 14. August angeordnet, daß zwei Gelehrtenausschüsse, einer unter Costaz am 15., der andere unter Fourier am 18. August nach Oberägypten zur Besichtigung und Erforschung der Denkmäler aufbrechen sollten. Aus dieser Maßnahme ging sicher her-

C. L. Berthollet.
(Nach einer Zeichnung von A. Dutertre.)

vor, daß Bonaparte die an der Forschungsreise nach Oberägypten beteiligten Gelehrten, es waren deren 25, aus einem bestimmten Grund von der Hauptstadt entfernen wollte!

Am Tage, an dem Bonaparte selbst von Kairo abreiste, wandte er sich nochmals an den Großwesir Jussuf-Pascha und schlug ihm Friedensunterhandlungen vor. Dieser Brief vom 17. August ist so kennzeichnend für Bonaparte, daß ich ihn vollständig im Wortlaut wiedergeben möchte. Er lautete:

„An den Großwesir, groß unter den großen Aufgeklärten und Weisen, alleinigen Mitwisser der Geheimnisse des größten aller Sultane!

Ich habe die Ehre, Eurer Exzellenz durch den Effendi*), der in Abukir gefangen genommen wurde, und den ich Ihnen zurückschicke, zu schreiben, um Ihnen die wahre Lage Ägyptens bekanntzumachen und zwischen der Hohen Pforte und der Französischen Republik Unterhandlungen anzuknüpfen, die dem Kriege ein Ende machen können, der zum Unglück des einen wie des anderen Staates geführt wird.

Durch welches Verhängnis eigentlich führen die Pforte und Frankreich, seit langem Freunde aus Gewohnheit, Freunde durch die Entfernung ihrer Grenzen, Frankreich der Feind Rußlands und des Kaisers, warum führen sie Krieg miteinander?

Wie kommt es, daß Eure Exzellenz nicht fühlen, daß jeder getötete Franzose eine Stütze weniger für die Pforte ist? Wie ist es möglich, daß Eure Exzellenz, der Sie sonst so aufgeklärte Kenntnisse in der Politik und den verschiedenen Staatsinteressen besitzen, nicht wissen, daß Rußland und der Kaiser von Deutschland mehrmals gegenseitig über die Teilung der Türkei unterhandelt haben, und daß es nur der Einmischung Frankreichs zu verdanken ist, daß dies verhindert ward?

Eurer Exzellenz muß es bekannt sein, daß Rußland der wahre Feind des Islams ist. Der Kaiser Paul I. hat sich zum Großmeister des Malteserordens gemacht, das heißt, er hat das Gelübde getan, gegen die Muselmanen Krieg zu führen. Ist er nicht das Oberhaupt der griechischen Religion, das heißt des größten Feindes des Islams?

Frankreich hingegen hat die Malteser Ritter vernichtet, hat die Fesseln gesprengt, mit denen die Türken geknechtet

*) Mehemed-Effendi.

waren, und glaubt, wie es der Islam vorschreibt, daß es nur einen Gott gibt.

So hat also die Hohe Pforte, die die Freundin Frankreichs war, solange es christlich gewesen ist, ihm den Krieg erklärt, als es sich durch seine Religion dem muselmanischen Glauben näherte!

Rußland und England haben die Hohe Pforte getäuscht; sie haben unsere Boten aufgefangen, durch die wir ihr den Feldzug nach Ägypten mitteilten, und diesen als einen Einfall in das Türkische Reich hingestellt! Als wenn ich nicht immer erklärt hätte, daß die Französische Republik nur die Mamelucken zu vernichten beabsichtigte und keinen Krieg mit der Hohen Pforte führen, sondern nur den Engländern schaden wollte, aber nicht seinem großen und treuen Verbündeten, dem Kaiser Selim!

Ist nicht das Verhalten, das ich gegen die in Ägypten anwesenden Leute der Pforte, gegen die Schiffe des Sultans, gegen die Handelsschiffe, die die ottomanische Flagge tragen, an den Tag gelegt habe, der sicherste Beweis für die friedlichen Absichten der Französischen Republik?

Die Hohe Pforte hat der Französischen Republik im Januar mit einer unerhörten Übereilung den Krieg erklärt, ohne die Ankunft des Gesandten Descorches abzuwarten, der schon von Paris nach Konstantinopel abgereist war, und ohne mich um eine Erklärung zu bitten, noch mein Entgegenkommen zu erwidern.

Obwohl mir ihre Kriegserklärung vollkommen bekannt war, hoffte ich dennoch, sie davon abbringen zu können, und schickte zu diesem Zwecke den Bürger Beauchamp, Konsul der Republik, auf die Karavelle*). Statt jeder Antwort hat man ihn eingesperrt, hat man Heere gebildet, sie in Ghazze vereinigt und ihnen befohlen, Ägypten zu überschwemmen. Nun sah ich mich genötigt, die Wüste zu durchqueren, denn

*) Vgl. S. 224.

ich zog vor, in Syrien Krieg zu führen, als mich in Ägypten bekriegen zu lassen.

Mein Heer ist stark, vorzüglich geschult und mit allem versorgt, was ihm den Sieg über andere Heere verschaffen kann, und gebe es deren auch so viele wie Sand am Meere. Zitadellen und Festungen, mit Kanonen vollgepfropft, sind an den Küsten und Grenzen der Wüste errichtet: ich brauche also nichts zu befürchten und bin hier unüberwindlich. Aber ich tue diesen Schritt aus Menschlichkeit, für die wahre Politik, für den ältesten, aufrichtigsten aller Verbündeten, den Kaiser Selim.

Was die Hohe Pforte niemals durch Waffengewalt erreichen wird, kann sie durch eine Unterhandlung erlangen. Ich werde alle Heere schlagen, wenn sie beabsichtigen, Ägypten zu überschwemmen, aber ich werde auch auf versöhnende Weise auf alle Vorschläge zu Unterhandlungen, die man mir macht, antworten. Von dem Augenblick an, wo die Hohe Pforte nicht mehr gemeinsame Sache mit unseren Feinden, den Russen und dem Kaiser macht, wird die Französische Republik alles, was in ihren Kräften steht, tun, um das gute Einvernehmen wiederherzustellen und jedes Hindernis, das Veranlassung zur Uneinigkeit zwischen beiden Staaten geben könnte, aus dem Wege räumen.

Hören Sie daher mit dem kostspieligen und unnützen Rüsten auf. Ihre Feinde sind nicht in Ägypten, sondern am Bosporus, in Korfu. Durch Ihre außerordentliche Unvorsichtigkeit befinden sie*) sich heute mitten im Archipel!

Rüsten und bessern Sie Ihre Schiffe aus; erneuern Sie Ihre Artillerie; halten Sie sich bereit, bald das Banner des Propheten zu entfalten, nicht gegen Frankreich, wohl aber gegen die Russen und Deutschen, die über den unsinnigen Krieg, den wir miteinander führen, lachen, und die, wenn

*) Die Russen und Engländer.

sie Sie genug geschwächt haben, den Kopf heben und mit lauter Stimme ihre Forderungen stellen werden.

Wir wollen Ägypten, sagt man; aber es war nie Frankreichs Absicht, es Ihnen zu nehmen (?!).

Beauftragen Sie Ihren Gesandten*) in Paris mit Ihren unumschränkten Vollmachten, oder schicken Sie einen Bevollmächtigten nach Ägypten. In zwei Stunden kann alles geregelt werden. Das ist das einzige Mittel, das muselmanische Reich zu beruhigen und ihm gegen seine wahren Feinde Gewalt zu verschaffen, sowie deren hinterlistige Pläne zu vereiteln, die ihnen leider schon so gut geglückt sind.

Sagen Sie ein Wort, und wir schließen den Russen das Schwarze Meer. Dadurch hören wir auf, das Spielzeug dieser feindlichen Macht zu sein, die zu hassen wir tausend Gründe haben, und ich tue alles, was Ihnen angenehm sein könnte.

Nicht gegen die Muselmanen will das französische Heer sein Können und seinen Mut entfalten, sondern im Gegenteil, vereint mit den Muselmanen wird es eines Tages ihre gemeinsamen Feinde vertreiben, wie das von jeher so gewesen ist.

Ich glaube jetzt, Eurer Exzellenz genug gesagt zu haben. Sie können sich entweder den Bürger Beauchamp kommen lassen, den man, wie man mir versichert, im Schwarzen Meer zurückhält, oder auch jedes andere Mittel ergreifen, um mich Ihre Absichten wissen zu lassen.

Was mich anlangt, so werde ich den Tag für den schönsten meines Lebens halten, an dem ich dazu beitragen kann, einen gleichzeitig unpolitischen und grundlosen Krieg zu beenden.

Ich bitte Eure Exzellenz, an die Wertschätzung und ausgezeichnete Hochachtung zu glauben, die ich für Sie empfinde."

In diesem Schreiben zeigt sich Bonaparte sowohl als glän-

*) Vgl. S. 223.

zender Meister des Stils wie auch als geschickter Diplomat. Wüßte man nichts von den bisherigen Geschehnissen in Ägypten, und wäre der Nachwelt nur dieser Brief an den Großwesir aufbewahrt, so müßte man glauben, daß den Franzosen das größte Unrecht geschehen und die Türkei an allem Unglück schuld sei!

Mehemed-Effendi, der Überbringer dieses Briefes, wurde von Kairo nach Damiette geführt und sollte dann von Kleber nach Zypern gesandt werden, von wo aus er nach Konstantinopel reisen konnte. Der Schritt Bonapartes hatte aber schon aus dem Grunde keinen Erfolg, weil die türkische Regierung am 5. Januar 1799 mit Großbritannien einen Vertrag abgeschlossen hatte und ohne diese Macht nichts entscheiden konnte. Daß aber England nicht geneigt war, in eine freiwillige Räumung Ägyptens durch das französische Heer, womöglich noch gegen gewisse Entschädigungen, einzuwilligen, kann man aus den Vorschriften ersehen, die später Admiral Lord Keith von seiner Regierung erhielt, und die er in einem Schreiben vom 8. Januar 1800*) Kleber wissen ließ.

Außer dem Konteradmiral Ganteaume scheinen nur Berthier, Marmont, Bourrienne und vielleicht auch Merlin Kenntnis von Bonapartes Plan zur Rückkehr nach Europa gehabt zu haben. Die übrigen Personen, die den Obergeneral begleiten sollten, wurden erst kurz vor der Abreise aus Kairo benachrichtigt. Da er eine ganze Anzahl verschiedener Gegenstände mit sich nach Frankreich nehmen wollte, und die Einpackung derselben gewisse Zeit in Anspruch nahm, die Versendung auch nicht ganz unbemerkt geschehen konnte, so lag die Gefahr sehr nahe, daß manche seine wahren Absichten errieten. Zum wenigsten ahnten sie, daß etwas in der Luft liege.

*) Vgl. S. 315.

Wir sind durch den Ingenieur Jomard über die Gewitterschwüle, die in jenen Tagen herrschte, am besten unterrichtet. Dieser schreibt in seinen Erinnerungen über Monge gelegentlich der Rückkehr Bonapartes nach Frankreich: „Während man Anstalten zur Abreise der beiden Gelehrtenausschüsse traf, deren jeder in zwei Abteilungen auf ebensoviel bewaffnete und mit Vorratsmitteln versehene Fahrzeuge verteilt war, auf denen sich eine Begleitmannschaft

Jomard der Ältere.
(Nach einer Zeichnung von A. Dutertre.)

befand, bereitete sich in diesem Augenblick und im größten Geheimnis ein viel schwerwiegenderes Ereignis vor.

Am 28. Thermidor (15. August) verbreitete sich im Institutsgebäude ein unbestimmtes Gerücht oder vielmehr eine Vermutung. Man sagte, der General Bonaparte bereite sich vor, unversehens abzureisen. Vielleicht sei er vom Direktorium zurückgerufen worden, um die Angelegenheiten in Italien wiederherzustellen. Ohne Zweifel nehme er die wichtigsten Persönlichkeiten des Heeres mit, unter anderen Monge und Berthollet.

Niemand — oder vielmehr wenige unter uns — wollten an die Möglichkeit einer solchen Vermutung glauben. Costaz und Fourier weigerten sich stolz, es zuzugeben. Geoffroy dagegen glaubte fest daran. Der Dichter Parseval, der auf der Liste der nach Oberägypten bestimmten Reisenden stand, hatte soeben auf diese Reise verzichtet, nachdem er mit Monge gesprochen hatte. Diese Tatsache sah man als Vorbedeutung an. Ebenso war es mit der Nachricht, daß die Fregatten ‚La Carrère' und ‚La Muiron' soeben in Alexandria ausgerüstet, bewaffnet und instandgesetzt worden waren, um abzureisen. Jedenfalls lagen in diesen Tatsachen genug Gründe zu Mutmaßungen.

In diesem Gemütszustande befanden wir uns, als Monge und Berthollet, die von einem großen vom Obergeneral gegebenen Essen zurückkehrten, sehr zerstreut und sichtbar verwirrt in den Beratungssaal eintraten. Conté berichtete, daß der Obergeneral dreimal am selben Tage von ihm ein gewisses Bildnis verlangt hätte. Es war bekannt, daß Monge der Bibliothek alle seine Bücher und Handschriften geschenkt hatte. Andererseits versicherte uns Monge, er habe vom Obergeneral das Ehrenwort empfangen, daß wir sogleich nach der Rückkehr aus Oberägypten nach Frankreich reisen würden. In Kairo packte man die türkischen in Syrien genommenen, sowie die durch den Sieg bei Abukir erbeuteten Fahnen und den Roßschweif des Paschas ein.

Monge antwortete selten auf die an ihn gestellten Fragen. Manchmal sprach er mit sich selbst, und man hörte ihn einmal ausrufen: ‚Armes Frankreich!' Dann wandte er sich an die anderen, die bestimmt waren, nach dem Saïd zu gehen, und sagte: ‚O, wie sind Sie glücklich, meine Freunde! Sie werden Theben sehen!' Die beiden folgenden Tage vergingen, ohne Klarheit zu bringen. Jedoch am Abend des 30. (17. August) klärte sich alles auf. Um 10 Uhr erschien der Wagen des Obergenerals Bonaparte vor dem Institutsgebäude. Er kam, um Monge und Berthollet zu holen. Sie verließen in der größten Überstürzung den Speisesaal, um ihre Koffer zu packen.

Berthollet schritt zuerst die Treppe hinab und setzte sich, ohne ein Wort hervorzubringen. Er sah düster und traurig aus. Auf die Fragen, die man an ihn richtete, antwortete er nur durch nichtssagende Worte, wie: ‚Ich weiß nichts aus dem Munde des Generals.' Das tiefste Schweigen herrschte im Saale. Endlich kam Monge herunter. Er war sichtlich erregt und verlegen. Da er schwieg, sagte Costaz zu ihm: ‚Nun, Bürger Monge, werden wir auf den Ruinen Thebens eine Sitzung abhalten?' Monge antwortete verwirrt: ‚Ja, wir werden in Dendera . . . da unten . . . bei Dendera . . . abhalten.' Er sprach nur in abgerissenen Worten. ‚Werden wir über Damiette reisen?' fragte Parseval. ‚Ich weiß von nichts', entgegnete Monge. ‚Ich glaube, daß wir nach Unterägypten reisen werden.' Und dann fügte er bei, indem er mit sich selbst sprach: ‚Der General geht in seinen Unternehmungen zu rasch vorwärts.'

Dann zog Monge sich zurück und nahm Abschied. Es schien, als ob er vollkommen kopflos sei. Es kostete ihm große Überwindung, seine Gefährten, seine Freunde und seine Schüler so plötzlich zu verlassen und sie einem unbestimmten Schicksal preiszugeben.

Es war 11 Uhr. Costaz und Fourier trafen mit ihm wieder im Hof zusammen und baten ihn, das ganze Geheimnis zu erklären. Monge wies den Gedanken einer Abreise nach Frankreich von sich, doch sprach er zögernd von einer Abwesenheit von drei bis vier Monaten. ‚Ich glaube,' sagte er, ‚daß der General die Absicht hat, von Menuf zu den Natronseen und von dort aus ins Fajum zu gehen, um die westliche Seite der Wüste zu erforschen, wie er es auch mit der anderen getan hatte.'

Monge und Berthollet erreichten inzwischen die Straße, wo sie der von den Guiden begleitete Wagen erwartete, in den sie sich setzten. Fourier und Costaz holten sie nochmals ein, indem sie die Straße überschritten und bis zur Tür gelangten, die zum Fort des Instituts führte. Ich befand mich bei ihnen. ‚Die Gelehrten sind wegen Ihrer plötzlichen Abreise besorgt', sagten sie; ‚was sollen wir tun, um sie zu beruhigen und um unsere Verantwortlichkeit zu decken?' ‚Meine Freunde,' sagte Monge, ‚ob wir nach Frankreich gehen, wissen wir nicht; wir werden es bis Mittag erfahren. Damit nahm alles ein Ende."

Das Schreiben des Konteradmirals Ganteaume, worin er mitteilte, daß die feindlichen Fahrzeuge vermutlich nach Zypern oder nach dem Archipel gesegelt seien, kam am 17. August abends in Kairo an. Bonaparte beschloß infolgedessen, noch am Abend nach der Küste abzureisen. Er zog aber den Befehlshaber von Kairo, den General Dugua, nicht ins Vertrauen, sondern ließ überall die Nachricht verbreiten, daß er die Absicht habe, sich nach Menuf zu begeben.

Er hatte für die Fahrt auf dem Nil die beiden Fahrzeuge „La Vénétienne" und „La Boulonnaise" bestimmt und sie mit einigen Geschützen versehen lassen. Etwa 200 bis 250 Mann Guiden bildeten die Bemannung.

Gegen Mitternacht war alles bereit. Der Obergeneral begab sich nach dem Hafen Bulak und bestieg das für ihn bestimmte Fahrzeug, das eine sehr hübsch eingerichtete Kabine für ihn und den Generalstab besaß. Am nächsten Morgen, dem 18. August gegen 3 Uhr, verließ die kleine Flottille den Hafen. Im Laufe des Tags kam man in Menuf an. Hier ging Bonaparte ans Land und blieb auch noch den ganzen folgenden Tag. Er traf verschiedene Maßnahmen, schrieb an Kleber, daß er sich sofort nach Rosette begeben solle, da er ihn am 24. August zu sprechen wünsche. Im übrigen suchte er dem General Lanusse, der in Menuf befehligte, auszureden, daß er Ägypten verlassen wolle.

Am nächsten Tage, am 20. August, ging es weiter nach El-Ramanieh, wo man vermutlich am Abend eintraf. Von hier aus ließ Bonaparte durch Berthier an Menou schreiben, daß er in Rosette mit ihm zu sprechen habe. In El-Ramanieh bestieg man die Pferde, die man einige Tage zuvor auf der Reise von der Küste nach dem Innern zurückgelassen hatte. Nun ging es in schnellem Ritt nach Berket-Gitas. Die kleine Schar erreichte diesen Ort am Abend des 21. August.

Ganteaume hatte Bonaparte seit dem 14. August täglich ein- oder zweimal über die Bewegungen der feindlichen Schiffe unterrichtet. Am 18. August konnte er endlich melden, daß jetzt auch die türkische Flotte seit zwei Tagen die Gegend von Alexandria und Abukir verlassen hätte.

Vermutlich auf Grund des letzten Schreibens entschloß sich Bonaparte, ohne erst Rosette und Alexandria zu berühren, vom nächstgelegenen Küstenplatz aus abzureisen. Jeden Tag konnten die englischen Kriegsschiffe, deren Abwesenheit Ganteaume auf ungefähr eine Woche schätzte, zurück sein. Der General beschloß, von El-Beida aus, wo man am 22. August Halt gemacht hatte, unmittelbar nach der Küste zu reiten und sich etwa vier Kilometer östlich von Alexandria einzuschiffen. Hier kamen bald darauf Ganteaume und Menou, die Bonaparte in diese Gegend bestellt hatte, doch jeder von einer anderen Seite, an. Ein Schiff auf dem Meere erregte des Admirals lebhafteste Besorgnis. Er bat deshalb den Obergeneral, keinen Augenblick mehr zu zaudern und sogleich abzureisen.

Menou billigte den Entschluß des Obergenerals, nach Frankreich zurückzukehren, wo seine Anwesenheit dem Vaterlande nützlicher war als in Ägypten. Er wurde von Bonaparte im Oberbefehl über die Provinzen Alexandria, Rosette und Bahireh bestätigt und empfing eine Anzahl von Denkschriften über die Verwaltung und Verteidigung des Landes, über die Bewaffnung des Heeres und die politische Lage usw., die Bonaparte in den letzten Tagen mit großer Genauigkeit und großem Scharfsinn ausgearbeitet hatte. Diese sollten nebst einer Ansprache ans Heer und einem Schreiben dem zukünftigen Obergeneral Kleber übergeben werden. Bonaparte hatte eine Zeitlang zwischen Kleber und Desaix geschwankt. Schließlich hatte er sich für Kleber entschieden, da er Desaix nach Europa kommen lassen wollte.

Während sich Bonaparte mit Menou unterhielt, kamen endlich die lange erwarteten Boote an, die den Obergeneral, seine Begleitung und die Guiden nach den Schiffen bringen sollten. Ohne Unterschied des Grades warf man sich in die Boote, um so schnell wie möglich nach den beiden Fregatten „La Carrère“ und „La Muiron“ sowie den anderen beiden kleineren Fahrzeuge zu kommen. Diese hatten den Neuen Hafen von Alexandria am 22. August verlassen und ankerten etwas außerhalb desselben. Gegen 9 Uhr kam der Obergeneral auf der „Muiron“ an. Man setzte sich zu Tisch, denn man hatte seit langem nichts gegessen, und wohl jeder bat den Meeresgott, ein wenig Wind zu schicken, der sie bald von der gefährlichen Küste entfernte. Erst am nächsten Morgen, den 24. August, zwischen 8 und 9 Uhr, erhob sich eine leichte Brise. Sie schwoll immer mehr an. Gegen Mittag war die Küste außer Sicht.

Die Ansprache Bonapartes an das zurückbleibende Heer, die Menou dem neuen Obergeneral Kleber mit den anderen Papieren übergeben sollte, war kurz, dürftig und ohne feurigen Schwung, wie man es sonst bei Bonaparte gewöhnt war. Sie lautete:

„Die Nachrichten aus Europa haben mich entschieden, nach Frankreich zurückzukehren.

Ich überlasse dem General Kleber den Oberbefehl.

Das Heer wird bald von mir Nachrichten erhalten; gegenwärtig kann ich nicht mehr sagen. Es kostet mich viel Überwindung, die Soldaten zu verlassen, an denen ich so sehr hänge. Es wird aber nur vorübergehend sein. Der General, den ich ihnen lasse, besitzt das Vertrauen der Regierung und das meinige!“

Wie verschieden war die Ansprache doch von der, die Bonaparte 14 Monate früher an das Heer richtete!

VIERZEHNTES KAPITEL

ÄGYPTEN UNTER DEN NACHFOLGERN BONAPARTES: KLEBER UND MENOU

(August 1799 bis Ende 1801)

Vertrag von Kalaat El-Arisch. — Schlacht bei Heliopolis. — Tod Klebers. — Oberbefehl Menous. — Schlacht bei Alexandria (Kanopee). — Übergabe von Kairo und Alexandria. — Rückkehr des französischen Heeres nach Frankreich.

Damit seine Abfahrt von Ägypten nicht zu früh bekannt würde, hatte Bonaparte dem General Menou befohlen, dem zukünftigen Oberbefehlshaber des Heeres erst 48 Stunden nach seiner Abreise zu schreiben und ihm die verschiedenen Schriftstücke zu übersenden. Es lag in diesem Befehl keine Kränkung für Kleber. Bonaparte wollte nur Zeit gewinnen, um aus dem Bereich der ägyptischen Küste zu kommen. Die Engländer konnten jeden Augenblick wieder in Alexandria eintreffen. Sie würden, sobald sie die Abreise Bonapartes erfahren hätten, sich sofort angeschickt haben, ihn zu verfolgen.

Man könnte noch andere Gründe dafür anführen, wie vorteilhaft es war, daß Bonaparte das Heer verließ, ohne es darauf vorbereitet zu haben. Es wären sicher viele Stimmen unter den Offizieren und Soldaten laut geworden, die Bonapartes Vorhaben getadelt hätten. Viele würden verlangt haben, ebenfalls nach Europa zurückzukehren. Unberechenbar würden die Folgen gewesen sein, die daraus entstanden wären. Aber vor die vollendete Tatsache gestellt, mußten Oberbefehlshaber und Heer sich dem Willen Bonapartes fügen.

Menou schrieb infolgedessen erst am 24. August an Kleber und teilte ihm die Ernennung zum Nachfolger Bonapartes mit.

Kleber traf bereits am selben Abend in Rosette ein*), wo die Abreise Bonapartes schon bekannt geworden war. Hier erhielt der neue Obergeneral das Schreiben Menous und am nächsten Tage auch die Briefe und Papiere Bonapartes. Er erachtete es für geeignet, sogleich nach Kairo zu reisen, wo seine Anwesenheit sicherlich am nötigsten war. Vorher hatte er aber noch eine Unterredung mit Menou in Rosette. Dann machte er sich am 27. August mittags auf den Weg und kam am 31. August in der Hauptstadt an. Dort hatte man die Nachricht von Bonapartes Abreise nach Frankreich am 26. erfahren. Sie war den meisten sehr überraschend gekommen, denn der General hatte wie erwähnt weder Dugua noch andere höhere Offiziere ins Vertrauen gezogen.

Begreiflicherweise war Kleber zunächst sehr ungehalten darüber, daß Bonaparte ihn nach Rosette bestellt hatte und dann abgereist war, ohne seine Ankunft erwartet zu haben. Endlich tröstete er sich damit, daß er nicht Desaix oder einem anderen Divisionsgeneral, sondern ihm den Oberbefehl über das Heer übertragen hatte. Er suchte, wenn auch zum guten Teil gegen seine Meinung, zur Aufrechterhaltung der Mannszucht die übrigen höheren Offiziere zu überzeugen, daß Bonapartes Rückkehr nach Paris eine Notwendigkeit gewesen sei und im Interesse des Heeres gelegen habe.

Die Ernennung Klebers zum Nachfolger Bonapartes wurde

---

*) Auf Grund des Briefes, den ihm Bonaparte am 19. August aus Menuf geschrieben hatte. Der Oberbefehlshaber hatte ihn gebeten, nach Rosette zu kommen, da er mit ihm über äußerst wichtige Dinge zu sprechen hätte.

von den Offizieren und Soldaten sowie von den Einheimischen fast ausnahmslos aufs lebhafteste begrüßt. Kleber erfreute sich allgemeiner Beliebtheit und galt für einen tüchtigen, menschenfreundlichen Soldaten. Auch wußte man, daß er ein Gegner des ägyptischen Unternehmens oder vielmehr daß er der Ansicht sei, das Land bald zu verlassen, wenn sich dies mit seiner Ehre vereinbaren sollte.

Der Kriegskommissar Miot entwirft von dem Oberbefehlshaber in seinen „Mémoires pour servir à l'histoire des expéditions en Egypte et en Syrie" folgendes günstiges Bild: „Kleber war groß und ein schöner Mann. Er hatte ein militärisches, Bewunderung erregendes Äußere. Sein Gesicht hatte einen edlen und stolzen Ausdruck. Seine Augen waren lebhaft und durchdringend; seine Züge flößten Achtung ein. Seine Stimme war klangvoll, sein Charakter lebhaft und doch zugleich bedächtig. In seinen Unterhaltungen erkannte man den unterrichteten, tiefdenkenden Mann, der das menschliche Herz wohl kannte."

Bonaparte ließ das Heer in einer wirtschaftlich ungünstigen, jedoch durchaus nicht verzweifelten und hoffnungslosen Lage zurück, wie das die Feinde Napoleons immer von neuem wiederholt haben. Der Bericht Klebers über den Zustand des Heeres und des Landes war jedenfalls viel zu schwarzsehend. Das Heer schuldete dem Oberzahlungsanweiser Daure allerdings 9 550 795 Franken, wovon mehr als 4 Millionen auf den rückständigen Sold entfielen. Um die Schuld mit einem Male zu decken, hätte Bonaparte — wie dies Kleber später nach Unterwerfung des neuen Aufstandes in Kairo tat — zu außergewöhnlichen Maßnahmen greifen und das Land mit zahlreichen Steuern belegen können. Er hatte es aber unterlassen, um die Hilfsquellen des Landes nicht zu sehr auszunützen und dadurch die Bevölkerung gegen die neuen Herrscher aufzuwiegeln.

Sofort nach seiner Ankunft in Kairo ging Kleber daran, die Arbeiten Bonapartes aufzunehmen und fortzuführen. Er verfolgte jedoch eine ganz neue Politik, denn sein Streben ging dahin, die Rückkehr des Heeres nach der Heimat zu ermöglichen.

Nach einem Tagesbefehl vom 15. August 1799 betrug der Bestand des Heeres — ohne die Verwaltungsbeamten, Gelehrten usw. — 35 200 Mann. Die Zahl war aber absichtlich so hoch angesetzt worden, um die einheimische Bevölkerung über die Stärke des französischen Heeres zu täuschen. In einem Schreiben vom 16. August an verschiedene höhere Generale erwähnte Berthier ausdrücklich diesen Umstand und, daß die Zahl doppelt so hoch angegeben worden sei, als sie in Wirklichkeit war.

In dem Briefe vom 28. Juni 1799 an das Direktorium schätzte der Obergeneral Bonaparte den Bestand des Heeres bei Beginn der nächsten Jahreszeit (also nach der Rückkehr des Nils in sein altes Bett) auf 15 000 Mann. Er hatte jedoch Gründe, die Zahl so niedrig wie möglich anzugeben, da er die Regierung gleichzeitig um Verstärkungen bat. Er war nie verlegen, Zahlenangaben zu vergrößern oder zu verkleinern, wenn es sich dabei um seinen Vorteil handelte. In dem erwähnten Brief vom 28. Juni gab er den Verlust, den das Heer seit der Ankunft in Ägypten bis zum 28. Juni erlitten hatte, auf 5344 Mann an. Den Bestand des Heeres für die kommende Jahreszeit schätzte er auf 15 000 Mann, von denen aber noch 2000 Kranke, 500 Veteranen und 500 Arbeiter in Abzug zu bringen seien. Somit hätte der neue Oberbefehlshaber des ägyptischen Heeres nur noch mit 12 000 Mann, einschließlich der Reiterei, der Artillerie, des Genies und der Offiziere des Generalstabes, rechnen können.

Wie man sich indes aus dem 3. Kapitel dieses Bandes, Seite 60, erinnern wird, betrug die Zahl der Personen, die am Feldzug nach Ägypten teilnahmen, 54 000 Mann, einschließlich der Matrosen, die nach der Seeschlacht von Abukir größtenteils ins Heer eingestellt wurden, Gelehrten, Verwaltungsbeamten, Arbeiter, Pferdeknechte und sonstigen Nichtkämpfer.

Nimmt man die Zahl der Gelehrten und deren Bedienten mit 500 Mann, die der Offiziere und Soldaten, die mit Bonaparte Ägypten verließen, mit 300 Mann an und rechnet 500 Verwaltungsbeamte, 3000 Bediente, Arbeiter, Pferdeknechte und dergleichen hinzu, zieht endlich 3000 Matrosen der Handelsschiffe (meist Nichtfranzosen), die sich auf der französischen Flotte befunden hatten, in Betracht, so erhält man die Zahl von 7300 Mann. Endlich blieben 4050 Mann auf Malta zurück, dagegen folgten 350 Malteser dem Heere. Wir erhalten also folgende Aufstellung:

Mutmaßlicher Bestand des Heeres beim Beginn der neuen Jahreszeit nach Aufstellung Bonapartes vom 28. Juni 1799 (einschließlich der Kranken, Veteranen usw.)	15 000	Mann
Verluste nach demselben Bericht . . .	5 344	„
Verschiedene Abzüge von Nichtkämpfern	7 300	„
Besatzung von Malta (4050—350) . . .	3 700	„
	31 344	Mann

Wo bleiben da die 22656 Köpfe, da sich 54000 Mann auf der Flotte befanden, die nach Ägypten gesegelt war?

Desgenettes in seiner „Histoire médicale de l'armée d'Orient" kommt uns dabei teilweise zu Hilfe. Er berechnet den Verlust des französischen Heeres bis zur Schlacht bei Heliopolis (20. März 1800) auf 8542 Mann an Toten, also etwa 3200 Mann mehr als in Bonapartes Bericht. Der Unterschied wäre aber immerhin noch ungefähr 19 450 Mann! Meiner Ansicht nach kann man da getrost noch etwa 9000 Mann zu den Verlusten und sonstigen Abgängen rechnen, so daß noch etwa 10 000 Mann waffenfähige Mannschaften mehr übrigblieben als Bonaparte angibt.

Wenn man somit die waffenfähige Mannschaft mit 25 000 Mann ansetzt, wird man der Wahrheit sicherlich am nächsten kommen.

Der Bericht vom Zustand des Heeres und des Landes, den Kleber am 26. September 1799 an das Direktorium richtete, ist eigentlich nichts anderes als eine lange Anklageschrift. Sie kam im Januar 1800 in Paris an und gelangte nicht in die Hände des Direktoriums, für das sie bestimmt war, sondern in die des Ersten Konsuls, der inzwischen das Erbe des Direktoriums angetreten hatte.

Kleber behauptete unter anderem, daß er kaum 5000 Mann ins Feld rücken lassen könne, übertrieb die Schulden und beklagte sich, daß Bonaparte das schwere Geschütz aus Alexandria entfernt hätte*).

Das Schreiben Klebers war von den Truppenlisten und Berichten des Oberzahlungsanweiser Daure, des Oberzahlmeisters Estève, des Artilleriegenerals Songis, des Geniegenerals Sanson**) und 28 anderen Stabsoffizieren begleitet, die die Aussagen des Obergenerals zum Teil widerlegten.

Eine Abschrift des Briefes von Kleber fiel — man könnte sagen, glücklicherweise für die Franzosen — in die Hände der Engländer. Sie glaubten aus dem Bericht Klebers ersehen zu können, daß das französische Heer in Ägypten der Auflösung nahe sei. Dieser Umstand mag auch dazu beigetragen haben, daß man keine Verträge mit dem französischen Heere in Ägypten abschließen wollte und sich nicht zu sehr mit den militärischen Vorbereitungen zur Vertreibung der Franzosen beeilte.

Der Eskadronschef Desvernois nennt die Zeit nach der Landschlacht von Abukir und der Abreise Bonapartes nach

*) Als Ägypten den Engländern und Türken übergeben wurde, befanden sich 389 Geschütze in Alexandria, 367 in Kairo, 54 in Damiette, im ganzen Lande 1003 Kanonen, also ist Klebers Behauptung hinfällig.

**) Er wurde am 10. Januar 1799 zum Brigadegeneral ernannt.

Albanischer Arnaute und türkischer Delhi (leichter Reiter).
(Nach einer Lithographie von Langluné.)

Frankreich die glücklichste für das französische Heer in Ägypten. Er berichtet in seinen Memoiren: „Während der Nil das Land überschwemmt hatte, wurden alle militärischen Bewegungen unterbrochen. Offiziere und Generale aller Waffengattungen, hoher oder niedriger Herkunft, verkehrten wie Brüder untereinander. Bei den täglichen Zusammenkünften rauchte man, trank Kaffee, Punsch oder Sorbett und aß Kuchen dazu. Niemals wurde gespielt. Theoretische Betrachtungen, Truppenmärsche, schöne Taten unserer auf dem Schlachtfelde gefallenen Kameraden bildeten den Gegenstand unserer Unterhaltungen. Man brachte Trinksprüche auf das Andenken der Tapferen aus und beendete die Zusammenkunft durch ein allgemeines Wohl auf den Ersten Konsul der Republik.

Die Unteroffiziere folgten unserem Beispiel und taten sich untereinander zusammen. Ebenso war es mit den Soldaten, die durch kleine Abordnungen sich gegenseitig in ihren Kasernen besuchten. Die herzlichste Einigkeit und Brüderlichkeit herrschte in allen diesen Versammlungen."

Die Türken waren durch die Niederlage bei Abukir nicht abgeschreckt worden und hatten die Rüstungen fortgesetzt. Der Großwesir Jussuf-Pascha gedachte in eigener Person ein bedeutendes Heer durch Syrien nach Ägypten zu führen. Zu gleicher Zeit sollte ein kleineres Heer unter Sejid Ali-Bei, vom Kommodore Sir Sidney Smith unterstützt, vom Meere aus einen Angriff auf Damiette machen und dadurch die Aufmerksamkeit der Franzosen von den nach der Arabischen Wüste zu gelegenen Plätzen ablenken.

Die türkisch-englische Flotte zählte 53 Segel und hatte etwa 8000 Mann Janitscharen an Bord. Am 29. Oktober 1799 ließ Sejid Ali-Bei 4000 Mann beim Turm Bogaz, unfern von Damiette, landen. Die Türken beeilten sich aber nicht mit der völligen Ausschiffung und dem Vormarsch ins

Innere des Landes. Mittlerweile gelang es dem General Verdier, ungefähr 1000 Mann zu sammeln und den Feind mit großem Verlust ins Meer zu werfen, wobei der größte Teil der Türken ertrank.

Kleber hatte, sobald er von dem Erscheinen der feindlichen Flotte vernommen hatte, sofort dem General Desaix Auftrag gegeben, an die Küste zu marschieren. Als dieser aber bei Damiette eintraf, war schon alles vorüber. Am 9. November mußte sich die Flotte ungünstiger Winde wegen von der Küste entfernen, und seitdem sah man sie nicht wieder.

Inzwischen war der Großwesir Jussuf-Pascha durch Palästina marschiert und bei Kalaat El-Arisch eingetroffen. Kleber fürchtete ein Zusammentreffen mit den Türken nicht, doch wünschte er nichts sehnlicher, als das Land unter ehrenvollen Bedingungen verlassen zu können. Diesen Wunsch teilten wohl die meisten seiner Offiziere und Soldaten. Obgleich Kleber vom Großwesir noch keine Antwort auf das von Bonaparte am 17. August 1799 an jenen gerichtete Schreiben erhalten hatte, so ließ er doch mit den Türken Unterhandlungen anknüpfen. Diese begannen am 23. Dezember 1799 im Beisein des englischen Kommodore an Bord des „Tiger" und wurden dann in Kalaat El-Arisch fortgesetzt.

Sie führten zu der bekannten Übereinkunft vom 24. Januar 1800. Französischerseits waren die Unterhandlungen vom General Desaix und vom Generalverwalter der Finanzen Poussielgue geführt worden. Für den Großwesir unterzeichneten Mustafa-Raschid-Effendi-Defferdar und Mustafa-Rasischeh-Reïs-El-Kottab. Sir Sidney Smith unterließ es aber, seinen Namen unter das Schriftstück zu setzen.

Während der Unterhandlungen wurde das Fort Kalaat El-Arisch, das von dem Bataillonschef Cazals mit 500 Mann besetzt war, von den Türken angegriffen. Unglücklicherweise empörte sich ein Teil der Besatzung und machte mit den Angreifern gemeinsame Sache. Infolgedessen konnte sich das Fort nicht halten und wurde von den Türken genommen. Nur wenige französische Offiziere und Soldaten entgingen, dank dem Einschreiten des englischen Oberstleutnants Douglas, dem Tode.

Ehe der Vertrag von Kalaat El-Arisch von Kleber unterschrieben worden war, hatte er am 21. Januar 1800 einen Kriegsrat von drei Divisionsgeneralen (Damas*, Reynier und Friant*), sechs Brigadegeneralen (Davout, Rampon**, Lagrange, Robin, Songis und Sanson) sowie dem Oberzahlungsanweiser Daure einberufen. Alle hatten sich zustimmend geäußert.

Menou war anderer Meinung als die meisten Generale des Heeres und teilte die Ansicht Bonapartes, der die eroberte Provinz der Französischen Republik zu erhalten suchte. Er billigte es nicht, daß der Obergeneral Kleber mit den Türken in Unterhandlungen getreten war, und verwarf den Vertrag von Kalaat El-Arisch. In einem Briefe vom 23. Mai 1800 sprach er sich seinem Vorgesetzten gegenüber rückhaltlos aus und schrieb ihm, daß er den Abschluß des Abkommens als einen politischen Fehler betrachte. Kleber antwortete in einem noch schärfer gehaltenem Schreiben, das mit den Worten schloß: „Beenden wir auf alle Fälle hier unsere politischen Erörterungen. Sie, General, haben Ihr Antlitz gegen das Morgenland, ich jedoch gegen das Abendland gewandt. Wir werden uns nie verständigen!“

Auf Grund des Vertrags von Kalaat El-Arisch sollte Ägypten den Türken übergeben werden, während die Franzosen mit allen ihren Waffen und ihrem beweglichen Besitz teils auf eigenen, teils auf englischen Schiffen in die Heimat befördert werden sollten. Irgendwelche Entschädigung für

*) Damas war Klebers Generalstabschef und von diesem am 1. September 1799 zum Divisionsgeneral ernannt worden. Auch Friant war erst am 5. September 1799 zum Divisionsgeneral befördert worden.

**) Rampon wurde am 26. Januar 1800 zum Divisionsgeneral ernannt.

Sir S. Smith.
(Gestochen von E. Bell nach einem Gemälde von J. W. Chandler.)

die Aufgabe der Kolonie erhielten die Franzosen jedoch nicht.

Das Abkommen wurde im französischen Heere im allgemeinen mit großer Befriedigung aufgenommen, denn jedermann sehnte sich nach der geliebten Heimat zurück. Kleber beeilte sich nach Ratifikation des Vertrages, die am 28. Januar 1800 erfolgte, den General Desaix mit einer Abschrift des Vertrages und anderen Papieren nach Europa zu senden, um der französischen Regierung die Rückkehr des Heeres anzukündigen*).

Die Nachricht war aber verfrüht!

Ohne Zweifel war der Vertrag von Kalaat El-Arisch von den beteiligten Personen mit großer Nachlässigkeit abgeschlossen worden. Mehrfach wird in dem Abkommen von gewissen Verpflichtungen der Engländer gesprochen. Nach Artikel 11 verpflichtete sich die Türkei sogar im Namen ihrer Verbündeten England und Rußland, dem französischen Heere Pässe auszustellen. Diese konnten aber nur von dem englischen Bevollmächtigten — denn Rußland kam hier kaum in Betracht — ausgestellt werden. Als solchen gab sich aber Sir Sidney Smith aus, und Kleber beging die Unvorsichtigkeit, sich nicht vorher zu unterrichten, ob der englische Kapitän auch die Berechtigung hatte, im Namen seiner Regierung Pässe auszustellen.

Smith, eine der eigenartigsten aber noch wenig erforschten Persönlichkeiten seiner Zeit, hatte zwar an den Unterhandlungen teilgenommen, sich aber gehütet, den Vertrag mit zu unterzeichnen, wußte er doch sehr wohl, daß er keine Vollmachten dazu besaß. Sicherlich kannte er genau den Wortlaut des endgültigen Vertrags. Es wäre demnach seine

*) Desaix verließ mit Davout und dem Kriegskommissar Miot am 21. Februar 1800 Bulak und reiste dann am 3. März mit Davout, Savary, Colbert, Rapp, Miot und anderen von Alexandria auf der ragusanischen Brigg „La Santa-Maria delle Grazie" nach Europa. Unterwegs wurde er aber von den Engländern aufgegriffen und mit seiner Begleitung nach Livorno geschafft.

General Kleber.
(Nach einem Gemälde von Amiaux.)

Pflicht gewesen, den Abschluß des Vertrags zu verhindern oder die Urkunde umzuändern!

Kleber war ein Mann, dem jeder Falsch fremd war. Er war entschlossen, die verschiedenen Bestimmungen des Vertrags aufs gewissenhafteste zu erfüllen. Vom 8. Januar bis zu dem 5. Februar 1800 hatte er sich in Kalaat El-Arisch aufgehalten und war dann nach Kairo zurückgekehrt. Von hier aus hatte er die Befehle zur Räumung des Landes gegeben.

Anfang März erhielt er durch Vermittlung von Sir Sidney Smith ein Schreiben vom Vizeadmiral Lord Keith*), worin ihm der Befehlshaber der englischen Mittelmeerflotte mitteilte, daß seine Regierung keinerlei Verträge mit dem französischen Obergeneral abschließen könne, es sei denn, daß sich dessen Heer kriegsgefangen erkläre! Aus diesem Briefe konnte Kleber ersehen, daß die englische Regierung natürlich auch nicht den Vertrag von Kalaat El-Arisch anerkennen würde.

Die Lage Klebers war äußerst ungünstig, fast verzweifelt! Oberägypten war schon geräumt worden, und die Truppen des Großwesirs hatten bereits von Katieh, Damiette, Es-Salihijeh, Belbes und Suez Besitz ergriffen, als die Nachricht in der Hauptstadt eintraf, daß die englische Regierung keinen Vertrag mit dem französischen Heere anerkennen würde.

Um diese Zeit — es war am 5. März 1800 — kam der Brigadechef Latour-Maubourg mit Briefen an Kleber und einer Proklamation des Ersten Konsuls vom 2. Dezember 1799 an das ägyptische Heer in Kairo an**). Bonaparte hatte, wie man sich erinnern wird, an Stelle des Direktoriums

*) Vom 8. Januar 1800 aus Port Mahon auf Menorca. Das Begleitschreiben des englischen Kommodore Smith aus Zypern war am 21. Februar abgefaßt worden.

**) Kleber hatte schon während seines Aufenthaltes in Es-Salihijeh, Ende Januar oder Anfang Februar 1800, die Ereignisse des 18. Brumaire erfahren, aber niemand davon in Kenntnis gesetzt. — „Le Courrier d'Egypte" vom 28. Februar 1800 brachte nach einer englischen Zeitung zuerst den Bericht vom Staatsstreich in Frankreich.

den Bericht Klebers erhalten, der wenig schmeichelhaft für ihn war. Er kannte jedoch Klebers Beliebtheit beim Heere, wußte dessen militärische und menschliche Eigenschaften zu schätzen und wollte ihm deshalb den Oberbefehl über das Heer nicht entziehen.

Trotz des zwiefachen Mißgeschicks verlor Kleber den Kopf nicht. Als entschlossener Soldat traf er sogleich Anstalten zum Kampfe und ließ, um Zeit zu gewinnen, scheinbar Unterhandlungen mit dem Großwesir Jussuf-Pascha anknüpfen. Dieser hatte seine Vortruppen bereits bis El-Matarieh gegen Kairo vorgeschoben. Am 20. März setzte sich Kleber mit dem schnell gesammelten kleinen Heere von der Hauptstadt aus gegen die Türken in Bewegung. Unter ihm befehligten die Divisionsgenerale Reynier und Friant, die Brigadegenerale Robin, Lagrange, Belliard und Donzelot. Die Reiterei stand unter dem Befehle Leclercs, die Artillerie unter Songis und das Genie unter Sanson*).

Das feindliche Heer wird von manchen auf 60 000 Mann, von anderen sogar auf 80 000 angegeben. Wenngleich beide Zahlen offenbar zu hoch gegriffen sind, wenigstens soweit es sich um die regelrechten Truppen handelt, so hatten die Franzosen doch einen bedeutend überlegenen Feind zu bekämpfen.

Die Schlacht von Heliopolis**), die am 20. März 1800 stattfand, endete dennoch mit einer gänzlichen Niederlage des türkischen Heeres. Kleber und seine Soldaten bedeckten sich mit Ruhm. Fast das ganze feindliche Lager fiel in die Hände der Sieger. Der Hauptteil des geschlagenen türkischen Heeres zog sich auf Es-Salihijeh zurück.

Die Schlacht bei Heliopolis zerfällt eigentlich in zwei

*) Die meisten dieser Generale wurden bald darauf zu Divisionsgeneralen befördert: Robin am 15. April 1801, Lagrange am 23. September 1800, Belliard am 6. September 1800, Leclerc (nicht zu verwechseln mit Bonapartes Schwager) im Mai 1800 und Songis am 6. Januar 1800.

**) Die Ruinen des alten Heliopolis liegen links von der Straße, die von El-Matarieh nach El-Kanka führt.

Teile: in ein Gefecht mit der türkischen Vorhut unter Nassif-Pascha bei El-Matarieh und in den Angriff auf die Hauptstellung der Türken unter dem Großwesir Jussuf-Pascha zwischen El-Merg, El-Kanka und Abu-Zabel. Noch während der Schlacht lösten sich verschiedene Abteilungen Reiterei und Fußvolk, sowohl Osmanen als auch Mamelucken, unter Nassif-Pascha, Ibrahim-Bei sowie den meisten Führern der ehemaligen ägyptischen Regierung vom türkischen Heere ab und wandten sich auf Kairo. Dort verkündeten sie, daß es mit der französischen Herrschaft bald für immer vorüber sei!

Noch am späten Abend des 20. März sandte Kleber die Generale Lagrange und am nächsten Tage auch Friant nach der Hauptstadt, um dort die schwache französische Besatzung unter Verdier und Zaionczek*) zu unterstützen. Der Obergeneral selbst verfolgte den Großwesir in der Richtung auf Es-Salihijeh zu. Dieser hielt aber nicht stand, sondern zog sich immer weiter in die Wüste zurück.

Nachdem Kleber dem General Lanusse**), der in Alexandria stand, mit der Unterwerfung des Deltas beauftragt, Belliard nach Damiette geschickt und Reynier in Es-Salihijeh zurückgelassen hatte, machte er sich selbst am 24. März 1800 wieder nach Kairo auf.

Dort und in Bulak war am Tage der Schlacht von Heliopolis, am 20. März, ein Aufstand ausgebrochen, der viel größere Ausdehnung angenommen hatte als der im Jahre 1798. Die Truppen und bewaffneten Landleute, etwa 20 000 Mann, die Nassif-Pascha und andere Führer mit sich führten, hatten natürlich den Mut der Einwohner Kairos erhöht, zumal man diesen versichert hatte, daß es mit der Herrschaft der Franzosen in Ägypten bald zu Ende sei.

*) Verdier wurde am 25. April 1800 und Zaionczek am 7. Mai 1801 zum Divisionsgeneral ernannt.

**) Lanusse wurde am 6. September 1800 zum Divisionsgeneral ernannt, beziehentlich in diesem Grad bestätigt.

Kleber traf am 27. März vor der Hauptstadt ein und ließ auch Reynier aus Salihijeh und Belliard nach der Wiederbesetzung Damiettes dahin kommen, um mit vereinten Kräften die Herrschaft über Kairo wieder zu erlangen. Die Unterwerfung des Aufstandes war sehr schwierig. Nach vielem Blutvergießen und langen Unterhandlungen übergaben endlich Nassif-Pascha, Osman-Effendi und Ibrahim-Bei am 21. April die Stadt. Die Türken, Mamelucken und ein Teil der Bewohner erhielten freien Abzug mit ihren Waffen und ihrem Gepäck nach Es-Salihijeh und dann durch die Wüste nach Ghazze.

Murad-Bei, der unversöhnliche, unerschrockene und unfaßbare Gegner der Franzosen, war in der Schlacht von Heliopolis zugegen gewesen, doch hatte er keinen Anteil am Kampfe genommen. Auch während des Aufstandes in Kairo verhielt er sich als schlauer Beobachter. Es gelang schließlich Kleber, mit ihm Anfang April einen Vertrag zu schließen, auf Grund dessen der ehemalige unerbittliche Feind die französische Herrschaft in Ägypten anerkannte und dafür den Oberbefehl über die Provinz Djirdje erhielt. Er erwies sich seitdem als ein treuer Bundesgenosse derer, die er ehemals mit größter Tapferkeit, Ausdauer und Geschicklichkeit bekämpft hatte*).

Nachdem wiederum ein feindlicher Einfall glücklich zurückgeschlagen und der erneute Aufstand in Kairo unterdrückt worden war, beschäftigte sich der Obergeneral Kle-

*) Er starb schon am 22. April des nächsten Jahres in Beni-Suëf an der Pest.

ber von neuem mit der Verwaltung des Landes. Er schrieb eine ungeheure Kriegssteuer von 12 Millionen Franken, die Hälfte davon in barem Gelde, aus. Von dieser Summe entfielen 10 Millionen auf Kairo und 2 Millionen auf Bulak. Durch diese außerordentliche Kriegsentschädigung verbesserte Kleber bedeutend die Geldverhältnisse des Heeres. Früher hatte er die Steuern allein durch die Kopten einziehen lassen. Natürlich waren dabei ebenso viele Willkürlichkeiten und Erpressungen vorgekommen als bei den ehedem von Bonaparte angeordneten Maßnahmen. Jetzt richtete Kleber einen Ausschuß, eine Art Ministerium der öffentlichen Arbeiten, des Ackerbaus und des Handels ein, an dessen Spitze unter anderen der Oberzahlungsanweiser Daure, der Zahlungsanweiser der Marine Le Roy und der Oberzahlmeister Estève standen.

Das Heer hatte natürlich durch die letzten Kämpfe stark gelitten. Kleber suchte jetzt die Lücken durch Griechen und andere Europäer, ferner durch Mamelucken, Syrier, andere Muselmanen und Äthiopier zu ergänzen. Es war dies eine Maßnahme, die bereits von Bonaparte ins Auge gefaßt und teilweise ausgeführt worden war. Auf diese Weise wurde der Bestand des Heeres um etwa 2000 Mann erhöht. Es scheint, daß die Einstellung von Griechen und Muselmanen gute Erfolge gezeitigt hat; jedenfalls erwiesen sich die Mamelucken als tüchtige Soldaten.

Die Lage in Ägypten im Mai 1800 war für die Franzosen verhältnismäßig günstig. Alle äußeren Feinde waren zu Boden geworfen worden, und die inneren erkannten allmählich an, daß sie den fremden Eindringlingen doch nicht gewachsen wären. Die französische Besetzung des Landes konnte aber nicht mehr allzulange dauern, aus dem einfachen Grunde, weil sich ein Heer in fremdem Lande ohne Nachschub aus der Heimat nicht auf die Dauer halten kann.

Es wurden zwar immer und immer Anstrengungen gemacht, Mannschaften nach Ägypten zu senden. Die Versuche mißlangen jedoch bis auf wenige Ausnahmen*), da die französischen Seeoffiziere den englischen an Kühnheit und Unternehmungslust keineswegs gewachsen waren. Ferner bestand in Frankreich keine Einrichtung, die, was Organisation, Ausdauer und Umsicht anlangt, sich mit der der britischen Admiralität messen konnte.

Trotz der vielen Verluste, die das französische Heer wieder neuerdings erlitten hatte, belief sich seine Zahl nach den Listen vom 25. Mai 1800 noch auf 22 600 Mann.

Kleber war jetzt entschlossen, zu bleiben und die Sorge um das Geschick der neuen Kolonie dem Ersten Konsul zu überlassen, der gewiß in irgendeiner Weise von Paris aus mit den Engländern Beziehungen angeknüpft hatte.

Inzwischen hatte die englische Regierung den Vertrag von Kalaat El-Arisch anerkannt. Die Mitteilung des englischen Kabinetts kam dem Obergeneral teils durch ein Schreiben Lord Keiths vom 23. April, teils durch Morier, den Sekretär des englischen Gesandten in Konstantinopel, des Earl of Elgin, zu. Kleber verhielt sich aber den Eröffnungen gegenüber ablehnend und machte sich zur Abwehr eines neuen Angriffs bereit. Da traf ihn mitten in der größten Tätigkeit der Dolch des Meuchelmörders!

Einem Fanatiker, namens Souleiman-El-Halebi aus Aleppo, war es gelungen, durch Palästina bis nach der Hauptstadt zu gelangen. Gelegentlich einer Truppenschau auf der Insel Ruda, am 14. Juni 1800, stieß er dem Oberbefehlshaber den Dolch in die Brust**).

Der Schmerz, den das Heer über diesen Verlust empfand,

---

*) Die Bestrebungen, Truppen nach Ägypten gelangen zu lassen, werden in dem Kapitel „Der Seekrieg zwischen Frankreich und England und deren Verbündeten. II, 1799—1802" des fünften Bandes der Geschichte Napoleons behandelt werden.

**) Kleber starb an demselben Tage wie Desaix, sein ehemaliger Waffengefährte aus Deutschland, der dem Ersten Konsul bei Marengo zu Hilfe kam.

war groß. Kleber genoß einer allgemeinen Beliebtheit, sogar bei den Einheimischen. Es scheint, daß er sich mehr Freunde zu verschaffen gewußt hat als Bonaparte. Sein Leichnam wurde einbalsamiert und nach Alexandria geschafft, von wo aus er später bei der Räumung des Landes durch die Fran-

Souleiman-El-Halebi am Marterpfahle.
(Nach einer Zeichnung von A. Dutertre.)

zosen nach Europa überführt wurde. Der Mörder wurde bald nach der Tat gefaßt und am Tage des Leichenbegängnisses Klebers, am 17. Juni, mit einigen Mitwissern auf grausame Weise hingerichtet.

Ein General wie Kleber war schwer zu ersetzen. Der Oberbefehl fiel jetzt an Menou, den ältesten Divisionsgeneral im Heere. Menou galt als ein alter Höfling, war zwar ohne militärische Fähigkeiten, besaß hingegen gewisse Kenntnisse in der Verwaltung. Wohlbeleibt, unbeholfen und ein schlechter Reiter, eignete er sich auch äußerlich wenig zu einem so hohen Amte.

Menou war jedoch fast der einzige General, der Bonapartes ägyptische Politik verstand und billigte. Wohl zum Teil aus diesem Grunde hegte der Erste Konsul eine große Schwäche für ihn; Menou seinerseits setzte das unbegrenzteste Vertrauen in den Obergeneral. Selten vergaß Napoleon eine ihm bewiesene Wohltat oder aufrichtige Anhänglichkeit, selbst wenn ihm seine Vernunft sagen mußte, daß er die Grenzen der Wiedervergeltung schon längst überschritten habe. Diese Schwäche trug auch viel zu seinem späteren Fall bei.

Menou erfreute sich wegen seines Übertrittes zum Islam*) und wegen seiner Feindschaft gegen Kleber keiner besonderen Achtung im Heere. Er hatte sogar eine Einwohnerin des Landes zur Frau genommen, wodurch er zwar in manchen Kreisen der Bevölkerung an Ansehen und Einfluß gewann, bei seinen Soldaten dagegen nur Spott erntete. Er schuf sich auch bald erbitterte Feinde unter den Generalen, besonders in Reynier und Damas, dem ehemaligen Generalstabschef Klebers.

Menou hatte sich Marmont gegenüber, als dieser noch in Ägypten weilte und unter seinen Befehlen stand, immer sehr gütig gezeigt. Der undankbare Marmont aber vergalt seinem Vorgesetzten dieses Verhalten schlecht. Er entwarf ein wenig schmeichelhaftes Bild von dem neuen Obergeneral, das allerdings der Wahrheit ziemlich entspricht. „Der General Menou war damals 48 Jahre alt," heißt es in Marmonts Memoiren; „er hatte eine ziemlich ehrenwerte Rolle in der Konstituierenden Versammlung gespielt und

*) Als Mohammedaner nahm er den Namen Abdallah (Übersetzung von Jacques) an.

viel Mäßigung in den kritischen Tagen der Revolution gezeigt ... Er war geistreich, heiter und ein angenehmer Plauderer und tüchtiger Aufschneider, doch mangelte es ihm nicht an gewissen Kenntnissen. Er hatte den sonderbarsten Charakter von der Welt und glich manchmal einem Verrückten. Obgleich er in Kleinigkeiten von außerordentlicher Tätigkeit war, konnte er sich doch niemals entschließen, etwas Wichtiges zu unternehmen. Er schrieb ohne Unterlaß, war in seinem Zimmer immer in Bewegung und stieg täglich zu Pferd, um spazieren zu reiten. Nie aber konnte er sich aufraffen, eine wichtige und nützliche Reise zu unternehmen ...“ In ähnlicher Weise sprach sich Thibaudeau in seinen Memorien über seinen Freund Menou aus.

Reynier hätte ebenfalls als Obergeneral in Betracht kommen können. Man sagt, Menou würde ihm den Platz gern abgetreten haben, doch habe Reynier den Vorschlag nicht annehmen wollen. Er war ein tüchtiger Offizier, und viele im Heere wünschten seine Ernennung; es scheint jedoch, daß er einen wenig verträglichen Charakter besaß.

Eigentümlich ist es, daß Bonaparte die Generale seiner Schule mit nach Europa nahm und den Generalen der Rheinarmeen die Verteidigung des Landes überließ. Sogar Desaix und andere tüchtige Offiziere ließ er wieder nach Europa kommen; und gerade Desaix wäre der geeignetste Mann gewesen, nach Klebers Tode mit dem Oberbefehl betraut zu werden. Jedenfalls trug Bonaparte moralisch große Schuld an dem Verlust der Kolonie, die unter einem tüchtigen General sicherlich bis zum Frieden von Amiens Frankreich erhalten geblieben wäre!

Menou begann seine Befehlshabertätigkeit mit einer Handlung, die vom Heere entschieden mißbilligt wurde. Er erklärte in einer Ansprache vom 24. Juni 1800, daß er das Abkommen von Kalaat El-Arisch nicht gutheiße, und daß er dem Ersten Konsul die Sorge überlassen wolle, die Verträge mit den Feinden der Französischen Republik anzuerkennen oder zu verwerfen. Obgleich die Mehrzahl der Offiziere und Soldaten immer mehr einsah, daß jener Vertrag sich nicht mit ihrer Ehre vertrüge, so erblickte man doch in der Bekanntmachung Menous eine Beleidigung Klebers, der sich einer allgemeinen Beliebtheit im Heere erfreut hatte.

Der Zustand Ägyptens war beim Tode dieses Oberbefehlshabers so günstig, wie er unter den obwaltenden Umständen sein konnte. Menou machte sich, da vorläufig keine feindlichen Angriffe zu befürchten waren, ernstlich an die Neuordnung und Verwaltung der Provinzen und suchte durch neue, weniger drückende Steuern und durch Anteilnahme der Bevölkerung an der Verwaltung die Lage des Landes zu verbessern. Trotz der Reibereien mit den Generalen Reynier, Damas, Lanusse, überhaupt mit fast allen Divisionsgeneralen des Heeres und dem Oberzahlungsanweiser Daure wäre die Herrschaft der Franzosen dauernder geworden, wenn man aus der Heimat Verstärkungen empfangen hätte, und wenn die Angriffe der Engländer auf Ägypten unterblieben wären.

Bonaparte hatte die Ernennung Menous durch Konsulatsbeschluß vom 4. November 1800 bestätigt. Er hielt nicht viel von den militärischen Fähigkeiten dieses Generals, doch schätzte er ihn, wie bereits bemerkt, wegen seiner Kenntnisse auf dem Gebiete der Verwaltung. Auch war es ihm angenehm, daß Menou seine Ansichten über Ägypten teilte.

Es war Bonapartes Absicht, die Kolonie zu halten. Sobald seine Macht in Frankreich gesichert war, suchte er mit der Pforte und England in diplomatische Beziehungen zu treten, ferner Verstärkungen, Schießbedarf und andere Heeresbedürfnisse nach Ägypten gelangen zu lassen. Der unermüdliche Descorches sollte nach Konstantinopel gehen. Seine Reise unterblieb jedoch aus verschiedenen geringfügigen Gründen. Sie wurde ganz aufgegeben, da inzwischen die Nachricht vom Abschluß des Vertrags von

J. F. Menou
(Aus: P. Marmottan, Le général Menou en Toscane.)

Kalaat El-Arisch in Paris eintraf*). Im Januar des Jahres 1800 war auch Otto als bevollmächtigter Minister nach London gesandt worden; es kam aber zu keinem Einverständnis zwischen den britischen und den französischen Staatsmännern.

Mit der Sendung von Mannschaften und Heeresbedürfnissen sollte man nicht viel mehr Glück haben. Es wird an anderer Stelle**) ausführlich darüber gesprochen werden, wie die verschiedenen von Bruix und dann von Ganteaume unternommenen Versuche, größere Truppenmassen nach Ägypten zu überführen, mehr oder weniger fehlschlugen.

Währenddessen setzte Menou seine Neuerungen fort. Wenn auch die neue Art der Erhebung der Steuern vielfach auf Widerstand stieß, so kann man doch nicht anders sagen, als daß sich Land und Heer während der Herrschaft Menous bis zur Landung der Engländer in einer zufriedenstellenden, ja günstigen Lage befanden.

Das Eintreffen von Mannschaften wurde fast täglich erwartet. Jedenfalls war man seit Errichtung des Konsulats in reger Verbindung mit der Heimat, erhielt von dort einige Verstärkungen an Truppen, Lebensmitteln, Schießbedarf, Industrieerzeugnissen, Büchern, Zeitungen und dergleichen. Man beabsichtigte sogar, von Paris aus eine Schauspielertruppe nach der neuen Kolonie zu senden. Dort machten sich die Einheimischen immer mehr mit den französischen Sitten vertraut. Das Heer war in guter Verfassung, die Reiterei war beritten, die Löhnung wurde regelmäßiger als früher bezahlt, und der in Ideen unerschöpfliche Conté erfand Maschinen über Maschinen, um Tuch und andere in Ägypten fehlende Erzeugnisse herstellen lassen zu können.

Dagegen verschärfte sich Menous Stellung zu seinen Generalen immer mehr. Das Heer ward trotz der guten Ver-

*) Bonaparte hatte am 19. April 1800 in dem Glauben, daß der Vertrag von Kalaat El-Arisch durchgeführt und das Heer auf der Rückreise begriffen sei, in großen Lobsprüchen an Kleber geschrieben.

**) Vgl. die 1. Anmerkung auf S. 320.

pflegung immer unwilliger und verlangte stürmisch, nach der Heimat zurückgeführt zu werden. Außerdem trafen die Engländer jetzt wirksame Anstalten, um die Franzosen aus Ägypten zu vertreiben.

Diese besaßen immerhin noch 23 000 Mann unter den Waffen. Etwa 1000 Mann waren in den letzten Monaten nach und nach auf einigen Fregatten und kleineren Fahrzeugen in Alexandria gelandet. Es bedurfte also einer großen Anstrengung der Engländer, um die kriegsgewohnten französischen Truppen zu schlagen und aus dem Lande zu verjagen.

Ende des Jahres 1800 versammelten sich verschiedene englische Heeresabteilungen in Gibraltar, auf Menorca und Malta. Diese Insel war durch die Übergabe der Stadt und Festung La Valetta erst am 5. September 1800 in die Hände der Engländer gefallen.

Am 2. November verließ Sir Ralph Abercromby, der Oberbefehlshaber des nach Ägypten bestimmten englischen Heeres, Gibraltar. Nach einem kurzen Halt in Port Mahon auf Menorca verließ er Anfang November diese Insel und traf Ende des Monats in La Valetta auf Malta ein.

Ein Teil der englischen Flotte und der Transportschiffe verließ die Insel am 20. Dezember 1800 und kam am 28. in Makri, in Kleinasien, an. Der andere Teil segelte am 21. Dezember von Malta ab und erreichte am 1. Januar 1801 dasselbe Ziel. Nachdem Abercromby seinen Truppen einige Wochen Ruhe gegönnt und sich während dieser Zeit mit dem Großwesir verständigt hatte, der Ägypten zu Lande angreifen wollte, brach die stattliche englisch-türkische Flotte am 22. Februar auf und erschien am Abend des 1. März 1801 in der Bei von Abukir. Die englische Flotte zählte sieben Schlachtschiffe*), davon drei zu 80 und vier zu 74 Ge-

*) Es waren „The Foudroyant", „The Tiger", „The Ajax", zu je 80; „The Kent", „The Minotaure", „The Northumberland" und „The Swiftsure" zu je 74 Feuerschlünden.

Sir R. Abercromby.
(Gestochen von W. Finden nach dem Gemälde von J. Hoppner.)

schützen, sechs Fregatten, acht Linienschiffe und 39 Fregatten, die als Transportschiffe dienten, sowie vier kleinere Fahrzeuge. Admiral Lord Keith, der die Flotte befehligte, befand sich an Bord des „Foudroyant".

Sechs türkische Linienschiffe, darunter der „Sultan Selim" mit 110 Geschützen, acht Korvetten und eine Unzahl kleinere Schiffe begleiteten die englische Flotte.

An Bord der Armada befanden sich ungefähr 15000 Mann englischen Fußvolks, 1200 Mann Reiterei und 600 Artilleristen. Die Landtruppen befehligte, wie bereits erwähnt, der Generalleutnant Sir Ralph Abercromby. Unter ihm standen der Generalleutnant Sir John Hely-Hutchinson, die Generalmajore Ludlow, Coote, Cradock, Earl of Cavan, John Moore, Stewart und der Brigadegeneral Doyle. Die leichte Reiterei befehligte Brigadegeneral Finch und die Artillerie Lawson. Außer den englischen Truppen waren noch 600 türkische Soldaten an Bord des türkischen Geschwaders.

Ein starkes türkisches Heer, bei dem sich 1200 Engländer befanden, und das vom Großwesir Jussuf-Pascha befehligt wurde, war auf dem Marsch durch Palästina und die Arabische Wüste und gedachte Kairo von Belbes aus anzugreifen.

Endlich sollte ein kleines englisches, etwa 4000 Mann zählendes Heer, das aus Truppen vom Kap und aus Indien, meist Einheimischen, gebildet war und vom Generalmajor Sir David Baird befehligt wurde, in Kôser landen und die Hauptstadt von Süden aus bedrohen. Von drei Seiten gefaßt, mußten die Franzosen, falls der Angriff gleichzeitig erfolgte, unbedingt erdrückt werden, da das Verfahren der Verbündeten sie zur Teilung ihrer Streitkräfte veranlaßte.

Da die See sehr unruhig war, vermochte Sir Ralph Abercromby nicht sofort im Meerbusen von Abukir zu landen.

Erst am 8. März konnte er 6000 Mann unter den Generalen Moore, Ludlow und Coote ans Land setzen. Am Nachmittag verließ auch der Obergeneral das Geschwader.

General Friant eilte, als er von der Landung der englischen Truppen erfuhr, von Alexandria herbei. Da er aber nicht viel mehr als 1500 Mann unter sich hatte, wurde er von den englischen Generalen gezwungen, sich auf Alexandria zurückzuziehen. In den verschiedenen Gefechten, die in den nächsten Tagen stattfanden, verloren die Engländer aber weit mehr Truppen als die ihnen gegenüberstehenden Franzosen.

Die Nachricht von der Landung der Engländer bei Abukir traf am 11. März in Kairo ein*). Menou übergab den Oberbefehl der Hauptstadt dem General Belliard und machte sich bereits am nächsten Tage auf den Marsch nach der Küste auf. Unterwegs sollten sich alle im Delta stehenden Truppen mit ihm vereinigen, ebenso die Heeresteile aus Rosette und die Division Lagrange, die sich bei Damiette befand. General Lanusse war bereits am 4. März von Kairo aus nach Alexandria aufgebrochen und setzte vereint mit Friant den anrückenden Engländern den heftigsten Widerstand entgegen.

Unterwegs machte Menou mehrmals halt, um die verschiedenen herbeieilenden Truppen an sich zu ziehen. Da aber General Lagrange nicht rechtzeitig eintraf, brach der Obergeneral mit den verfügbaren Halbbrigaden auf und kam am 19. in Alexandria an.

Der Angriff auf die englischen Stellungen wurde auf den 21. März 1801 festgesetzt. Die Engländer besaßen etwa 11 500 Mann mit 36 Geschützen, ihre Gegner waren nur 10 000 Mann stark. Die Franzosen hatten aber den großen

*) Von dem Erscheinen einer englischen Flotte in der Nähe von Alexandria war Menou allerdings schon früher benachrichtigt worden; da aber auch der Großwesir von der Arabischen Wüste aus in Anmarsch war, verhielt er sich vorläufig noch abwartend.

Vorteil, eine feste Stadt hinter sich zu haben und mit den Verhältnissen des Landes vollkommen vertraut zu sein.

Unter Menou befehligten die Divisionsgenerale Friant, Lanusse, Reynier*), Rampon, Damas und Destaing**). Auf beiden Seiten wurde mit großer Tapferkeit und Hartnäckigkeit gekämpft. Am Abend sahen sich die Franzosen jedoch gezwungen, das Schlachtfeld zu räumen. Mit einem Verlust von etwa 3000 Mann an Toten und Verwundeten zogen sie sich in guter Ordnung auf Alexandria zurück.

Die Schlacht bei Alexandria oder Kanopee war für die Franzosen verloren. Besonders unter den höheren Offizieren,

die öfters ihr Leben den feindlichen Kugeln ausgesetzt hatten, hatte der Tod reiche Ernte gehalten. Der Divisionsgeneral Lanusse, die Brigadegenerale Baudot und Roize waren getötet, beziehentlich tödlich verwundet worden. Aber auch die Engländer hatten in der Schlacht sehr gelitten. Sie hatten außer ihrem Obergeneral Sir Ralph Abercromby, der am 28. März 1801 seinen Wunden erlag, etwa 1500 Mann eingebüßt.

Die Franzosen verloren die Schlacht weniger infolge ihrer zahlenmäßigen Schwäche, — der Unterschied war übrigens

*) General Reynier war noch einige Tage in Belbes geblieben, um die Bewegungen der Türken von der Arabischen Wüste aus zu beobachten. Dann verließ er aber mit Damas seine Stellung, ohne erst von Menou Befehle eingeholt oder empfangen zu haben. Er kam noch rechtzeitig vor Alexandria an, um an der Schlacht gegen die Engländer teilzunehmen.

**) Seit dem 15. April 1800 Divisionsgeneral.

nicht sehr groß — als infolge der Unfähigkeit Menous, die Schlacht geschickt zu leiten. Wenn ein Bonaparte, ein Kleber oder ein Desaix an der Spitze des französischen Heeres gestanden hätte, wäre der Ausgang des Kampfes wohl keinen Augenblick zweifelhaft gewesen. Fernerhin machten mehrere Generale, ich nenne nur Lanusse und Reynier, große Fehler. Jeder handelte mehr im eigenen Interesse als in dem des ganzen Heeres. Es wäre jedoch ungerecht, wollte man dem Obergeneral Menou den Vorwurf machen, daß er nach Erhalt der Mitteilung von der Landung eines englischen Heeres nicht sofort an die Küste eilte*)! Allerdings hätte er die Ankunft des Generals Lagrange erwarten können, ehe er sich zum Angriff auf die englischen Stellungen entschloß, denn die Engländer waren gefährlichere Gegner als die Mamelucken und Türken, die man bisher zu bekämpfen gehabt hatte.

Die Engländer, die nach dem Tode Sir Ralph Abercrombys vom Generalmajor Sir John Hely-Hutchinson befehligt wurden, setzten sich nach und nach in den Besitz der Küstenplätze, ehe sie in das Innere des Landes und auf die Hauptstadt marschierten. Das Fort Akubir hatte sich noch vor der Schlacht bei Alexandria ergeben. Am 26. März traf noch ein türkisches Geschwader, das am 31. März 6000 türkische Truppen unter dem Kapitän-Pascha Hassan ans Land setzte, bei Abukir ein.

Um die Franzosen zu verhindern, der Stadt Alexandria von der Landseite aus Ersatz zu bringen, wohl auch, damit sich die Angreifer auf flachen Schiffen der Stadt nähern und diese leichter beschießen konnten, machten die Engländer Mitte April drei Einschnitte in den Deich, der den Madiehsee von dem Mareotissee trennte. Infolgedessen ergossen sich die Gewässer aus dem ersten See in den zweiten, der sonst nur zeitweise mit Wasser angefüllt war. Es dauerte ungefähr einen Monat, bis der Mareotissee gefüllt war.

*) Vgl. die Anmerkung auf S. 328.

Menou gedachte den Widerstand gegen die Verbündeten fortzusetzen. Hoffte er doch bestimmt auf Ersatz durch eine französische Flotte, die man ihm öfters in Aussicht gestellt hatte. Mit Hilfe des mittlerweile in El-Ramanieh eingetroffenen Generals Lagrange gedachte er den Engländern zunächst den Marsch ins Innere zu versperren. In seinen Bestrebungen wurde er auch durch die Feinde selbst unterstützt, denn sie zögerten lange, den Marsch auf die Hauptstadt anzutreten.

Der Großwesir war vom 2. April 1801 ab in verschiedenen Abteilungen mit seinem 20 000 Türken und 1200 Engländern starken Heere von Kalaat El-Arisch aufgebrochen und durch die Wüste auf Belbes marschiert. Dort traf er am 8. Mai ein. Er setzte aber seinen Weg auf Kairo nicht fort, sondern marschierte, wie mit dem englischen Obergeneral vereinbart worden war, ins Delta, um mit den Engländern in Fühlung zu kommen.

Nachdem der Obergeneral Sir John Hely-Hutchinson Ende April 3000 Mann Verstärkungen empfangen hatte, beschloß er, seine Bewegungen gegen die französischen Stellungen zu beginnen.

Die beiderseitige Stellung war um diese Zeit etwa folgende: 6000 Engländer unter General Coote belagerten eine ebenso große Zahl Franzosen in Alexandria. Lagrange stand mit 4000 Mann bei El-Ramanieh und wurde von dem englischen Obergeneral bedroht, der außer 6—7000 Engländern noch 6000 Türken unter seinen Befehlen vereint hatte. Schließlich ist noch die Heeresabteilung Belliards in der Stärke von 3000 Mann zu erwähnen, die sich in der Hauptstadt befand. Sie wurde von dem türkischen Heere unter dem Großwesir in Schach gehalten.

In verschiedenen Gefechten wurde General Lagrange auf die Hauptstadt zurückgeworfen. Belliard verfügte somit, nachdem er noch verschiedene vereinzelte Besatzungen an sich gezogen hatte, über 11 000 Mann, eine ganz ansehnliche Macht in der Hand eines geschickten Führers. Abgesehen von einigen bedeutungslosen Gefechten konnte sich Belliard aber nicht zu einem entscheidenden Angriff auf das türkische Heer entschließen.

General Sir John Hely-Hutchinson war inzwischen weiter auf Kairo herangerückt und schickte sich an, die Stadt zu belagern. Belliard scheint nicht ernstlich gewillt gewesen zu sein, eine Belagerung auszuhalten. Er hielt längeren Widerstand für unnütz und schloß schließlich am 27. Juli mit den Engländern und Türken einen Vertrag zur Übergabe Kairos, der am nächsten Tage von ihm bestätigt wurde. Er erzielte günstigere Bedingungen als ehedem Kleber durch das Abkommen von Kalaat El-Arisch. Mit allen Waffen, dem Gepäck und einem Teil der Geschütze durften die Franzosen aus der Hauptstadt abziehen und sollten nach Frankreich zurückgebracht werden. Am 14. Juli verließ General Belliard mit seinen Truppen und der Leiche Klebers Kairo. Er schiffte sich von Bulak, dem Hafen Kairos, auf etwa 300 Nilfahrzeugen ein und gelangte etwa 14 Tage später nach Rosette. Am 9. August bestieg er das englische Linienschiff „The Duke of York". Mit ihm verließen 13 754 Franzosen*), abgesehen von den Frauen und Kindern und 600 Griechen oder Kopten, Ägypten.

Während der englische Obergeneral mit einem Teile seines Heeres auf Kairo marschiert war, hatte sich Abdallah Menou nach Alexandria zurückgezogen. Er war jetzt unentschiedener denn je, gab keine oder ungenaue Befehle und schien seine ganze Hoffnung auf Allah zu setzen! Anstatt zu handeln, verließ er sich auf den Vizeadmiral Ganteaume, der ein drittes Mal versucht hatte, dem Heer in Ägypten Hilfe zu bringen. Am 13. Februar 1801 waren die Fregatte „La Régénerée" und am 9. Juni die Korvette „Héliopolis" vom Geschwader Gan-

*) Davon 9000 dienstfähige Soldaten.

teaumes in den Hafen von Alexandria eingelaufen, doch der Admiral folgte mit seiner Flotte nicht nach. Er hatte, sei es aus Unentschlossenheit, sei es der schlechten Winde wegen, unverrichtetersache wieder umkehren müssen.

Der Zwiespalt unter den in Alexandria mit Menou eingeschlossenen Generalen wurde immer größer. Er verschärfte sich sogar derart, daß der Obergeneral Menou am 13. Mai die Generale Reynier und Damas und den Oberzahlungsanweiser Daure gefangen nehmen und nach Europa bringen ließ*).

Menou mißbilligte den Vertrag, den Belliard mit den Verbündeten abgeschlossen hatte. Er war entschlossen, den Widerstand fortzusetzen, denn er hoffte immer noch auf das Eintreffen Ganteaumes. Währenddessen wurde die Stadt Alexandria von der Landseite aus durch den General Coote**), von der Seeseite aus vom Admiral Lord Keith beschossen. Anfang Juli erhielt Coote 1800 Mann Verstärkung. Am 9. August kam auch General Doyle und am 11. des Monats General Moore vor der belagerten Stadt an. Endlich traf am 15. August auch der Obergeneral Sir John Hely-Hutchinson bei dem Belagerungsheere wieder ein und beschloß nun, mit dem Hauptangriff nicht länger zu zögern. Am 17. August wurden die ersten Laufgräben eröffnet, und die Engländer rückten der Stadt immer näher. Nachdem auch das Fort Marabut gefallen war, entschloß sich Menou endlich am 29. mit den Engländern zu unterhandeln. Vorher hatte er jeden Versuch der Engländer, ihn zur Übergabe Alexandrias zu bewegen, stolz zurückgewiesen. Am nächsten Tage, den 30. August 1801, kam der Vertrag über die Räumung der Stadt zum Abschluß.

*) Sie kamen am 28. Juni 1801 in Nizza an. — Der Streit zwischen Menou und seinen Anhängern einerseits und seinen Gegnern anderseits sollte noch ein blutiges Nachspiel haben. Als das französische Heer nach Frankreich zurückgekehrt war, forderte Reynier den General Destaing, einen Anhänger Menous, zum Zweikampf auf und tötete ihn am 5. Mai 1802.

**) Krankheitshalber mußte Hely-Hutchinson den Oberbefehl an Coote abgeben und an Bord des britischen Flaggschiffes gehen.

Für die Verbündeten unterzeichneten Admiral Lord Keith, Generalmajor Sir John Hely-Hutchinson und der Kapitän-Pascha Hassan, für die Franzosen der Obergeneral Menou und sein Generalstabschef René. Die Franzosen durften ihre Waffen, einige Geschütze, ihr persönliches Eigen-

General Reynier.
(Nach einer Zeichnung von A. Dutertre.)

tum, sowie die aus Europa mitgebrachten wissenschaftlichen Werkzeuge mitnehmen. Die in Ägypten zusammengestellten Sammlungen aber sollten zurückbleiben. Man machte Vorstellungen, aber Sir John Hely-Hutchinson schien unerbittlich. Da begaben sich Geoffroy Saint-Hilaire, Delile und Savigny ins feindliche Lager und erlangten erst, als sie drohten die wissenschaftlichen Sammlungen ins Meer zu versenken, die Erlaubnis, sie mit nach Frankreich zu nehmen. Nur die größten Stücke, wie der berühmte Stein von Rosette, blieben in Ägypten und kamen dann später nach London.

Die Bitte, ihre Kriegsschiffe mitnehmen zu dürfen, ward den Franzosen aber nicht erfüllt. Man sieht, wie zielbewußt die Engländer ihre Flottenpolitik verfolgten und alles taten, um die eigene Marine zu vermehren und die ihrer Gegner zu schwächen!

Die Zahl der in Alexandria eingeschlossenen Franzosen betrug am Tage der Übergabe noch 9500 Mann. Darunter befanden sich aber viele Kranke und Verwaltungsbeamte.

Am 14. September verließen die Franzosen die Reede von Abukir. Aber erst am 17. Oktober 1801 schiffte sich der Obergeneral Abdallah Menou auf der englischen Fregatte „The Diana“ ein. Am 15. November kam er in Toulon an.

Es bleibt nur noch, ein Wort über die englische Heeresabteilung unter dem Befehl Sir David Baird's zu sagen, der vom Roten Meere aus die Bestrebungen des britischen Hauptheeres unterstützen sollte. Der Generalmajor traf erst am 1. September 1801 in Rosette ein, als bereits Kairo und auch Alexandria gefallen waren.

Ende Dezember 1800 verließ der Konteradmiral Blankett mit einem Regiment unter Oberst Lloyd an Bord seines Geschwaders Bombay, traf Anfang Februar 1801 in Djidda ein, erreichte jedoch schlechter Winde wegen Suez erst Ende April. Nach einem sehr beschwerlichen Marsch durch die Wüste kam er am 10. Juni beim General Stewart vor Kairo an.

Fernerhin sammelte sich seit Februar 1801 in Bombay ein kleines aus Europäern und Sepoys (Einheimischen) bestehendes Heer, das durch einige vom Kap der Guten Hoffnung kommende Abteilungen verstärkt wurde. Das ungefähr 4000 Mann starke Heer, das unter dem Befehl des Generalmajors Sir David Baird stand, landete am 8. Juni in Kôser. Vom 1. Juli ab setzten sich die englischen Truppen in vier Abteilungen nach dem Nil zu in Marsch. Am 31. Juli schiffte sich der englische General in Keneh auf dem Nil ein und erreichte am 8. August Giseh. Als er eintraf, hatte Belliard die Hauptstadt den Engländern und Türken bereits übergeben.

Am 27. August 1801 verließ Sir David Baird die Insel Ruda, wo er sein Hauptquartier aufgeschlagen hatte, und traf schließlich am 1. September in Rosette ein. Leider konnten er und seine Truppen nicht mehr an der Belagerung des letzten französischen Stützpunktes in Ägypten mitwirken, da der Vertrag wegen der Übergabe Alexandrias bereits zwei Tage vor seinem Eintreffen, am 30. August, unterzeichnet worden war.

Die Eroberung Ägyptens durch die Engländer und Türken, oder vielmehr die Besiegung der Franzosen, die diese türkische Provinz besetzt hielten, war beendet; das englische Heer hatte folglich seine Pflicht erfüllt. Am 5. September wurden Sir Sidney Smith und Oberst Sir John Abercromby, der Sohn des verstorbenen Obergenerals, mit Briefen nach Hause gesandt. Einige Tage später erfolgte die Einschiffung der Division des Generals Cradock, und am 12. September ging auch Lord Keith unter Segel. Bald folgten die Generale Coote und John Moore mit ihren Truppen; der eine sollte nach Gibraltar, der andere nach England gehen.

Den Oberbefehl über die in Ägypten zurückbleibenden Truppen erhielt der Generalmajor Earl of Craven; zweiter Befehlshaber wurde Sir David Baird. Schließlich ist noch zu bemerken, daß der Generalleutnant Henry Edward Fox mit dem Oberbefehl über die gesamten englischen Truppen im Mittelländischen Meere beauftragt wurde.

Im Frühjahr 1802 wurde die englische Besatzung in Ägypten noch mehr vermindert. Einige Regimenter wurden nach

Indischer Reiter und Offizier.
(Nach einer zeitgenössischen Lithographie.)

dem Mutterlande abberufen, und General Baird wurde nach Kalkutta zurückgeschickt.

Am 15. November 1801 landete General Menou in Toulon. Sowohl er, als auch sein Unterführer Belliard, der vor ihm in Frankreich angekommen war, wurden vom Ersten Konsul wohlwollend aufgenommen. Er verzieh den beiden Generalen, denn er maß dem Zwiespalt unter den höheren Offizieren die größte Schuld am Verlust der Kolonie bei.

Weniger gut erging es den Generalen, die sich mit Menou überworfen hatten, und die von diesem bereits im Mai 1801 nach Europa gesandt worden waren. Reynier, der nach seinen früheren Verdiensten als Generalstabschef Moreaus bei der Rhein-Moselarmee und dann als Divisionsgeneral unter Bonaparte in Ägypten und Syrien gewiß ein Anwärter auf die zukünftige Marschallswürde gewesen wäre*), wurde erst im Jahre 1805 wieder beim Heere verwendet.

Der andere Gegner Menous, General Damas, wurde verabschiedet, und zwar nur mit dem Rang eines Brigadegenerals, obgleich er schon von Kleber zum Divisionsgeneral ernannt worden war. Erst Ende November 1813, als es an höheren Offizieren zu mangeln begann, wurde er von neuem im französischen Heere eingestellt.

*) Aus dem Heere in Ägypten sind ungefähr 200 Generale und sechs Marschälle hervorgegangen. Fünf der zukünftigen Marschälle: Berthier, Murat, Lannes, Marmont, Bessières verliessen das Land mit Bonaparte; Davout folgte später nach.

FÜNFZEHNTES KAPITEL

BETRACHTUNGEN ÜBER DEN FELDZUG NACH ÄGYPTEN

Wie alle mißlungenen Unternehmungen wird auch der ägyptische Feldzug meist falsch beurteilt. Die einen bezeichnen ihn als ein äußerst heldenhaftes Unternehmen, die anderen als einen wahnsinnigen Plan Bonapartes und derer, die ihn beschlossen hatten. Beides ist übertrieben.

Nach der Abreise des Obergenerals hielt sich das Heer in Ägypten noch zwei Jahre, und zwar unter sehr ungünstigen Verhältnissen. Hätte man dem Heere Nachschub zukommen lassen können, so würden die Nachfolger Bonapartes gewiß noch länger im Besitz der Kolonie geblieben sein.

Im zweiten Kapitel dieses Bandes hoffe ich überzeugend nachgewiesen zu haben, daß der Feldzug nach Ägypten nicht eine bloße Erfindung Bonapartes oder Talleyrands gewesen ist, sondern daß das Unternehmen gewissermaßen in der Luft lag. Bonaparte allein trifft also durchaus nicht der Vorwurf, der Urheber eines mißglückten Feldzugs gewesen zu sein.

Wie man sich weiterhin erinnern wird, erhielt er nicht nur Befehl, die englische Herrschaft in Indien durch die Besitzergreifung Ägyptens zu gefährden, sondern auch dort eine Kolonie zu gründen und das Land wissenschaftlich zu erforschen.

Anfänglich ging alles gut. Die Flotte verließ ohne Unfall Toulon. Fast ohne Schwertstreich nahm man Malta weg, das ein unvergleichlicher Stützpunkt der französischen Macht im Mittelländischen Meere geblieben wäre, wenn das Direktorium es besser mit Truppen, Heeresbedürfnissen und Geld versorgt hätte. Flotte und Heer gelangten auch ohne Unfälle durch den übrigen Teil des Mittelländischen Meeres, das bis kurze Zeit vorher frei von englischen Geschwadern war, bis nach Alexandria. Die Engländer hatten entschieden eine große Unterlassungssünde begangen, daß sie Toulon nicht schärfer beobachteten. Es war ein ungeheurer Fehler der englischen Politik, die französische Flotte überhaupt auslaufen zu lassen. Hätten die Engländer bessere Kundschafter in den Küstenplätzen des Mittelländischen Meeres unterhalten, so würden sie, wenn auch nicht über das Ziel des Feldzugs, so doch wenigstens über die nahe bevorstehende Abfahrt der Geschwader aus Toulon, Marseille, Genua, Civita Vecchia und aus Korsika unterrichtet worden sein!

Die Eroberung Ägyptens gelang den Franzosen fast ohne Schwierigkeiten. Der Schlacht bei den Pyramiden kann man keinen bedeutenderen militärischen Wert als den eines größeren Treffens zusprechen. Ihr Ausgang konnte wohl keinen Augenblick zweifelhaft sein. Nachdem Murad-Bei nach Oberägypten und Ibrahim-Bei nach Syrien geworfen worden waren, beschäftigte sich Bonaparte mit der Einrichtung und Verwaltung des Landes. Dies gelang ihm anfänglich auch gut. Da traf ihn das ungeheure Mißgeschick mit seinen unberechenbaren Folgen: die Zerstörung der Flotte, auf die er und sein Heer so große Hoffnungen gesetzt hatten!

Bonaparte suchte diesen Verlust durch vermehrte Tätigkeit auf dem Gebiete der Verwaltung des Landes und durch geschickte Niederwerfung verschiedener Aufstandsversuche wieder wettzumachen. Alles war auf dem besten Wege, ausgeführt zu werden, und die Kolonisation Ägyptens machte zweifellos Fortschritte. Da faßte der Obergeneral den un-

General Davout.
(Gestochen von Chiron nach dem Gemälde von Aubry.)

seligen Entschluß, mit einem Heere nach Syrien zu marschieren! Dieser Zug schadete ihm nicht allein in den Augen seiner Gegner, die sich infolge des Mißerfolges vor Akka überzeugen mußten, daß der Sultan Kebir nicht unbesiegbar sei, sondern auch in den Augen seiner eigenen Soldaten, die ihm seitdem einen tiefen Groll im Herzen bewahrten. Dieser Mißerfolg hatte aber auch eine gute Seite, denn wenn es auch Bonaparte tatsächlich nicht gelang, Akka zu bezwingen, so bedeutete dieser unerwartete Widerstand der Türken insofern einen Erfolg für ihn, als er sich unter den gegebenen Umständen von der Unmöglichkeit eines Weitermarsches durch Syrien überzeugen mußte.

Seit der Eroberung Ägyptens war Bonaparte nicht mehr ein bloßer General, sondern vor allem ein Staatsoberhaupt, weit mehr als in Italien im Jahre 1797. Es war die beste Schule für den Ersten Konsul. Er hätte den Zug nach Syrien nicht unternehmen, sondern seine ganze Tätigkeit auf die Verwaltung des Landes, die Verbesserung des Bodens und vor allem auf die Hebung der Einnahmequellen und eine vernünftige Steuerverteilung legen sollen. Er hätte den Bestand des Heeres vermindern, zahlreiche Soldaten, die im bürgerlichen Beruf Ackerbauer und Handwerker waren, als solche verwenden können und versuchen müssen, die Einheimischen zu gewinnbringender, gemeinsamer Tätigkeit anzuhalten. Aber Bonaparte war kein Kolonisator!

Was seine Nachfolger zum Teil vermochten, hätte er doch ebenfalls können sollen. Er hätte die Verluste im Heere durch andere Europäer und durch Muselmanen ergänzen können, erst langsam, dann schneller. Er hätte sich überzeugen müssen, daß es besser sei, sich die Mamelucken zu Freunden zu machen, denn sie erwiesen sich in der Folge als ganz vorzügliche Soldaten.

Aber sein Verhängnis wollte es anders. Er, der zum Herrschen Geborene, war nicht geschaffen, die große Aufgabe, die er begonnen, zu vollenden und im Frieden zu herrschen. Bonaparte war und blieb Eroberer. Hatte er seinen Zweck als General und Staatengründer erreicht, so war seine Tätigkeit beendigt. Anstatt das Werk zu krönen, strebte er immer nach neuen kriegerischen Taten. Leider ertrug er keinen andern neben sich, der das von ihm errichtete Gebäude durch segensreiche Friedenstätigkeit zu Ende geführt hätte. Schon in Ägypten zeigte es sich, daß sein unruhiger, kriegerischer Geist immer und immer zu neuen militärischen Erfolgen getrieben wurde. Aber gerade in dieser Schwäche liegt auch die unendliche Größe des Mannes, dessen Andenken, obgleich mit blutigen Lettern in die Weltgeschichte eingegraben, Jahrtausende überdauern wird!

Bonaparte verstand zwar in geschickter Weise, auf die Mohammedaner in öffentlichen Kundgebungen und Briefen an ihre Führer einzuwirken; jedoch vermochte er nicht, die Worte auch in der richtigen Weise in Taten umzusetzen.

Die Muselmanen lassen sich wohl, wenn ihnen die Umstände ungünstig sind, durch Christen besiegen. Sie ertragen aber deren Herrschaft weder auf die Dauer, noch verschmelzen sie sich mit Andersgläubigen, wenn man nicht mit großer Geschicklichkeit und vor allem mit Ausdauer verfährt. Dazu war indes Bonaparte nicht der geeignete Mann. Er war gewohnt zu befehlen, und auf der Stelle mußte man ihm gehorchen.

Es scheint, daß die Franzosen erst im 19. Jahrhundert verstanden haben, gute Kolonisatoren zu werden, wie man dies heute in Algerien, Tunis und in Marokko beobachten kann. Damals aber hatten sie wohl ebensowenig Verständnis und Geschicklichkeit dafür wie Bonaparte selbst.

Dieser verfuhr mit den Muselmanen wie mit einer Menschengattung, die den Europäern unebenbürtig ist. Er versuchte nicht, sich ihrem Gefühlsleben anzupassen, in ihren Geist, ihre Lebensweisheit einzudringen und darnach zu handeln. Mehr wie andere Völker hängt der Mohammedaner an seiner Religion. Sein ganzes Leben ist mit derselben innig verknüpft. Die Ausübung seines Gottesdienstes nimmt einen großen Teil seines Tagewerkes in Anspruch. Der Niedergang des Mohammedanismus in den letzten Jahren des vergangenen Jahrhunderts ist sicherlich großenteils darauf zurückzuführen, daß der Muselman sich zu sklavisch an die Ausführung seiner Religion hält und der größte Feind jeglicher Neuerungen ist. Wo es aber keinen Fortschritt gibt, findet man nur Rückschritt, denn Stillstand kennt das Leben nicht. Erst in unseren Tagen scheint die Erkenntnis einer zeitgemäßeren Auslegung der mohammedanischen Religion bei den hervorragenderen Köpfen der Sunniten und Schiiten, vor allem bei den Osmanen, ein Wiederaufleben des Mohammedanismus möglich zu machen!

Mit großer Härte verfuhr Bonaparte gegen die Unterjochten. Hier nur einige Beispiele. Immer von neuem suchte er von der unglücklichen Frau Murad-Beis, die in Kairo zurückgeblieben und ihrem Mann nicht nach Oberägypten gefolgt war, Geld zu erlangen. Ebenso hart und erbarmungslos zeigte er sich dem ehemaligen Befehlshaber von Alexandria, Sejid Mohammed-el-Koraïm Skenderi gegenüber, der des Verrats gegen die Franzosen überführt worden war und hingerichtet werden sollte. Er hatte schließlich doch weiter nichts als seine Pflicht getan und seinem rechtmäßigen Herrscher die Treue bewahrt. Wenn er den Franzosen 30 000 Talari hätte zahlen können, würde er seinen Kopf gerettet haben. Der Muselman zog aber in seinem Gleichmut den Tod vor, denn er hätte die verlangte Summe auftreiben können. Was würde man wohl in Europa gesagt haben, wenn die Russen, die heutigen Bundesgenossen der Franzosen, in derselben Weise mit einem französischen Präfekten verfahren wären, als sie 1814 mit den anderen Verbündeten Frankreich einnahmen?

Als der erste Aufstand in Kairo im Oktober 1798 von den Franzosen niedergeworfen worden war, strafte Bonaparte nicht minder grausam. Ich verweise nur auf die Briefe, die er an Desaix und vor allem an Reynier am 27. Oktober 1798 schrieb. Heißt es nicht in dem zweiten: „Jede Nacht lassen wir einige 30 Köpfe abschneiden, darunter viele von Anführern ?!"

Ich habe im elften Kapitel dieses Bandes die Ansicht ausgesprochen, daß die Erschießung der Gefangenen von Jafa eine Notwendigkeit war, die sich vom militärischen, wenn auch nicht vom menschlichen Standpunkt aus rechtfertigen läßt. Diese Handlung trug natürlich ihre Früchte: das ganze muselmanische Element bäumte sich gegen das Verfahren der Eindringlinge auf, und man verhielt sich auf gegnerischer Seite noch schonungsloser gegen die Franzosen als bisher.

Der Befehlshaber des türkischen Heeres in Jafa, Abd-Allah, hatte sich ins französische Lager geflüchtet und war später nach Kairo gebracht worden. Wenn man ihm damals das Leben geschenkt hatte, so durfte man es ihm auch später nicht nehmen. Nach der Rückkehr des französischen Heeres aus Syrien nach Kairo wurde jedoch dieser General, da er kein Lösegeld zahlen konnte, hingerichtet wie ein gewöhnlicher Verbrecher. Das war eine Handlung, die eines französischen Obergenerals durchaus unwürdig ist!

Kleber handelte später ganz anders, viel menschlicher und einsichtsvoller. Es gelang ihm, sich Murad-Bei, den ehemaligen unversöhnlichen Feind der Franzosen, zum Freunde zu machen. Man hat gesehen, daß der Mamelucken-Bei fortan sich als ein getreuer Bundesgenosse Frankreichs erwies. Auch den in der Landschlacht von Abukir gefangenen türkischen Obergeneral Mustafa-Pascha behandelte Kleber durchaus ritterlich. Er ließ ihm viele Freiheiten und sandte ihn sogar ins gegnerische Lager, um mit dem Großwesir Jussuf-Pascha zu verhandeln.

General Kleber.
(Musée Carnavalet, Paris.)

Die Herrschaft Klebers in Ägypten war entschieden segensreich. Bei Heliopolis hatte er das Land den Franzosen von neuem erobert. Wegen seines ritterlichen und menschenfreundlichen Wesens war er sowohl im Heere als auch beim Volke sehr beliebt. Man wußte ihm Dank dafür, daß er gegen das Verbleiben im Lande und für die Rückkehr nach Frankreich eintrat. Dabei hatte er mit größeren Schwierigkeiten zu kämpfen als Bonaparte. Die Regierung des Landes, die Verwaltung des Heeres, sowie sein Verhalten nach dem Bruch des Vertrags von Kalaat El-Arisch verdienen ungeteilte Bewunderung und Anerkennung. Aus all diesen Gründen befanden sich das französische Heer und die Kolonie nach Klebers Tode in einer verhältnismäßig günstigen Lage.

Wenn der nachherige Oberbefehlshaber Menou auch kein tüchtiger Soldat war und durch seine Unentschlossenheit und militärische Unfähigkeit am Verlust der Schlacht von Alexandria und der ganzen Kolonie die Hauptschuld trug, so leistete er doch vieles auf dem Gebiete der inneren Verwaltung.

Betrachtet man alles im ganzen genommen, so läßt sich nicht verkennen, daß Ägypten auf dem besten Wege war, eine französische Besitzung zu werden, die man hätte halten können, wenn sie von der Heimat mit Truppen, Heeresbedürfnissen und Geld versorgt worden wäre.

Als das Direktorium den Feldzug beschloß, hatte es nicht allein die Absicht, Frankreich eine neue Kolonie zu erwerben, sondern auch Ägypten wissenschaftlich erforschen zu lassen. Dieser Zweck war, wenn man den damaligen Stand der Wissenschaft in Erwägung zieht, entschieden durch die Bestrebungen Bonapartes und dann Klebers voll und ganz gelungen*).

Dagegen täuschten sich sowohl das Direktorium als auch

*) Vgl. 10. Kapitel S. 204 ff.

Bonaparte und die anderen Urheber und Förderer des ägyptischen Unternehmens in ihren Berechnungen, wenn sie glaubten, durch Eroberung Ägyptens den englischen Besitzstand in Indien zu gefährden und den Handel Englands mit Ostasien zu unterbinden, oder gar eine der wichtigsten Lebensadern des britischen Reichs zu durchschneiden!

Englands Macht war damals schon viel zu sehr befestigt, als daß es durch Wegnahme einer, wenn auch sehr wichtigen Kolonie, zugrunde gegangen wäre. Nur durch einen Angriff auf das Mutterland war und ist Großbritannien zu Falle zu bringen, aber alle bisherigen Anstrengungen des Direktoriums, dieses Ziel zu erreichen, waren bisher erfolglos geblieben, und sogar Bonaparte hatte den Hauptangriff verschoben. Dank Englands Ausdauer, dank seines Fleißes, seines Verständnisses für den Handel und seines folgerichtigen, planmäßigen Denkens und Handelns hätte es bald andere Kolonien gefunden, wenn die Franzosen tatsächlich in der Lage gewesen wären, Indien wegzunehmen. Aber dazu war das Heer, das Bonaparte mit sich führte, viel zu klein. Man hat ja gesehen, wie viele Soldaten es auf dem Zuge nach Syrien weniger durch Tod vor dem Feinde als durch Krankheiten und andere Zufälligkeiten verloren hatte. Selbst doppelt so stark, hätte Bonaparte kaum unter den gegebenen Umständen vermocht, bis zum Indus oder gar bis zum Ganges vorzudringen. Man vergleiche auf den Karten nur die Entfernungen im Verhältnis von Kairo bis nach Akka. Die Zeiten Alexanders des Großen lagen doch zu fern!

Alle diese Pläne konnten übrigens auch nur in Betracht kommen, wenn Frankreich eine Flotte besaß, die der englischen ebenbürtig war und die einen beständigen Verkehr zwischen der Heimat und Ägypten aufrechterhielt. Aber die besaß Frankreich nicht. Die ehemals so stattlichen Geschwader waren seit Ausbruch des Seekriegs mit England im Jahre 1793 immer kleiner, immer weniger leistungsfähig geworden. Abukir begrub die letzten Hoffnungen. Wenn die Aussichten der Franzosen auf Indien völlig in Rauch aufgingen, wenn überhaupt die Niederlassung in Ägypten verloren ging, so war in erster Hinsicht das Fehlen einer starken Seemacht daran schuld!

Ja eine Flotte! Wenn Frankreich über einige tüchtige Geschwader verfügt hätte, die den Engländern im Mittelländischen Meere die Spitze bieten konnten, würde man mit Leichtigkeit vermocht haben, beliebige Mengen Truppen nach Ägypten, nach Malta, nach den Ionischen Inseln, nach Neapel, nach Ancona, kurz überallhin zu senden, wo sie erforderlich waren. Der zweite Koalitionskrieg wäre unter ganz anderen Vorbedingungen, vielleicht überhaupt nicht ausgebrochen, und die Karte Europas und des Mittelmeerbeckens würde heute eine andere Gestaltung zeigen!

Das Fehlen einer zahlreichen, starken und schlachtgewandten Flotte war an allem schuld. Ebensowenig wie der Konvent verstand es das Direktorium mächtige Geschwader zu bilden und mit tüchtigen Seeleuten zu bemannen. Napoleon hat in dieser wie auch in mancher anderen Hinsicht das Erbe des Direktoriums übernommen. Auch ihm ging das richtige Verständnis für den Wert der Beherrschung des Meeres ab, obgleich ihm die Ereignisse oft die besten Lehren erteilt haben!

Den französischen Staatsmännern fehlte zu jener Zeit die Einsicht, welchen Nutzen man aus einer großen Seemacht ziehen könne, den Seeoffizieren fehlten im besonderen die notwendigen technischen Kenntnisse, und den Mannschaften mangelte die eiserne Mannszucht: mit der persönlichen Tapferkeit allein war nicht gedient. Trotzdem Napoleon Millionen über Millionen für den Bau und die Bedürfnisse von Schlachtschiffen verausgabt hat, obgleich ihm während seiner Herrschaft als Konsul und Kaiser auch die Seekräfte Spaniens, Italiens und Hollands zur Verfügung standen, gelang es ihm niemals, den Engländern ebenbürtige Flotten entgegenzustellen. Großbritannien war gegen Ende des Kaiserreichs trotz der Kontinentalsperre, trotz aller Maßnahmen, die Napoleon gegen das Inselreich anordnete, trotz einer ungeheuren Staatsschuld mächtiger denn je!

Die Ereignisse jener Tage lehren am deutlichsten, was eine kraftvolle Seemacht, die von einer einsichtvollen, großzügig denkenden Admiralität verwaltet, von weitschauenden, genialen Admiralen geleitet, von tüchtigen, kenntnisreichen Offizieren befehligt wird und von gut geschulten Mannschaften besetzt ist, in der Weltgeschichte zu leisten vermag und für den Wohlstand und das Gedeihen eines Landes zu bedeuten hat!

VERZEICHNIS DER ILLUSTRATIVEN BEIGABEN

A. VOLLBILDER UND PLÄNE

Seite

B. ABBILDUNGEN, PLÄNE UND FAKSIMILES VON SCHRIFTZÜGEN IM TEXT

INHALTSVERZEICHNIS

www.ingramcontent.com/pod-product-compliance
Lightning Source LLC
Chambersburg PA
CBHW022037120726
47899CB00004BA/1211
* 9 7 8 3 8 6 3 4 7 3 2 6 6 *